"大榕树"
原创文库

我只能远远地望着他

海峡出版发行集团
海峡文艺出版社

图书在版编目(CIP)数据

我只能远远地望着他/张百隐著. —福州:海峡文艺出版社,2022.7
("大榕树"原创文库)
ISBN 978-7-5550-3081-2

Ⅰ.①我… Ⅱ.①张… Ⅲ.①短篇小说－小说集－中国－当代 Ⅳ.①I247.7

中国版本图书馆 CIP 数据核字(2022)第 128140 号

我只能远远地望着他

张百隐 著

出 版 人	林 滨
责任编辑	朱墨山 林 颖
出版发行	海峡文艺出版社
经 销	福建新华发行(集团)有限责任公司
社 址	福州市东水路 76 号 14 层
发 行 部	0591－87536797
印 刷	福州印团网印刷有限公司
厂 址	福州市仓山区十字亭路 4 号金山街道燎原村厂房 4 号楼
开 本	720 毫米×1010 毫米 1/16
字 数	365 千字
印 张	19.5
版 次	2022 年 7 月第 1 版
印 次	2022 年 7 月第 1 次印刷
书 号	ISBN 978-7-5550-3081-2
定 价	79.00 元

如发现印装质量问题,请寄承印厂调换

目 录

父亲的债	3
空号	132
"缓刑"一个月	142
308宿舍	149
阿祥的摩托车	160
穿西装的老李	167
肩上尘	174
人生赢家	187
十六岁那年的一件小事	196
停车场	208
偷窃	214
我只能远远地望着她	220
夜跑	232
一碗饭	244
张阿兰求学记	253
你的偏见 我的肤浅	257
因缘错	277
病人	287
炸油条的	297

父亲的债

生　活

那天半夜，气温骤降，我蜷缩成一团钻进父亲的臂弯里呼呼大睡，突然看见，父亲右手托抱着我，左手提着一个厚厚的塑料袋，里面装着两只在挣扎的青脚蟹。父亲眉开眼笑，说，走，咱们回去蒸了吃。随后，天亮了，梦醒了，口水浸湿下巴，冷空气呼呼作响。

农历十二月二十日，这一天迎来入冬以来最低的气温。干燥的北风呼呼作响，屋顶结了层薄薄的霜，天地间有种混沌的模糊。村子里没了之前的生气，大多数人都躲进屋里。偶尔看见盘着手缩着脖子，不得不往外头厕所解手的乡亲，骂骂咧咧地小跑着，然后又提着裤子骂骂咧咧地回屋。邻居大娘哆哆嗦嗦洗着菜，脱口喊道，夭寿哦，这天气。父亲穿着一身讨海行当，站在门口抽着烟。一阵风将他的烟头熄灭，他又背身借着屋子斑驳的墙壁，拱着手，连擦几根火柴终于把烟给续上。他要出门讨小海了，这一次是冲着孩子去的。快过年了，他希望孩子能吃上一只螃蟹。他感觉孩子都没能吃上一顿好货，心里有些愧疚。

父亲出海的穿着极不协调，上半身穿两件打着补丁的外套，套得严严实实。下半身灰褐色的短裤，套一双破旧的灰色长筒布袜，趿拉着人字拖。寒风夹枪带棒地往粗糙的小腿上砸，父亲的皮厚，丝毫没有感觉。穿戴前，我看到父亲脚掌上横七竖八的伤痕，像滩涂上不规则的水路，纵横交错，驳杂无章。这些伤，有些是讨小海被藏在滩涂下的壳类、礁石割伤的，有些是被石头砸伤的。但父亲从来不让我们看脚底，他说，一双老爪，脚掌脚底一个样。然后，父亲吩咐我要煮好晚饭，便背着竹篓，笑眯眯地走向海边。

傍晚，我蹲在厨房灶口准备起火烧饭。这个灶台是父亲一块砖一把泥糊上去的。灶面上做两个口，一个大锅，一个小锅。灶面铺上红砖，水泥砖砌成的烟囱直直伸向屋顶。灶台正中间用清水砖围个小框，供奉灶神、土地公。简陋的灶台，母亲总把它擦拭得干净整洁，算命的说，灶台不建，命带苦贱，母亲深信不疑。

我将一把晒得清脆的花生藤塞进灶口，再挑两三根细长的干柴搁在花生藤上，生了火，火噼里啪啦作响，接着往铁锅加一定量的水，把淘洗好的米放进锅里，娴熟地放上盐巴，酱黑，小心翼翼地把橱柜里的猪油脯揉碎放进锅里。最后麻利地切好生姜葱花韭菜，等待饭熟后的调味。这是一个穷孩子为辛劳的父母所能做到的最大的安慰。

自去年开始，母亲觉得我能为家里分担家务了，教我怎么煮饭炒菜、放调味料。其实，家里饭菜能煮熟就算是成功了，所谓口味并不重要。用不了多久，我就能轻车熟路。我坐在炉边看火，摆弄着柴头控制火势。忽然大门被推开，一阵寒风随了进来，寒暖两股气流做了交汇，屋子里温度骤降些许。我知道，是父亲讨小海回来了。回到家，他第一件事就是先掏根烟点燃，狠狠地吸它两口，让冰冷的胃得到抚慰和刺激。然后把烟叼在嘴里，开始处理他的"战利品"。他卸下背篓，往里面掏出一只只被五花大绑的螃蟹。

父亲带着骄傲和决断地说，今儿这些家伙不卖，明天吃顿好的。

我笑了。老实说，父亲是个讨小海的能手，他可以在海里的滩涂上洞悉螃蟹爬行的足迹，然后循着这些微弱的痕迹，将躲在洞穴里的螃蟹整窝掏出，左手拇指和中指卡住螃蟹后背两端。此时，螃蟹便抡起了两只大钳子，张牙舞爪，一招一式抡向空气。父亲拿起备好的小绳子，从螃蟹后背绕到前面大脚上，往下压，再绕一圈后背，把另一只大钳子也绑到了前胸上。一瞬间工夫，螃蟹最厉害的武器被绑得结结实实，像个毫无攻击性的玩具。父亲花那么大工夫驯服了一只又一只的螃蟹，终究还是会被母亲拿到市场上卖。父亲说，我们家缺的是钱，是你们两兄弟的学费。

小弟总会咽着口水问，爸爸很会抓螃蟹，可为什么我们总吃不到螃蟹？

我会问小弟，你是想读书还是吃螃蟹？

其实，我知道小弟想要什么，他是想既要读书又要吃螃蟹。但那个时候，我们还没这种可能性。

我问父亲，要清蒸还是油煎？我显得迫不及待。因为我不知道要再多久的时间才会有一次既可以读书又可以吃螃蟹的权利。

父亲说，你们看着办。

我回到厨房看着炉火。猪油脯在粥里翻滚，从锅盖旁渗出一道道香气。我慢慢压制着灶炉里的火，用火钳搅了搅炉火，让它始终保持奄奄一息的状态，细煮慢炖，等待美味的晚餐。

过一会儿，母亲回来了，手里揣着一沓钱，还提着一袋水果，有苹果、橘子和橙。我仔细看一下，这些水果每个都完好无损，饱满光滑，这是我家难得的待遇。平时，母亲总是买各种残次的水果，黑点的、摔伤的、破皮的、形状特异的。母亲说，这种便宜，处理一下跟那些好的没啥两样。母亲结账回家，好像开心不起来。母亲是村里一家制衣厂的女工，至今还保留着他们厂里的一个纪录，除了农忙请几天假，她几乎全勤，顶着发烧感冒身体不适做事，也是常有的操作。老板看在眼里，年终时会多给母亲一笔奖金。今年结账的时候，其实老板也开心不起来，因为母亲能拿到的也只是微乎其微的最后这笔奖金的半数。

老板娘拿着账本，逐条跟母亲核对，"二月十二日借一百五，二月十八日借两百，三月十一日借三百，三月二十六日借两百……"

母亲突然面红耳赤，这一组组数据好像是她攀升的血压。母亲故作从容地说，不用再说了，我都知道的。是的，如果没有预支工资，她可以拿一笔可观的工资奖金。但生活总得持续向前，像海浪一样一浪顶着一浪往前涌，该吃得吃，该用得用，谁都没有权利按下暂停键，这大概是父母最无力的地方。母亲往回走的刹那，老板娘又塞给她一个红包。她说，明年还来我们厂，给你加工资，母亲紧紧握住老板娘的手，手掌温热而颤抖。

当看到父亲背篓里的螃蟹后，母亲拧结的眉间才舒展开来。

父亲凯旋，心情大好，带着些许的骄傲对母亲说，大过年的，明天给两小子吃个痛快，你气色不好，也得吃一只。

父亲这样安排并没有让母亲满意。母亲说，怎么行？多浪费，知道年底一斤螃蟹得多少钱吗？

父亲抓抓蓬乱的头发，有些尴尬，说道，大过年的，就让孩子们吃。

母亲坚决不同意，她摊开了手，说，一年到头，就剩下手里那么几百块，我们能吃得起这种东西吗？父亲还是坚持着，可孩子喜欢。母亲有些不开心了，她让父亲问问我们是吃螃蟹，还是读书？母亲终于还是将螃蟹端走了，卖给贩子。小弟做完作业回来后，大哭一场，但很快恢复平常。我们都将碗里的猪油脯递夹给他。小时候，面对我们想得到而又得不到的东西，只能哭一场，哭过之后，往常如斯，改变不了现实，却让自己的心情畅快不少。我当年十岁，小弟七岁，尚处在"谁给好吃的就是好人"的幼稚的逻辑思维里。母亲并没有苛责他，只是不断地往他碗里夹东西。

那天晚上，父亲带着我们出去买了点烟花。其实那种充其量只能叫"烟"，还称不上"花"，点燃了往头顶上举，一阵浓烟里飞出一颗火星，然后"嘭"的一声响，寂灭在漆黑的夜空。

小弟不解地问父亲，为什么妈妈一直不让我们吃螃蟹，吃螃蟹就真不能读书吗？

父亲蹲下来，抚着小弟的头，说，因为我们现在更需要钱，有钱，就可以让你们读书。

小弟点点头，说，我知道了。

第二天，父亲回到家，两个大汉正坐在凳子上抽着烟，母亲站在门旁。看到父亲进门，两个大汉立即迎了上去，父亲干瘪黝黑的脸上挤出了尴尬的微笑，招呼他们继续坐下，自己也掏出烟盒来，拿张小烟纸，抓一小撮烟丝放进去，揉了几下，成了根细长的圆锥形的烟支，点燃叼在嘴里，整个动作娴熟但缓慢。烟气开始缭绕，透过烟雾，我看到父亲那张脸，神情有些落寞。母亲招呼我和弟弟到房间去看电视。

透过门缝，我看见父亲摊开双手，他说，真的不好意思，再宽限两个月，我那工地做完了，他妈厂里借一点，就能还上了。

大汉语气还算平和，不是我追得紧，你看一年到头，我来过吗？但是已经两年了，一年拖一年，我也很难。

父亲说，再通融通融，确实拿不出来，就两个月，我拿到你家去。

另一个大汉陡然站了起来，显然没啥耐性，冲着父亲说，反正今天拿不到，明年开始算利息，一分利。

父亲接着话，这样不好吧？当时不是说好没利息的吗？这……

还没把话说完，那大汉回应道，当时不是你说一年吗？现在已经两年了！

听了这话，父亲感觉被一双粗鲁的手掌捂住了耳朵，心里一口气半吊着，有点胸闷，我在门缝里抖了一下。

站在一旁的母亲说，老冲一辈子老实憨厚，左邻右舍都知道。借钱没还，他比谁都着急。屋子渗水墙塌，小孩张着嘴巴要吃饭、学费要交，不是万不得已，怎么会借钱呢？然后她把今天厂里结账的几百元和卖螃蟹的三百元，指头沾着唾沫压着钱数了起来，总共九百五十元。母亲接着说，真通融一下，这些先给，剩下的两个月后再还上。都是同村乡里，拜托一下。两个大汉最后拿走了五百元。父亲送他们出去，自己也出门了。

父亲回来的时候，已经晚上九点多，手里拎着两盒饼干，我们两兄弟一人一盒。父亲有点微醺，他喝酒了。母亲早早地合眼，但没有睡觉。那天晚上，父母其实吵了一架，可能是因为下午那两个要账的，还是关于这个石头房子的翻修，还是关于我和小弟，我听得不清楚，他们也说得不太明朗。

最后，我只听见父亲带着酒气说了一句，我们普通人不就是这个样子吗？把儿女拉拔成人，送老人家归山吗？我们才开始啊！然后，就没有任何声音了。

两年前的夏天，八号台风从连城登陆，降雨量最多的却是我们这里。我们这带房子靠海，地势较平，潮汐关系，海水几乎倒灌。村里很多壮丁都在村主任号召下扛着沙包往堤岸上奔，大家光着膀子，赤身白条，冒雨狂奔，场面壮观。好在临近警戒线的时候，雨势突然缓和，险情没有加剧，很快得到控制。没过两天，久违的太阳已经高挂天上，万束金光直射大地，每个被雨水浸溺的角落都能得到阳光的抚慰。村民们心情翻篇，笑容也挂在脸上。邻居大黑却开心不起来，他们的两条船直接被风浪打趴，像两个巨大的贝壳嵌进了沙滩里，船身直接被打了几个洞，出师未捷身先死，这船算是告别这茫茫大海了。大黑损失惨重，然而那几个洞仿佛也打在父亲身上。后来从母亲那里得知，买船的时候大黑找父亲借了钱，起初是要让父亲参与投资，但父亲死活不敢，索性就当个人情债借给了他。没承想不到一年，这条船便被台风秒成了玩具。父亲痛悔不已。

在我们面前，父亲并没有表现出痛惜的样子，因为跟前，他有更重要的事要做，家里面严重漏雨。台风肆虐那几天，屋外噼里啪啦，屋内滴答滴答，整个房子像一个巨大的筛子。积水从屋顶的石板缝隙渗透，"咚……咚……"往下滴水，像是随意按下的钢琴键，声音虽有点清澈好听，但家里人轻松不起来，母亲总会在家里各个角落摆上桶、盆、盂、皿，对准滴水的地方。天放晴，工地还没复工，父亲搅拌了些沥青，把房子里里外外的条石缝隙，统统糊了一遍。

一个雨夜，我们在桌子中间点上蜡烛，一家人围着吃饭。

母亲说，吃完休息下就要早点睡，蜡烛也要省着用，村里这电也不知要修多久。当然，电线修好，也不一定能保证有电。

这年头，村里的供电像段誉的六脉神剑，时灵时不灵。特别是夏天，即使有电，也像个虚弱的老人，十五瓦的电灯，也就萤火般亮。

吃饭的时候，小弟不断打着喷嚏。父亲说，感冒了吗？

母亲说，是着凉了。

父亲笑了，这大热天的着哪里的凉去？

母亲说，前天早上起床，两兄弟的被子湿了一块。

父亲说，滴水的？

母亲确定，滴水的！

父亲没有了笑容，也不再说话了，我们只是静静地吃饭，端着碗，大口小口往嘴里送，只剩窸窸窣窣的声音。突然"轰"的一声巨响，震入耳朵，父亲和母亲连忙跑出厨房，家里上身厝的墙面塌下了一大块，黄土水泥空心砖卸了一地。我们四个人杵在门口惊心地张望，仿佛在看一场惊险的马戏团表演。片刻后，父亲靠近墙体看了看，回头跟我们说，石柱没问题，就是墙面渗水塌了，言下之意，这房子暂时还倒不了。母亲招呼我们回房，她和父亲拿起扫把奋斗，一次次地将这些沙土扫地出门。

父亲是个工地工人，跟了个师傅，哪里有人建房子，他就跟着去打下手，挑水、挑土、扛石头、捡砖块。当时师傅工一天是八十元，普通工五十元，父亲就是五十元一天的石工。闽南地方先是夯土房子，砖瓦顶，后来进化成石头房子。大多数的房子都是五开间或者三开间，坐北朝南。二十多年间，在砖混框架结构还没盛行之际，闽南农村都是延续着这么一个规矩。家庭较宽裕的用比较规则的条石砌房子，还可以加层。经济拮据的就只能用不规则的碎石块，闽南方言称"石角"，靠着师傅的智慧、工人的蛮力，像在贴拼图一样，把墙面叠好。屋顶则跟条石房子一样，统一是条形石板。

我家只能是石角房子，而且还是半成品。不管是五开间还是三开间，每个房子都是分上身厝和下身厝。上身厝包括厅堂，左右各两间房间（五开间）或各一间房（三开间）；下身厝包括一个深井，两边各一个相对门的房间，往前一个走廊带有房间，然后是完整的石柱大门，还得镂刻以房子主人名字冠头的门联。以我们家的能力，勉强只能完成到三开间石角房子的一半。这些年，父母在工地、工厂、山上、海里疲于奔命，省吃俭用，无非就是想把另一半房子给接上。墙塌了，父亲暂时用帆布遮住了缺口，海风一来，呼呼作响，像是睡在马路旁。大黑那边的钱一时半会是拿不回来了，弄不好还有血本无归的可能，这让父亲陷入了沉思。几天后，父亲借到了钱，开始墙体加固。父亲趁着加固之机，横下一条心，又接了一个房间出去，既保证了墙体安全，又可以多一个房间使用。只不过，欠款的窟窿又凿得深一些。

我一直在小学作文上描绘着生活的形状。其实，那座三开间没有下身厝的房子就是，一直都是。

干　爹

大年三十，我们跳了"火群"，放了烟花，吃了一顿有鱼有肉的年夜饭，是好是坏，一年总算过去了。正月初一，气温来到今年最低，还好阳光普照，驱走了一部分寒意。父亲穿着一件比较干净完整的军绿色宽大衣，坐在下身厝一块磨得很平整的石头上，抽着烟，晒着太阳，不断和来往的乡亲打着招呼。有的时候，我会问父亲，为什么老穿打着补丁的衣服？父亲告诉我，经年扛石头，衣服都会被磨破，旧衣服不心疼，我只是点了点头。一年过去，感觉父亲额头上的皱纹又熨烫了一条，更瘦了，也更老了，年增一岁的履痕在父亲的脸上显得更为明显。

母亲把父亲买给我们的饼干要了过去，说是神佛先吃，我们才能吃。看到母亲虔诚而专注，她努力地要把这些简易的贡品，恰如其分地分配到每一尊佛前。她像在算一道信息量庞大的数学题，认真专注，花了些工夫，才把贡品一份一份分好，用袋子装好，露出满意的微笑。出门前母亲在镜子面前用橡皮筋扎了下头发，我才发现，她的头发已经花白，那些黑已经藏不住越来越猖狂的白。其实那一年，父亲才三十八岁，母亲也就三十三岁。

过年前几天，三叔给我家带来个旧电视机。三叔是一个木匠，在镇郊的一个工厂打工，电视机是人家用来抵工钱的。我和小弟将电视的信号装置插在屋顶上，绑上绳子，小弟回到房间，我在屋顶上调整着信号方向，直到画面清晰，小弟扯着喉咙喊道，好了好了，不能再动了……

我们成天对着一台十四吋的黑白电视哈哈大笑。电视里主持人让老虎队和小象队玩一个叫"比手画脚"的游戏，哪一组在一分钟之内猜对的题目多就获胜。如果老虎队取胜，就可以现场唱歌，宣传打榜；如果落败了，就要各挑一个小象队的队员亲吻额头。比赛的结果，小象队取胜，三个胖女生在舞台上兴奋得手舞足蹈，老虎队则一脸无奈，观众尖叫声一浪高过一浪。父亲在旁边也笑了，两排烟牙显得格外突兀。感觉经常看到很多人都会笑的春节，父亲和母亲反而没怎么笑。以前多打了一份工，他会笑。多卖了点海产，他会笑。蹲在墙角吃饭，也会跟别人笑。偶尔带我们吃炖豆干，也会笑得比我们开心。但每逢春节，父母的眉头总像被夹子夹住一样，拧在一起，不是特别开心。电视里，老虎队亲完小象队后，开始唱起了《青苹果乐园》，唱唱跳跳，现场观众也跟着附和着，很是热闹。

屋外有人在喊母亲。父亲连拖鞋都顾不上穿，光着脚走出去，像被逼绝境的曹操迎来许攸，带来转机。父亲说句你干爹来了，就把笑脸带到屋外。干爹已经推开了柴门走进来，然后他们像电视里一样拥抱一下。印象中，老实巴交的父亲和内敛低调的干爹是不作如此夸张的问候的。父亲招呼干爹到厅堂旁的一个小方木桌坐下，拿出早已备好的茶具，认真地泡起了茶。老实说，父亲泡茶功夫没有砌墙麻利，好像手指和茶杯有某种相悖的电流，老是统一不到一个频道上。果然手一滑，没拿稳，摔碎了一个杯子。母亲拜拜回来见状，大惊失色，也顾不上和干爹打招呼，数落了父亲一通：做事像个小孩，没个细心，这大过年来的，怎么能摔碎东西呢？干爹在一旁"哧哧"笑了起来，老冲一年就泡这一次茶，能熟练吗？就是个不小心，别那么封建了。父亲自嘲地说，我这种大粗人，干这种泡茶的老板活，不习惯。母亲收拾完后，点了三炷香跪在厅堂的佛龛前，闭着眼睛，念念有词，仿佛跟佛祖商量着什么。

干爹每年正月初一都会来我们家，雷打不动，从我记事起没有一年落下。他来家里也就做两件事，一是给我和小弟发压岁钱。每年的这个时候，我和小弟总会收到两张崭新的五十元面值的钞票。钞票上工人农民知识分子的形象，显得英气勃发，格外亲切，每次拿到手时我们总会细细研究一番，再将它夹在书页里，压在床头，象征来年增智慧长财富。不过这压岁钱跟我们两兄弟的缘分也只能到大年初七，过后，我们就得交给父母保管。第二件事就是和父亲喝酒，直到干妈来把他搀走，父亲也醉醺醺地躺到床上，只剩一桌的杯盘狼藉。等母亲收拾完后，我和小弟也睡着了，家里一片沉寂，偶尔寒风从柴门旁的缝隙里渗了进来，呜呜作响，像个小孩的哭声。

父亲其实不太会喝酒，一年总喝那么几次。心情不好的时候，总会在小店里舀个二两，半个小玻璃杯，或坐着或蹲着，默不作声地喝得一滴不剩。没有对手，只有自己，那是闷酒。唯独和干爹的饮酒，那才叫开怀畅饮，也是在母亲和干妈默许下的一次兄弟豪饮。

父亲在十六岁的时候开始学抽烟，第一口烟，是干爹给他卷的。干爹卷好后，放嘴里，擦了根火柴，点了烟。干爹猛吸一口，然后递给父亲。父亲则在干爹指导下，一边咳嗽一边吞云吐雾地燃完整支烟。父亲和干爹是挑沙伙伴，当时东石公社沿海的几个大队，都有成立挑沙队，父亲是年龄最小的挑沙工。比父亲年长八岁的干爹是我们大队挑沙队的副队长，干爹总会刻意关照他，有时候还会多赏他几个工分。那一天，父亲刚挑完三个来回，就坐在路旁喘着粗气。干爹看到了，示意让父亲休息一下，并给他卷了个烟。之后的每天，干爹总会跟着父亲走在最后面，有说有笑。渐渐地，父亲习惯了肩膀上的重量，开始变得驾轻就熟。有时候甚至挑着满满一担沙，叼着烟，轻而易举地从队伍后面一路超车，上了岁数的工友会说，这是谁家的孩子，瘦得跟猴子似的，力量这么足。没料到几天后，父亲因为劳动强度过大，中暑引发肠胃炎，瞬间被抽光了所有力气，一个人有气无力地坐在地板上，耷拉着脑袋。

某一天晚上，干爹揣了几个烤地瓜和一包野菊花来看望生病的父亲。在一个简易的土坯房里，父亲躺在一张由两个木板搭成的床上，战战兢兢地紧缩着。狭窄的床板连翻身都困难，因为床板就是身板的宽度，仿佛一翻身就会坠落无边的悬崖。父亲告诉干爹，这算很舒适了，没生病前，都是住在隔壁大善人家里的走廊，没有被子，盖的是自家带过去的蓑衣，每晚都被坚硬的蓑衣刺痛几回，久而久之也就习惯了，裹着蓑衣勉强入睡。爷爷是一个沉默的男人，他向干爹摊开了手，手心写满了无奈。家里面六口人，两个房间，真挤不下。长兄如父，在这个家里，父亲很多时候都扮演了这个角色。干爹的眼眶湿润了，他和大善人向大队反映，写补助申请，终于为父亲争取来了一床真正意义上的棉被，并在爷爷床前搭了一张相对牢固的床。虽然是挤了点，但至少可以让父亲能睡上好觉，父亲很满足，他说，感觉像是裹在棉花堆里。

从那一次起，父亲和干爹越走越近了。其实干爹的生活也不好过，干爹负责挑沙，干农活。干妈养两头猪，膘肥体壮的，行情挺好，还开辟个菜园地，种上些绿色蔬菜，收成后卖给供销社。那一年，家里又添了一个孩子，一家五口，三个小孩嗷嗷待哺。干妈一边看着小孩，一边要山上打理农作物。大人每天忙得灰头土脸，任凭几个小孩光着屁股在地上打滚，一会儿哭一会儿笑的，饿了抓把泥放在嘴巴，也是常有的事，像个野孩子。

我想说，如果父亲睡的是两条床板的床，那么干爹顶多也就是五条床板。荆衣拙食的年底啊，好像每个人都过得挺艰难的。

如有时间，父亲都会抽空到干妈的菜园帮忙，浇水施肥，洒农药。收成的时候，父亲会主动请缨，推着爷爷的手推车，跟着干爹一起将满满当当的菜推到公社去卖。本来干爹得装两趟车，有了父亲加入后，半天就能把菜卖完。干爹总会将剩下的菜给父亲一大半，并给几元钱当作工钱。父亲只收菜不收钱，有的时候甚至将菜分给和我们一样穷的邻居。奶奶会追着骂父亲，夭寿死团仔，家里都不够吃了，还给别人吃。父亲笑笑咧咧地跑到海边，拿起扁担又挑起沙子。看见父亲出工时，工友们像抓到救命稻草一样，立马歪嘴斜眼地挑起一担沙，露出难以言说的痛苦样。父亲见状，总叫他们少挑一点，并在自己的畚箕里压上厚厚实实的沙子，然后把多出的工分算到他们头上。这骗局没多久就被父亲发现了，但父亲没有告发，也没有拌嘴，风轻云淡，不了了之。父亲说，吃苦就是吃补，吃亏就是占便宜。毫无逻辑的两句话，父亲说得像至理名言。

20世纪70年代末，正值土坯房改石头房的热潮，建石头房的师傅和工人成了相对稳定的行当。干爹又把父亲介绍给村里的火石师傅，从此父亲成了火石师傅一名稳定的工人，收入来源比较稳定。于是，弓着腰，挑着担，扛着石头，很长时间成了父亲最为固定的姿势。

父亲二十二岁了，爷爷开始张罗着给父亲找门亲事。在父母之命、媒妁之言大行其道的农村，父亲打从心底也没有考虑自己的终身大事。

干爹给父亲介绍一个对象，身材矮小微胖，扎着麻花辫，穿着粗布红格子领衫，脸上零星几个雀斑，小眼睛宽嘴巴，形象很是一般，听说性格温顺，做事也能吃苦，属于比较好养的那种。以前穷人家讨媳妇，基本上也就两个条件，一好养，二能吃苦。反过来，穷女孩找对象，也就这两个条件。由于是同村人，我们一家又在村子里穷出了名声，当干爹为女孩家报上父亲大名的时候，女孩父亲回绝得斩钉截铁。父亲得知后，并没有失落，只是淡淡地笑了一笑，他要尽快翻完这两垄田地，然后赶回去吃早饭，跟着火石师傅到工地盖房子。干爹继续为父亲的终身大事张罗。

他跟爷爷说，老冲都二十好几了，得抓紧给他找个媳妇安个家。

爷爷不急不慌，没多少媒人在问，就算问了，听到我们这样一个情况，女孩家都看不上。

爷爷习惯摊开手，表示无奈，继续埋着头往前走。过几天，又是干爹捎来了消息，邻村媒人介绍一个还算不错的女孩，双方约定在女孩家看一看。

那天晚上，父亲还是刻意打扮了一下，洗了个头，换了套干净的衣裳，穿了双军绿色的布鞋。听说那是父亲第一次穿鞋。此前，不管再冷的天气，他总是用一双人字拖跋山涉水穿风越雨。在女孩子家，父亲有点惶恐，屁股坐在女孩家的凳子上，像长疮一样，磨来蹭去，显得很不安，脸上挂着几个尴尬的笑脸和在场的人周旋。不一会儿女孩出来了，一瘸一拐地走出来，看起来像长短脚，左脚明显比右脚步小一号，脚掌有些畸形，艰难地贴着地面。她走到父亲的正对面笑了一下，然后艰难地坐下。干爹的笑容僵住了，父亲也是。只有媒人依旧眉飞色舞，她说，看起来很般配，男方家是穷了点，但小伙子能吃苦，不怕累，人也老实，往后的日子还是不错的。媒婆言下之意，就是我们家高攀了。干爹硬是挤出了个笑容，他说，挺好的，彼此都留下一个印象。以后的造化，还是要看他们俩了。成最好，不成也能当朋友是吗？大家都认可了干爹的话。

没坐多久，干爹和父亲离开了女孩家。月亮藏在云层里，零星的几颗星星露出头来发出微弱的光。他们只能摸着黑回家。两人抽着烟，有说有笑，绕过小水沟，再转过几条小巷，所有房子几乎都捻灭了灯光，早早入睡。尽管农村小道小路的崎岖不平，但父亲和干爹闭着眼都能走稳走对。沿途两只狗闪现着碧绿的眼睛，獠着牙，狂叫着，紧跟在后面。父亲一转身，狗就定住；他们往前走，狗又大步流星地跟过来。干爹和父亲同时转过身，突然蹲下来捡东西，两只狗便逃得无影无踪。父亲笑了，干爹搭着父亲的肩膀，并没有说话。其实父亲一脸轻松，没觉得有任何负担。

干爹说，我们会不会被骗了？

父亲说，四肢健全，五官正常，这等好事媒人能想到我啊？

干爹说，这个媒人也太欺负人了。

父亲说，龙交凤，老鼠招老鼠，媒人心里都揣着明白，轻重她拈得很清楚。

干爹猛吸了口烟，身体突然抖动一下，脚后跟像被什么扎一下，他下意识地甩甩脚，用力摆脱。蹲下来扭着脖子向后看，父亲也跟着蹲下，擦亮根火柴，一只不会叫的狗在干爹小腿上留下一个血印。父亲搀着他，或走或背，直接送到了村北口的诊所，清洗淤血，包扎伤口。隔天，父亲用脚踏车载着干爹到镇上打疫苗。

干爹说，以后有孩子，我就是他干爹。

父亲笑了。

那年的年底，父亲终于结婚了，对象是奶奶的一个远房表亲，长相适中，四肢也健全，据说也是憨厚实在，能吃苦耐劳。这位远房表亲后来成了我和小弟的母亲。外婆生了七个女孩、一个男孩。当然，外婆家也穷得叮当响，撑不起几个孩子的温饱，后来决定送出两个女孩，一个至今不得而知，而一个成就了父亲的姻缘。尽管如此，父亲还是觉得捡了个大便宜。很久以后，父亲对我说，人家的新娘是用轿子抬过来的，而你母亲，是和我一起走过来的，走得脚掌都磨破皮了。我这辈子十有八九是没能给她好日子过了，只能指望你们。

记得我问父亲，好日子是什么？

他说，吃穿不愁。自我懂事起，吃穿不愁成为人生目标。

那天晚上，父亲用竹枝揭开了母亲的黑纱，饮杯交杯酒。干爹在门口放了几串鞭炮。几个堂亲挤在简陋的家里，喜笑颜开，一个婚礼就这样潦草地完成。干爹和父亲喝得醉醺醺的。干爹说，我以后就是小孩的干爹了，你嫂子就是小孩的干妈。每年的正月，我们都要一起喝酒，我还要给小孩压岁钱。

父亲结婚最大的意义是家里又多一个劳动力。而我，在改革开放第二年出生。

后来东石公社变成了东石镇，大队改成了村委会，我们一家分到了两三亩地。父亲不再挑海沙、打零工了，爷爷、父亲、母亲、二叔以及家里的一头牛组成了耕田犁地的中坚力量，把家里的那几亩田地梳理得井井有条，种地瓜，地瓜丰收；种花生，花生超量。从那时起，家里好像少了很多关于吃饭的忧虑。

当干爹和父亲走进彼此的生活，参与彼此的生命，就成了至交。而兄弟，并没有高低贵贱之分，所以这份情谊并没有保质期。

大　黑

正月没过多久，之前那讨账的大汉又找上门了，这次是单枪匹马来一个，就是那位态度比较好的。他跟父亲说，他母亲患病，现在医院里，情况不是很好，急需医药费，无论如何也得想办法还钱。大汉撂下这么一句话，就匆匆离开。父亲拧着眉，没有回话，机械地点点头。能说什么呢？他站在长着枯黄杂草的门口，阳光照在他棱角分明的脸上，一脸落寞。愣住好一会儿，直到走过的邻居说，老冲，晒太阳啊。他才缓过神来，仿佛明白什么，拉着家里那辆旧自行车，往干爹家的方向去。父亲瘦削的身形蹬起自行车，感觉特别轻盈，熟练地在小道巷口间穿行。冷风在耳边呼呼吹啸，光秃的树枝显得特别清冷，几条狗懒洋洋地耷拉在土堆旁。父亲的鼻头通红，嘴角升腾着雾气。他还是没有穿鞋，一双脚掌裸露在外面，上面几个疙瘩和凌乱的小伤痕表露无遗。握住车把手的两双手，更是老茧叠生，粗粝不平。在与生活的对峙中，父亲从来不注意这些小伤小病。

干爹家前面，有个菜园，父亲推开柴门走进去，一条黑色土狗摇着尾巴走过来，往父亲小腿上蹭，很是熟络。干爹在菜园里浇水，父亲走了过去，接过干爹水桶，把剩下的水浇光了。干爹说，有事吗？父亲没有回避，他向干爹说明了来意。干爹问，欠了多少？父亲说，四千五。干爹眉头一皱，他说，只有一千元。父亲借走了干爹的一千元。过两天才从母亲那里得知，那一千元是干爹买猪崽的本。养猪是干爹家最大的收入来源，干妈当然会有情绪，于是找他吵了一架。干妈说，有钱，我不反对你借给小冲，但这不一样，没养猪，我们喝西北风吗？后来，干妈还是跟母亲说，干妈说的时候，像是一个犯错的小孩，吱吱呀呀了半天才开口。父亲将钱给了干妈，双方都是一脸歉意，辜负深重。听说干爹得知后，又找干妈吵了一架，把之前的架还了回去。几天后，干爹又将一千元塞给父亲。父亲当然死活不肯接招。夜色中的两个人一来一往，见招拆招，像在华山论剑，最后干爹败下阵来。

父亲后来得知，大黑在泉州开了个店，他决定去趟泉州。这是父亲第一次离开小镇抵达城市。那天天还没亮，一片朦胧，父亲喝一碗稀饭，出发前，跑了两趟厕所，抖擞着精神，沿着崎岖蜿蜒的小道走到村头公路旁。有一辆班车每天六点半会从这里经过。几只黑狗跟在后面吠着，父亲并没有在意，偶尔三轮摩托车的声音划过宁静，这些都是起早贪黑的小本生意人。

父亲到达泉州，找辆摩托车，经过一番讲价，父亲终于还是没上车。

摩托车说，你真会讲价。

父亲说，你们专坑我们这种农村来的。

摩托车说，我们坑也是坑穿西装打领带的。

父亲笑着说，也是，也是，不过有些无良的，还是会坑穷农民。

摩托车笑了笑，没说话。

徒步经过几个红绿灯和一些在建的工地，到处都是拎着大包小包的步履匆匆的行人，跟他们形成鲜明对照的是从一些气派大门走出来穿着套装表情骄傲的人。那些是坐办公室的，或是从大洋百货穿着高跟鞋烫着大波浪走出来的摩登女郎。不一会儿，远远就看见中山路的白色钟楼以及周围连片红瓦古建筑，西街、东街、中山路，开元寺、东西塔，这里是泉州最古老的街道，名副其实的老泉州。在这里很容易找到像甲第巷、曾井巷、三朝巷、胭脂巷、状元坊等人文荟萃的老巷弄，老泉州港的汽笛声犹然在耳。父亲丝毫没有在意，他缩着头气喘呼呼，在这些都长得差不多的老房子中，寻找他手里的门牌号。

父亲手里握着一张纸条和一瓶矿泉水，站在嘈杂陌生的西街口，一排排两三层楼高的红砖厝分列在路的两旁，店门朝外，门上挂着木匾额嵌着老泉州钟表行、红袖糕点、来福阁客栈等感觉古老的店名，或者挂着更为古老的店招旗、灯笼串，随风摇曳，仿佛走进某个古代小镇。二层阁楼是茶铺、书店和稀奇的咖啡屋。路上行人熙熙攘攘，父亲照着纸条上的地址，一家一家地找，终于找到了开杂货铺的大黑。大黑看到父亲进店，脸上闪过一丝尴尬，立马又挤出笑容，赶忙迎父亲到屋内，抽出条长凳，倒了杯水。父亲把塑料袋子放椅子上，赶紧向大黑问厕所。在店后面的小厕所里，父亲拉了平生最为冗长的一泡尿，感觉整个人生又充满了希望。整个店面很小，也就几个平方米，沿着墙壁四周架子上摆满了商品，烟酒食品、生活用度，应有尽有。店门口还摆了一个玻璃柜台，下面铺满了烟，大前门、红梅、牡丹、红塔山等等。玻璃面上一台收费电话机，旁边立着一张小牛皮纸，用打包笔写着：一分钟五毛钱。父亲喝了口水，环顾着小店，以及店门外挤挤挨挨的自行车、摩托车、三轮车。一排排整齐划一的小楼房和店面，各式各样的招牌，不管是车或者行人都节奏明快、急急匆匆。这是父亲第一次进城，第一次领略大城市的风光。

父亲问大黑，大城市都没有厕所的吗？

这话把大黑逗笑了，怎么会没有厕所，但不好找就是。

确实如此，父亲进入市区遇到的第一个难题就是找不到厕所，问了几个人也都不清楚。父亲对大城市的第一条守则就是，不在马路边或者街道旁直接撒尿。如果在农村，这根本不是问题。

当然，父亲不会放着工地里的活不干，花了八块钱班车费来大城市研究厕所的。

父亲跟大黑说，他需要钱，看之前那一笔钱能不能还给他。大黑当然知道哪一笔钱。

大黑说，现在确实没钱，年底再凑给你。

父亲说，实在等不及了，之前跟人借了钱修房子，现在那个人家里出了变故，急需用钱。

大黑说，真不好意思，手头确实没钱。语气中带点歉意。

父亲有点哀求，他说，你在这大城市里开店，怎么会没个三两千块？

大黑又给父亲倒上水，站起身来深深吸了口气，他说，店不是我开的，我是在看店还债，真正的老板是旁边餐馆的老板。

大黑是我们的邻居，但不是本地人，应该是莆田仙游那一带的。好几年前因为看上了邻居家漂亮的女孩，而漂亮的女孩对他也是蛮有好感，两人就凑一块，不久就有了小孩，这在当时绝对是轰动的新闻。女孩家不想把丑闻闹开，给了大黑两条路走，一是入赘女家，刚好女孩家没有个男孩；二是要打残他的腿。大黑没得选择，不过跟女孩家约了口头协议，以创业之名，留在这里，并且以后的孩子还是随大黑姓氏。大黑的地址，就是他老婆给父亲的。

大黑是我们村少有的会开车的人，之前给一家服装厂开车送货。由于当时工厂效益还是不错，大黑长得帅气人也精灵，办事也靠谱，经常一些订单都是他跑车拿回来的，深得老板的信任，也被老板千金看上了。有一天老板告诉他，他只有一个女儿，要将宝贝女儿嫁给他，嫁妆是整个工厂。大黑听后差点瘫在地。老板说别高兴太早，有一个附加条件，才让大黑又站直了身体。他说，大黑得入赘他们家，以后小孩得随母姓。大黑坚决地拒绝了老板的意思，代价是被老板炒了鱿鱼，工作丢了。大黑很快又找到下家，不过没做多长，就莫名其妙被劝退了，再找了个下家，还是没能如愿。大黑知道是原老板搞的鬼，原老板曾经开玩笑地告诉邻居女孩父亲，说，大黑入你家不入我家，让我很没面子。大黑人在屋檐下，还是忍了下来，开车不行，他就跟邻居女孩家的堂哥跑船撒网去了，这船跑得还算顺利，赚些钱，生活总算开始稳当了。后来女孩堂哥跑外省做生意，大黑便借了些钱，其中包括父亲存着要建房子的三千元，把船盘过来，重新整修，正要乘风破浪一番作为的时候，一个台风直接把大黑的全部家当打翻在地。看到天价的修船费用，还有原老板隔三岔五的掣肘，后来大黑索性看破，另谋出路。大黑决定到外镇去看看，辗转几个地方，其中又借了利息，赔了生意，暂时给人家看店了。

父亲说，你脑袋那么灵光，学东西容易上手，又会开车，怎么会成这个样子？

大黑说，运气不好，脑袋好，有啥用？

父亲说，欠了很多吗？

大黑说，还好，不是很多。

父亲说，其实，脚踏实地领份工资比较踏实，也没有风险。

大黑摆了摆手，示意父亲不要再说了。他跟父亲承诺年底一定把三千元还上。大黑留父亲吃午饭，父亲没有拒绝。因为他也饿了，饿得虚汗直冒。早上就喝碗粥汤，在路上颠簸了近两个小时才到泉州，然后在泉州城内兜兜转转又走了将近两个小时，才找到了大黑。父亲指着椅子上的塑料袋，给你的，自家做的地瓜片，大黑并没有说什么。那天大黑请父亲吃咸饭卤豆干，父亲端起碗来，两根筷子配合得像扫把一样，不断地将饭扫进了嘴巴，窸窸窣窣，像扫进了一个深不可测的黑洞。一会儿工夫，父亲吃掉三份咸饭和卤豆干，舌头像蜥蜴捕食一般吐得长长的往外扫一圈，狠狠地打了一个饱嗝，满足地笑起来。

父亲说，味道真的不错，和家里的不一样。

大黑说，要不要再来一碗？父亲又打了一个嗝。

父亲说，城里就是好，什么都方便。

大黑说，也要有钱才方便。

父亲抓了抓头，表示同意。接着说，今后什么打算？

大黑说，先干着吧，有机会去深圳闯一闯。

大黑骑着一辆嘉陵牌摩托，将父亲送到车站。摩托车上，大黑告诉父亲，孩子出生后，老婆没去工厂上班了，又欠了些钱，隔三岔五地埋怨我没赚到啥钱，说当时以为我有一技之长，能开车，识点字，应该不会吃亏。

父亲说，你要找个工作不难吧，不像我，睁眼瞎，只能扛着石头干着粗活。大黑说，有想过，但来钱慢。父亲说，软力饭，不能吃，哪有什么来钱快的活？大黑说，他跟朋友开一个小赌档，起初也赚些钱，最后还是被端了，血本无归，差点被关。父亲深深地吸口气，说，这事可不能再干了。大黑没有回答，只是说，运气还是差点。

大黑把父亲送到了汽车站。整个车站像是一个巨大的嘴巴，吞吐着来自各个地方的旅客。各个穿着不一的人，来这个城市就两个目的，一个是花钱，一个是赚钱。他们随着人潮在这个车站这个城市里辗转起伏，裹挟涌动。车站旁边是次第生长的高楼大厦。父亲手里拿着一瓶矿泉水，孤零零地站在等候区。他的眼神有些失落，神情甚至有些哀伤。灰布裤、老旧的夹克、头发微卷、一双人字拖漏出大面积的伤痕累累的脚掌，令人心酸。他问身旁一个穿着体面的人，现在几点？那个人晃了下手臂，一块看起来名贵的手表就势滑下来。距离发车还有段时间，父亲索性蹲下来。蹲，是农村人习惯的姿势。蹲着吃饭，蹲着聊天，蹲着发呆，蹲着洗刷。他从兜里拿起盒卷烟，专注地卷起来，背着风擦燃一根火柴。一阵寒风吹来，父亲手哆嗦了一下，烟掉地上。他赶紧捡起，将沾在上面的灰尘吹掉，继续吸了起来。

车进站了，一群人一拥而上，一个个奋力地挤进这铁皮盒子。父亲缩着头贴在别人背上，挤上去。座位已经满满当当，他只能站着，手里抓着横杆。车启动了，父亲微微向前晃一下。车在市区里缓慢行驶，父亲透过人缝望向窗外，大洋百货、远太大厦、飞天市标、东方酒店、华侨新村，一拨拨新鲜的建筑物在车窗外缓缓经过。父亲睁大眼睛，惊奇感已经驱散他此行的失落。他是个扛石头的人，但他搞不懂这些巨型的建筑是怎么完成的。车经过处，很多工地在开工，推土机、水泥搅拌机、铁丝网、脚手架，就在农村还在千方百计想盖石头房子的时候，城市已经开始流行浇灌水泥钢筋了。

  一位年纪稍大的阿爷，拍拍父亲的肩膀，他说，水泥房子有什么用，听说使用寿命就是几十年。

  父亲抬起头笑了一下，并没有搭话。他吃饱饭，但是没有要到钱，有些提不起劲来。

  汽车驶出了市区，房子瞬间矮了许多，人群稀疏，土地空旷，一切都是父亲熟悉的样子。一层两层的石头房子一簇接着一簇，国道旁的泥土路弯弯曲曲地盘旋伸进广袤的田野。小朋友抓紧寒假尾巴，呼朋引伴奔跑着，大人们早已经进入了劳作状态。零星的鞭炮声，维系着正月的氛围。汽车在简易的站点停靠，一批人下车，一批人上车，车里的拥挤并没有得到缓解。父亲抓着横杆，身体随着车颠簸晃动，一会儿向前倾，一会儿向后仰，像在跳迪斯科。当车进入安海地界的时候，更多人下车，车里变得宽松了，父亲终于找到一个位置，舒舒服服坐下来，靠在座椅上闭上眼睛。他没有睡，在思考，这建房子拖欠的三千五百元，怎么办？

  汽车到达村口，乘客所剩无几，父亲站起来伸伸腰，下了车。一阵凉风扑来，父亲打了个颤抖，他将夹克拎紧，没有向家里方向走，而是走进村里的一家工厂。老板跟父亲是挑沙的伙伴，如今是穿皮鞋倚在软摇椅上办公的体面人。父亲在老板的办公室里显得局促不安，双手垂放在两侧，相握放在前面，或者干脆夹在背后，前前后后好几回。他的人字拖和旧布裤以及凌乱的头发都和这里的木地板、鱼缸、盆栽以及书架上的《资治通鉴》《史记》《莎士比亚全集》显得很不搭调。他像是走进动物园一样，好奇地看着办公室的一切。老板让父亲坐下。父亲说，站着就可以。

  老板说，跟我生分了是吗？

  父亲才小心翼翼地坐下。最后，他向老板借了三千元。这只是本金，还有利息。当然，利息不高，这是看在当年一起挑沙的情分上给的折扣。父亲将三千元紧紧攥在口袋里，心情放松许多，径直走到了大汉家门口。看到大汉的母亲在打着小牌，有说有笑，爽朗璺铄，还小跑上下厕所。父亲的心头发紧，有点酸也有点愤怒。他没有走进去，折返到工厂，向老板再借五百元，然后才走进大汉家。大汉刚从外面回来，碰到父亲。

他说，你来了。

父亲说，是的。然后掏出三千五百元。点完数，父亲转头就走。走在路上，父亲突然想通了，欠债还钱，天经地义的事情，即使他母亲没任何问题，他的欠账还是得一分不少还清。父亲迂回在乡间小路上，寒风扑面而来，一支卷烟捏在手上，背有点曲。父亲的前面几步是一个身着西装的外村人。一条狗杵在那里，没有动静。父亲走过，那条狗却在后面吠了起来。父亲蹲下来捡起一块石头，转过身狠狠地扔向那条现实而势利的狗。

我们总想奋力支配人生，却在某些时刻总被命运把玩。这是我们走不出的局限性。

工　地

时间年轮轰轰向前，进入三月，春天气息彻底弥漫，满山春意盎然，草长莺飞，细雨霏霏，偶尔还夹带着寒意，但老人家都说了，这冷天气已经是"寒皮不寒骨"。南风天潮湿的天气隔三岔五地在我家的地板墙壁渗透出水珠，整个石头房子像被洗过一样。父亲跟着火石师傅总有干不完的活，每天天刚亮提着一捆专门用来绑石块的粗壮的绳子出发，中午就在外面小餐馆吃，吃完继续干活，晚上则摸着黑回家，一天保守估计在十个小时以上，但父亲的心情犹如这个春天，长满绿色和希望。火石师傅从今年开始，开启加班模式，加班两小时当半天的工资算，与时俱进，效率一下子提高很多。对于缺钱的父亲来说，无异久旱逢甘霖。火石师傅是我们村口碑最好的建房师傅，翻房建房是大事，很多村民都在前几年勒紧裤腰带过日子，就是为了能盖个舒服顺心的能够安身立命的房子，每个人都很慎重，而火石师傅是他们不二的选择。火石师傅单子越接越多，父亲的工作算是稳定了。

父亲工作稳定，田里的活就压在母亲的身上了。分家的时候，在几个叔公的主持下，作为长子的父亲分到一亩三分地。然而，就是这一亩三分地，让我们家在即使没收入，穷得叮当响的艰难时刻，也能保证全家不会被饿着。每次去田里帮忙时，看到那被父母驯服得整齐划一的土地，看到土地上长满茂盛的地瓜叶、花生叶以及藏身在土壤里肥硕的地瓜和花生，会突然感受到"富有"这种感觉。偶尔坐在土堆里发呆，弥漫着泥土气息和海风湿稠的味道，不知不觉地会打上瞌睡。如果还能进入梦乡，那应该是最美好的时刻。

我和母亲上山回来，看到父亲皱着眉头，坐在一旁的凳子上擦拭着不断从脚掌渗出来的血，地上一团团被血浸湿的纸，显得骇人和狰狞。我和母亲吓呆了，站在一旁不知所措。

父亲却说，运气还好，只是被小石头砸到，如果大石头，这双脚就算废了。

父亲抬头眉头舒展开来，向我们微笑。母亲却哭了，吼着，好端端的鞋不穿，你看那双脚都成什么样子？

父亲安慰着母亲，没事，小伤，你看这不止血了吗？

脚背上盖着厚厚的一层粗纸，其实已经都被染红。三叔驮着父亲去诊所看，后来叫了辆摩托车送到镇里卫生院治疗，伤口缝了几针。父亲不得不休息七八天，等到可以起来自由走动时，母亲才如释重负。

有一次，也是南风天，父亲让我买包烟，我刚跑进家里，一阵大风袭来，那个临时的铁皮门板"哐当"一声，我刚起身就掉下来，铁皮板几乎是擦着我的左臂倒下的，像一把明晃晃的利刃从我身旁划下。父亲大叫一声，我苦，仿佛那声音可以拉我一把。脸色瞬间铁青，整颗心提到了嗓子眼。那一天起，父亲决定要将未加盖完成的下身厝完成。不久，父亲又再次走进了火石师傅的工地。他还是没有穿鞋，斑驳粗糙的脚掌上，一条"大蜈蚣"显得格外突兀，甚至有些触目惊心。我指着父亲的脚问，爸，疼不疼啊？父亲会冲着我笑几声。

伤口初愈，父亲被火石师傅安排到相对较轻松的活点上。挑水搅拌，提桶递砖，以往这些活是轮流干的，现在大家都默认父亲比较合适。

这天，福伯家房子要"吊坎"（闽南话建房顶的意思，将一条条石板用粗麻绳绑结实，用三个竹架支撑着的滑轮器吊上去，搁在石柱和墙体间，就是房顶）。"吊坎"是建石头房子最为重要的一个环节，跟高楼封顶一样，主人要烧香拜佛，挑个黄道吉日，还得为工人准备丰盛的午饭，以求顺利完满。滑轮器用竹架架成最稳定的三角姿势，蓄势待发。六个大汉则要将堆在工地旁的石板一条条地扛过来。今天刚好少个人，日子又不能改，伤愈后的父亲只能顶上。他们娴熟地把石板捆绑好，用粗木棍穿过打结的绳孔，两两一队，分据石板两边，各自站好位置。父亲被安排在最前头，因为前头吃力相对小一点。然后把扁担搁在肩膀上，深吸一口气。后面的工人大喊"一、二、三"，喊到"三"的时候，六个人同时使力，将石板挑起，稳稳当当地将石板送到指定位置。如果路段较远，他们就会大喊"一二三加油，一二三加油"来彼此打气。走两步，喊一遍；走两步，喊一遍。带着铿锵有力的节奏感，像战场上的战士，雄赳赳气扬扬，口号喊得震天响。那天中午，父亲吃了两大碗饭，有肉，有鱼，有虾。

火石师傅拍拍父亲的肩膀说，下午还受得住吗？

父亲抹了一下嘴巴，说，没问题。

学校生活占据大部分的时间，家里头除了煮饭打扫，父母尽量不让我们做任何事。我已经是毕业班的学生，整天有做不完的功课。小弟也读上二年级了，彻底摆脱了一年级的羞涩和恐惧。父母跟我们说，只有读书以后才有得吃有得穿。我们两兄弟就很认真专注地读书，虽称不上顶尖，但名列前茅还是没有问题。不过，再认真也还是会被误事的。那天，动画片《圣斗士星矢》迎来大结局，家里黑白电视不巧刚好坏掉，我拉着小弟到邻居同学家看。穿上青铜圣衣的星矢使出一招天马流星拳，阿舜丢出星云锁链，帅气的紫龙祭出庐山升龙霸，一辉的绝招凤凰幻魔拳，酷哥冰河的钻石星辰，一场营救女神雅典娜的宇宙大战在邻居家十八时的黑白电视机里拉开战幕。

我们的气息随着电视里青铜圣斗士的战况时而紧张时而平缓，谁都不知道我的母亲早已经操着把藤条，站在邻居家的房门外，盯着手舞足蹈的我们。当我的余光扫到母亲时，她的眼睛几乎能喷出火花。我感觉不妙，便戳着对着电视耍起天马流星拳的小弟。毫无疑问，即使我们的武功再高强，在母亲凌厉的眼神面前都会败下阵来。

母亲的眼神从凌厉变成哀伤。她没有说话，噙着泪，提起藤条，往我们兄弟俩的小腿上狠狠地抽了两下。隔着厚厚的布裤，我都能感觉到灼热的刺痛感。我和小弟抿着嘴并没有叫出声来，小弟的泪珠子在眼眶打转。母亲领着我们向父亲的工地走去，一路上并没有说上一句话。比起之前喋喋不休的教训，沉闷的无声，更让人心悸。夕阳已经西沉，整个村里被笼罩上一片昏黄，烟囱里的烟雾缭绕上升，村民们陆续回家。我们来到工地，听见了父亲撕裂的喊声，"一……二……一……"的加油声。此刻的他正和工友配合挑扛着一块巨石，喘着气，艰难地走着。脖子挂着条毛巾，长袖灰布衫已经被浸湿一大片，裤管高高卷起，瘦削的身形在石头的碾压下让人特别心疼。

母亲让我们好好看看，她红着双眼忍住不哭，只说了一句话，你们好好看看，好好看看。

很多年以后，每次想起这一幕，都能感受到深深的锥心痛感。那个画面，关于生活的全部真相，我能做的，就是落泪还有感恩。

《圣斗士星矢》的最后一集，在某一次重播后，我们还是看完了。那时候我读初二，看完后，我彻头彻尾地哭了一回，因为我的耳边回响起父亲在工地里"一……二……一……"的加油声，立体环绕，寸寸扎心，历历在目。

火石师傅是一个好人，凡是跟他的工人，工作基本稳定，做不到位的工友，总能得到火石师傅的耐心指导。久而久之，工友们建立不错的关系。有个叫连福的工友，平时我都叫他连福叔。有一天，他将父亲几个召集来。他说，他的堂弟，前两年投资一万多元，买几台平车，雇请几个女工，在门口空地搭建了简易铁皮屋,在熟人的介绍下,找了一个固定的买主或者中介,生意好得不得了,两周发一次车,拉往内地的市场,需求量巨大。

连福叔给工友们做了一个童话式的比喻,他说,赚钱就像用扫把扫,不久就满满的一个布袋。

火石师傅把手贴在连福叔的额头,说,全世界都是笨蛋吗?你想得到人家早想几十年了,几台平车就要扫钱,还不如去抢劫。

大家作鸟兽散,只有连福叔还在嘀咕着。

晚上,父亲走回家,他在心里默数一下,从工地到家里,拐弯抹角不到一公里的路上,就有三家工厂。讨海人老三是老板,开小卖部胖虎也是老板,游手好闲的厝仔雕还是老板,有的甚至还骑上了"剑牌"摩托车,穿着光鲜,披金戴银,插上大哥大,叼着香烟,一路风驰电掣,呼呼的白烟从排气管喷出,腾云驾雾般地村头绕到村尾。好像当老板只要做的一件事,就是用扫把扫钱。

没过多久,在连福叔的带动下,几个工友集资办厂,他们合股成立一家叫"连盛"的工厂,买了几台平车,雇了几个外地女工,找一个空地搭个铁棚,这是这个村诞生的又一个简易的加工厂。父亲是个很小心翼翼的人,他并没有成为股东,他的工资得用来给我们交学费、还利息、建房子,有太多的生活用度需要父亲的辛苦钱。其实,父亲有心动过,他想跟命运赌一把。老板如过江之鲫,工厂如雨后春笋,是他的筹码和勇气。太多人投身生意场,却极少人灰头土脸。他曾经和母亲有过商量,他甚至拿出他的工钱来,准备大干一把。但面对生活的步步紧逼,他还是没有将钱投掷出去,依然早出晚归地跟在火石师傅的工地,用汗水浸湿每张钞票。

弓着腰顶着石头,这是父亲青春的形状,也是生活的真相。

青　春

接下来的日子,父亲稳定地在工地里输出他的汗水和力量。母亲在田里与工厂中不知疲倦地折返。我和小弟偶尔做做家务,其余时间便是托着下巴听老师讲课。时间在每一天中煮沸然后升腾消失。煮饭的时候,揭开锅盖,我傻傻地盯着盘旋升起的烟雾,消失在空旷的时空里。夜幕四合,又是一天即将过去,然后父母会准时回家吃饭,睡觉。我们会真切地觉得被时光温柔相待的感觉很是踏实。

两年过去了,下身厝接建完成,我们第一次迎来了真正意义上完整的房子,我和小弟拥有一间属于自己的房间。我在房间摆满刘德华、林志颖、小虎队的海报。干爹还给我送来了一台小录音机,小录音机年份有些久远了。干爹说,在一次挑沙的途中,一个热气球从海上缓缓飘来,干爹和工友们赶忙放下手头的活，朝热气球一顿猛追。着陆后的热气球挂在树上，工友们晃动着树，有的爬上去刺破了一个大口子，热气球就像是一个被掀开的宝库，各种生活用品、零食设备鱼贯而出。有人抢了毛巾肥皂、饼干糖果、电风扇。干爹掏出了一个小录音机，外带一盒朱古力饼干。一顿哄抢后的热气球，只剩一堆狼藉的宣传单，工友们用绳子捆起来，朝着大海的方向扔了回去，说道，去他妈的老蒋！

初中的时候，我深交了几个在小学已经结识的同学，不同的是，以前叫同学，但沙滩结拜之后，我们成为兄弟。一个周末，我们几个穿着花花绿绿蓬松的短裤在海边玩，湛蓝的天空刚刚洗过，风赶着海水一浪接一浪涌向沙滩，又慢慢地退了回去。我们面向海洋，站成一排，每人手里握着些圆滑的小石块，用尽全力扔了出去，石头钻进浪里，溅起了水花，然后集体调侃那个扔得最近的同学。一个下午在我们的挥霍下像融化掉的冰激凌。那个时候，我们从来不会计较时间的马不停蹄，尽管我们呼朋引伴凑在一起，无非也就默契般地浪费这一瓮一瓮的时间。如果非得把那时候的时光定义一个意义，那就是同学们的感情更深了。海燕建议说，不如我们结拜吧。我们都应声叫好，挥舞着拳头。没有香烟，每人各挑出三个形状大小适中的小石头，握在手里。黑英偷偷环看四周，确定四下无人后，他喊了一声，跪。扑腾一声，七双膝盖集体叩在沙滩上，把小石头举过头顶，向皇天拜后土，喊出自己的名字。我，小克。我，海燕。我，阿达。我，黑英。我，表表。我，阿福。我，小白。结义金兰。每个人闭着眼睛，嘴巴里念念有词，各念各的，有的还把庙里求佛的那一套台词搬了出来，什么保佑全家平安、赚大钱、做大官、有贵人相助……经过无序的程序后，我们成为兄弟。

兄弟们隔天就遇到了个难题，几何测试那节课，我正有条不紊地解着题目，跟往常考试一样，身后那根硬物又不断地戳我的屁股。换作以前，势单力薄，我会将考卷摊开在桌面上，右移，身体往左倾一点，身后的那支笔便会沙沙作响。但这次，我小宇宙爆发正义感冲脑，直接站起来告发他。老师，他用笔戳我屁股。全班一阵狂笑，身后的同学被老师拎着耳朵撵出了教室。放学了，身后的同学堵在门口，恶狠狠地瞪着我，秀出结实的肱二头肌。他说，干你娘的，给我站住。老实说，那时候我吓得连站都站不稳。我的结拜兄弟围了过来，一个个面黄肌瘦的，架着眼镜，一副优秀学生的模样。

身后的同学笑得前俯后仰，他说，一群草包，你们在摆造型吗？

他索性握紧了拳头，说，来，我一个挑你们几个。

阿达手一抖，文具盒掉地上，看到结拜兄弟木讷地面面相觑。我已经察觉到，我们已经输了，要考试可以，但打架，我们这几个谁都没有这方面的经验和勇气。后来我们答应给他几天的饭盒才算平息此事。以后的考试，一旦屁股被戳，我会惯性地将考卷挪向右边，身体左倾。

我本想将这事告诉父母的，但又觉得父母已经忙得不可开交了，不能再让他烦心。当然我们兄弟也觉得挺懊恼的。

海燕说，不知怎么的脚就软了。

黑英也说，真打起来，到底是先出脚还是先用手？

我手一摊，嘴角挤出一个苦笑。那个周末，我们出完黑板报，心血来潮相约录像厅看了场电影。工厂遍地开花的年代，外来人口数量越发膨胀，录像厅成了一个休闲的去处。一到休息时间，录像厅总是挤满了年轻人，说着河南话、贵州话、四川话还有地瓜腔的普通话，他们花两块钱可以看一集电视剧和一部香港动作片。有些女孩子看到帅气的刘德华、周润发或者搞笑的成龙、洪金宝，都会手舞足蹈发出阵阵尖叫。市场逐步开放，信息加剧流通，很多港台明星的新闻，迅速地铺满了内地年轻人的房间。

那天，我们哥几个看完了刘德华的《法内情》，哭得稀里哗啦，在录像厅多逗留一会儿。这时，录像厅负责人喊着，加场电影开始了，多交一块钱就可以多看一部动作片。高个子表表站起身来看了看稀稀疏疏坐落着十来个人，清一色的男生。我们看看时间还不晚，而且加映的是动作片，便多交一块钱。灯光再次暗下来，老板将一块砖头似的录像带压进了机器，几秒钟后，朱红色的手写体片头显示出来：她来自胡志明市。冗长的字幕后，镜头对准空旷的大海、沙滩，还有来回飞翔的海鸥，相对平淡的开头之后，让我们瞠目结舌的场景出现了……我们看得面红耳赤，抓耳挠腮，不断地吞吐着粗气，只看了十来分钟就跑了出来，像一群窃盗未遂的贼，灰溜溜地逃离作案现场。红彤彤的脸蛋暂时被这傍晚的灰黑稀释。

我说，妈的，这是哪路子动作片？

群英说，那样是不是真的？

小克说，好像有一种技术，男女分别在两个房间演，然后拼接在一起。

阿达一直捂着裤裆下的东西，弓着腰，撅起屁股，显示出不自然的站姿。我们拿他取乐，一路踢着小石块，各自做贼心虚地回家。

回到家，父母还没回来，小弟学着我在煮晚饭，脸上一抹黑一抹青的，忙得不可开交。我拿起扫把打扫起来。

小弟说，哥，我把味精当盐巴了，不碍事吧？

我说，你下了多少？

小弟说，下一点点。

我说，那没事。一刻钟后，小弟又问，烧焦没事吧？

我说，烧焦多少？

小弟，应该不多，就是锅底全黑了。

我说，你死定了……

隔天进校的时候，我们哥几个被年段长叫到办公室。还没等我们站稳，年段长迫不及待地问道，昨天去哪里？他坐在靠椅上，一双短腿搭在办公桌上，恶狠狠地瞪着我们，眼神中有种要把我们大卸八块的悲愤。空气瞬间凝固了。

片刻，黑英说，段长，昨天是星期天。

年段长说，还用你说，说，昨天下午你们去哪里？

海燕说，没有啊，我们就到录像厅看了场电影，哪里都没去。

年段长追问，看了什么电影？

这下把我们都问懵了，我们面面相觑，羞脸的事，果然被老师发现。

我说，我们就看武打片。

年段长阴森地笑了，男女对打的武打片吗？

这下彻底击垮我们，其实很多老师都这样，明知道发生了什么，并且已经对告密者的话深信不疑，还非得端着杆秤，揣着明白装糊涂，假装公正不阿地问询。

这时候阿达勇敢地站了出来，他说，我们看了《天蚕变》和《神雕侠侣》。

段长问，还有呢？

阿达说，没了。

段长还在追问，敢看不敢说吗？

阿达说，真没了，您那天也在吗，不然老是问我们还有没有？

年段长高高举起戒尺，拍在了阿达松软的屁股上，阿达一声惨叫。最后我们被移交给班主任，班主任揉着阿达的头说，痛吗？

阿达说，头不痛，屁股痛。

班主任说，那活该。

然后话锋一转，说，电影好看吗？

表表说，我们看了三级片，不过就二十分钟。

班主任并没有继续追问看了什么，那样我们就很难回答。我说，段长那天一定也看了吧，不然怎么那么肯定？班主任没再跟我们废话，他要我们在周五的班队会上表演一个节目。

班队会上，我被兄弟们拱上台，唱了一首《来生缘》。我模仿刘德华的唱腔，浑厚的中嗓，依附着抖音颤音苦音，将一首悲凄婉转的伤感情歌，表达得很到位。班主任带头鼓掌，女生的尖叫此起彼伏，我不小心将一个惩罚变成了演唱会。等着看我出糗的后桌同学一脸木讷，成了全班最不和谐的一张表情，长满青春痘的脸像一颗还未长成的榴梿。

　　班队会后，有个诡异的事情发生了，几乎每个晚自习，隔壁桌漂亮的杨同学都会操着柔和的声音问我作业。白衬衫、黑裙子，一袭乌黑的长发披在肩上，人家说的长发如瀑就是这个样子，隐隐散发的发香，总是让我的身心很是享受。我在作文与几何方面算是一把好手，她刚好在理科方面有些滞后。我同桌住学校旁边，很少晚自习，她同桌肥胖的身体总是占据大半个座位，不断压缩她的活动空间。因此晚自习的时候，她会大方地坐在我旁边，研究勾股定理或者中线定理。有时候，也会对着一本《围城》吃吃大笑，偶尔还跟我讨论钱钟书和杨绛或者鲁迅和许广平。每次晚自习，老师应付性地讲完课，我都会自觉地移到我同桌这边，她就可以顺势地从她座位坐到我旁边。

　　有一次，我没好意思地说，你头发好香。

　　她说，她习惯晚自习前洗头发，晚上好睡觉。

　　毫无疑问，班里开始有了闲言碎语了，只要我们俩坐一块，或者打招呼说话，旁边同学会默契地发出"哦……哦……"的波浪声，低沉而立体。包括我那几个誓天盟地的结拜兄弟，他们似乎不会放过任何起哄的机会。渐渐地，跟她说话我会脸红，心跳加快，偶尔还会算错简单的题目。小克提醒我说，衡量爱情的重要标准是算错简单的题目。在那一连算错题目的几个晚上，爱情这个概念已经悄悄地爬上脑袋，使我心潮难平。这个说爱有点浪费和天真的年纪，我得率先做出改变，万一杨同学像琼瑶阿姨电视剧《六个梦》的女主角一样，疯狂地爱上我，甚至会割腕、绝食、抑郁，那可怎么办？晚自习时，我不再给她腾出一个顺势的位置了，她如果要过来，就得从前后桌或者我背后穿过。但她还是过来了，从我的背后穿过，发香再一次飘来，旁边的同学又"哦……"的海浪一般此起彼伏。奇怪的是，她一点反应都没有，磐石般地稳坐军中帐，仿佛拿下我的爱情坚决如铁，难以撼动。有时候，我会直接把答案告诉她，好快点结束这同桌而坐的尴尬。她则不然，非得问出个所以然。

　　一个晚上，她突然从我的身边站起来，转身，头发甩在我脸上，冲着后面叽叽歪歪的男生，大喊一通，然后跑了出去。我那几个兄弟还有一些同学都鼓励让我追出去，可我终于还是没有出去。后来几天就再也没有看到她了，同学说，她这学期不来晚自习了。我像是跌入一个深不可测的黑洞，四周阴嗖嗖的，抓不住任何可以停止下坠的东西。心底空落落的，每次往她桌上一看，总能看到她那个庞然大物的同桌欢乐地吃着零食，那个长发披肩的散发着发香的杨同学不见了。白天，她依旧会出现，但和以前一起晚自习的白天一样，我们像个陌生人，几乎不做任何交流。大约一个星期之后，她又来晚自习了，偶尔还是会问我题目，但更多的是，她会坐在副班长的旁边，一个眉清目秀的男孩，认真地做着题目，问着问题。庞然大物的同学拿着一份空白的几何作业，靠了过来，蛇一般的舌头往嘴巴四周抹了一把，说，张同学，能教我这几个题目吗？

我没理她，转身走了出去。

期中考后，我的年段排名下跌了二十名，刚好来到杨同学的楼上；她则爬了三十来名，来到我的楼下。我们一个排三十六名，一个三十七名。一个晚自习过后，她招呼几个女同学来我们家坐。这是从未有过的。八点多，父亲赶紧到村里的小卖部买了些蜜饯，还有茶壶茶杯。我把方形桌上的录音机、书籍、卡带搬到床上，将位置腾了出来，移到房间中间，放了四条小长凳。杨同学带了他们家的土鸡蛋，向我表示感谢，推脱了好久才收下。他们走后的那个晚上，父母找我谈心，他们说，你看你的成绩，考成啥样？快初三了不能想七想八的。我的脸又涨红了。

后来，这位杨同学考上福州大学，毕业后做了一名公务员，嫁给另一名公务员，在市区的黄金路段买了套套房，已装修入住。她开一辆白色高尔夫，丈夫是黑色帕萨特。我们那天在市政府碰到，她竟然主动给我个拥抱，很兴奋地说了句，老同学好久不见。她说，老同学混得还可以啊，当了校长，还是一个知名的本土作家。我经常在朋友圈和杂志上看你的文章，写得太棒了。我只是笑了笑，不知要回应些什么。那天，她帮我搞定一栋学校教学楼的建设申报。我坚决不留下吃饭，她送我到外面停车场。我开着一辆红色的雪佛兰赛欧，很快消失在她的视线里。

工　厂

两年多的工夫，父亲还紧跟在火石师傅的屁股后面，扛石头，提水泥，步步为营，与生活角力。但父亲的工友连福叔早已经脱下之前又脏又破的工地服了，套上的是一套崭新的西装和皮鞋，驾着一辆红得发亮的名剑摩托车，山呼海啸般地开到我们家门口。连福叔给父亲递过去一支带有滤嘴的香烟，一块明晃晃的表缠在手腕上，一个银色锃亮的打火机在父亲面前打起火。父亲饱吸了一口，像吸进一口氧气，很是享受。卷土烟习惯的父亲，很容易在这种昂贵的香烟里找到最大的馈赠感。眼前的连福叔，早不是那个曾经挑着粪便上山，挑着沙赚工分，与父亲并肩扛石头的土包子了，他是父亲想要的全世界，金钱、身份，还有殷实的生活。

突然，眼尖的父亲指着连福叔明晃晃的表，他说，表不会走字。

连福叔举起手腕在父亲的面前晃了两圈，另一只手从裤兜里掏出一块电子表，他说，这才是看时间用的。

父亲用手摸了摸头，笑了。

连福叔说，他的生意越做越大，再过个两年，要买块地，盖个楼，大概七层，注册个股份公司，聘请个职业经理，设立几个部门，一切制度化、精细化、扁平化，他就可以跷着脚看报表数钱了。连福叔故意将"制度""精细""扁平"这几个词提高音量，说得很专业。

连福叔反复强调，这两年是赚钱的最佳时机，外来务工人员越涌越多，我们可选择的优质工人空间变大了。外贸销售需求越来越大，市场管理健康安全，资金流稳定，不拖不欠，好像百万富翁吃鸡腿，稳稳当当。他要趁这个机会再捞他一笔。

其实什么市场、制度、精细，父亲一概不懂，他只知道外地人确实多了起来，很多破败的闲置的老房子变得抢手。菜市场上，大字都不认几个的小贩们努力地挤出几句不连贯的普通话。外来工们好像都是语言天才，明明对方操着一堆变味的闽南话，他们总能精确地读懂核心内容。小卖部的游戏机、康乐球桌、简易的小餐馆随处可见。街头巷尾，四川人、安徽人、江西人、贵州人比邻而走。据民间传闻，当时村里有四千多常住人口，而外地人口有八千多，繁荣场景可想而知。

连福叔的大儿子跟小弟同岁，年前已经转至名校就读了，花了万把块。他表示，小孩读完高中，今后打算送他去香港念大学。念完大学当个官或者工程师之类的，扎根在某一个大城市，北京、上海、香港、新加坡都可以。好像名校以及北京上海等大城市都是他自己开的公司，感觉比挑几个鸡蛋还容易。父亲低着头看着自己的脚掌，密密麻麻的小伤痕盘踞着一条蜈蚣形状的伤口，这只脚掌几乎没有一个地方是完整的。但父亲不是在乎这点小事，他只是不知道如何面对连福叔，这个曾经的工友，现在的老板。

母亲做工回来，她打量下连福叔，微笑着打个招呼，便钻进厨房捆起柴火。连福叔掏出电子表看了看，他突然约父亲吃饭。父亲忙着拒绝，他说，下午还有活，中午得休息下。连福叔知道父亲老实的秉性，也没有强求。他跟父亲道了别走出门口，然后朝父亲比了个手势。父亲跟了出去，连福叔凑在父亲的耳旁说，有需要我的地方，尽管开口。临走前还递给父亲一包带有滤嘴的烟。

三天后，火石师傅带着父亲等工友给连福叔的工厂砌个工人宿舍。连福叔的工厂其实还是个简易的大棚，几百平方米的四周砌起石头围墙，镂几个窗户，窗户外面是青青绿草和几堆坟墓似的垃圾堆。屋顶是铁皮搭起的大棚，棚顶吊着几个大叶扇。地板扫上水泥，一二十架平车一字排开，机器轰轰作响。工人们像个机器一样来回地执行着指令，完成一道又一道程序。旁边出口，停着一辆小货车，一捆捆包装好的货物被传递着，塞进汽车货柜。整个工厂外观像是一个大型马戏团表演场地，里面是来自各地的农民，出演着没有剧本的生活。工厂旁边，是连福叔的二层半小楼。连福叔经常抖着西装，拍了拍袖口，咬着带滤嘴的香烟，走出大门跨上名剑摩托车，来来回回。

父亲在连福叔的工地上看到了久未谋面的大黑。大黑穿着还算体面，一件深蓝色夹克和黑色毛衣，配上蓝色牛仔裤和黑皮鞋，茂盛的头发四六分开，还抹上发油。他给父亲递了支带有滤嘴的香烟。父亲接过来，划起火柴点燃抽起来。父亲和大黑蹲了下来，开始攀谈。

父亲说，还在泉州吗？

大黑说，没，去年就回来。连福厂里需要，就回来跟他了。

父亲吸了一口烟，烟雾袅袅飘了起来。他发现大黑略显发福，肚子隆起，皮肤变得白皙了。

父亲说，以前的事了结了吗？

去年还清赌债，今年底，就可以把钱还给你了。大黑也吸了口烟，露出一丝歉意。他说，真不好意思，几千块拖那么久。

父亲说，有钱的话尽量排给我，是真需要。

父亲往大黑凑近一步，余光瞄下周围，低着头小声说道，你说连福开这厂，能么么好赚吗？大黑眼睛一亮，立马来了精神，不是为别的，就为父亲主动扯开话题。

大黑说，那可不是，你看连福，三年前有什么？什么都没有，这你比我清楚吧？现在吃香喝辣的，盖楼，买地，孩子也送到城里念书，听说还养了一个外地的。你说，这能假吗？大黑抖掉烟灰，又说道，我一年前回来，每个月两千元。去年底还有五千元的奖金。我那小舅子，当了个老师，虽不用风来雨去的，每个月只有可怜巴巴的一百二十八元。赚钱是靠时机的，有了这阵就没有下一次了。

大黑又告诉父亲，他今年已经不领工资呢，以入股的形式参与分红。刚好连福今年要扩大生产，需要资金，不然是不会让人捡现成的。大黑指着那些坟墓似的垃圾堆，说，没意外的话，明年那片地就是连福的。父亲站起来，扔掉烟蒂，抓了抓头发，他没说什么，与大黑告别，继续在工地里挥汗如雨。

父亲纠结几天，终于还是和母亲谈及连福叔发达的事。其实，他们想到一起，父亲想的是入股，母亲计划的是走利息。母亲那天看到连福叔光鲜华丽的样子，觉得这是赚钱的好时机。连福叔与父亲是老工友，两家走得近，关系算不错，就是这两年，连福叔发达了，自然走得稀疏些。在他们看来，孩子一天天长大，会更需要钱，两个孩子的学费，高中的、大学的，这是他们始终要面对的问题。母亲找一个黄道吉日，到庙里去信个签，签面上的内容是：越王卧薪尝胆已十年，宣统风雨飘摇到辛亥。解签的老人大喜过望，他告诉母亲，这是天赐良机，上上签，今年无论做什么都能成功，求名得名求财得财。母亲干瘦的脸终于迎来了一次美丽的绽放，笑颜如花。在一次次与命运生活角逐的过程中，她觉得这次是最有底气的一次。她甚至认为，我们的生活从此将一马平川，蒸蒸日上。

父亲揣着这两年含辛茹苦省吃俭用存下来的五千元找到连福叔，连福叔给他写个欠条，拍着胸脯告诉父亲，赚了算分红，亏了，本钱一分不落还给父亲。对我们家来说，这是一笔最差也能回本的买卖。但父亲没有想到，钱都亏了，还拿什么还？那天晚上，父亲破天荒地跟连福叔、大黑去了一趟镇区的天城娱乐厅，包厢里投射着暧昧的灯光，让人晃不开眼。迪斯科版的台湾歌曲，什么《爱拼才会赢》《爱情恰恰》《烧肉粽》等等，重金属的响声充斥整个房间。父亲像个犯错的小孩局促地坐在一旁，连福叔和大黑，还有一个大腹便便不知名的老板，则在一边扭着肥臀一边划拳行令，动作夸张。他们啃着麦克风，从嘴巴里扯出一堆不着调的音符。他们喝光了一瓶又一瓶的啤酒，酒兴上头，吹着口哨，然后一排浓妆艳抹穿着艳丽露着白皙大腿的小姐鱼贯而入，整齐划一地站着，顾盼生姿的模样让那个大腹便便的老板接连吼了几声浪叫。连福叔让父亲先挑，父亲躲在一旁的角落，用力地推着连福叔和大腹便便的老板，求饶似的拒绝。最后，他离开了天城娱乐厅，连福叔叫辆摩托车送他回家。

一年后，我已经是初三的学生，小弟也上了初一。家里两个中学生，又是伙食费，又是材料费，还有偶尔为我买的可以补脑健体的蜂王浆胶囊，让这个贫困的家庭越发艰难。父亲依然跟着火石师傅奔波在工地上，母亲则在工厂和田地两头奔跑，每晚还加班加点，做些香纸、针线活，几乎把身子调到极致。

又到了一年年底，父亲终于盼来连福叔的消息，他还是骑着一辆剑牌摩托车，头发往后梳，西装笔挺，油头滑面，身材走了样，腰围也肥了两圈。他的颈上套一圈铁索般的金项链，手腕上的表总能不自觉地滑落下来，露出耀眼的光芒。他先是给父亲递根中华香烟，父亲愣一下，才接过手，这是他为数不多的抽中华牌的香烟。连福叔随之递给父亲一千元钱，让父亲数数。

父亲说，不用了。

连福叔说，亲兄弟明算账。

父亲沾着唾液，一张张数起来。父亲说，对数。

连福叔说，这是今年的分红，来年会更多。

四十出头的父亲，干瘦的脸笑了起来，满脸的褶皱，苍老得有些心疼。

看到父亲灰褐色带有几个窟窿的布裤，连福叔眉头一皱，他说，改天我让工人拿几条裤子过来。

父亲说，不用不用，工地扛石头，穿新的浪费。

父亲好像从来不置换衣裤，在我的印象中，父亲也就那几件旧衣物，颜色从来都是暗淡的灰褐色。即使逢年过节，也就是洗得干净的旧衣物，母亲总想给他换几件，他总会说，我一年到头能有几天是干净的，省点钱。当然，母亲也比父亲强不了多少，她那些衣服也挺有年代感，只是不到四十岁的女人，打从心里还是有一些对外表的在乎，这也只是体现在，每年为自己添置一两件新衣服，仅仅如此。

生活就这样过下去，我们会有一些理想，有的人照进了现实，有些人却只握住顶泡沫，稍微用力便两手空空，这是现实和理想角力的代价。

夏　天

尽管日子平静如水，父母的工作也算稳定，但家里的生活用度丝毫没有宽裕多少。这么多年走下来，我们一家都习惯了，没有怨天尤人，也没有丧失斗志。这个世界就是这样，有官吏、老板、工人、农民，还有一些投机取巧的人，各种身份，各种组合，他们各自在自己所经营的生存空间里胼手胝足，忙忙碌碌。我们只能看到他们的外表，只能简单地用美和丑来定义，却不知这身皮囊下的纠结或者挣扎。父亲总跟母亲说，我们不容易，其实每个人都不容易。

我快毕业了，绝大部分的时间都和那帮哥们扑在课本堆里，早上背语文、英语、政治、生物，下午解代数、几何、物理、化学，晚上则在一遍遍地做着考卷，偶尔还会瞄一瞄坐在副班长旁边的美丽的杨同学。周末，我们会结伴沿着弯弯曲曲的田间土路和村庄小道，穿过一大片翠绿饱满的田野是件很幸福的事，步行四五公里抵达仁和老街，每个人的口袋里装着极为有限的零钱。我们这些兄弟中，数阿达家最为宽裕，他父亲是个赤脚医生，顺带经营一家小药铺，良好的医德和精湛的医术，在我们村树立了颠扑不破的口碑，甚至还有病人送他写有"在世华佗"的锦旗。

我们经常在这条开始于20世纪五六十年代的老街晃上两遍。被时间踩碎的青石板，两旁沿街而挂的红灯笼，挤挤挨挨的人群摩肩接踵，吃穿用度应有尽有。我们只看不买，看看站在服装店门口的小姐姐，看看手艺人日复一日地重样表演，看看铺上琳琅满目的瓜果干味。最挑战我们意志和定力的是那些小吃摊，面线糊、麻枣、糖粿、炸芋头、咸饼干，但我们把曹操的望梅止渴执行得很完美，因为囊中羞涩几乎不敢越雷池一步。每次都是阿达掏出零花钱，买了几个麦芽糖或者炸菜粿，轻易地解决我们的难题。最后我们的零花钱会用在文具音像店，我们会在一堆花花绿绿的卡带中寻找刘德华、小虎队、林志颖的新歌，或者陪阿达在录像带的柜台上，逐个挑选。

顺便提一下，自从那一次看港台三级片的经历后，我们又相约看了几次，导致每次看到班里漂亮女孩，脑海都出现她们一丝不挂的样子。后来心中有愧，恨不得抽自己两巴掌。老实说，我们几个都算是学校的好学生，学习成绩优秀，品行端正，又担任班委会团委会的要职（我是班团委书记，黑英是班长），看这种电影确实有些狼狈和猥琐。如果哪一天上台分享读书经验，将同学选材很好说成同学身材很好，也有可能。随着时间，偷看三级片的念头慢慢消退。后来，阿达远房表哥竟然给他们家添置台录像机，简直是要逼着我们往坑里跳。我们倒也理智，彼此约定只能看武打片，什么《警察故事》《快餐车》《东方秃鹰》《夏日福星》之类的。不过，我们还是不相信自己在有了家庭录像机之后会坐怀不乱的。直到初三下学期，大考临近，我们才彻底和录像机说再见，全心用在学习上。

买完了卡带、课外书、文具，偶尔租一卷录像带，各取所需之后，我们空着肚子按原路返回。

刚走出镇区，经过一条街，绕过几栋带有烟囱的房子，来到一片田地，沿着田间小路，遇到三个比我们高一头的社会青年，像长得一样难看的三兄弟，统一梳着郭富城头，手臂用彩色笔画条云中龙或者写个"忍"字。他们把我们东西抢了过去，翻一下又扔回来。

其中一个手臂写个"忍"字的社青，终于还是没忍住，大骂到，你娘的，怎么没有三级片？

我们几个人颤颤巍巍地凑近一起，脸上写满无辜的表情，谁都不敢搭话。

"忍"字社青甩了下头发，直到一小撮头发盖住右眼，才对我们喝道，钱呢，口袋有钱吗？

表表说，没有，都买光了。

"刺龙"的社青说，你娘的，一分钱都没有。

眼看前两个都有句台词，最后一个也说话了，明天中午十二点，每个人拿五块钱到这里，不然，见一次打一次。

三个社会青年开场白才说完，父亲刚好骑着自行车从镇区里冒出来，戴着个草帽，车上还绑了把崭新的锄头，我老远就叫起来，我们提着的心才放下。父亲的自行车在我们面前停住，前面三个社青嚣张的表情立马怂下来，坐在树上腿叉得老开地跳下来，眼睛都盯着父亲。

父亲说，你们还不回去？

我说，他们要抢钱。

父亲看看他们，二话不说，抽出那把崭新的锄头，将锄头举过肩，大步朝他们走出。三个社会青年，充分贯彻手臂上的"忍"字，拔腿就跑。我说，靠，原来他们不是在道上混的。表表说，混的能这副衰样吗？我们都笑了。父亲大声喝起来，顺道教训一下我们，随后，绑好锄头，走在我们前头。

很快到六月份，天气逐渐热起来，大中午的，艳阳炙烤，热风拂身。教室窗外的香樟树上几只小鸟叽叽喳喳叫着，偶尔还飞到窗台边和同学打着"招呼"，为毕业班肃杀的复习氛围增添几丝柔软。学生除了吃饭睡觉，就是对着一个课本喋喋不休，有的趴在宿舍，有的躲在操场树林，有的坐在阶梯，有的塞着棉花坐在教室里。关键时刻，大家都自觉地放逐在书山学海中，奋力泅渡。距离中考不到两周，父亲领着我拿着志愿表找到当老师的姑丈。由于家境的原因，姑丈建议我不要考高中，直接填报中师，毕业出来当个老师，端个铁饭碗。当时我是拒绝的，我成绩好，又和那几个哥们有约定，一起考高中，将来报同一所大学。父亲对我的志愿填报，没有立场，他低着眉，时不时地抓了抓头上蓬乱的头发。其实，从小到大，我们两兄弟除了学费，没给父母造成多大的困扰。父母对我们也算放心，更是从来没有用过藤条棍棒之类的武器，甚至连个责骂也没有。我们偶尔犯错时，他也只是淡淡地说一句，你看我这双脚，你看我每天扛石头，想跟我一样吗？

从姑丈家回来，强烈的阳光照射在父亲瘦削的脸上，颧骨高高耸起，竟在下巴处留下一点阴影。他歪着头，没有说话。他总领先我一个步伐，我走在他的侧后方，那双伤痕累累的脚显得特别奇异，它的每一次触地竟在我的心里撩起一阵疼痛。我伸手去拉他的袖管，竟然抓了个空。是他的手臂太细，还是袖管太宽了？我没敢再去抓第二次。

我说，我能考上重点中学的。

父亲转过来笑了一下说，知道。

回到家，母亲坐在大门口伤心地哭了。父亲大吃一惊，眉头一皱，手搭在母亲的肩上正要开口，还没等父亲问起，母亲就扯着喉咙对着父亲大吼着，那个死鬼连福跑路了，大黑也跑了，都跑十来天，你连个鬼影都不知道。父亲怔住好一会，然后拨开母亲，大跨步进家门，一个趔趄差点摔倒，拉起那辆自行车，瞪着眼睛看着前方，双手控制住车把手，小跑两步，跳到车上，使劲踩着，往连盛服装厂跑去。

连盛服装厂门口已经长起杂草。整个穹顶铁皮棚子，已经被夏日的风鼓吹得呼呼作响。几块铁皮耷拉下来，晃动着，棚内早已经是荒芜一片，散乱无章地丢弃着一些破旧衣物和几台生锈的平车器械。父亲扶着车呆呆地站在门口，曾经平车作业的声音，工人们操着外省语言说笑的声音，言犹在耳，工厂旁边的二层石楼，大门紧锁，铁门上几处被硬物撞击的痕迹，清晰可见。父亲小腿上被山蚊子叮了好几个包。他蹲下身，手伸进口袋，抓起一盒卷烟，翻开，抽张烟纸，夹撮烟丝放进去，揉卷了起来，卷好衔在嘴里。他将头埋得很低，擦燃火柴，就蹲在铁皮棚子下静静地抽起了烟，眼神空洞，怅然若失。一根烟很快吸完，他又卷一根放在嘴巴，等到第二根烟抽完，挂在远处群山的夕阳早已落下。父亲牵着自行车往回走，拖出了一条长长的落寞的影子。

就在那天夜里，我在志愿表上填下了师范，写得异常坚决。父母则把那三台生锈的平车运了回来，放在下厝身的房间里。

晚上，父亲一个人在门口的石凳上坐着，静静地抽着烟。夏夜的风从百米处的海堤上轻轻漫过来，夹着黏稠和咸味。手指间的卷烟上烟灰被一截一截地吹掉。几只蚊子在父亲的耳边嗡嗡作响，父亲偶尔大手一挥，蚊子便默不作声，一会儿工夫，又卷土重来，冷不防地在某一片皮肤上叮个包。

小时候的夏天，我们经常举家到屋顶上睡，一家四口人，抓着竹梯小心翼翼地爬上去，母亲第一个，小弟第二个，我第三个。父亲将枕头、薄被单卷在草席里，右手臂夹着草席，抓着竹梯，矫健地爬了上来。父母分躺在两旁，我和小弟躺中间，望着闪闪烁烁的满天星空，慢慢入睡。父亲的手偶尔会在我们跟前晃动着，驱散蚊子。等我们熟睡以后，父母会说些话，都是关于柴米油盐和吃穿用度，他们像两个能工巧妇，受困于入不敷出的各种难题。母亲抱怨着也心疼着，她说，每次手里攥着十块钱去菜市场，一打破，就一分不剩，感觉有半天工是白忙活了。他们也会聊到学费、世俗事、孩子的营养品、田地里的收成、养猪仔的成本……说着说着，母亲会先行睡着。父亲会蹲坐在草席旁的一块条石上，卷起烟，偶尔跟邻居家打了招呼，之后就是和深夜一样的沉默。父亲明灭的烟头是撒在这苍穹之下的星星，是这个家庭的微光。父亲从来没有说过他在想什么，但他不说，其实我很清楚他在想什么。一根烟点完，父亲轻轻走向草席，在最旁边的地方蜷缩起来，闭上眼睛。

父亲辗转反侧，翻来倒去，一会儿手臂压在额头上，一会儿双手放在胸口，依然还没入睡。父亲又悄悄地站起身，坐在了草席旁的石条上，右脚弯起支撑着，伤痕累累的脚掌显露在夜色下。午夜过后，星光明灭，父亲的脚掌像横断山脉，起伏连绵。苍穹如盖，星辰如大海翻涌，热热闹闹的像一部美丽的童话，它的底下，整个村庄都入眠，一片寂静。父亲点着烟，像一尊古铜色的雕塑。

中考的前几天，父亲没有去工地，而是背着竹篓讨小海去了。他的双脚像两根铁锹，深深地嵌在淤泥里，然后在一片滩涂上如履平地。父亲十三四岁起就混迹在这片海域里，哪里是海蛎石，哪里是深海滩，哪里是紫菜架，哪里是"乌篮网"（浅海里网海产的装置），哪里是水路道，他都非常熟悉，甚至闭着眼都能回得了家。他熟悉螃蟹的爬行路线，知道皮皮虾和章鱼的洞穴长什么样，但这还不能保证他每次出海都能有收成，还得看天时和运气。父亲这两天丝毫没有收获。母亲也表示不解，好好的工地不去，到海里浪费时间。她隐约觉得父亲松懈了，没有之前的斗志了。直到中考前一天，父亲终于捞回两只大螃蟹，一公一母（闽南话叫"膏蟳"，价格昂贵）。母亲见状也喜出望外，但他们在如何处置上又有了分歧，母亲坚持将螃蟹卖掉，父亲坚持蒸给我们兄弟吃。

父亲说，这会得听我的吧，大的都要中考了，得补一补，你以为我几天不去工地是去玩的吗？

母亲说，你这是什么话？孩子我比谁都操心，换点钱，往后慢慢地给他炖肉吃，不好吗？

父亲说，你就听我一回，给他吃，我心里踏实。

母亲再也没有搭话。那天中午，父亲骑着自行车，将我从学校里载回来。自行车在弯曲不平的巷子里跌跌撞撞，像安了弹簧一样显得很不安稳。父亲双手紧紧握着车把手，注视着前方，车头一会儿向左一会儿向右，看得出父亲在努力用力地控制平衡。一路上碰到很多熟悉的人，都会说，老冲，都比你大了，载不动吧？我几次想跳下车，都被父亲制止。那天中午，我和小弟分享了那两只红彤彤的大螃蟹。

母亲一脸愁容地坐在水井旁，摁住搓衣板，搓洗衣服，不时地说了句：吃钱入腹。

中考放榜了，今年的中师切线分数高得史无前例，这就意味着，大多数考生都冲着一个铁饭碗而狼奔豕突。切线上录取的考生按分数分成两档，很少一部分是统招生，很大一部分是委培生。统招生和委培生之间相隔着一万元的天价学费，这是很多穷人终其一生也无法达到的有限性。不幸的是，我成了其中一员。拿到成绩，差点瘫倒在地，差了统招线零点五分，而这零点五分我必须付出一万元的代价才能博得一个进入师范学校的资格。我几乎撑不直自己的身体。班主任走了过来，将我搀起，一个劲地安慰。旁边很多同学都在欢呼着考上委培，考上师范，只有我是在祭奠，我的眼泪喷涌出来，心中满是遗憾，我几乎感觉到自己的人生就要被一个细微的数字击败了。我甚至埋怨中考前的那只红彤彤的螃蟹没有助我一臂之力，哪怕是这零点五分也好。我的那些哥们无一例外考上重点中学，他们的分数不见得比我高，但至少完成目标。

回到家，我把成绩单递给了父亲，把情况告诉了母亲。两个人呆呆地站在那里一动不动，像被点了穴位，表情痛苦纠结，显得不知所措。父亲穿着短裤、灰色条纹T恤，小腿和衣服上沾满了工地的石灰和泥，头发依旧蓬松和肮脏，根根竖起。他的头埋在那份成绩单上，眼睛直勾勾地看着那些碳黑字，嘴角微微抽动，好像要利用他认识的为数不多的几个字硬是在一份简单的通知书里读出一些歧义出来，读出一些可能性出来。母亲看看父亲，父亲终于抬起头来也看看母亲，母亲的眼眶里已经噙满了泪水，她完全没有头绪。看到母亲这样，我的眼眶也红了。父亲却在年轻枯萎的脸上硬是挤出了一丝微笑。

他说，学肯定是要上的，我去借钱，好不容易考上的。

这句话是对我说的。我心头一喜，猛烈地点着头。事情也让堂亲邻居知道了，他们各执一词，有的建议借钱读书，毕竟这是关于孩子工作前程的问题；有的认为应该放弃学业出来学点技能，说不定有更大作为。父亲不为所动，但母亲动摇了。她跟父亲说，要不要重新考虑一下？

父亲说，还考虑什么，不读书能做什么？而且将来还是个铁饭碗，现在借的，还怕还不上吗？

母亲激动起来，难道我会让我的孩子吃苦吗？早点出来学点行当赚钱，以后结婚建房子，不是为他好吗？

父亲说，我不是这个意思，毕竟是政府工作，稳定，包分配，收入稳定，退休了又有退休金，这不好吗？

母亲说，好当然是好，但是那一万元我们到哪里去借？

父亲一时半会也答不上来，只能说，总会有办法。

的确，父亲刚还完一笔三千五百元的本金利息，几年积蓄也被连福叔和大黑揣着跑路了，要回的可能性微乎其微。这两年勉强维持着生活用度和两个小孩的学杂费，父亲预想着这种状态再延续个三年，母亲也祈祷着保佑这个家无病无灾，等我毕业出来参加工作后，希望能得以改观。但横生枝节的这零点五分，让这个本来就艰难度日的家，更受打击。

如果贫穷，是我们的黑暗时刻，所幸还有坚持和努力这盏灯火。

酒　醉

村里工厂不断倒闭的消息成为每个茶余饭后的谈资，一个工厂倒闭便衍生一个坊间的故事，绘声绘色，血肉丰满，有的滥赌成性，有的酒色误事，有的违法乱纪，有的经营不当等等，虚虚实实，不置可否。在我家门口，经常看到一辆辆满载机台的小货车在村里狭窄的路上艰难地交汇，老板们变卖了一切值钱的东西，用来抵偿一些亏欠的漏洞。曾经为老板们创造财富的机器，如今成了一堆破铜烂铁。没良心的索性卷了些钱一走了之，跑到外省或者海外，从此杳无音讯，人间蒸发。接着，有一些不明来历的女人出现了，甚至抱着还在襁褓的孩子，她们苦逼着拦住每个路人哭着、喊着，诉说自己命运的坎坷，痛斥老板的始乱终弃。老板跑路，她们的经济来源被彻底截断了。这些曾经如牛蜱吸附在老板身上的女人，此刻像是一只只无人问津的可怜虫。

有一个抱着小孩的年轻女人拦住了父亲。这女人瓜子脸，高鼻梁，眼睛大，水灵灵的，略带点妆，长得很漂亮，但神情疲惫，操着一嗓外省口音的普通话。她问父亲大黑的家住在哪里。

父亲打量一下，说，我也在找大黑。

女人拨了一下遮住眼睛的几撮头发，她说，这个死没良心的，孩子都快吃不上饭了。

父亲瞥一眼被包得严严实实的小孩，说，天气热，别包那么多衣服。

女人说，他不管孩子死活，我也不管了。

父亲看了旁边一眼大黑家，一层的石头房子，一扇边门半掩着，大黑丈人正在家里腌制着咸菜，大黑老婆此刻在一家工厂打工，他们或许也不知道大黑在哪。

大黑还欠我们三千元，前些日子，父亲也没少跑大黑家，还送过自个耗尽气力网罗的小虾皮给他们，关心他们的生活。但又能怎么样呢？大黑孩子身体娇弱，没少往诊所跑，大病没有，小病不少，林林总总，也是一笔不小的支出，生活也很不容易。

父亲并没有告诉那女人。抱着孩子的女人走了，她说还会再来，一直到找到大黑为止。

父亲又去趟连福家，锈迹斑斑的大门依然紧锁着。整个厂区日渐荒芜，杂草疯长，工厂铁棚那块摇摇欲坠的铁皮还在随风晃动着，露出半截，掉不下来。风大一些，铁棚"哐当"一声，发出尖锐的声音。这是连福家唯一发出来的声音。父亲低着头往回走，在一个公共厕所旁，碰到提着瓶金门高粱和半个猪耳朵的干爹，他们俩同时上了趟厕所。干爹把酒和半个猪耳朵挂在门口裸露的石条上，蹲在用石板搁起的蹲位上，中间竖着三条小石板，能够看清楚彼此的头。

干爹说，别指望了，听说整家跑路，说不定在外面扎根了。

父亲叹了口气，显得很懊悔，当初如果没有被他们给绕了，也不会亏这么多。

干爹说，谁都想多赚一点大的。

父亲说，没赚钱的命啊！

干爹说，别提那事了，有件事情该高兴才对。

父亲站起来，随手捡起一块坚硬的纸皮抠了抠屁股。干爹也站起身，边提裤子边说，小孩考上了师范，以后当老师，吃公粮，不高兴吗？

父亲说，高兴是高兴，就是差那么半分，得多交一万元。

干爹拍拍父亲，提高音量，一万块算个啥，一年工资就回本了，你是不会算账吗？再说了，小孩一个正经工作，将来也有条件讨个好亲家。

父亲没有说话，两个人并肩走着。干爹让父亲看看他兜里鼓鼓的东西。

干爹说，回家让弟妹炒两个菜，我们把这瓶酒喝了。

父亲笑笑说，好啊！

回到家，干爹将猪耳朵递给了母亲，兜里的东西掏出来，是一沓百元大钞，抓在手里熟练地数起来，让父亲数了一下，整整30张。

父亲说，你这是？

干爹说，两头猪卖了，这边孩子读书先救救急。

父亲说，你买猪仔的本钱呢？

干爹说，我有留着，用不着多少。

父亲把钱塞回去说，那可不行，养猪仔是你一家老小的饭碗，怎么行？

父亲招呼干爹在一个小方桌旁边坐下，母亲已经在厨房里燃起柴火，准备弄两个下酒菜，干煎巴浪鱼、花菜炒青椒、卤猪耳朵、紫菜蛋花汤。我也到厨房帮忙看火，一阵阵香气熏得我浑身透爽。不一会儿几样菜摆在方桌上，热气腾腾，香气缭绕，像在过节，我和小弟则在厨房里畅快地吃了起来。

上菜之前，父亲和干爹就着一盘白晒花生喝掉了差不多半瓶酒，两人脸色翻红微醺。母亲端上两碗稀饭，勒令父亲和干爹马上吃饭，要求他们吃完稀饭才能继续喝。父亲和干爹从命了，稀里哗啦一下子把两碗稀饭吃完。最后那半瓶，父亲斟满了两玻璃杯。

父亲说，剩下这些了，省着点喝。

干爹说，家里还有一瓶，我让老女人拿过来。

父亲说，别别，留着改天，你出酒，我买菜。

然后他们一边抿一下嘴巴一边吃着菜。门口边一个老旧的风扇无力地摇摆着，送出虚弱的风，父亲索性脱掉了 T 恤，一排排阶梯式的肋骨清楚分明，黝黑的身子消瘦凌厉。

父亲举起杯跟干爹又抿了一口，父亲突然说，当初如果没有你，我应该被饿死了。

干爹说，你小子勤快，谁当队长都会看好你的。

父亲夹一口菜放进嘴里，他说，当时一天就吃两顿地瓜，偶尔来点米汤。母亲总是将那些肥大光滑的地瓜放一堆，拿到市场叫卖，留下来那些歪瓜裂枣残缺不全的自家吃。

干爹说，谁家不是一样？都一样。

父亲说，也是，当时都一样穷，你是龟我是鳖，长相都一样，没有谁看不起谁。干爹又和父亲抿了一口，夹起一块猪耳朵，嘴巴翕动着，很是享受。我和弟弟那天晚上也一样，多吃了一碗稀饭。母亲只能吃那一层底，舀起来，也就一小半碗。不过，看到我们把饭菜吃得精光，母亲倒也欢喜。

酒桌上的父亲跟干爹推杯换盏，酒量不大，喝得甚是豪爽。两兄弟不遮不掩，有多少喝多少，有多少吃多少。

干爹说，穷人家小孩早懂事，两小孩将来都有个工作，这辈子就值得了。

父亲说，辛辛苦苦还不都是为了小孩，能过个安稳日子。

干爹说，是啊，我们这代人苦过，下一代人不能像我们这般没出息就好。

父亲举起酒杯跟干爹碰下，头一仰，酒入喉，声量有点大，一定不能向我们一样，没门路没本事，老受欺负。

干爹说，谁欺负了？

爷爷内向憨直，老实巴交，不会拐弯抹角，只有直来直往地做农活赚公分。农活做了停，停了吃，吃了睡，睡了扛起锄头，继续做，仿佛被植入一道程序，机械性地工作。父亲十三岁的时候就从夜校出来（当时夜校可以偶尔去旁听，不交费的），顶起家里干活的半边天。父亲排行老大，干起活来有模有样，下面还有两个弟弟、一个妹妹。在叔叔姑姑们还未成年前，父亲和爷爷是家里面最为坚实的劳动力，共同支撑起整个家的生计。父亲十五岁的时候，一天，爷爷干完农活回来，肩膀扛着把锄头，一脸轻松，还哼着歌，慢慢悠悠地走在路上。一条疯狗冷不防从小巷窜出来，往爷爷身上猛扑了过来。爷爷措手不及下意识用手遮挡，疯狗张开大口，左手大拇指被疯狗叼在嘴里，血流如注。爷爷右手紧捂着伤口，痛苦地倒地挣扎，喊声凄厉。眼看疯狗又要第二波攻击，一个路人见状用爷爷的锄头朝疯狗的身体捶两下，终于将它赶跑。爷爷握住血肉模糊的大拇指，躺在地上，眼泪齐刷刷地喷涌而出。

　　人越围越多，都将目光投向痛苦绝望的爷爷。爷爷被送到青阳的一家医院，被捆上厚厚的一层白纱布。再后来爷爷的左手大拇指没了。

　　在爷爷住院期间，父亲和奶奶找到那条狗的主人。

　　主人说，狗是年前跑掉的，跟他们毫无关系。

　　父亲说，那狗是你们的，到处乱跑咬人。

　　狗的主人不高兴，他说，你哪只眼睛看到是我们的，脑门上有写我名字吗？

　　父亲说，至少你们也该赔点医药费。

　　狗的主人说，谁被狗咬到，都来找我们要医药费，当我们是什么？

　　父亲依旧坚持着，可狗是你们的。

　　狗的主人嚷起来，獠牙的样子，有点像当天那条疯狗，谁说狗是我们的？

　　父亲说，这里谁都知道，狗是你们的。

　　狗的主人恶狠狠地瞪着父亲，怒吼着，他妈的，别乱说话。

　　父亲被这声音吓退一小步，手抓了抓头，他想说什么又说不出什么。然后狗的主人把门关上，门外的父亲，在这一场较量中完败下来。他手头没有任何证据证明狗是他们的，但又确定这条狗是他们的。父亲逢人就说，明明是他们家的狗咬断我爹的手指头，明明就是。很多人都只能叹气，表示同情。父亲没有办法，他找到他的伯伯、叔叔，在一帮堂亲以及热心人士的帮助下，终于凑齐了爷爷的手术费。

　　爷爷修养的这段时间，是瘦削矮小的奶奶和父亲干着农活，所有手拉挑推的重活全部都落在父亲肩上。奶奶只能跟在后面帮衬着，叹着气。她总会念叨着，小小年纪，要吃这么多苦头，自己没本事，孩子命苦。父亲挑着担子光着膀子，来来回回，丝毫没有多干一个人的分量而吃受不起，甚至还有点驾轻就熟的感觉。等爷爷重新走到农田，父亲已经彻底顶起爷爷的位置。他知道一个手指头其实让爷爷也丢掉了半壁江山，工作效率肯定不如往日。父亲的重担再也没有回旋的余地，这点他心知肚明。

　　我九岁的一天，父亲在地里修整着田垄，嘴里叼了根卷烟，戴着个圆顶草帽，握着锄头抖动着手腕，一条杂草叠生的小田垄在父亲的驯服下，呈现出笔直方正的模样。父亲一锄一锄有节奏地挥舞着，土壤被一抔抔地翻起，整齐划一。酥软的南风从不远处的海面上吹拂过来,微风漫过大片大片农田,夹带着泥土的芳香,犒劳每个劳作者。父亲偶尔放下手里的锄头,将手拱着拉了拉腰身,稍微放松一下。累了就坐在田垄旁,喝几口自带的水。偶尔抬头看了看四周,田里甚是热闹,季节性的垦土播种像是赶集,人们在自己赖以生存的土地上,使出浑身解数,尽力地做着文章。大片农田旁边,两条在建的县道,像两条银色带子拉得笔直,伸向远方。县道修完后,会有大量的货车驶向这里待命,收购着农作物,地瓜、花生、玉米,一批一批地载向外地,大城市,存进仓库或者货柜,换回大把大把的钞票。农民们期待着也纠结着。

歇息了一刻钟,父亲站起身来,掸掸手,举起锄头继续往田地里刨。突然后肩被一双手抓住,父亲转过身,是同村乌大。乌大该有六十多岁了,光头,胡子花白,身材矮小,甚至有些佝偻。干了大半辈子的农活,乌大的脸像极了干枯的老树干。他恶狠狠地瞪着父亲,父亲心里升腾起一丝紧张,锄头垂下,双手握住。

父亲微笑着说,乌大,什么事吗?

话音刚落,乌大硬是推了父亲一搡子。父亲踉跄后退了几步,差点跌倒。乌大扯着嗓子说,你娘的,你铲的这条垄沟已经过界了,装傻是吗?

父亲站在原地,有点莫名其妙。他看了看比邻的两块地,挤出个勉强的微笑说,那是真没有。我翻整的这条垄沟,是往内翻的。你们的,我是一颗沙土也不敢冒犯。

乌大蹲下身,撑开大拇指和中指,丈量着田垄交接的垄沟。他说,你睁眼说瞎话吗?以前是三个掌宽,现在少了一个。不是你干的,难道是我的手变大吗?

父亲被这强盗行为激发点怒色,但是依旧紧张,声音有些颤抖。他说,哪有这样量的?这样不是你说什么就是什么吗?

乌大站起身,扯开衣服,露出黝黑干涩的骨架,一副要大干一架的样子,大吼道,没完了。

父亲被这尖锐的喊声吓得小退两步,这声音把旁边农作的乡亲都引了过来。乌大涨红脸,向前跨了几步,一把扯住父亲的领口,嘴里骂骂咧咧。父亲只管后退,一些乡亲上前劝阻,说,有什么事好商好量的。父亲的怒色消失了,而是有点害怕,他攥紧了拳头,拳头却像个蓬松的馒头,无力回击。父亲一直后退,绊到了横亘在土地里的草藤条,一屁股咕噜着地,在蓬松的泥土里凿下一个坑。围观乡亲齐刷刷发出一声"呜",吓了一跳。乌大松开了手,居高临下的姿势,不依不饶,食指指着父亲鼻梁,说,窄门小户的,也敢占人家便宜,吃了豹胆,小心一泡尿把你们淹了。

父亲朝着乌大，眼睛睁得圆滚滚，怒目圆睁，只能用眼神无力地反击，但也只能虚弱地说道，我是真没有，真没有，乡亲们可以看看。无力抗争的父亲只能寄望于乡亲们主持个公道，说句良心话。事实上，正义有人说，道理有人摆，但此时有声似无声。

乡亲们只是劝架，压根不想看，看了又怎样，也不会有人说什么，多一事不如少一事。乌大怒气未消，冲着父亲又是一顿重话，瘦仔冲，你走着瞧，你的这亩田地，我说做不了就做不了，你可以试试看。说完，乌大捡起父亲的锄头。众人大为紧张，连忙四散躲开，只有跟我家关系较近的两个邻居，一把摁住乌大的手。父亲见状再往后挪了几步，脸色发白。乌大一把推开邻居，将锄头扔了出去，转身就走。被父亲刨锄得平整的田地，瞬间被锄头凿了一个窟窿。

邻居要把父亲搀起来，被父亲制止了。他说，坐会儿。乡亲们走了，只剩父亲孤零零地坐在田地里。坐了好一会儿，阳光照在父亲脸上，此时的父亲毫无表情，看着乌大远去的方向，说道，他妈的，如果你不是六十多岁了，老子今天就跟你拼了。小门小户又怎么了，不就一命抵一命吗？这是他今天说得刚硬的一句话。说完后，父亲呆呆地坐在田垄上，眼睛看着天。此时的天，爱莫能助。

父亲并没有告诉我解决的具体细节，总之，在一个村老大的协调下，这事过去了。

父亲和干爹又干一杯，夹起一块猪头肉慢悠悠地嚼起来，一面给干爹满上了酒。干爹也吃了一口猪头肉，轻微地叹一口气，又举起杯和父亲再干一回。兄弟俩在简陋的客厅里以酒为招比试了无数个来回，输赢难分，旗鼓相当。父亲很少沾酒，但在干爹面前，却像个酒场老手，一杯一杯入喉，眉头都不会皱一下。有时候，还会放声大笑。父亲的笑声是个很稀奇的表达。印象中，成天胼手胝足在窘困生活里的父亲，笑声成了奢求。

时间不知过了多久，我和小弟已经入睡，母亲还在厨房里忙活，偶尔做着针线。这时候，干妈过来了。干妈过来，意味着父亲和干爹的酒局必须收场。干爹颠三倒四地歪到旁边的空地，在一片半身高的草丛里，拉一泡冗长的尿。干妈跟母亲道别，母亲嘱咐着路上小心。干爹被搀着走向黑夜的深处。

这头的父亲双手撑住床沿，低着头，很难受的样子，从胃到喉腔，不断发出呕吐的声响，嘴巴张得老大，脸色通红，青筋暴起。我们被吓醒了，看着父亲用手抠着喉咙，像一个窒息的病人，需要一口畅通的呼吸。母亲端来一脸盆热水，将毛巾拧干，擦拭父亲的额头。接着示意我去倒杯温水，父亲一饮而尽。片刻之后，父亲缓和一些，要了很多杯水喝，然后躺在床上，像一个委屈恐惧的小孩大哭起来，眼泪随着眼角，一串串地滑落到床上。父亲的哭是带有声调的那种哭，时而凄婉时而悲壮，上气不接下气，夹杂着很多无奈和酸辛。

父亲只是哭，并没有说话。他用手臂抹着眼泪，流了擦，擦了流，流了再擦，鼻涕眼泪，一把一把地溢出来。站在一旁的母亲，早已哭成泪人。她知道父亲得哭一场，她没有去安慰，去制止，只是站在一旁陪着哭泣，放声地哭泣。我和小弟也哭，母亲走过来，左手搂着我，右手搂着小弟，把我们搂得很紧、很紧。

隔天我们睡醒，母亲已经在拖着地板。一股腥味酸腐味弥漫整个房间。父亲呆呆地坐在昨晚和干爹喝酒的位置上，喝着开水，显出很疲惫的样子。这时，阿叔过来了，递给父亲一根烟。老爸摆了摆手。阿叔又从兜里掏出一千元递给父亲，父亲来了精神。阿叔说，这是他的工钱。父亲接过来，并没有推辞，面无表情。

这是我印象中父亲的哭泣，但我看到的是一个男人的侠骨柔肠。

师　范

八月底的一天，我穿上新的白衬衣黑裤子，穿着一双黑色的休闲鞋，配上四六分的发型。母亲站在我面前，面带微笑，一脸满足，手拨弄着我头发，笑着说，我们家终于有一个吃国家公粮的干部了。父亲在旁边抽着烟，咧着嘴角笑着，烟牙若隐若现。父亲今天也在母亲的指导下穿上结婚时穿过的灰布衬衫、蓝色的布裤，破天荒地穿上一双白色帆布鞋。父亲显得很难受，两只脚相互挠抠，他说，脚指头像被捆住一样不自在。母亲拍了下父亲的肩膀，说，土里土气的，你不这样穿，别人家长怎么看你？

母亲领着我跪在佛龛前叩拜，居中的是佛祖，左右两边分别是村里的挡境神和土地公。母亲举着三炷香，闭上眼睛，轻声念道：保佑张阿冲弟子大儿子张雨怀小弟子，承蒙佛祖庇佑，考上师范，将来当一个老师，吃上国家的粮食。希望佛祖保佑小弟子张雨怀，出外平安，学业进步，平平安安，诸事顺利，遇到贵人，行好运……

儿行千里母担忧。虽然我只离家几十里，但对一个母亲来说，对孩子的牵挂程度从来都不是距离衡量的，只要出门，不管多远，母亲的牵挂总是调到最高级别。焚完香，烧完金，觉得得到神佛的庇佑后，母亲俯首叩了三个小响头，示意我也跟着叩头，表示感恩。母亲站起身来，她用手掌轻微地拭去我额头上的灰尘，接着从厨房里端出一碗鸡蛋面线，还加了几个肉丸子和海蛎。我坐在门口的矮凳上，把面线吃个精光，热汗直冒。父亲叫来的摩托早已在门口等候。一切准备就绪，母亲再次强调，有没有什么没带的？

父亲说，都准备好了。

摩托车驶出门口，拐进了巷子口，然后转入村里新修的水泥路。水泥路两旁是一些老夯土房子，深井门口，挂着形形色色的衣服，其中年轻女孩的胸罩显得特别惹眼，像是搭在古厝墙上的菜瓜棚。门口坐着几个妇女，没有神采，耷拉着脑袋，凑在一起玩着纸牌。摩托车司机也是本地人，他说，很多工厂倒闭了，这些外来工一下子没了工作，只能几个家庭一起租房，还能打打牌，免得无聊。父亲盯着一个抱着孩子的年轻妇女看，但没有说什么。摩托很快驶向金石路，往镇区方向。镇区圆盘附近有个车站，那里有一班通往石狮的班车，每天两趟，将这座小镇的人们驮向一座新生的城市。那时候石狮对我们来说，跟深圳厦门无异，感觉那边的男人无论天气多热，都会套着西装，女孩子则相反，无论天气多冷，都会穿得很少，是一个摔倒都能捡到钱或者艳遇的城市。

摩托车上，父亲嘱咐我，石狮这地方诱惑多，出门在外，人得学聪明一点。我迎着风，大声说好。摩托很快抵达了圆盘，下了车，碰到小克和表表，一人提着一大塑料袋，里面有自家腌制的黄瓜罐头、几包菜心、几本课外书、换洗的衣服还有几包小零食。他们早我一个星期开学，谈笑风生，俨然一个老学生的模样，正等通往青阳泉州的车，然后在安海站下车，走一段海八路，就会抵达他们的学校。这是一所省重点学校，录取的分数颇高，但还是被我的兄弟们顺利拿下。当然，如果拿不下来，我们会恨死阿达家的录像机。除了他们，阿达考上一所二级学校，不知和这台录像机有没有关系？海燕要去泉州读中专，黑英就读另外一所重点中学。不管如何，这是大家顺利发挥的结果。放榜的那天，谁都没有黯然神伤。

我和他们简单告别，登上通往石狮的班车。车上很挤，父亲连续让位给两位老人家，最终只能站着，背靠在我的座位旁。我往里缩了一点，屁股几乎和旁边肥头大耳的乘客碰在一起，示意让父亲也坐下来。那乘客瞪了瞪我，父亲见状，说，我站着挺好的，半路有人下车就有得坐了。我依了父亲，应该说，是依了肥头大耳的乘客。汽车启动上路，车身开始摇晃，父亲将手捂在左边小腹上。我说，肚子痛吗？父亲食指抵住嘴巴，示意让我别说话。班车放慢速度徐徐向前，沿路又上来几个乘客，父亲站立的空间又被缩小一点点。不一会儿，又上来两个人，挑着大包小包，钻进为数不多的几个空隙。直到有人朝着司机吼道，草他妈的，把我们当猪仔吗？接着几个年轻乘客也表了态，纷纷指责司机。我从后视镜里看到司机鬼魅一笑，然后踩下油门。

父亲一路上紧紧地护住他的小腹，眼珠子不断地转，显得有些紧张局促。

我才发觉，父亲捂的不是小腹而是内口袋里装着的一万元学费，父亲东奔西走东拼西凑的一万元。我挣扎着站起身，嘴巴靠近父亲的耳朵，说，老爸，别这样子，反而会让人家注意。父亲压着我的肩膀让我坐下，没有说话。

　　大约四十分钟，班车抵达云山师范门口，我和父亲各拎了一包行李挤下车。父亲左手还是捂住小腹，陈旧的灰衬衫已经湿了一大片。我说，老爸，手可以放开了，你看那边都湿了。我指着父亲的小腹。父亲才稍微松开手，领着我往前走。大门口站着几位穿校服的学生，统一面带微笑，动作一致，他们是专为初来乍到的新生们提供咨询和带路的。走进大门，顿时觉得空旷起来，一条水泥路爬坡似的向上延伸，两旁香樟树挺拔葱郁，右边是一个有着标准跑道的操场，正对操场的是一栋在建的楼房。领路的小姐姐说，这是新建的男生宿舍楼，快要竣工了，你们95届的真幸福，有新楼住。小姐姐带着我们上了坡，一棵枝繁叶茂的榕树掩映一幢红砖砌成的传统风格的三层大楼，看起来极其协调，这是学校的核心建筑，教学楼。

　　小姐姐指着教学楼说，你们的班级就在一层。

　　我盯着那栋大楼看，余光瞄了下小姐姐的长头发以及那长着些许青春痘的脸庞。我们来到了篮球场，新生入学缴费的队伍已经大排长龙，小姐姐很有礼貌地跟我们说明缴费程序和食堂、临时宿舍的位置便离开了。父亲接在队伍后面，我拉着两大包行李在树荫处等候。缴费的时候，父亲掏出早已湿透的内口袋，一沓百元大钞被供了出来。父亲的手有些微的颤抖，他举起右手大拇指舔下口水，花了好大工夫，才把学费数完整。其实，手里的这捆钱，父亲不知数了多少来回。在家里每隔一段时间，父亲都会掏出来数一数，直数到那个让他心安理得的数，才把钱放回去，乐此不疲。交完款，父亲把发票折好放进另外口袋。我们在总务处领完脸盆、被子、碗盘等生活用品。云山师范，95级5班36号，几个红色大字已经烫在专属于我的生活物品上。95536号成了我在师范里的代号。铁打的代号流水的老师，毕业后，我拿留言册给音乐老师签，音乐老师狐疑地问我，95536，你到底叫啥名字？我说，老师，您还是记住我的号码吧。

　　好多年以后，才深刻知道，其实我们人都是被无数个数字左右着支配着，身份证号、信用卡号、毕业证书号、工作证号、车牌号、结婚证号、血压、心脏脉搏、各种身体指标等等。我们就是活在一个个庞大繁杂的数字里，我们要记住它，遵循它，直到所有数字归零的那一天。

　　父亲走出人群，转头看了看缴费橱窗。右手不自觉地摸了下腹部的口袋，空空落落，眼神中扫过一丝落寞。就在前天中午，他和母亲坐在床沿，双手托着腮帮，双眼无神。为了这一万元学费，他们把亲戚朋友都借了个遍，能想到的，想到的能开口的，开口的能借到的，一个不落，他们都回想了好几遍，还是没有落网之鱼。

突然，母亲"哇"的一声，父亲面露喜色看着她，母亲皱着眉说，没米了，中午她姑姑要过来吃饭，打算煮个咸饭。

父亲一下子没了精神，起身打开橱柜，拉出一个抽屉，手掌伸进那套结婚时穿的衣物里，掏出一个陈旧的信封。薄薄的信封里，只藏着张十块钱的面额的钱，父亲叹了口起放回原位，起身走了出去。走到菜市场，父亲沉重地迈进大福杂货铺。

父亲说，煮干饭的米称三斤。

大福愣了一下，父亲迟疑下，连忙改口，就称五斤。

父亲右手接过足量的大米，左手抓着头发，尴尬地笑道，不好意思地说，可能得再寄一寄了。

大福摆摆手说，没事没事。

父亲刚跨出店门，大福说，听说小崽子考上师范，将来当个老师，很不错啊。

父亲转过身来跟大福点了个头，蜻蜓点水地笑了一下，就回家了。

那天晚上，刚吃完晚饭，很少来往的大福突然出现在我们家。

父亲迎了过去，招呼大福坐下，还没等大福开口就说，再宽限个几天，火石师傅那里的工资差不多也要发了。说完父亲给大福卷了根烟。

大福长满肉的脸上笑起来便把眼睛给糊住了，他一边抽着烟一便从口袋里掏出一千元要递给父亲。父亲着实被吓一跳，觉得莫名其妙，从凳子上站起来。大福也跟着直身，把钱塞进父亲的口袋。父亲又从口袋里掏出来塞给他，大福肥胖的手一下子把父亲架住，巨大手掌握住父亲枯瘦的小手臂。父亲一头雾水，说，这是怎么？

大福说，小孩读书，是天大的好事，等小崽子赚了钱，再还给我。大福就这样压线似的填补我学费的窟窿。

我和父亲先把行李和学校分发的生活用品放到宿舍。我们班的男生宿舍暂时和学校职工宿舍同个区域，八张床，一座有些掉漆的军绿色铁柜，铁柜上八个醒目的数字。宿舍位于学校西南角，云山脚下，独立在学校硕大连片的主体建筑之外，种有菜田，放置着些杂物，条件简陋，却也清幽，有点"采菊东篱下，悠然见南山"的感觉。带路的学长说，明年就可以搬过去新楼了，新宿舍有专门洗浴区域，装有马桶、莲蓬还有冷热水。说完浮上一丝得意，好像在介绍自己的家。

父亲大概整理下床铺，把衣物塞进了橱柜，生活用品放在橱柜上，一切都按照95536这个数字所指定的位置摆放。大致落定，我们在食堂简单吃了个饭，父亲跑到小卖部买了瓶啤酒点了一小盘炒猪肺，拉起裤管，一只脚顺势架到了椅子上，狰狞的脚掌一览无遗。父亲似乎发现什么，赶紧放下来，不好意思地用手抓了抓头发。父亲拿着啤酒吹着瓶，像打开着水龙头一样，轱辘轱辘倒进了喉咙里，然后夹着一片猪肺片，啧啧……咀嚼得很满足。我只是看着父亲喝酒吃小炒，席间没有说话，感觉这是一番蓄谋已久的庆祝，简单直接，和自己的内心干杯和自己的过去干杯。今天应该是他人生的分水岭，以前的艰苦卓绝，也就为了生活，从今天起，往后的苦辣酸辛，才有了希望。父亲再次仰起头，倒空瓶中酒。

临走前，他告诉我，凡事都得小心，和老师、同学好好相处。还有，出门在外，别顾着省钱。走出几步，又返回来，他说，学校门口就可以等车了，回东石的车，每天两班，早上九点，下午四点。我说我知道了。他坚持不让我送，瘦削的身体，沉稳的步伐，顺着那条下坡的水泥路，缓缓消失了。我将口袋里那薄薄的零用钱掏了出来，自言自语地说道，我能不省钱吗？

目送走父亲，我回到宿舍收拾，所有的号码都找到相应的主人，舍友们已经捅破陌生感打成一片，仿佛都是相见恨晚的旧熟人。说来也是，我们个个初来乍到，单枪匹马，比谁都迫切需要伙伴和友情。我一到，睡在我上铺编号95507的同学便拿着一张宿舍管理须知大声念道，现在人都到齐了，大家仔细听好，云山师范308宿舍管理须知第一条，宿舍排序第一的同学为本宿舍舍长……还没等95507讲完，我们立马用力地鼓掌，大声欢呼。95507正襟危坐，煞有介事，伸出手，手掌朝下压了压，一副领导的模样。我在这欢乐的气氛中，瞥到了门口外的父亲，赶紧跑了过去。

老爸，你怎么又回来？

父亲小心翼翼地把我拉到楼梯口，用手抓了抓头发，没好意思说，你先拿五块钱给我。

啊？

忘记刚才多买了瓶啤酒，车费不够。父亲压低声音。

我赶紧从口袋掏出了十块钱，递给父亲。父亲接过去，接得很沉重，因为到了镇上，他不能就这么走回家。临走前，父亲再次提醒我，现在正长身体，不能省钱。我再次目送父亲消失在宿舍楼的拐角，突然鼻子一酸，眼眶模糊了。我们家的生活真相在于多要一瓶啤酒，父亲就有可能回不了家。

我听到屋内在喊着95536，连忙擦了擦眼睛，回到了宿舍。同学们看到我，立马鸦雀无声。95507说，95536你眼睛怎么红红的，哭了？我笑着说，没有，他妈的，出去小个便，眼睛进沙了。大家又恢复欢呼雀跃的样子。

　　父亲回到家，经过连福叔废弃的工厂，拐进去探了探，显得更加破败萧瑟。听邻居说，连福跑路后，就再也没有来过。老婆外出打工还债，偶尔回来看看，也没做什么，门也不进，就是走走看看，然后对着大门撕心裂肺哭了好一会，挺凄惨的。哭够了，就抹着眼泪，静静地离开。父亲进去转了转，一些小生物飞来撞去，父亲叹口气，无奈摇头，转身往回走。他又在路上看到那个女人，女人化更加浓烈的妆，口红、眼影、腮红，穿着低胸衫和百叶短裙，头发盘得很高，浑身散发着比妆更为浓烈的脂粉味。尽管如此，这个女人的神情还是有点颓废。父亲从她身边走过，那个女人叫住父亲。父亲仍旧埋着头继续往前走，女人又喊声"喂"，父亲才定住脚。女人问大黑的行踪，父亲显得很不耐烦，跟她说，他也在找他。女人走了，突然又转过身朝着父亲说，有空来找我，很便宜的。父亲浑身起了疙瘩，大跨步地走回家。

　　已经是下午两点了，母亲又加班，现在才烧午饭。回到家，父亲坐在矮凳子上卷起土烟，说道，这么晚才煮饭？

　　母亲说，你们都不在，加点班，多煮一点，晚上省得弄。

　　父亲不说话了，继续吞云吐雾。母亲从厨房传来声音，儿子怎么样了？

　　父亲说，很好，同学都很不错。

　　母亲走出来，告诉父亲，上个月赊欠的米钱，她领完工资就去结了。她对父亲说，杂货铺的大福最近特别热情，跟他买东西都足斤足两不说，偶尔还打折送东西。最诡异的还是前天晚上那一千元，非亲非故也不是熟门熟路的，硬是借给我们。

　　父亲站了起来，他也觉得奇怪。父亲说，不管如何，这一千块得先还上。

　　那天晚上，父亲给我打了个电话。我从宿舍小跑过去需要一分多钟，接起电话，父亲说，还好吗？

　　我说，都很好。

　　三餐要吃饱一点。

　　我说，有的。

　　父亲说，那就好，电话贵，不说了。

　　然后"哐当"一声，挂了电话。保安对着我一头雾水，我悻悻地跑回宿舍。

　　那天晚上，我开始盘算着，我欠父亲多少，该用多长时间偿还。后来才发现，血浓于水的亲情根本没有亏欠与偿还这一逻辑，它是刻在彼此骨子里的自己。

打　工

　　父亲在火石师傅的带领下，继续将自己瘦削的身体扔向各个工地，光着膀子扛着石头喊着口号，挥汗如雨，专注地填补着生活的吃穿用度还有我们两兄弟的学费。母亲一面在工厂里上班加班，几乎一秒都舍不得浪费；一面偷早摸黑地干着农活。小弟仍旧在学习的梯队里，往更靠前的位置努力着。我还好，师范里的学业并不紧张，及格万岁，而且成天被八倍于男生的女生围绕着，幸福指数比较高。当然也有很多为了个"优秀毕业生"或者其他荣誉把师范当高中念的同学。我刚开始也是其中一个，逢考试必然躲在教学楼前大榕树下背书，经过的同学都投来异样的眼光，眼神里满是不解。后来慢慢地调整方向，就想着多学点其他技能，往后当教师还能多兼几个职，多赚几个钱。总之，师范的生活还是挺滋润的，就是偶尔想到家中的父母，心头还是泛酸。

　　1996年，不管是石狮这个小城市，还是东石小镇，或者是我们村，路被拓宽硬化，路旁植很多香樟，各色各样的店铺分坐两边，邮电局、手机店、餐馆、娱乐厅、小超市、美发店等，凑成一个热火朝天的市场。汽车渐渐代替密密麻麻的自行车、摩托车。很多楼房像是吃了激素一样，玩命地生长，拔高了一座城镇的水平线。每到夜晚，路灯广告牌，次第点亮，成了一道风景线。我们村的楼房也多起来，很多平房工厂推倒重建，一座座崭新的钢筋水泥厂房拔地而起，他们不再叫盛德制衣厂、隆昌制衣厂、建福加工厂，取而代之的是盛德公司、龙昌公司、建福公司。他们用一个更为时尚的名字，完成事业上的蜕变和精神上的畅游。父亲的几个挑沙伙伴已经成为大企业的老板，穿西装打领带，开着桑塔纳，叼着七匹狼香烟，出入酒店，器宇轩昂，满面春风。当然，还是有很多规模较小的工厂散落在村里的各个角落，几十个工人的运转，确保着老板小富即安的保守心态。那一年，不管什么行业，看起来都让人觉得很有希望，那是件很幸福的事情。如果吃饭是为了活着，那么希望则让人知道怎样活着才有价值和意义。

　　那年六月，NBA总决赛乔丹的公牛大战超音速，复出后的乔丹再次以神一般的发挥站在总决赛场上。尽管全校男生一边倒地认为公牛夺冠没有悬念，但每一场比赛都跌宕起伏。老师也展现了民主的一面，常常在比赛日安排选修活动。当然，很大一部分原因，老师都是乔丹的球迷。一个周末的早晨，总决赛第六场，在一片山呼海啸中开打，电视机前的我们同样激动得手舞足蹈。95507同学说，就算班里最漂亮的女生找我约会，我也会拒绝。这时候，传达室传来话，家里来电。我丧气地从人群里挣脱出来。95522说，95536要上厕所吗？他妈的我也尿急，能寄你过去吗？我没搭理，为了让父亲少花点钱，撒开腿就往传达室跑。

喂，老爸，有事吗？我试着加快语速。

没……没事……那边还好吗？父亲反而拉慢了语速。

有事吗？我说。

没啥事……爸爸跟你商量个事。电话那头父亲的声音开始有些吞吐。

那是有事还是没事？

然后像个突然的休止符，老爸沉默了一下。

火石师傅在外面包了个工地得出去七八天。

会很辛苦吗？

那倒不会。

嗯，那自己小心点。妈和弟还好吧？

都很好。

第一次跟父亲进行有些客气的对话，感觉像是父亲借钱买米时的开场白。面对自己的儿子，他完全可以直来直往，没必要太多铺垫太多迂回。我好奇，甚至有些着急，到底是什么事让平常打电话像打电报一样节约的父亲会这样眼也不眨地浪费了两分钟六毛钱的电话费。要知道，这几乎是他一包香烟的钱了。

爸，电话费很贵的。

迟疑了一下，父亲开口，后天老爸要到你们学校做事，火石师傅的工地就是你们学校的一个车棚。我没接话。父亲接着说，他的声音很柔，像小时候成绩考不好那种安慰。

可能得七八天或者八九天，总之时间不会很长。

嗯！我几乎接不上什么话。

到时候不用打招呼，就装作不认识我，知道不？

我还是接不上话。

然后，我不清楚和父亲是怎样结束通话的，只记得走出传达室时，我再也无力跑向教室观看乔丹的总决赛，只是默默地往宿舍走。周日的阳光刺眼，穿过一片小树林，顿觉一片阴凉，我才完整地睁开眼睛，干脆坐在一条用黑体字写的"礼义廉耻"的石椅上。几只鸟雀在两棵树之间追逐，一会儿飞过来，一会儿追过去，叽叽喳喳地叫着。操场上选修体育的年轻兽类在你追我赶玩命地奔跑。我抬头看了几眼，便又低头看着落叶，双插着口袋，脚伸直，斜靠在石椅上，然后闭上眼睛。我甚至不明白内心的感觉，接完父亲的电话后，我有在纠结吗？我在纠结什么？闭了好一会儿，睁开眼，站起身，转过来，看到了第一个字就是"耻"……

三年前，我在学校生病，父亲从三公里外的工地一路提着他宽大的裤腰奔袭而来，喘着大气，神色慌张，豆大汗珠从他那满是灰尘污垢的脸上流淌，像条泥石流翻滚而下。宽松的不合体的灰色布裤和长袖衫，像是某种净化机器的过滤罩，身上的风霜和污渍清晰可见。他将同样脏的手掌在衣角上擦了擦，把我抱起，突破围观的人群，动作迅速，甚至连跟老师道个谢都很潦草。一路上，我觉得全世界的声音就只剩下父亲心脏撞击我耳膜的声音，"扑通……扑通……"急促、浑重，我竟趴在肩膀上睡着了。后来我到学校，很多同学并不关心我的病，他们只关心我父亲是干什么的，拉煤的、挖矿的、捡破烂的、干工地的等等，很多答案在同学们唇边流浪。我肯定同学们并没有讥笑的意思，他们只是好奇，好奇一个衣衫褴褛、蓬头垢面的父亲该是做什么的。

父亲得知此事，要我特意和同学解释下，说自己是工地的包工头，从事户外劳作，风吹日晒，当然得穿旧衣服，新衣服平常都待人接物的时候穿。我还是按父亲的意思和同学们解释，尽管我清楚一个包工头是不可能自己扛着石头爬上楼梯的。母亲偶尔也会找我聊聊那天的事，她觉得我会介意或者自卑，甚至会在同龄孩子间没法抬头。其实，到后来我才知道，在孩子面前，任何贫贱父母都会有很深的自卑感。这种自卑来自爱和不确定感。天下父母心，谁知？

火石师傅和父亲来了，保安拉开了铁门，一辆锈迹斑斑的老卡车顺利通过大门。我一眼就能看见父亲，穿着军绿色的上衣，坐在车身右侧，正好背对着我，低着头抽着烟，瘦削的背像把刀，明晃晃的刀，我是唯一的敌人。卡车艰难地爬上了坡，发出巨大低沉的响声，努力消失在我的视线里。

我意料之中地没有兴奋地跑过去，如果我年纪再小上十岁，或许我会追上去边跑边喊，就像当时巴不得天下皆知有个能给我五毛钱的父亲一样。但现在的我不能，至少我现在不能，因为我在上课，我不能逃课更不能旷课，虽然这是很自欺欺人的理由。然后卡车的声音消失了，我确定它已经停下，这个学校并没有大到能让声音从我们的耳边慢慢消失。刹那间，我甚至，突然很害怕看到自己的父亲。

父亲他们临时安顿在我们的楼下，住宿条件和我们一样，对于父亲来说，已经非常满足了。他来的第二天，我还是找到他，因为他是我的父亲，因为我想到了小树林里石椅上的那一个"耻"字。多年以后，想起来有点后怕，如果那一天，我没去看父亲，那么这一辈子，我都会找不到原谅自己的理由。

父亲搭着我的肩膀显得有些不顺手，他说，长大了。

我说，是啊。

中午我在工地和父亲一起用餐。父亲给我盛了满满一碗饭，卤五花肉、炒青菜、紫菜蛋花汤。父亲跟着火石师傅做事，除了是老相识，重要一点是他舍得给工友们吃饭，每天一顿鱼肉几乎是标配。父亲一口气给我夹了三块肉，贴在米饭上。这是父亲在生活上能给予我的最大极限的照顾了，我计算不出这个父亲为了让孩子吃上肉，他自己得掉几斤肉来交换。我大口大口咽着饭，上气不接下气地喝着汤，我清楚我必须把这饭吃完、吃饱，然后微笑会像朵花绽放在他那布满风霜的黝黑的脸上。父母最大的安慰便是看到自己的孩子大口大口吃掉碗里的饭。当父亲给我饭吃的时候，我大概体会到父亲是什么样的一个心情。

父亲照例蹲在角落吃，裤管卷得老高，露出坚硬黝黑的皮肤，眼睛盯着饭碗，吃得很认真。他夹起块五花肉，先是看了下，然后整块放在嘴里，满足地咀嚼起来，将饭大把大把地往嘴里塞，像极了秋收时，老爸提着布袋口，把那些晒干了的花生、稻谷拼命地往布袋装，装得鼓鼓的。只有挨过饿的人才知道吃饱了的意义，这点父亲比别人深刻。从我的角度看蹲在铁围栏角落的父亲，就是墙角长出的一株干瘪的植物，姿势令人心疼。

七天过去了，父亲收拾完了行李，临回前，他递给我两百元。

他说，记住，该吃要吃，别省钱，正在长身体。

我说，我知道，我知道。

父亲笑了，他们没有登上那辆锈迹斑斑的卡车，而是挤在一辆搭着绿色帆布的三轮车里，八个人分坐两边。他们拥挤而满足，小三轮在颠簸不平的路上摇摇晃晃。一个小时后，他们会在东石镇圆盘下车。那天，当小三轮驶出校门那一刻，我那不争气的眼泪又流了下来。

我突然感觉父亲一生都在颠簸，而我能做的就是竭尽所能，尽量磨平父母亲脚下的路。

女　人

时令入秋，天气渐凉，这个世界如同被除湿机碾过一样，变得干燥清爽。父亲背着背篓，戴着草帽，嘴里叼着烟，往海边走。退潮了，大海露出大片大片的滩涂，水路纵横交错。海风比岸上更凉一些，父亲习惯性地把衣领竖起来，眼睛盯着滩涂上细微的痕迹，那些看起来复杂无章、盘根交错的足痕，总能在父亲的梳理下，变得井井有条，然后将一只只螃蟹放进背篓。父亲已经一个月没有活做了，并且还在持续着。这段日子，父亲的时间分成两个部分，上半天去山上农作，下半天到海里捕海产。运气好的话，能抓到几只质量好的螃蟹，卖个百八十块；运气差时，整个背篓就像打了水一样，一场空。

上个月，火石师傅蹲在石条墙沿上，一个不小心踩了个空，从两米高的地方掉下来。五十多岁的身体在这一次和地心引力的较量中并没造成重大伤害，不过股沟拉伤、大拇指骨裂，也得休息三两个月了。父亲以及工友们只能跟着休息，有的暂时到厂里做搬运工、临时工。父亲问了几家工厂还有一家公司，都无果，只能操着六脉神剑一样的海活，听天由命。母亲开始絮絮叨叨了。她是一个传统善良的妇女，但还是走不出絮叨埋怨的局限性。有一天，父亲从海里劳作回来，一无所获，无精打采地坐在矮凳上抽着烟。母亲从工厂一路小跑回家，发现没有煮饭，又看到背篓寒酸地躺着几只小鱼小虾。

母亲怒了，她指着父亲的头，早回来，也不煮饭，整天抽烟，不用钱吗？

父亲并没有搭理她。母亲继续骂道，一个月没赚什么钱了，家里喝西北风？没工做也就算了，家务总得做吧。

母亲从水缸里舀了几勺水下锅，在灶口起火。然后挑起两个地瓜，蹲在墙角削着地瓜皮。沙沙作响，又继续说，都是被我惯的，一个大男人，什么也没干，什么也不会干。你看你那些工友，现在厂里扛包卸货，想尽办法赚点钱，你倒好，坐着抽烟，比别人快活。

父亲还是没有回应，母亲依然不依不饶。两小孩学费越来越贵，老二也快要中考了。无缘无故跟人家学投资，现在人家跑路了，揣着我们的钱，在外面吃香喝辣的。你呢，有哪个事能干好？

父亲爆发了，但也只是瞬间爆发，像一枚很烈的爆竹，只是响了一声。他说，说够没有。然后甩门而出。不一会儿从厨房里传来了母亲委屈的哭声。

父亲没有走远，插着裤兜，踢着小石块，在附近晃荡着。这时，二叔火急火燎地从工地回来，左手搀着条土黄色的毛巾，鲜血从毛巾上渗透了下来，雨点似的，落在地上；右手紧紧地压在毛巾上，眉头皱紧，神情痛苦。二叔说，割机脱手，碰到手臂，把手臂给割了。父亲赶紧叫来辆摩托车，把二叔送到了村里药店。赤脚医生建议送镇卫生所，父亲又把二叔送到了卫生所，然后辗转到大医院。父亲说，那个伤口很大，像小孩子的嘴巴，后来又改口，像大人的嘴巴。

后来，父亲顶替二叔到邻镇的铺路工程队上班。铺的路不短，没有一两个月拿不下来，父亲算是找到一个相对稳定的工作。他每天早上五点多就起床，匆忙喝碗粥或面线，拉着那辆脚踏车，骑上半个小时，来到工地。中午就在工地吃饭，下午七点左右，回家。母亲总会煮好饭，等着父亲吃饭。一天干七到十个小时，舟车劳顿，是辛苦，工钱相对高一些，但一切以赚钱糊口生活为目的工作，父亲的字典里仿佛没有"辛苦"二字。

一天下班，父亲骑着脚踏车，迎着凉风哼着小曲。刚做完工，领着工资的父亲并不觉得冷，敞开膀子，衣袂飘扬，快活地踩着踏板。这一段回家的路，是他每天下班后的一段旅程，能轻易地治愈他每一天积压的疲惫。父亲甚至要哼出调子出来了。突然，一个小少年鬼魅般地从路旁电线杆后斜插出来，侧面撞向父亲的脚踏车，连人带车摔倒在一起。父亲出其不意，心口一紧，惊呼一声"完了"。他赶紧麻利地爬了起来，转向身边的小孩。这时候小孩已经被三个大汉拉起来，呜呜大哭。

　　惊慌的父亲顾不得其他，赶紧问，小孩没事吧？

　　一个大汉向前一步拧住了父亲的领口，说，你说呢？

　　父亲说，带小孩诊所看看。

　　另一个大汉围了过来，瞪着父亲，说，你说诊所能看得来吗？

　　大汉松开手，第三个大汉还有那小孩也围了过来，他们相距父亲只有半米远。小孩十一二岁，长得结实，手臂上几条刮伤，渗出小血滴，却是一脸镇定，满不在乎的样子。父亲被这小孩突然的情绪转换吓一跳，他立马明白自己可能被讹上了，但又不敢直接挑明。

　　父亲说，带小孩去看看吧？

　　第一个大汉说，你说该怎么办？

　　父亲退了一步，手无力地指着满脸轻松的少年，又说道，我带小孩看看医生吧，好不好？

　　第二个大汉又瞪大了眼睛说，不好。第三个大汉接话了，两个选择，人留下，或者钱留下。

　　父亲硬是挤出点笑容，有些尴尬，摊开双手，你们看看我这样子，像个有钱人吗？

　　第一个大汉说，没钱就不用赔了吗？

　　父亲用手掌抹了额头，顺手抓抓头发，然后伸进口袋将今天的工资掏出来。他又数一遍，总共六百八十元，小心翼翼地说，你们要多少？希望能通融一下，儿子还等着我交学费。

　　这场低级的抢劫案，最后以六百八十元的代价收场，父亲半个月的工白做了。母亲平生第一次到派出所报案，父亲平生第一次做笔录。最后，民警说，有消息会通知你们。母亲让父亲别去工地，但父亲坚持，只不过往后的来回就要绕到镇区，再从新街折返回来，直线距离成抛物线距离，多一半路程。

　　邻镇镇区是座崭新的小城，马路是新的，楼房是新的，街道是规矩的。第一高楼华英大酒店，每逢夜晚都能闪烁着斑斓的灯光，大门口两根高耸的罗马柱，庭院中间炫目的灯光喷泉，水从石狮子的嘴巴垂涎而下，在巨大的黑幕下，显得奢华突兀。父亲下班经过时，他总会停下来看看，他会看到很多穿着体面的人从自动的玻璃大门进进出出。对父亲来说，这是一群所谓的成功人士。我想，一座高档酒店对于一个寒酸的农民工来说，唯一提供免费服务的只有视线。就在父亲驻足享用这样的馈赠时，一个保安适时地出现，粗暴地招手，将父亲连同那辆老旧的脚踏车赶走。

父亲还会穿过一条相对老旧的街道，比较偏僻，行人稀少，两旁的店面半掩着门，狐红鬼魅的灯光从屋内投放出来。门口站着或坐着浓妆重彩、挠首作姿的女人，胸脯高挺，大腿白皙，她们也在吆喝着、卖弄着。一些假装经过的男人，开始用警惕的眼光狩猎着女人。父亲经过时，并没有引起这些女人挑逗的欲望，她们太过江湖和市侩，一眼就能洞穿父亲的来路。那天经过，父亲看到一对男女在拉扯，发出尖锐的叫声，应该又是干完事后，价格上谈不拢。父亲骑着脚踏车只是瞄了一下便漠然地经过，那个拉扯的女人叫住父亲，像抓住救命稻草一样，喊一声："喂！"父亲没反应过来。接着喊第二声，父亲才停下来。女人拉着那个男人拉扯着走过来，另一手挽住父亲的手，神色有些慌张，说，还记得我吗？父亲连忙转身要走。那个女人紧紧抓住父亲的手。一个女人同时拉住一老一少两个男人的手，很容易引来路人和她同行的观摩。

父亲慌忙看了四周，说，你干吗？

女人说，我们见过面的，说不定还是邻居。

父亲看几眼，这才想起来，眼前这个涂脂抹粉打扮妖娆的女人，曾经有向他问过路，问过大黑家。这个浑身上下涂满了廉价香水和化妆品的女人跟大黑到底什么关系？这是父亲想到的第一个问题。

女人说，我是大黑的女人，我还住在你们村。

父亲说，然后呢？

女人说，明明说好五十元，但这个禽兽说只有三十元。

父亲说，这跟我有关系吗？

女人说，帮我拉住这个傻瓜好吗？我去找他爸去。

年轻男人突然哭起来，他嘴里反复地说道："不要找我爸爸，不要找我爸爸，会打死我的。"父亲打量下这个男人，此刻正站在他身旁颤颤巍巍发抖着，二十岁左右，身体发胖，脑袋浑圆得像篮球，嘴巴有点斜，说话短舌根，双脚不停地抖动着。一只手紧紧攥着三十元钱，显得不知所措。这是一个智力发育跟年龄有点不相配的男人。那个男人说，钱他数好几遍，以为是五十元，就跟姐姐进去了。女人仍旧不依不饶，坚持要找他的父亲。年轻男人哭得更大声，父亲乘机挣脱开，骑着脚踏车走了。

第二天，父亲和干爹在家里说着话，谈到了我读师范的事。这时，昨晚那个女人找到我们家。父亲一眼就认出她，女人走进屋，依然是穿着露着大片腿部的短裙，还有被扯破一个洞的肉色裤袜。身上的脂粉味弥漫开来，父亲和干爹都闻到了这种诱惑而刺激的味道。

　　这时，母亲从厨房里走出来，咳嗽两声，板着脸问道，你是谁，走错门吧？

　　女人不理母亲，笑了笑，朝着父亲说，你知道昨晚那个事多好笑吗？

　　母亲转头看看父亲，父亲朝着那个女人说，快走，在这边胡说八道？

　　干爹站起身来，将女人怒喝出去。女人无趣地走出去。母亲直勾勾盯着父亲，父亲如芒在背，浑身不自在。干爹只是在一旁发笑。母亲又折回厨房，父亲在干爹面前发誓，并将昨晚的事跟干爹说了一通。干爹跟父亲说，他相信，可他相信没用。

　　自那件事起，母亲三天没跟父亲说话，而村里开始有闲言碎语。认识父亲的都知道父亲的为人，但他们更愿意相信，干那种事和多么光辉的为人没有多大关系。要命的是，那个女人碰到父亲总会主动来攀谈几句，父亲见状总是躲得远远的。于是，父亲越是躲，那个女人就越是故意主动交谈，一来一往，像模像样，父亲就是跳到黄河也洗不清了。

　　一个月后，二叔恢复健康，重新回工地。父亲又讨几天小海，收获还算不少，卖了点钱。火石师傅重新出师了，父亲又随着火石师傅奔波在各个工地上，收入渐渐稳定。母亲会偶尔问起那个女人的事，都被父亲驳斥了回去。母亲也释怀了，她转念一想，就算父亲想作恶，也不具备作恶的条件。

　　没过多久，那个女人又跑到家里，母亲不在家，女人见到父亲就蹲在门沿上痛哭流涕，表述自己悲惨的命运，咒骂大黑没有人性，祖宗十八代都骂个遍。父亲将女人拉起身推了出去。那个女人"扑通"一声跪在地上，她跟父亲说，孩子患病在医院已经走投无路，急需医药费。

　　父亲又好气又好笑，他说，你问我借钱，我又不是你爸，你找我要钱。

　　说完后，父亲捂住自己的嘴巴，连忙改口，说，我手头真没钱。

　　女人哭得更凶，脸上的妆被眼泪淹没了，像两股泥石流从眼角鼻沟倾斜而下，显得浓稠浑浊。父亲没办法，他到房间的衣柜的抽屉里拿出了三百元。女人从包里拿出张便签和一支笔，写了份借条：本人李红，因为孩子患病急需用钱，特向好心人张火冲借款三百元。十五日后定当奉还，如逾期未还，愿受法律制裁。并签上名：李红。附上身份证号。像个熟练的文秘，父亲将借条读了两遍，小心翼翼地收好。

　　女人走了，果然好几天都没见踪影。父亲开始有了隐忧，但他没有表现出来。这个哑巴亏，直到我放寒假的那段时间终于掀了个底朝天。

骗　子

寒假到，意味着快过年了。快过年了，意味着这一年来不管多好或者多糟，总要有个看得过去的结语。父亲指望的大黑，像个失踪人口石沉大海，希望随着时间推移，逐渐磨灭。他和母亲盘算一下，这几年来借了不少钱，当然主要是我的学费，也还不少。说起这些亲戚朋友，父母充满感激，他们的经济也都不是特别过得去，但关于孩子的学费，他们总能这样义无反顾，着实感动。特别是非亲非故的杂货铺大福，去年还他钱像要他命一样，拉扯好几回，才收回去，完了还送来些面包泡面之类的，搞得父母一头雾水，也不能质疑人家善良的心地。父母合计着些亲戚朋友的人情债，再挪个一年，争取在新年接上两间房。毕竟两个小孩都大了，不能老挤着一间房子。

放假了，我又和兄弟们又一起厮混。村里的录像厅已经拆了，据说录像厅的老板是被戴大头帽穿公安制服的用手铐铐走的。听街坊说，在一个午夜，最后一场电影在一段高潮的床戏中落下帷幕，老板回家的路上将一个外地的女工直接摁倒在地。天高地黑的，各说各话。老板说，那女工气力很大，像头大象，根本没有得逞。如果有，也是她压得我喘不过气。女工说，搞了很久，袜子都扯破了。

这事很长时间成为我们村茶余饭后的谈资。阿达的录像机也在一次期中考后，被他父亲端掉了。不过，阿达的远房表姐又给他送来一部步步高的VCD机，我们又到菜市场租了很多港片看。后来在我们兄弟老爸几个的合谋下，VCD机又被端走。

看不成电影，东石老街就成了我们经常涉足的地方。尽管石金公路焕然一新，笔直平整得像是熨斗熨出来的一样，但我们还是喜欢走小路。蜿蜒的小路，路边散落着几棵老树，树上各种长着翅膀的生物，飞来飞去，叽叽喳喳。小路上零星地长些杂草，两旁是一片片豆腐形的田地，绿意盎然。还有潺潺的小溪从田垄中流过，清可见底。一阵风吹来，芦苇被吹出飘絮，像是想象中南方的雪。那时候，我们喜欢这样走着、逛着，挺舒心惬意。老街的很多古早味，现炸的菜粿油条，常常惹得我们垂涎。一些小本经营的书店、音像店，老板很和善，可以允许我们看半本书。还有一些熟悉的海产干货，地瓜腔的普通话叫卖声。在这里我们轻易地能挥霍掉一大半天的时间。

一天下午，我在老街上碰到了大黑。我们迎面而过，他正剔着牙，穿着一身牛仔裤牛仔衣，头发长得都可以扎成辫子，显得时尚而叛逆，很像港台明星。我赶紧回去告诉父亲。父亲骑着那辆破脚踏车，一路狂奔到老街，再到嘉应庙、仁和路、古寨、东石码头，就像大海里捞根针。父亲已经汗流浃背气喘吁吁，背靠在古寨的石椅上，顿时觉得头晕目眩，天旋地转。他闭上眼睛，也不知道休息了多久才睁开。这座千年古寨的翘角飞檐，映入眼帘。父亲无心欣赏古迹，拉着脚踏车，颠簸地走出了古寨。

　　隔天下午，父亲去了大黑家。自从大黑跑路后，大黑家基本保持与外界隔绝的状态，逢年过节，举村活动，都鲜有他们的身影。偶尔外出的大黑丈人母也是低着头，逢人绷紧着脸都不打招呼，渐渐地，别人也就不怎么热络了。大黑妻子近两年也深居简出，索性连孩子的哭闹声都听不见了。不过偶尔碰到父亲，还是主动打招呼，眼里满是歉意。这天，父亲敲了大黑家的门，一连敲了几回，大黑丈人才开门。门其实没闩住，只是父亲不敢贸然推开。大黑家是三开间带护厝的石头房子，只有上身厝，门前是一块长着杂草的空地。当时大黑买船讨海的时候，首要任务就是要把屋子的下身厝接完整。谁都没想到，做事勤快又有一技傍身的大黑，像是人间蒸发一样。

　　大黑丈人继续埋头贴着标签。

　　贴一打多少钱？父亲问。

　　五毛。大黑丈人没有抬头。

　　一天可以做几打？

　　不一定。

　　那还好。

　　好什么好，活着就是等死。

　　父亲没有搭话，看了看屋子四周，一片灰黑，外面的阳光尽管热烈还是渗不透紧闭的门窗。灶台上的锅碗瓢盆，一片发亮，散乱放在灶台上，锅里还散发着热气。

　　媳妇、孙子都没在？父亲又说。

　　他们出去了。

　　有事吗？大黑丈人问道。

　　父亲咳了两声，并没有回避，直接说，我看见大黑了。

　　大黑丈人放下雨伞，起身前往灶台，倒了杯水，一饮而尽。然后给父亲也端了一杯，放在父亲跟前。他没有继续做他的活，而是站在父亲跟前。坐着的父亲仰望上去，这才发现，大黑丈人瘦得离谱，骨骼嶙峋，皮肤耷拉泛黄，没有一丝光泽，脸上头发胡须灰白杂乱。父亲吃了一惊也站了起来，身形消瘦的父亲跟大黑丈人一比较，竟显得精神许多。

　　大黑丈人退了一步，说，女儿改嫁了，大黑不是我家的人。

　　父亲并没有表现出很吃惊的样子。大黑本就是入赘的女婿，跑路三四年毫无音讯，那些债主肯定像排上值班表一样，隔三岔五地上门讨债，有的两千，有的三千，有的五千，几乎把他们家当成自动存取柜台，但全部骂骂咧咧失望而归。没有男人，孤儿寡母的，日子过得不容易，何况大黑还在外面有女人和孩子。在大黑失踪一年半后，老婆改嫁到惠安县一个靠海的小镇，男人是个建筑工人，老实巴交勤勤恳恳，对他们母子都好，生活还算过得去。

其实，大黑丈人在前天就知道大黑回来。那天半夜，"叮叮咚咚……"一阵急促的敲门声在大黑家响起。好一阵，大黑丈人揉着惺忪的双眼开门。看见大黑后，大黑丈人打个呵欠一脸平静。大黑"扑通"一声猛地跪在这个入赘的父亲跟前，撕扯着喉咙，放声大哭，陈述他几年来的不容易。他住过一段时间的寺庙，捡过一段时间的废品，终于在废品转运站，找到一份转运垃圾的活。后来垃圾车被一辆崭新的宝马撞了，大黑很有底气地说，是宝马车先撞他的，但现实压过事实，大黑丢了工作。再后来，他当过一大型超市的导购员。那时候，超市还是稀罕物，大型超市也只有大城市才有，导了一年，工资老提不上去就辞职。转而去一家新开的洗浴中心当保安，又干了一年零三个月。在一次公安查访后，老板县级关系的靠山碰到了更加硬气的市级领导，洗浴中心也关门了，他再一次失业……大黑陈述得一五一十，委屈的懊悔的不甘的泪水，泛滥在脸上。大黑丈人只是很淡漠地告诉他，说完就走，他们家跟他没有关系了。大黑说他对不住老婆，他只是想看看孩子。大黑丈人将他拱出门，随即熄灭家里的灯光。

大黑丈人突然用力地给父亲鞠了一躬，他说，邻里都说你是个好心人。

父亲着实吓了一跳，连忙退后两步，感觉大半辈子给人鞠躬的多，现在反过来别人给自己鞠躬还是第一次。走出大黑丈人家门时，回家途中，父亲有点失落，他感觉大黑的那些欠款，很有可能打水漂了。他又刻意地拐到连福家废置的工厂，这一回看见连福老婆，脸色苍白毫无血色，呆呆傻傻地倚靠着墙壁，偶尔响起的哭泣声尖锐凄厉。父亲沉默地往回走，秋风渐紧，呼呼作响，吹得头发凌乱。尽管太阳光不算微弱，但还是会让人感觉到凉意。一片枯黄的樟树叶落到父亲肩膀上，父亲将破旧夹克衫抓紧一下，两手胸前盘曲着，孤独地向家里走去。

之后两三天，父亲都会骑脚踏车到东石老街慢慢地逛上一遍又一遍，在一片人间烟火气里，搜索着一个叫大黑的人。虽然这种不定时空随机抽取的概率犹如大海捞针，但父亲还是没有放弃，隔三岔五地出没在老街上。寻找的第三天，奇迹终于出现，父亲在一棵老树下遇见大黑。当时父亲脚踏车挂着两包盐巴和一块猪头肉，嘴里叼着卷烟，双脚有节奏地蹬着脚踏车，慢悠悠地走在回家的小路上。途经一棵老榕树，父亲跳下车，将脚踏车停好，躲在大树背后，拉了一把冗长的尿，浑身舒畅。这时候大黑站在父亲三步外的距离，揉皱里的牛仔衣和牛仔裤，头上绑了个小辫子，双手插在裤兜里，盯着父亲看。不远处一个女人拉着个小孩走过来，女人画着不浓不淡的妆，穿一件白色碎花连衣裙，套一件浅蓝色牛仔外衣。小孩穿着红色的毛衣套着天蓝色的夹克，黑布裤子，脖子套着条小围巾。这个稍显魔幻的画面让父亲一头雾水。其实，不是父亲找到大黑，而是大黑等到父亲。

父亲说，大黑，终于看到你了。说话的时候，父亲微笑着，女人则依在大黑身旁，报以父亲羞涩的微笑。大黑从裤兜里掏出一包带有滤嘴的香烟，抽出一根，递给父亲。父亲接过来，大黑给他打了个火。

大黑一见面就是潦草地道歉，好久没见了，真不好意思。

父亲说，不要再抱歉了，赶紧把钱给我，我等着用。

大黑深深吸口烟，一脸虔诚，谢谢你借钱给李红，不然孩子没命了。

大黑又说，村里都说你人好。

父亲说，打工农民，没什么好不好的。

父亲将车把上的东西摆弄下，也吸了口烟，侧身靠在树干上，眼睛盯着大黑，问道，知道连福哪里去吗？

大黑只是一味苦笑着，重复着说，混得很糟糕，混得很糟糕，欠下一屁股债。你的钱也不知道什么时候能还，真不好意思。

随即，大黑变了张脸，一张气氛的疑惑的脸，又说道，以前工厂扩产，你也算投资。投资亏了，就得自己认栽，怎么还找我和连福要呢？这没道理是不是？我欠你的是更早一笔，不是这一笔。

父亲有点蒙，他站住身子，激动得都有些口吃，不……不……不是，你……们……说，赚了当投资，没赚的话就算利息。父亲刚一口气差点提不上来，辛苦地把一句话说完整。

大黑说，反正厂子倒闭，要钱没有，要命也不给你。

父亲又问，谁要你的命，连福呢？

大黑说，你问我，我问谁？他又不养我。

父亲要继续说话，大黑抢在前面，他往旁边吐了口痰，撇了撇嘴，说，老冲，这样，你再借给我两千元，我打算闯一下深圳。听说那边商机很多，翻身的机会也大，以后连本带利还给你。

父亲脸色也跟着变了，说，我现在连孩子的学费都交不起，哪有钱借你？

大黑说，反正我现在是两手空空，口袋一分钱没有。借我点钱，还有翻身的机会，不然就是把我吃了也没用。

吞了一口水，父亲继续说，这也奇了怪了，你们怎么老是向我这种穷人借钱？村里那么多老板，一顿饭就可以去吃掉我一个月的工钱，你不找他们去，反而往我身上蹭，没完没了吗？

大黑先缓下来，说，老冲先别急，听我说完。深圳现在大搞开放建设，招商引资，随便开个饮食店、洗头店的都能赚到钱。大到上天入地，小到鸡毛蒜皮，到处都是机会。等我在深圳发达了，我们一人一半，到时候让人高攀不起，小孩娶个有钱人的闺女，跷着脚养老，大半辈子不用打拼，这不挺好？

父亲说，我不想发达，你想个办法，把钱先还给我。

大黑说，如果你信不过，我们一起去深圳，那边台商港商多，有朋友照应，再去拼一把。

父亲说，我就是个扛石头的，要深圳干什么？深圳能煮能炒吗？我什么都不会。

大黑说，你怎么食古不化？我是在教你赚钱。

父亲说，你在教我赚钱？

大黑不耐烦，扔掉手头的烟蒂，长吁一口气，脸上的表情像是乌云压阵，刚才舒缓的神情逐渐阴沉起来。他看了看旁边的女人一眼，女人扯了一下他的衣角，大黑将她拨开，又掏出根烟，点燃猛抽。这次并没有递一根给父亲。父亲也扔掉夹在手里的烟蒂，转身去拿脚踏车。这时候大黑又叫住他，口气是强忍着的平和，他说，再借我两千，借不借？父亲说，我真没钱，村里有名的穷户，你不是不知道。

父亲要走，大黑走到父亲的前面，拦住路。他说，你到红灯街上找我老婆，又借钱给我老婆，村里人已经不止一次看到你跟我老婆说话，现在满村闲言碎语。我告诉你，我已经离婚了，李红现在是我的女人，你一个打工的穷人公然和我女人勾搭，做一套吃一套。

大黑扯下故作友善的面具，露出阴鸷獠牙的面目。大黑的血口喷人，让父亲很是意外。

父亲涨红脸怒气上升，还是努力地保持平静，他说，讹我是吗？

大黑心虚地说，你就帮帮我。

父亲终于吼道，那他妈的谁来帮我？

大黑说，就救救急。

父亲没有搭理他，拉着脚踏车就要走。那女人跑到父亲前，她跟父亲说，您是好人，再帮帮我们一次。父亲气得脸都歪了，绕过女人大步往前走，女人的话在背后传来，你可以去借，你容易借，就再帮帮我们一次。父亲已经跨上脚踏车，使劲踩着，速度飞快。

父亲一辈子都在赊账借钱，也一辈子都在还钱回人情，但那是生活温饱孩子读书的大事，都是万不得已的生计，今天他竟然听到这么厚颜无耻的话。印象中父亲很少发脾气，性格也温和，这次，父亲终于有想发火的冲动，但终究没有迸发，只是胸口感觉到有点闷。他骑上脚踏车，田间的小路颠簸，挂在把手的猪头肉大幅度地摇晃着，宽大的裤管迎着风，像只张开的蝙蝠。

几天过后，村里开始有父亲和那女人的风言风语了。坊间流传着几个版本，有人说，大黑跑路后，那女人勾引老实巴交的父亲。有人说，父亲外出打工喝了酒睡上了，像个狗皮膏药扯不掉。有人说，父亲见那女人楚楚可怜，怜悯生情。甚至还有人推测，那孩子不一定是大黑的……乡亲们在谈及此事的第一个反应都是：怎么可能？是的，大家都觉得不可能，都觉得穷得叮当响、做人实诚的父亲不可能和别的女人纠缠不清的。可他们愿意去听，去谈论，去添油加醋地做好加工和传达，做出最荒唐的假设和事不关己的道德审判。没有人觉得父亲会干这事，但平淡无奇的生活会让这个村子充满着各种各样的传闻。只要是不发生在自己身上的事故，都叫故事。在1997年的春节，父亲第一次面对面地对着母亲发怒，他觉得母亲也在怀疑他。母亲哭得伤心极了，一度想回娘家，但母亲突然意识到外公外婆死后，她早没娘家，后路已经堵死，母亲只能请了两天假在屋子里哭。那一个春节，是我们兄弟俩最索然无味的一个春节，父母没有说上一句话。流言在一段时间过后，像病毒一样消失了。

大黑和那个女人再也没出现过。父亲再度跟着火石师傅出没在工地上。火石师傅偶尔会感叹，现在都用钢筋水泥，石头房子已经越来越没行情了，兄弟们要开始考虑自己的出路了。父亲没有说话，他弓着腰，握着把锄头搅拌着准备塞石缝的水泥，一来一回，娴熟轻快。

母亲继续在工厂上班，中午没有回家吃饭，她会在早上带着满满保温瓶的稀饭或者地瓜。我和小弟都回了学校，我师范二年级，小弟初三。小弟选择住校，夜修，他不希望考师范，他想考高中读大学。父母扮演一黑一白的角色跟小弟做了很多工作，从经济状况、工作稳定、风险评估出发，一个晓之以理，一个威逼利诱。小弟表面上算是接受父母的建议。

时间来到了六月底，乔丹领军的芝加哥公牛队在NBA总决赛中四比二击败了爵士队，蝉联总冠军。体育老师高兴得像第一次上了自己的女朋友，专门为我们开几堂篮球课，理论课本是图书馆借的《乔丹教你打篮球》，这直接导致了我们在期末体育测试中几乎挂科。有的同学开始骂骂咧咧，妈的，我还以为体育课考的是投篮。就在乔丹夺冠的那天，我蝉联了福建省"水仙花杯"征文奖，获得庆祝香港回归征文比赛一等奖，共奖励了六百元，那是我整个读书生涯最丰厚的一次奖励。放假前,我请舍友们到外面小卖部吃一顿,八个人还偷偷喝瓶啤酒,不巧碰到政教主任,顺带写了生涯头一份检讨书。我们才知道,原来检讨书也是有格式的。

那一年还发生一件举世瞩目的大事,香港回归。老师说,我们是幸运的时代见证者,不只见证香港回归这一历史时刻,还见证祖国在全世界面前扬眉吐气的盛况。六月三十日,我们早早守在班主任宿舍的电视机前,米字旗缓缓落下,全场一片肃穆。镜头扫向尴尬的查尔斯王子和落寞的英国代表团,他们当中有些人还眼带泪花,十分感伤。镜头外的我们都欢呼雀跃,大家高喊,不是不报,是时候未到。十二点时刻,五星红旗伴随着雄壮铿锵的国歌声徐徐上升,尽管隔着一个电视机屏幕,我们也都不由自主地站起来,一股强烈的自豪感油然而生。升旗结束,香港会展中心一片欢腾,双方领导人讲完话,一大群明星载歌载舞。95507说,我们毕业后相约拿着人民币去香港旅游。95522和95550也都附和着。我在一旁没有说话,一个连买香皂都困难的人怎么奢望去香港旅游?班主任站出来说,毕业先教好书,香港都回归了,什么时候去都可以。然后他问我们一个问题,知道香港被英国政府殖民了多少年吗?大家都说九十九年。我说,不是这样的。香港分港岛、九龙和新界,港岛在《南京条约》中被割让,殖民一百五十五年;九龙在《北京条约》被割让,殖民一百三十七年;新界在甲午中日战争后被"借走",殖民九十九年。95507说,你的历史真好。我认真地笑一下,终于找回一些自信。但我清楚知道,光知道香港的历史还是换不回去香港旅游的费用。

放假了,父亲出人意料地来接我。他说,他跟火石师傅在市区的一个工地上修停车棚。石头房子的景气不是很好,火石师傅已经将业务拓展到了外县市。舟车劳顿,也是无奈之举。然后,他从兜里掏出两包冻豆干给我。那是种类似豆干和鸡蛋的小吃,松软香甜,味道可口。我拆开一包,一块块放进嘴里,偶尔也拿给父亲,父亲也吃得津津有味。我想起了,父亲跟我兄弟吃卤豆干和海蛎煎的事。

父亲曾经告诉我一句话,这是公社大队长告诉他的,他说,吃饭是为了活着,但活着不一定都是为了吃饭。

小　吃

一条崎岖不平的土路,像条蟒蛇一样逶迤穿过村庄的肋部,道宽四五米,算是村里的主干道,经常有拖拉机带着轰隆隆的声响经过,屁股后面扬起的灰尘,慢慢升腾,一片昏黄,时常让上学的我们熏得够呛。村东口的交叉路段,左边是学校，右边有个不起眼的小板屋，屋顶挂着个锈迹斑斑的贴片，上面歪歪斜斜地写着几个毛笔字：水冬小吃部。那是我放学必须凝望的一个小店。每次放学正值饥肠辘辘，小店里总会适时地飘出一些卤香味。那些个味道像是武林江湖里的绝世熏香，方圆几里，只要吸上一小口，思想意志便受到挑衅，口水直流，肚子打鼓。每一次走过，我都会向着烟熏缭绕的小吃部投上几眼，依依不舍。一些年轻人或者老板，已经在一碗白花花的米饭和一小坛焖香排或者卤豆干前窸窸窣窣地吃了起来。真担心他们的舌头会连饭带汤地咽下去。

父亲看出我们的心思，他总会相准一个时间，而这个时间要满足三个条件：发工钱，周末，母亲不在家。一个周末，母亲还在工厂加班，父亲刚从火石师傅那里领了工钱，早早地回到家，他便意气风发地领着我们向水冬小吃部进发。刚到小吃部，浓郁的炖罐香味勾魂摄魄，小弟的肚子敲锣打鼓演奏声响个不停，口水一摊摊往肚子里流。我们在最靠后的一个位置坐下来。老板打开大蒸笼，里面摆满了透着香气的小瓦罐，牛肉三元、牛尾两元、猪排三元、猪心三元、封肉两元、鸭肉两元、豆干三毛、白萝卜两毛……老板逐一介绍着价格。我们踮着脚东张西望，哪种都想要。父亲在开放的灶台边踌躇好一会，像是在完成一道高难度的题目。最后，他端来三个豆干瓦罐、一碟炸海蛎、三碗白米饭。瓦罐盖一掀开，我们同时把鼻子凑过去，浓醇的香味，让人心旷神怡。小弟抄起筷子汤匙迅速地吃起来，一下子塞满整个嘴巴。父亲倒是不慌不忙，先搓了根烟点起来，看着我们大口吃饭的样子，笑得露出黑色的烟牙。我们很快各自吃完一碗饭，父亲再叫两碗，然后把他那份豆干分成两份给我们，自己则一口汤一口饭地吃起来。吃饱后，父亲允许我们吃炸海蛎。一份炸海蛎有三小块，我们兄弟俩一人一个。剩下那个父亲还是将其剥成两半，酥脆的碎块掉在碟子上，我们又各吃了半块。父亲将那些碎块倒进自己的碗里，就着饭吃，并将瓦罐的最后一口汤喝完，满足地擦擦嘴巴。看着我们兄弟俩隆起的肚子，父亲笑着说，瞧你们馋着，下次再来吃。

当然，母亲知道的话，会唠叨几句，她会数落父亲，说，小的不懂事，老的也不知深浅，节省强于赚钱，现在是享受的时候吗？然后，转过来教训我们，想吃好东西，就要读书，找个稳定的工作，想吃啥吃啥，要懂得道理。在我们家，母亲总是扮演严母的角色。她会骂我们甚至会打我们，经常埋怨父亲还有一些兄弟姐妹。她吃很简单的东西，把自己扔向生活的巨大的浪涛中，冲锋在吃苦的第一线，无怨无悔。有时候我看她又是那样的脆弱，一个人拖着塞满地瓜的巨大布袋，艰难地蠕动着，绳子在她肩膀勒出一条条血印。吃着煮了很多遍的饭菜，然后胃酸反流，一骨碌连胆汁也吐出来。赶着加班一路往工厂小跑，上气不接下气的呼吸声一直到现在仍在我的耳畔回响。偶尔会在厨房或者房间里悄悄哭泣,一把添着柴火一把抹着眼泪……

读小学的时候,我在学校跟人打架,那是我印象中第一次和同学打架。我们在玩"警察抓人"的游戏,这是一个很无聊的游戏,设定一个固定的范围,四五个同学,进行猜拳,输的一个要抓住另外四个,被抓住的人就杵在原地不能移动,但允许救人(没被抓到的人可以解救),直到抓完,游戏结束。那天,我们玩了四局,每一局猜拳我都是输家,运气特差,整整一个上午的课间,都是我追着他们跑,笨重的身子跑得狼狈不堪。到第四局时,我已经筋疲力尽,操着粗话,同学尽情地取笑,说我笨手笨脚,动作像猪一样慢。有同学被救后,还揶揄我傻得到家,抓了一个救了一个,没完没了,有的做鬼脸,有的捧腹大笑,左闪右躲的,像在耍一只猴。他们越是取笑我越是火急火燎,气急败坏,憋一上午的气,终于撒在一个领头的同学身上。我冲过去和那个同学扭打在一起。那同学比我高一个头,三两下,我被他压在地上动弹不得,还被他抽两个嘴巴,牙齿割破嘴唇,吐了一口鲜红的血。

老师解决的时候,母亲来了,她训斥我,也训斥欺负我的同学。回到家,母亲边哭边给我洗了澡。我的脸颊有点红肿,嘴唇有个小口子。母亲给我涂上药粉,眼泪渗在我的手臂上,有点烫。母亲建议到那同学家去问明白。父亲说,人家有五六个兄弟。母亲也就没再说什么。其实这个事,我压根没放心上。只记得,那一次母亲哭得特别委屈。

打架的第二天,刚好周六,小弟跟着母亲去阿姨家,父亲领着我又去水冬小吃部。父亲并没有踌躇,他干脆利落地点了一份排骨瓦罐、一份卤豆干、两份饭,还有三两小米酒。父亲把排骨瓦罐和饭推到我跟前,自己则一块豆干配齐三两米酒。

父亲笑着对我说,让你弟知道,又要说我偏心。

我说,我不会告诉弟弟。

父亲说,小小年纪,会藏秘密了。

我也笑了,继续吃饭。父亲喝口酒,夹起豆干吃一小口,再放下,喝一口,再放下,很享受的样子。突然,父亲凝着眉头问我,还会痛吗?

我说,哪里痛?

父亲说,脸颊、嘴唇?

我说不会了,昨天就觉得很胀很热,今天不会。父亲看着我,眼里满是怜惜。那时候还不太清楚,我被同学抽的两巴掌,其实是以十倍的力度打在父亲脸上的。父亲说,排骨一罐够吗?不够,我再叫一罐。我说,够了。父亲又把脚架在木椅上,三两酒很快喝完,他把剩下的汤倒进饭里,大口地吃起来。父子俩吃饱喝足,走出店门,我打了一个很厚重的饱嗝。父亲把手搭在我的肩上，笑着说，好好学习，以后谁欺负你，跟我说。父亲转头就走了，双手夹在背后，略低着头，走得很慢，仿佛在沉思。

中学的时候，开始有了点零用钱，便和几个哥们经常光顾这家小吃部。尽管其他兄弟偶尔吃个排骨和牛肉，我始终如一的味道就是卤豆干。不是因为对豆干情有独钟，而是囊中羞涩只能如此，兄弟们总会夹来一块肉或者一块排骨，我竟也吃得心安理得。读师范的时候，周末回家，经常刻意到水冬吃上一顿饭，依然还是那块卤豆干的味道。父亲照例也抽根烟，喝点小酒。那时候的父亲，刚刚告别卷土烟的习惯，改抽无滤嘴较便宜的香烟，但价格还是比卷烟贵一些。母亲依然念叨，烟抽贵一点，就抽少一点，也好。

这家小吃部，从我记事起就已经存在，直到现在十年有余了。这十几年间，除了老板从一个小伙子熬成挺着将军肚的中年人，其他并无改变。还是那个陈旧的老蒸笼，瓦罐是岁月累积后沉郁的酱紫色，灶台红砖已经脱落。屋檐下还是六张客桌，不多不少。重要的是那种味道，十几年如一日毫无偏差。要知道，我读师范那会儿，很多工厂买地建楼，村里开始铺起水泥路，一些小杂货店开始扩大规模，门前置放游戏机和康乐桌，整个村东口小市场弥漫着港台音乐。那时候VCD开始横行，影碟机已经普及。只有水冬小吃部，还是20世纪80年代的模样。

很多年后，小吃部老板远在菲律宾的弟弟回来，带回一大笔钱。老板在市区买了一套三居室的房子，孩子读上市区中学，将来还会有城里户口。小吃部说关就关，那个味道，从此失传。尽管村里陆续开了很多小餐馆，菜色越来越多，做法多样，口味越加繁杂，但父亲都不会带我们去吃。有一次，我问父亲，好久没带我们出去吃卤豆干了。父亲说，没有以前的味道了。我说，但还是好吃。父亲笑说，那你们兄弟俩自己去吃吧。后来，我才知道，父亲带我们去吃时，并不是每次都带着钱，他赊过几次，老板们也愿意让他赊欠。

毕　业

小弟初中毕业了，他终于还是没有报考师范，在志愿表上固执地填上高中。他向父母承诺，只要再供他三年的高中学费，大学他会自己搞定。一个高中生夸下海口要搞定自己的大学学费，母亲心里疼了，搂着小弟，脸颊蹭在小弟脸上，盼咐他要读好书，其他都不要想。高考那几天，可能是压力太大，小弟天天失眠，光滑如玉的脸蛋上长出粉刺，然后感冒畏寒发烧。小弟曾对我说，他强忍着嗡嗡作响的脑袋完成图形函数和作文。说完，眼泪哗啦啦地流下来，一声不吭地蹲在学校门口的大树底下，我站在旁边，木讷地成为另一棵树。其他如释重负的同学，欢笑着从我们身边走过。小弟哭完，站起身来跟我说，哥，回家吧。后来，小弟考上华侨大学经济管理系。大学四年，小弟和大学的一家银行完成合作借贷关系，直到工作的第四年，才还清助学贷款。小弟履行他的承诺。

1998年的夏天，就在乔丹和他的公牛队完成了三连冠之后，我师范毕业了。毕业那天，班上举办一场告别晚会，晚会上大家都像吃了镇静剂一样，唱不起来，也跳不起来，只是在哭，手挽着手哭，靠在肩上哭，全班44位女同学集中哭泣，场面壮观，气氛哀伤。我们几个男生只能沉闷地吃着零食，小声谈论着昨天乔丹最后五点一秒的神奇一投，成就NBA历史上最经典的时刻。体育老师也加入其中。我们越聊越兴奋，越兴奋就越大声，班主任站起来，大声朝我们吆喝着，你们没看到她们在哭吗？95507和95536你们是班干部、团干部，一个是班长一个是书记，丝毫没有带头作用。我和95507吓一跳。95507勇敢地站起来回应道，老师，是让我们带头哭吗？话一出口，全班女生破涕为笑，有的边笑边擦着眼泪。我总觉得有人暗自拍拍胸脯，如果没有95507这么一下子，没有台阶下，不知还得哭多久。部分女生向95507投来感恩戴德的眼神，纷纷过来拉着他说话。最后大家都回归正常，我们不谈篮球了，女生情绪转换绝对是光速，瞬间开始活跃起来，吃吃喝喝，唱唱跳跳，小宇宙爆发，抢着麦克风，拉着稀有的男生跳舞。"朋友一生一起走，那些日子不再有，一句话，一辈子……""那一天，知道你要走，我们一句话也没有留……"不一会儿，女生们不忘哭泣的同时，都在抢着麦克风。一手抹眼泪一手将麦克风死死地扣住，巴不得把晚会变成自己的演唱会。一个女生朝我走过来，坐在我旁边，很多男生识相地挪到旁边。她说，要毕业了，有没有想给我写首诗？我脸立马红到脖子根，我说，写……写……诗？她很大方，是啊，留个念想。我一阵懵，眼睛不敢看着她，我说好。她笑了，我后天走。我说，那我后天给你。95507插话，什么给你？男生在一旁起哄，我心却跳得厉害。

毕业后，我们在一次通话中，她说，你写情诗送给我啊？这样子会让人误会的，我只是很喜欢你写的文章。电话的一头，我又是一阵懵，多想告诉她，你已经先让我误会了。后来我挂掉电话，再也没有联系。

离开那天，我们308宿舍兄弟们，在学校大门前拍了张照片，然后各奔前程，各自珍重。

那张照片里我们都比了个"V"字，露出青春的灿烂的笑容和洁白的牙齿。多年后照片模糊泛黄，但青涩的模样，一眼就能勾起很多回忆。我们拍完照片，相互拥抱告别，各自走向工作的站台，95549指着远方石狮市区一栋贴着玻璃窗闪闪发光的高层建筑，他说，听说那里是即将营业的五星级酒店，十年后的同学会就定在那里。我们都说好，唯独我喊得没有底气。

我拖着行李缓缓走出校门，保安向我们微笑，说，以后玩得再晚，都没有机会攀爬校门了。我也笑了，过去给他一个拥抱。保安是一个江西人，憨厚老实，捧着个大肚子，大大咧咧，是我们全校师生的朋友，他把家安在这个学校。父亲终于还是来了，风尘仆仆，汗流浃背，一件渗着土渍的白色T恤紧紧贴在胸前和背上，看得出父亲是从工地赶来的。他将两大包行李寄放在传达室，说要跟我逛石狮市区。

我们雇辆摩托车，直奔市区。一栋栋高楼像是条形统计图，不断刷新一座城市的模样。我们在一座刚营业的五星级大酒店门口停车，二十几层楼投下巨大的阴影处，停着许多计程车和摩托车。记得三年前，我们初次来这座城市的中心，这座酒店刚刚奠基剪彩，几个穿着深色西装的领导和企业家，顶着大太阳，围着一堆土拍照，每个人表情扭曲，热得无所适从，看起来让人难受。旁边的蝴蝶池公园，也只是一堆石头和黄土，现在已经是这座城市最大的绿洲公园，男女老少都在这里散步运动。旁边一句广告语，请保护这座城市的肺。

父亲说，城市户口就是好，街道干净，生活方便，穿着干净时尚的衣服，脚下不用粘着泥。抱着小孩或者牵着狗，在公园里走动，多好。

我们在蝴蝶池公园逛了一圈，老人在练舞，小孩嬉戏，恋人在树荫下接吻。父亲赶紧将我的眼睛捂住，他说，别看。

我拨开他的手，说，都什么时候啦，老爸。

小时候，大人总用偷看女孩洗澡或者看到女孩身上某些部位会长针眼来教育我们什么是非礼勿视，帮助我们形成道德感和是非观。

我跟父亲说，刚入夜，公园的路灯特别亮，人挤人，跟赶集差不多。

父亲说，你来过？

我歪着头说，当然，我都在这里读三年了。

我们走到九三路的服装街，整齐划一的店面，摆满挤挤挨挨的运动服饰，足球服篮球服网球服，应有尽有。一个钩的叫"耐克"，三线段的叫"阿迪达斯"，两个人的叫"背靠背"……店老板说这些是世界名牌，一套只售价二十元，全世界只有这里才有这么便宜的品牌。我们沿着鳞次栉比的商铺走着，父亲东张西望，不断感叹比旧街热闹。父亲所谓的"旧街"指的就是东石老街，这是他们老一辈最为热闹的印象，凡是农村里弄不到的东西，旧街都能一一满足。我在一家挂满带钩的公牛队二十三号球衣的店铺前驻足，父亲让我挑三套，两套给我，一套给小弟。我坚决不从，只要一套。父亲显示出少有的豪气，他说，让你买你就买。最后，我挑了两套红色、一套白色的二十三号球服。

父亲说，三套算五十吧。

店老板指了指旁边一个塑料牌子：不二价。

父亲说，都买那么多件。

店老板说，人家是二三十件，你是两三件。

父亲没再讲价，直接抽出张五十元钱塞给店老板。老板无奈地接过钱，脸上却浮出得意的笑容。我们沿着店铺往下走，父亲顺口问一个和我们买一样衣服的青年。青年说，两件三十元。父亲追回去，却被那个老板斥回来，起手无回，板上钉钉。人在屋檐下，父亲没好再说什么，像个败军之将退回营地。我拉着父亲衣角说，算了吧！走了好远，父亲才指着那家店面，说，无良的老板，专坑老实人。我拉着父亲，拐进了一条摆满各色古早味的小吃街，和东石老街一个样，旧屋檐、青石板、红灯笼，窄窄的小街，人气比服装街更旺。况且才中午，就已经是摩肩接踵了。偶尔还能看到高头大马的外国人，艰难地用着筷子。

已经过午，我们吃了咸饭、牛肉羹，父亲将牛肉羹分一半给我，我没有拒绝，心安理得地吃个精光。然后，朝一家刚营业不久的大型商场走去，中央空调送来一波又一波的冷气。父亲站在电梯上，好奇地向四周张望，搜索着这座巨大建筑里的每个构件，钢砖地板和玻璃墙被擦洗得一尘不染，倒映着人影，高档服饰店的高跟鞋敲打着地面发出"嗒嗒"骄傲的声音。冰雪皇后、可乐冰等饮食店面，聚集着很多小年轻。父亲指着一个染着红头发的青年愤愤不平，丢脸啊，怎么这副模样？政府不管管吗？我说，政府还有更重要的事情做。我们从一楼逛到三楼，本来想给我买双鞋，当他问了价格之后，便拉着我坐着电梯返回一层。他说城市什么都方便，但就是贵。

下午四五点，我们折回了蝴蝶池公园，坐在一个防腐木长凳上，看着眼前的音乐喷泉，水柱随着音乐切换着各种姿势，溅出的水花，飘洒到我们身上，浑身冰凉舒畅。公园人渐渐多起来，很多老人操着十八般武艺在公园健身、跑步、快走，专注认真。他们都是些退休的老人。

父亲转过头对我说，以后你退休了，你就会在公园里练武功，不用再像我一样一辈子在工地晒太阳，这多好。

我说，以后工资归你管，能不晒太阳就别去。

父亲哈哈大笑，那怎么行，还有很多事没做完，怎么休息？

我问，还有什么事？

父亲站起来背着手绕了圈水池，忽地，好像想到什么，脸变得严肃，说，昨天去找你姨丈了。

上个月就听我干爹说，快毕业了，一些门路和关系要及早谋划，抢在前头，尽量找个好学校。姨丈是我们能够找得到的最强硬的背景——镇中心小学的退休校长。

那天，父亲提着自己抓的两只螃蟹到姨丈家，姨丈很清楚父亲的来意，他告诉父亲，年轻人去哪里都一样，关键要实干，要干个样子出来，有成绩自然领导就会看中，被领导看中，还要托人找关系吗？父亲一直点头，只能退而求其次，要不找个交通方便的学校，搭车方便。姨丈又说，搭什么车，一辆脚踏车，有哪里去不了的？我们那会刚出来不也是这样？父亲没再追问下去，姨丈把螃蟹留下，回到里屋数一千元硬塞给父亲贴补家用。姨丈从来都是执拗脾气的人，让他去开口找关系，比天上摘星还难。毕业分配的事基本上就听天由命了。

父亲叹口气，他说，没能给你找个好学校。

我笑着说，哪里都一样，还不都是教书？

父亲抓抓头发，没说什么，眼睛看着远方。

镇里教委办发来报到函，让我去一所叫"品厝小学"的学校报到。这个从未耳闻的学校，我其实没多大的期待，倒是即将上岗就业，领国家工资的心情有些激动。父亲坚决要和我前往，被我拒绝。那时候，我已经十九岁了，我觉得我该独立完成今后的很多事情，包括雇辆摩托车出门。报到那天，我雇辆摩托车，穿过已经在拓宽翻修的村道，拐向大马路，再往北转入一条窄小的崎岖不平的村道。村道蜿蜒越过了一片农田，再转入一片小树林。走出小树林，是另一个村庄。沿着尘土飞扬的小路往左转走了两百米再左转，一座两层楼的建筑，在一片烟尘中露出全貌。"品厝小学"四个斑驳金色正楷大字，被架在楼顶，在阳光照射下，闪闪发光。

司机停下来，气喘吁吁，他说，没找关系吧，怎么分配到这犄角旮旯的地方？

我对司机说，有没有那种关系，一袋地瓜就可以搞定的？

司机说，没有，至少得白酒和中华烟。

我眼神闪过一丝无奈，说，我是那种送得起白酒和中华烟的人吗？司机摇摇头，小伙子好好干才是正道，做个好老师。

我站在操场中，直勾勾望着前面这栋贴着白瓷砖的二层小楼。

一楼是四间教室，写着"一年级""二年级""体育器材室"的班牌布满尘灰，布满刻痕的课桌椅杂乱堆放在一起，楼梯间堆放着干瘪、生锈、堆满灰尘的体育器材；二楼是两间教室、一间办公室、两间宿舍，走廊尽处是一个洗手间。操场上两个崭新的篮球架分站两旁，与这个尘土飞扬的泥土操场显得极不协调。钢化玻璃篮板上贴着几个鲜艳的红漆大字，"×××先生捐赠"特别醒目。旁边一栋两层石头房子，颜色呈暗褐，看起来年代有点久远。二层楼顶一个水泥牌面，写着校名，镂刻在一个土黄色的石板上，字正方圆，苍劲厚重。不过年代久远，字掉漆，有些暗淡，略显沧桑斑驳。摩托车司机说，条件比我们村差多了。我默不作声，和司机坐在走廊阶梯上等校长，胸口一股被掏空的漂浮感涌上来，整个身体变得轻盈，有些缥缈。父亲其实也有些自责，他咬紧牙根带我玩，给我买吃的穿的。他那拮据的经济如一条被拧干的布，还是用尽力气拧出最后那一滴水，为的是让我开心，同时也让自己舒坦一些。

我知道父亲驮上一袋花生或者拎几只迈尽整个海滩抓来的螃蟹，他只能把这些当筹码。

那时候，父亲挨家挨户找了很多人，但都四处碰壁。有一句话是这样说的：我们最多不用超过六个人，就可以找到你想要的那层关系。在这纷繁庞杂的关系网里，父亲和我们家仿佛是那一条孤独平行线，尽管很努力，都不会有交叉的可能。

校长来了，他是一个快要退休的老人，骑着一辆凤凰牌脚踏车，车把手前挂着一个黑色的文件袋。他停下来笑嘻嘻地朝我们打招呼，示意我们稍等片刻。他穿着灰色长袖衬衫，袖管卷了半截，松垮的蓝布裤，还沾些土泥，体型偏瘦，黝黑的脸，褶皱分明，显得很和蔼。他掏出一串钥匙，从楼梯门到办公室门，再到宿舍门、厨房门，一路过关斩将，轻易地打开所有的门，把这个学校彻底地呈现给我们。

我们坐下来，他笑着说，不好意思，不好意思，刚从田里过来，让你们久等了。

我说，不会不会！他眯着眼笑嘻嘻地说，农村学校正需要你们这种正规的师范毕业生助力。你们有文化有学识又有干劲，那是相当好用。我没说话，把报到表和履历表递给他。

他从口袋里取出老花眼镜，慢吞吞地看了起来。突然，他大喊一声"哇"，我手中茶杯差点掉地上。他取下眼镜，一脸惊喜，说，你还得了省作文奖？

我微笑着点点头，没有说话。

校长呵呵发笑，啧啧称叹，脸上的皱纹揪成一叠。连说，不简单，不简单，我们捡到宝，捡到宝了。

我说，校长别这么说，新人什么都不懂。

他把我的报到函拿过去，打开抽屉，取出一个印章，用力地按下去，然后将回执单撕给我。咧着嘴一大口烟牙暴露出来，美滋滋地说，把这张回执单拿给教委办，你就是我们的人了。

校长这句"你就是我们的人了"听了瘆得慌，急忙转个话题。

我勉强挤出一点笑容，说，可以住宿吗？

他依旧笑眯眯地说，可以，可以。

然后领着我们绕过楼梯口的杂物，上到二楼宿舍。所谓的宿舍，就是一间教室，装上窗帘，放了两个简易衣柜，摆三张床。床上草席被褥衣架脸盆等生活用具一应俱全，看起来是刚买不久。我从一个生活用品有编号的学校来到一个没有编号的学校，身份从一个学生转变成一位老师，但我的心情说不上兴奋甚至有一点失落。

校长说，专门为你们三个新师范生准备的。

我说，三个？

话音刚落，校门口一阵摩托声由远及近，操场上扬起一团烟雾，滚滚烟尘盘旋而上，慢慢稀疏。我们同时望向操场，一个个头很高短头发的男生驾着一辆破旧的嘉陵摩托车，停在教学楼前。他看到二楼的我们，抬着头问，请问，这是品厝小学吗，还是工厂？

校长依旧笑嘻嘻地说，怎么会是工厂呢？是新老师吧，快上来吧，看看你们的宿舍。

高个子短发男生笑了一下，大跨步上楼。校长对我们说，以后你们俩就睡这一间了。

我说，不是三个吗？

校长说，另外一个是女老师。

我说，那她睡哪里？

校长指着隔壁另外一间教室，说，如果她要住宿就这间，你们两个大男生要多照顾她。

高个子男生显得很不生分，说，那是当然。

十来分钟后，一个衣着朴实、长着胡茬的中年男人带着一个扎着马尾辫的女生过来。女生个头不高，身材微胖，戴着一个黑框眼镜，显得很拘谨。

中年男人问校长，操场有要铺层水泥吗？

校长说，已经列入计划，估计很快就可以有新操场了。

中年男人又问，小孩不会骑摩托车和脚踏车，有宿舍吗？

校长客气地说，有着有着，需要什么，我们马上添置。

转了一圈后，中年男人有点扫兴，也没有再说什么，他嘱咐女儿，咱们没有背景，一定要好好教书。马尾辫女生连声说好。

就这样，我在这个学校开始自己的职业生涯，熬过了一段不适应时间之后，竟也适应甚至喜欢农村学校和学生。在这里没有开口闭口都是什么领导什么级别什么待遇的流转，也没有健身房、下午茶、电影院等休闲谈资。在这里，只有小商小贩，满面尘土的农民，只有黑灯瞎火的静谧和安逸。更重要的是有一批穿着大宽裤、蓬头垢面却内心清澈的学生陪伴，他们最大差我四五岁，最小的也就差六七岁。我们既是师生也是朋友，几乎没有代沟。多年以后，我从这个农村小学调整到另一个农村小学。我那两个同事，最终还是走在一起，结了婚，调整到镇区的小学任教。

我记得父亲偷偷地问我，你没有追那个女老师吗？她怎么跟另外一个在一起？

我回答父亲，我喜欢她，但是她更喜欢那个男生。

父亲没有回答，只是看看我，用长满老茧的手，摸着我的头，那一瞬间，我觉得父亲更老了。

时间太无情，下笔都太重，我竟忽略了父亲越来越明显的苍老。

海　路

尽管对分配的学校不太满意，但这丝毫不影响我初入职场，走上讲台的兴奋与热忱。工作的第二周，我便选择住校，和学校学生泡在一起，每天都有使不完的精力、用不完的时间，上课、批改、活动、玩闹、谈心、煮饭、写字、做文章，乐此不疲。父亲偶尔会提着母亲炖的鸭肉或者打包一些好菜过来看我，他会点着根烟，看着我吃完，然后跟我聊聊教书的事，聊聊学校里的孩子。最后，他会沿着学校四周走一圈。

父亲告诉我，一个人在学校要小心点。

当然，他也会问道，跟你一起分配过来的那个女生和高个子男生呢？

我跟父亲说，他们是同一个村的，高个子男生骑着辆嘉陵摩托载那个女生。

父亲搭着我的肩膀，意味深长地跟我说，之前读书不鼓励你和女孩子好，现在出来工作了，有合适的对象可以大胆去追。我们这种家境的，要早一点，眼睛要放亮一点。

我低头看着父亲，微笑不说话。我又看到父亲人字拖里的那伤痕累累的脚背。

我说，老爸为什么老不穿鞋呢？

父亲说，习惯了。

每个夜晚，村子像点了哑穴一样，特别安静，一个人的学校总是显得巨大而荒芜。暗夜四合，只有我宿舍的一盏光在这旷大的漆黑里显得坚韧而明亮。我会选择备课、看书、写小说，偶尔也会接到校长关心的电话。其实，我很享受这种孤独，觉得很充实。几周后，高个子男生和女生也住校，住宿的日子一下子热闹一起来。高个子男生显得很活泼，话也挺多，讲一些低俗的笑话也比较有趣。

多两个人的夜晚，热闹了许多。晚上大家备完课改完作业，就开始插科打诨、谈天说地。有时候，高个子男生会用他的嘉陵摩托车载着我们到镇区逛逛，我坐里面，女生坐外面。那时候，镇上的迪斯科、大家唱兴起不久，我们也会自带瓶水或者饮料，走进嘈杂的迪斯科舞厅。炫目缭绕的灯光下，一些年轻的兽类，闭着眼睛，放肆地扭转身体，甩着头发。我们坐在很偏的一个角落，感受这里面躁动的青春。长时间的歇斯底里之后，灯光突然暧昧，开始放些比较舒缓的音乐，身体缓缓蠕动，开始寻找着舞伴，熟悉的不熟悉的，心照不宣。有一次，高个子男生拉着马尾辫女生也上了舞池，随着音乐，没有节奏地晃动着。我在下面看得没有表情。接着他们拥抱在一起，然后接吻。那一时间，我感觉世界塌了一半，心里泛酸。

几天后，父亲刚从工地回来，母亲忐忑地从外面回来。

父亲说，你去哪？

母亲说，去接个电话。

谁打来的？

派出所。

派出所跟我们啥关系？

母亲说，怎么没关系？你不记得啊，之前邻镇做工被抢劫了？

父亲恍然大悟，不会吧，那么久了，警察还来真的。

母亲说，派出所让我们去一趟。

父亲和母亲如约来到了派出所，眼前的一幕让他们惊呆了，他们在一群被手铐铐住的男人中，看到一个很熟悉的人。父亲一眼认出是大黑，他胡茬拉扎，剪了个短发，穿着很旧的牛仔裤和一件破个洞的黑衬衫，身体倚靠墙角，头低下。听到有人来的脚步声，大黑机械地抬头看一下，疲惫的神情来了点精神，眼睛发亮。

大黑冲着父亲说的第一句话，看看能不能找点门路？

父亲没有说话，转过头向着民警。民警说，1996年10月15日，你在邻镇加油站旁被人设局讹诈抢劫，就是这伙人干的。父亲把目光再度转向这一群人，果然看到那三个大汉，个个胡茬满面，精神颓丧，完全没有作案时的趾高气扬。

民警说，团伙作案，两年内又是走私，又是勒索，作案累积七起，简直有恃无恐、目无王法。

母亲问民警，我们的钱能要得回来吗？

民警说，看他们这个样子，应该很难。

母亲皱紧了眉说，那怎么办？

民警摊开双手，说，自认倒霉吧！

情绪有些激动的母亲冲着大黑嚷了一句，夭寿，好人不做做歹人，连累我们。

另外一个办案民警揣着沓资料进来，扔在桌子上。他们排着队，懊悔和无奈的神情驳杂地缠绕在脸上，一个个在签字盖手印。他们的人生从此有了污点。

父亲走到大黑面前，面无表情。他说，早知道应该就去行船。

大黑看了看父亲，有些无助，说，有没办法帮帮忙？

父亲苦笑着说，怎么帮？

大黑说，行行好，找找关系。

父亲说，找镇长还是市长？

大黑很快被民警唤过去签字，每一步足有千斤重，埋着脑袋，走得沉重。

父亲用脚踏车载着母亲，母亲侧坐在后座，行走在我们经常往返镇区的田间小路上。其实田间小路已经成为历史，小路被拓宽成两车道的大路，盖上水泥，宽阔平整。一些田野渐渐被淹没，镇郊像只八爪章鱼将触角慢慢外伸。两旁建起了厂房和公园。一些新的民居也往外移，有院子的小楼房，停着小汽车。老人和小孩围在一堆新颖的健身器械转转悠悠，指指点点。那棵老树依然歪歪斜斜地站在那里，显得更沧桑和粗壮了，它被一圈光滑的板材椅围起来，旁边栽种两簇有颜色的小花。老树脖子上挂着一个涂上文字的木牌：老树驿站，请您歇歇，在这里，父亲见到了大黑被抓前的最后一面。其实那时候的大黑，已经没法回头了。

在一个岔道口，父亲拐向南边海堤，压低身子，用力踩着。母亲说，我下来吧。父亲说，你还怕我载不动你？父亲艰难地爬一会儿坡，在一处相对平缓的地方下了车。父亲牵着脚踏车，母亲跟在他旁边，父母迎着徐徐的海风走上海堤，母亲触肩头发被风吹向后面，露出斑斑白发。43岁的母亲苍老得让人心疼。但忙于生计的他们根本没有在意岁月之刃的锋利和无情，他们一辈子埋头忙活，外面世界如幻灯片更换，他们却一个脚步也跟不上。退潮的大海只剩下海风的响声，海面上的滩涂一片连接一片。几条水路蜿蜒向前，海鸟偶尔掠过，驻足水面，小脑袋瓜忽左忽右地转动，突然一头扎进水里，叼着一条小鱼，拍拍翅膀飞走了。远处几个海农正在弓着腰捡着海产。对这个村庄、这个小镇来说，大海始终都是永恒的时空，一辈又一辈的人，在大海的滋养下成长成才，怀揣着大海般的格局和胸怀走出家门，各自走向灿烂或平凡的人生。

在一块被时间打磨得很光滑的石头旁，父亲和母亲停下脚步，他们并肩坐在石头上，眼睛望向这片他们早已熟悉的海。父亲经常跟我说，即使再穷我们也不会被饿死，眼前的海，身后的田，是保证我们能活下来的依赖。我们兄弟小时候，都会跟着父亲讨小海，折腾了大半天，常常弄着一身海泥回来，竹篓却空空如也。但父亲也是高兴，他说大海就像是我们的朋友，经常走动，就会熟悉，熟悉之后就会信任，信任了，我们才能从它的无边无垠的海滩上捡到我们所需要的螃蟹、海螺、贝壳等海产。目不识丁的父亲，有时候说起话来还是很有哲理。

父亲和母亲坐在大石头上静静地看这片海，没有说话。就这样看着，突然，母亲想到什么，情绪上来，眉头一拧，眼角渗透出眼泪。她对父亲说，还记得那年，我们差点死在这里吗？

父亲微笑着用粗粝的手，抹了抹母亲眼角的泪。他说，当然记得。

母亲说，想起来身体都在哆嗦。

父亲说，佛祖保庇。

母亲说，是啊，佛祖保庇。

那年冬天，正值紫菜种植季节。海边农家都会在海里种上一两亩的紫菜，也算是一个来钱比较快的收入。但是十分辛苦，没有足够的意志力，是吃不了起早贪黑冷风吹海水浸的苦的。我们家人口单薄，说白了，就父亲和母亲两个劳动力。父亲每年会种上一亩多，辛苦个半个月，差不多能够赚上一千来块。但是如果碰到坏年冬，天气久暖不冷，那基本上是赔本的生意，连紫菜苗的本都捞不回来。

紫菜的习性是向冬，天气越冷，它就长得油黑发亮，质量上乘，往往可以割好几回，价钱也不低。如果天气温和回暖，那基本上一两回就烂尾了。那年冬，对于种紫菜的海农来说，是紫菜史上最坏的年冬。我们家也是如此，尽管母亲每天早上都会焚上三炷香，在家里的佛龛前祈求平安收成，但还是抵不过老天的决绝。十月底，父亲将一根根洗好的紫菜竹架（长大约四米，两边各有一只脚可固定在海泥里）和一捆捆紫菜绳，左肩扛着竹架，右肩套着绳索，沿着海路走向很深的海里。走到自家的海田，开始作业，将竹架插在海泥上，每隔五米插一根，竹架之间用紫菜绳连接，固定结实。我家这一亩多的海地，父亲来回往返四五趟，前期工作才算准备好。接下去，父亲会和其他海农一起租条小船，将买来的紫菜苗洒在绳索上，洒上几回。接下来，一个多月的时间，就交给时间和天气。

父亲说，尽人事听天命。

母亲会说，希望天公疼憨人。

尽管如此，老天爷还是跟这些淳朴贫穷的海农，开了个巨大玩笑，连续十来天回暖天气，基本上将这些海农抱以希望的紫菜判上死刑。父亲在工地，母亲在工厂，他们会跟熟人喋喋不休地抱怨着。父母满脸忧愁地熬过这一个多月，天气始终没有逆转。直到那些紫菜苗子全烂在绳索上时，天气才急剧下降，一夕之间，下降了十来度。人不可起死回生，紫菜同样也是，绝望和愤怒写在每个海农脸上。人们要战天斗地，往往都是伤痕累累，没有胜算。人的时运就是老天手里的玩具，翻手云覆手雨，你永远不知道反转在哪个时间哪个角落出现。

父亲对母亲说，今年算是到头了。

母亲神情哀伤，完全没有干劲。她说，佛祖没有庇佑。

父亲说，还是看开点，找个时间，收回来吧。

母亲看了父亲一会，眼神不甘。父亲说，明年再来。但一脸不甘，眼神里满是失落。父母都清楚，一冬紫菜的收成对他们意味着什么。

就这样，刚下海的紫菜苗，胎死腹中。今年的紫菜季，还没开始就结束，给了这些胼手在生活泥沼里的农民一记闷棍。

那是一个周末早上，父母起得很早，换上了轻便破旧的衣服，表情哀伤。母亲把我从被窝里叫起来，她说，她已经将中午的饭菜弄好了放在锅里，让我中午热一下送到海边，等他们回来。我点点头，用手揉揉眼睛，躺下继续睡。

母亲刚走出房门，又转回来，把我从被窝里拎起来，朝我吼道，睡什么睡？还不起来干活？自己的衣服自己洗去！还在沉睡的小弟受到惊吓坐起来。我们如醍醐灌顶般，无比清醒。母亲无奈地走出了房门，戴上手套雨鞋还有扁担，跟父亲走向海边。

小弟问，妈妈这是怎么？

我说，好像今年的紫菜没有收成。

小弟说，骂我们就有好收成吗？

我说，不会，但妈妈很伤心。

小弟说，他们要去收割紫菜吗？

我说，紫菜已经没了，他们要去把紫菜架子收回来。

小弟说，怎么样让妈妈开心？

我说，起来洗衣服。

我们兄弟俩又裹在棉被里睡了一会儿，直到阳光投射到房间，寒意逐渐驱除，我和小弟起床，打扫收拾，吃了点锅里的饭菜。

小弟要盛第二碗的时候，被我阻止了，说，这些留着爸妈吃。

小弟说，我还没吃饱。接着放下手里的锅铲，浮现一个无辜的表情。

我说，那只能再盛半碗。

小弟折腾好一会儿才盛起了货真价实的半碗，几乎是用刻度亮出来的半碗。吃完后，我们兄弟俩，一个递，一个洗，一个拧，一个晾，潦草地将堆积在塑料桶里的衣服扒拉干净，然后坐在地上呼呼地喘着大气。

小弟说，这样妈妈还会生气吗？

我说，不会了。

很快中午了，我将保温瓶洗干净，生起了炉火，将锅里的菜热了一遍，悉数装进保温瓶里，放在篮子里。心情还算不错，一路走着跳着，沿着一条小石头路，爬上堤岸，将饭菜放在一个石头上。这是父母收割紫菜即将靠岸的地方，我盘着膝盖坐在石头旁边。堤岸下是狭小的沙滩，许多石头杂乱地嵌在沙滩上。前面就是海滩，滩涂上几艘小渔船，斜插在海泥里。再过去，也是滩涂，巨大的滩涂被纵横交错的水路割裂成无数块，偶尔飞过的水鸟叽叽喳喳叫着。海，还是一片宁静。

我盘着腿，静静地望着这片熟悉又陌生的海。我是海边人家的孩子，从小在海泥上在沙滩上追逐嬉闹，甚至跟从大人坐着捕鱼小船颠簸在海面上，欣赏着这片浩瀚柔软的"土地"。但是关于海的印象仅此而已，我不知道如何捕鱼，如何抓蟹，也没有收割过紫菜、敲过海蛎，更掌握不了潮汐和海时。很多时候，我会呆呆地望着海，看它的潮起潮平，听它的干戈低吟。然后，父母会从海中央走来，满载而归。

我开始听到涨潮的声音了，是一种立体的嗡嗡作响，低沉浩瀚，从远而近，从四周聚拢而来，越来越清晰。我看见海水滚着细浪慢慢地将滩涂淹没，一层连着一层漫上来。细浪上站着黑压压的一排人和紫菜竹架，这其中就有我的父母。我站起身，端着饭菜，穿过错杂的藤葛，朝着堤岸的石阶走下去。海水越漫越近，轰鸣声越来越大。我清楚地看到他们，我的父亲和母亲。父亲腰间缠满绳索，站在一堆紫菜架叠成的竹排后面，黝黑的手臂撑着竹架，弓腰推着。母亲拴着条绳子，在前面拔，身体向前倾，角度很大，几乎和海面平行。海水向前漫进一点，他们就跟进一点。再往前漫进，他们就向前挪动。冰冷的海水在他们的及腰处，而他们的筹码是36摄氏度多的体温和叼在嘴里的烟以及盘在头上的围巾。我看见父亲和母亲在海中艰难地跋涉着，朝我的方向走来。以海为田，种上些紫菜和海蛎，从来都是这些农民生活的秘密武器。但今年，秘密武器彻底失灵。

我走下去，爬上沙滩的一块礁石，向着父母的方向挥舞着手臂。父母顺着海水一前一后，推着竹架艰难地前进。涨潮声和叫喊声混杂在一起，空旷沉静的海面顿时热闹起来。父母越来越近了，他们半身浸在水里，身子艰难挪动着。我可以清晰地看到他们的表情。父亲一脸刚毅，目光如炬，胸前缠着绳索，仍旧弓着腰推着竹架。母亲拉着绳索走在前头，咬着嘴唇，表情有点痛苦，甚至有些扭曲。

我紧张高呼着，妈，你怎么了？妈，你怎么了？

但声音被风吹散，被海浪淹没，拼命地叫喊。父亲也察觉到，突然示意母亲停下来，不要再拉了。一向好强的母亲，放下手头的绳索，突然身子一歪，倒在水里，充盈的海水溅起水花。我在沙滩上呜呜大哭起来，手臂挥舞着，大喊，救救我妈妈，救救我妈妈。父亲快速迈到母亲身旁，使劲将她抱起来。可好像是脚打滑，立足未稳，父亲一个趔趄，再次栽倒在水里，扑通扑通地溅起更大的水花。不一会儿，父亲露出头来，呼唤着旁人。离父亲较近的邻居赶忙放下手头的竹架，大跨步地朝父母方向扑来。这时，海水已经又往前漫了一段距离，父母所处的地方越来越深。他们把父母架到沙滩，我已经吓得脸色惨白，顾不上说话，只是蹲在石头上哭泣。父亲吃了几口水，神色惊慌。母亲脸上没有血色，显得很虚弱。后来母亲看了病，医生说，身体过于虚弱，经期来了，又干这么繁重的活，身体吃不消。从那天起，父母不再为紫菜的收成惋惜了，因为命比紫菜重要得多。

太阳很快下山，天边染满红晕，清风吹过岸堤旁的树林。父亲挽着母亲起来，拍了拍衣裳。父亲说，回去吧。父亲牵着车，母亲走在旁边。

尽管生活艰辛，前程未卜，身边有个伴，就有个希望，有个安稳。

出　路

往后两年，风调雨顺，老天似乎在弥补那一年对这些海农的亏欠，父母又在辛苦的紫菜种植中布满笑容。那两年，我们家存了点钱，还是过得节衣缩食，就是为了能在厝顶接两间房间。那年是2000年，我们有了名义上的楼房，也就是说，我们住起两层小楼，尽管二楼仅有两间，我则用半年的工资进行装修，再用上半个月的工资给家里添置了台彩电和影碟机。我把干爹送的那台录音机小心地藏好，放进柜子里，抽屉一沓沓刘德华的唱片，也装进柜子，封锁好。从此之后，我要循环播放时，只需按一个按钮就行，不必跟之前一样，频繁转换着卡带。那一年的刘德华风光无限，斩获了人生第一座金像奖。那一年他三十九岁，而我当上了一个小学校的辅导员，管上全校的学生。那年，我二十一岁。

我从楼下房间搬到楼上。小弟说，两个大男人终于不用挤在一张床上睡觉，不用挨在一起做作业了，终于告别连换个内裤都得偷偷摸摸的岁月，真爽。从此，我们两兄弟有了真正属于自己的房间。我的房间里被装得满满的两书柜占去一部分空间，又被电视机和影碟机占走了一个位置。书桌上放着《百年孤独》《挪威的森林》《第一次亲密接触》几本书，一盏台灯和一摞教科书，旁边摆放着一张右手托着下巴的塑胶艺术照。看到照片，小弟总会说，你是怕下巴掉下来吗？抽屉里放着很多刘德华、王杰的唱片和电影CD，整个房间显得拥挤有序。放假时，还在读大学的兄弟会隔三岔五来我房间里睡觉，席地为床，或者小弟会来房间里看一整天的电影。

那年暑假，我收到了一封从福州大学寄过来的信，字迹娟秀、端正，很像女孩子的手笔。我起初没在意，以为又是哪个报纸发了我的文章，用样报当稿酬。就这样搁了两天才撕开信封。

雨怀同学：

久未谋面，别来无恙，你一定很讶异吧，竟然会收到我的来信，收到这个从中学毕业就杳无音讯的同学的问候。其实，我也感觉突然，我竟会用写信的方式重新与你取得联系。不管怎样，信是写了，终究还是寄了。如果地址没变，三天后，你已经在读我的信了。

今年暑假没有回家，而是留在学校打了份暑假工。昨晚翻箱倒柜整理些旧物件，偶然发现我们班的留言册，在千篇一律的"学有所成飞黄腾达"的留言中，只有你的最特别，你写的是：我们在茫茫人海中相遇，又在茫茫人海中失散，我会在相遇与失散中，记住你。你知道吗？看到这句时，我哭了，我感觉我和同学失散了，又没有把握重逢的可能。宿舍里空无一人，我可以随心所欲地哭。之前相处的画面，一股脑地涌上来：晚自习找你问题目，被同学起哄，到你家做客，周末一起出黑板报……我想到好多有趣的事情。然后，我又笑了。是不是感觉女孩子很麻烦，又哭又笑。关于你的消息，我是一无所知，只记得报考志愿时，你填了师范，成为光荣的人民教师。怎么样，三尺讲台的感觉一定很特别吧？其实，我一直觉得你会考高中，然后读大学，或者，我们可能还能成为同学。可惜，未来不能预设。不过可以肯定的是，不管做什么事，你都可以做得很好的。

　　时间过得真快，我们都从似懂非懂的十四五岁，走到了现在，走到还是似懂非懂二十出头，一副大人模样，即将开始面对这个复杂多变的世界。到时候，我得请教你，因为你比我早几年走向社会，走向自己掌舵的人生。我怕我离开校园会无所适从。我的父母老是说什么，等我毕业，都到了结婚的年纪了。对了，说到这里，我得八卦一下，有女朋友了吗？我觉得，你一定有女朋友，人那么好，挺讨人喜欢的吧？

　　好了，不打算写下去了。等你的回信，再慢慢聊。祝，一切安好！
　　　　　　　　　　　　　　　　　　　　老同学：杨梅
　　　　　　　　　　　　　　　　　　　　2000年7月13日

　　读完信，我赶紧上楼，抽出笔和纸，像在执行一项纪律性很高的紧急任务，显得急切而重要。在动笔之前，我又将信读上一遍，接着平稳一下气息，嘴部翕合，沉淀后，缓缓写上：

杨梅同学：

　　见信好，真不好意思，你的信我迟了两天看，也迟了两天回，这是我近期做的最后悔的一件事，恳请你原谅。

　　你的来信说得没错，我很惊讶你能给我写信，甚至怀疑是不是做梦。我朝自己腮边捏一下，才确定，现实如此之美好。真的很感谢你能记得我，记住一个存在感并不是很强的同学。

　　我将你的信读了几遍，很像你在做语文阅读理解题的态度。老实说，给你写信，比参加现场作文还紧张，一时之间，不知从何落笔。只能是嘈嘈切切错杂谈了。首先我想说的是，关于感别留言，我是信手拈来，随手一涂就是，但你这本留言册，我却是辗转两宿，绞尽脑汁，才写上这句话的。希望你能喜欢并且记住。毫无疑问，你记住了，这是我最开心的事。另外，你在信中提到的关于学生时代的种种，那是我们人生中最美的一个部分，没有价值，却很有分量，是青春具象化的样子，我同样也没有忘记。你所提到的社会，老实说，我现在还未有任何心得，我比你早从学校走出来，但是我的社会是另一个学校，可以说是另一个更为单纯的学校，几十个小学生嗷嗷待哺的样子，很有活力也很有希望。我每天重复做的就是跟他们交流，一起成长。以前填报这个志愿的时候，我毫无感觉，如今，我觉得我喜欢了。所以，我觉得社会应该不复杂，只要我们保持一颗简单的心，尝试着接受和喜欢。

我工作两年了，还没有女朋友，应该也没那么快有女朋友，感情的事，交给缘分吧。你说是不是？哦对了，我前天在网吧里注册一个QQ账号，挺新鲜的，可以在里面聊天对话，完全没有把距离放在眼里，真正地天涯若比邻。我把号给你，记得加上我。

顺祝，平安顺心！

张雨怀

2000年7月18日

我把信纸折成两折，平平整整，小心翼翼地装进信封，贴上邮票，再用双面胶将封口黏紧，大跨步地走下楼梯。下了楼我才发现，已经是午饭时间，父亲端着一碗地瓜蹲在深井旁有气无力地吃起来，母亲则坐在方桌旁对着一碗地瓜汤发呆，只有小弟窸窸窣窣地吃着，旁边是一小碗豆腐乳。吃饭的气氛有点低沉，我寄信心切，也就没有注意，只跟母亲说一下，便跑出门去。寄完信，一块大石头放下来，萌生一些成就感，脑袋里已经开始呈现杨梅同学读信时的情景：宿舍里，杨梅同学专注地品读信纸上的每一个字，偶尔还露出一丝微笑，像是收获礼物般的欢喜。我回到家，脸上还带着笑意，小弟嘴角一片殷红，嘴里吃着豆腐乳，父亲坐在矮凳上抽烟，母亲在厨房里洗碗。

我问父亲，怎么？

父亲抬头看了我一眼，眉头皱一下，说，火石师傅住院了。

我说，严重吗？

父亲说，很严重。

我没有再问下去，到厨房里盛出一碗地瓜，配着小弟吃剩下的豆腐乳，迅速地将肚子填饱。其实我们都知道，火石师傅对我们意味着什么。父亲跟他十几年，领了十来年的工资，也就靠这个相对稳定的行当，我们整个家能够吃饱饭。我读师范，小弟上高中，我们才像模像样地活下来。父亲一直把火石师傅当成自己的兄长，像干爹一样，恩同再造。父亲去医院看了几回，每次回来，他都是自己抽着闷烟，没心思说话。父亲最后一次去看望火石师傅是和干爹一起去的，那时候的火石师傅枯瘦如柴，奄奄一息，插上氧气袋，火急火燎地被抬上救护车。救护车一路上风驰电掣，八百里加急，赶回家。那天晚上，凄厉的哭喊声，从火石师傅家里传出来。火石师傅去世了，六十三岁。堂亲不无惋惜地说，还是迈不过这只"暗九"。闽南有个迷信说法，年纪逢"九"都要注意身体，会有些劫数。数字有九叫"明九"；两个数相加得数为九，就叫"暗九"。"暗九"更得注意，有的人会去庙宇里求个平安符，随身携带，消灾解厄。父亲和干爹第二天就来他们家里帮忙，处理后事。火石师傅已经是个当祖父的人了，有两个儿子和一个女儿。儿女三人都做小本生意，日子还过得去，家里经济条件还算是殷实。按闽南风俗，也是可以办个比较风光的葬礼。

火石师傅出殡的那天，细雨纷飞。送葬队伍大排长龙，西乐队不合时宜地奏出欢快的曲子。父亲和干爹抬着棺木走在最前面。父亲和干爹本来安排送水和准备供桌，后来他们自动请缨要抬棺。父亲说，他想用这种方式送火石师傅最后一程。火石师傅的长子读哀章，读得肝肠寸断，声泪俱下。父亲和干爹也哭了。那时候，我感觉，父亲想哭一场，只是找不到机会。而此时此刻，他可以淋漓尽致地哭一回了。

火石师傅去世后，父亲果然像是个游击队员，哪里需要，他就往哪里跑。那段时间，很少看到父亲开朗地笑，经常褶皱着表情，一副忧国忧民的样子。那天我找到父亲。

我说，老爸，不还有我吗？

父亲说，知道你懂事，但房子二层楼还得继续盖。

我说，可以的，这几年辛苦存一点，没问题的。

父亲抽根烟说，房子要盖，你弟今年高考了，你还得买辆摩托车，以后还要结婚，这些都是大钱。

我说，有钱咱就盖，就结婚，没钱就缓一缓，说不定我能找到个好商量的。

父亲终于露出微笑，他说，你眼睛要放亮一点。

我没有说话，心里却惦记着写信的老同学，始终没有等到她的回信，有点小失望。

我说，以前那么难，不也过来了吗？再说了，我结婚不是还得好几年？

父亲说，房子得先盖吧？你小弟大学学费得缴吧？

我说，不是全家都赚钱吗？

父亲说，总之，眼睛放亮一点。

我说，知道知道。

听了片刻，父亲突然话锋一转，说，明天就买辆摩托车去。还有，腰间call机也要换，普通的手机换一把。那天晚上，他打开一个老旧的衣橱，这是母亲为数不多的几个嫁妆之一。他将整个抽屉拉出来，手伸进去半截深，掏出一个鼓鼓的信封，拿给我。他说，里面五千元，去买辆摩托车和一把手机。就这些了，自己安排。

刚毕业的时候，满大街年轻人流行腰间的皮带别个 call 机，父亲见状建议我也买一个。母亲反对，她说，别个玩意在那有什么用，容易丢，有事不会到家里找或者学校？父亲说，你懂个啥？年轻人用得着。其实，那时候我也不明白，父亲在我的交通工具和信息装备上如此大方，建议我买 call 机，主动让我买辆摩托。包括今后手机逐渐代替 call 机的时候，还是他让我换个手机比较方便，免得一个声音响起，提着裤子满大街找电话。后来才渐渐明白，他是想让我早点找个女朋友，最好还能结婚的那种。他天真地以为，一辆摩托车、一个 call 机或者电话，就能磨平这嫌贫爱富的偏见。

有一次，我在田地里帮忙，腰间的机器"滴滴滴"地响起还带着震动，我一看是学校马尾辫同事打过来的，忙扔下手头的锄头，拔腿就往村里跑，一股劲地往回跑，找了几家小卖部，终于找到一个电话，回了过去。

马尾辫同事说，我以为你不记得我手机号。

我说，怎么会？

有事吗？我问。

就想问你来不来学校，想要你帮我买点东西。

好啊！

马尾辫同事又说，不用不用了，我打小蔡手机了。

我说，那好。

我又走回田地，父亲问我谁找。我说没有，一个老师找。

而后，我彻底将 call 机送进历史，在父亲的鼓励下花了一千五百元买了把翻盖手机。手机别在腰间，我时不时低头看看，伸手去摸摸，感受这个通体发黑触感滑顺的家伙，给我带来的莫名自信。为了让这个宝贝让更多人看见，我几乎将所有衣服都塞进裤腰里，然后在人多的地方招摇过市，特别是跟女孩聊天时，特别希望手机能适时响起。有一次，跟几个其他学校女老师在教研，突然手机铃响。我骄傲地看看女孩们，说了句，不好意思，我接个电话。然后伸手掏出手机，翻开盖，先按接听键，再按免提键，还没等我放在桌上，一个甜美的声音说，对不起，您的手机已欠费，现已限制呼出，请及时缴费。我赶紧将盖上，将手机插进皮套，说，我们刚才《望庐山瀑布》说到哪？有手机，没人打，是件尴尬的事。往往两三天才等到一个电话，往往一个电话也就几秒钟的事，同样也是尴尬。至于我认识的那些女孩子，好像集体忘记我的号码一样，比等欠费提醒还困难。

父亲一年下来东征西战，也能赚点钱，但生活还是吃力。仿佛随着火石师傅的去世，石头房子的历史也慢慢接近尾声，村民的旧楼翻新大多是钢筋水泥建筑，"砖混"和"框架"等词汇频繁地出现在施工队中。父亲有想过和干爹一起做批发，但这两年干爹的批发也是强弩之末，一些资金流出现了问题，已经快经营不下去。不久，干爹便随着他的大儿子去南平。听说干哥和一帮朋友弄了个铁厂，当起老板，忙得不可开交，干爹过去打杂帮忙，照顾孙子。后来，父亲跟母亲商量，多种半亩紫菜，跟老天再赌一把，咬紧牙关，辛苦也就过去。

2001年，小弟被华侨大学录取，家里第一个大学生诞生。父亲的心头被四千多元的学费压着，几天来一直喜忧参半，还是强打着精神在家门口放了两串鞭炮。村委会送来五百元的奖励，几位叔伯合计送来一千多元，学费基本不成问题，但又欠下一堆人情。邻里乡亲都送来雷同的祝福：一个穷人家能培养出一个大学生，很不容易。是的，那段时间，考上华大的小弟，比村里那几个考上"985"大学的同学还风光。理由很简单，寒门出学子，委实不容易。父母其实很开心，当亲朋好友送来祝福的时候，他们像是个成功者，勇敢地接受掌声和鲜花，尽管半生辛劳酸楚自知。他们始终被生活奴役着，也奋斗着。

就在这一年的七月十三日，北京申奥成功了。电视上中国人民的老朋友萨马兰奇念出"北京"之后，整个会议大厅一片沸腾。穿着红色西装的中国代表团，又是嘶吼又是拥抱，欢呼雀跃，激动不已，成为现场最美丽的风景。画面另一头的背景，更像是过大节一样，整个北京城成了不夜城。

父亲说，办个运动会至于这样吗？

我说，老爸，你不懂，比的不是运动会，比的是国家的综合实力。人民风采、国家肌肉，这是一扇窗，让世界了解中国。

父亲云里雾里地说，就看那几个运动员，怎么了解中国？

我说，有电视转播，全世界都看得到的。

父亲说，谁还不知道有个中国？

我说，知道是知道，有些外国人，还以为现在的中国点着煤油灯，传信靠飞鸽传书，长途跋涉靠马车。

父亲笑出满嘴烟牙说，那是有点傻。

我说，爸，不要再抽烟了。

父亲说，如果你弟考上大学了，我应该比电视里这些人还兴奋，说完龇龇直笑。后来弟弟大学通知书下来，父亲并没有又是嘶吼又是挥拳地欢呼雀跃。

母亲拉着小弟到古厝的"公妈厅"（闽南人供奉祖宗牌位的地方），点上三炷香，跪在八仙案桌前，朝着案桌上的牌位虔诚地念念有词，大概意思就是祖上保佑，让后代子孙能学有所成，考上大学，顺便向祖先们祈求往后学业顺利、平安健康，将来谋得一份好事业。母亲把逝去的祖上们，当成无所不能的神仙，当成她面对困境的寄托，在这里，她可以毫无保留地倾吐出一个妇女对于一个家庭的种种期许。母亲会念到父亲和我，说出一整段保佑的话，而关于自己却片言未提。或许在母亲的心里，我们仨就是她的全部，我们的事业就是她的方向。为挚爱的亲人而活，这可能是母亲生活的全部理由。

母亲回到家，菜市场开杂货铺的大福已经跟父亲相谈甚欢，桌上摊着一摞钱，父亲招呼母亲过去。

父亲指着桌上的钱说，大福太客气了，说这是奖励老二的。

母亲连忙摆摆手，又惊又乍的，这是万万不能，我们这几年有攒点钱，没问题的。

大福笑着说，这跟学费无关，村里每考上个大学生，我都有点心意。

母亲说，那也不能。上次老大那会儿，都很不好意思了。

大福站起来说，这哪的话，咱们那么熟络了，还能见外不？何况，老大那孩子我喜欢他，从小到大，听话乖巧，来我店里买东西，都很有礼貌。

父亲将桌上的钱推向大福跟前，不无感动地说，兄弟，实在不能这样子，钱收回去吧，真不需要。

大福收起笑容，跟母亲一样的严肃，跟你们说，这不是学费，是自己的一点心意。老二考上大学，这是村里的喜事，也是我们这一角头（闽南话，指村里堂亲关系的角落）的幸事，没问题吧？

母亲看了看父亲，有些不解。父亲只是赔着笑脸，没有说上话。他们就这样来来回回，像高手间的过招，你一招我一式，几个来回后，终于停下来。

大福恢复笑容，就这样，不要再计较了。

母亲说，可……

大福说，可什么，没有什么好可的。

父亲朝母亲使个眼色，母亲也没再说什么，大福将钱推向母亲跟前。我们不遗余力追求的，几乎支配人生喜悲的钞票，在此时像个烫手山芋，在一个简陋的桌子上，被推来搡去。

母亲说，收下可以，但必须还，否则这很没道理。

大福笑起来，松弛的肉皱在一起，行行，都随你。

大福此番来家里，除了送钱，还要找我。他问我，聘任期到什么时候？

我说，三年一聘，明年吧。

父亲说，什么是聘任期？

大福说，简单来说，就是可以换个地方教书。

父亲说，那可要换个地方。

我说，不想这些，我觉得还行。

大福说，怎么行？找个靠近路旁的大学校，这样方便，福利又好。

我说，还不着急，以后再说。

父亲搭着大福的肩膀，说，哪有那么容易，关系哪那么好找。

大福拍了拍胸膛，胸有成竹的样子，我有个亲戚在教育局当科长，应该有办法。

父亲说，那不行不行。

大福说，又见外了不？

父亲摸了摸头，对我说，还不赶快谢谢人家。

大福连忙说，这不，又客气、客气了。

……

我只是微笑着，没有答话，然后找个机会出门。我照例来到邮递员老张叔的家里，老张叔说，又来问信了是吗？我一脸尴尬。右手抓了抓头发，不置可否。

老张叔说，有你的信……

我听罢顿时两眼发光，喜上眉梢，"真的吗？"我赶紧问。

老张叔好气又好笑地说，我是说，有你的信，肯定第一时间送去给你，我话都没说完，你就……

哦……我这一叹，绵长而又沉重。

老张叔又问，很要紧的吗？

我说，不要紧，不要紧。

老张叔说，不过，你这都一年多了，应该是忘记回了。

嗯，我说。

老张叔给我递来张椅子，我没有坐，站在院子里跟他应酬几句，诸如什么夏天太热，被蚊子咬到很痒的废话。

我内心空落落地回家，尽管十三个月过去了，尽管才一个来回，而且是一封情书都称不上的书信，但老实说，每去老张叔家一回，总会抱有多多少少的幻想。或者说，如果没抱念想，我也就不会去的。我踢着小石头回家，心里依旧浮现了那个无数次的问题："杨梅为什么突然给我写那封信，又为什么不回复？"答案在杨梅身上，我只知道她人在福州大学，这是我仅有的信息。这时候，一辆崭新的太子车突然停在跟前，卷起一圈圈的烟尘，我下意识往后退几步。原来是我那高个子的男同事和马尾辫女同事。女同事搂着男同事的腰，手指紧扣，贴在背后。男同事取下墨镜笑着说，刚在想什么，神神的。

我没回答他的问题，因为我有更好的问题问，哇，换新车了。

是啊，前天换的。

多少钱？

六千多元？

我差点被口水呛到顿了一下，这……听说这款车性能很好，很耐磨。

高个子同事说，你也应该去买一辆。

我说，肯定要的，过两天再去看看。

高个子说，到时候我载你去拿车。

我说，好。

  高个子男同事又把墨镜戴上，身后的女同事手依旧缠在他身上，左脸颊贴着高个子同事的背。他们跟我道别，然后一骑绝尘地消失在路的尽头。灰尘再度盘旋而起。我撇撇嘴，眼睛还是盯在路的尽头。忽然左胸口被什么揪一下，感受到一丝痛感。我觉得那两同事，他们甚至连一封信都没有写过，却已经形影不离了，而我在苦苦等一封十三个月杳无音讯的信。我盘算着，照这个速度，如果从一封信发展到一封情书，再发展到打电话、见面吃饭、约会逛街、确定关系，一艘航空母舰都能造出来了，不禁悲从中来。我依旧踢着小石头回家，认识的路人，偶尔会问，火冲他儿子，在哪当老师？教书很好啊，不用风吹雨淋的，一年工作不到几个月。我都是微笑着，没有回答。因为能问这种问题的，很难回答清楚。

  隔天，老张叔就给我送来了信，信封右下角印着"福州大学"红色字样。他说，邮递车一来，我就翻箱倒柜找你的名字，这不，让我给找到了。那一刻，老张叔仿佛是国家派来给我发媳妇的，让我感激不尽。我送走老张叔，小跑到二楼房间里，用美工刀谨慎地割开信封口，小心抽出一张带有背景图案的信纸，带有些许的芳香味。信很短，也就几行字，但对我来说，足够了。我把它读上几个来回，就是一封很长的信件了。

    雨怀同学，见信好：

      在这里我要隆重跟你说声：对不起！一年后才跟你回信，这是很不礼貌的行为，但我相信老同学你一定会原谅我的，特别是看到我的解释之后，你会更理解的。

      那天，当我收到你的回信后，我很高兴，想立马给你回信，就在那个晚上，我男朋友慌慌张张来找我，他说他摩托车撞上一个老人家了，我赶紧跟他去趟医院。老人家骨折，在医院里面住了两个月，这个事也折腾三个月，最后赔偿两万多元才了事。你说气人不？无独有偶，一个礼拜后，我男朋友突发阑尾炎，也做了个小手术，在医院里陪他三五天。也就这样，把信给搁下来了。

前两天，我跟他在操场散步，跟他说起你的时候，才发现，还欠你一封信。回到宿舍，却什么灵感也没有，只能跟你解释下这些原因，赶紧把信寄给你。不然你会骂死我的。最后附上我的OICQ的账号（你都还没给我你的QQ账号，这就是你的不对了），我们就在这里面聊天了，便捷。

好了哦，QQ再见哦！

杨梅
2001年8月15日

这封我打算读它个三五遍的信，读完一遍后便开始后悔。如果没有启封，事情还有个盼头，有个空间，但现在我已经读完这封遣词造句都很平浅的信，没有隐晦，没有歧义，没有话中有话，她只是在道歉，并且概要地陈述一些事情。我的胸口只是有点麻麻的，刚才的那一丝疼痛感也没有了。我突然想笑，失落地笑，尴尬地笑，好像将一条暧昧的信息发给班主任一样。我将信纸重新折好装进信封，无力地从抽屉里掏出一沓信纸。老实说，本来打算用这一沓信纸来跟她确定关系，结果一张就搞定了。我又将信纸塞进抽屉，从包里拿出学生的作业，一份一份改起来。半小时后，我又抽起张信纸，给她回封短信。

杨梅同学好：

很高兴收到你的来信，确实也久等了。得知你男朋友碰到些事情，对此我表示关心，事情过去了，生活也重新开始，希望你能重新积蓄能量，完成学业，顺利就业，做到感情和事业双丰收。

祝：安康圆满！

对了，信勿回，QQ线上见！

张雨怀
2001年8月20日

我还是没有加她的QQ，她也没有发来加友请求，事情也就这样，也许自始至终，我就是把一道再简单不过的题目做复杂了，仅此而已。回到学校，我继续在三尺讲台上使尽力气。当学生被我的课堂逗得哈哈大笑时，我才感觉到一丝安慰。有一次，高个子男同事找我，俯下身问我，说，怎么办，她那个没有来。我说，谁没来？他说，就是她那个没来。我说，她哪个没来？他显得很着急，说，就是那个。我说，我不明白。过两天，高个子男同事一脸轻松地跟我说，来了，终于来了。我说，谁来了？他说，就是那个来了。我说，他妈的到底谁来谁没来？

小弟终于踏进大学校门，那天我特意请个假，母亲也跟厂长告假。厂长说，今天不扣工资。这是我记事起，全家首次一起出门，我们拎着大包小包，坐上前往泉州的大巴，再从泉州汽车站搭乘前往华大的中巴。一路上，母亲一直看着窗外，那些拼命往后跑的巨型建筑、石头森林、车水马龙、型男靓女，都能让母亲觉得新鲜。我们在一座大理石砌成的气派的拱圆形大门前下车，"华侨大学"四字金色行书映入眼帘。

父母瞪着大门许久，发出啧啧称赞，大学就是不一样。

你看，你看，母亲指着进出校门的大学生说道，长得多聪明、多标致啊！

父亲说，那可不，能上大学的都是聪明人。

母亲这个感觉并没有错，这就是青春，尽管我跟他们年纪相仿，但毕竟在社会的染缸里浸染了两三年，跟大学生由里而外散发的青春相比，总差那么一点。

一个揣着相机的贩子走过来，卖着笑，问我们要不要拍照。父亲邀着我们拍张全家福，照片里父母笑得露出牙齿，是那种由衷的发自肺腑的开心。就是在付五元钱拍摄费用的时候，父亲眉头一皱，有点心疼。

我们看到很多欢迎标语，什么"热烈欢迎2001级的学弟学妹们加入华大家庭""让华大岁月成为你人生最亮丽的风景""从这里开启一番有作为的人生"……布条红底白字，在蓝天白云映衬下显得特别显眼。父母表情很亮，前所未有的清晰，是一种预见未来的底气。我们沿着一条古老的石板路走着，两边绿树茂盛如盖，遮天蔽日。草坪上，三三两两的大学生盘膝而坐。走廊上青春爽朗的笑声不绝于耳。在一位大学生的指引下，我们左拐右弯，来到报到处。两位戴着眼镜的大学生帮我们填完了手续，再由其中的一个带我们到处闲逛，潦草地参观下华大校园。来到秋中湖，长亭连短亭，垂柳拂水面，几只绿头鸭在水面上惬意地游着，荡起一圈圈的波纹。父亲说，这环境真好。突然母亲大喊一声"夭寿"，我们惊讶地望向母亲，母亲右手指着一座亭子，亭子间一对情侣在湖边忘我地亲吻。学生若无其事地走过，只有我们感觉不可思议。

带路的大学生说，阿姨，他们在谈恋爱。

母亲说，那也太……

母亲转头跟小弟说，不能学他们这样子。

小弟点点头，表示同意。沿着或宽阔或狭窄的石板路，凤凰木、宿舍楼、操场、社团中心、廖承志铜像，都走上一遍。最后，我们在第二食堂吃午饭，跟小弟告别。我记得，小弟大学四年，只有第一年家里帮交了学费，余后的三年，都是在大学里贷的助学金，直到毕业第四年，找到相对稳定的工作后，才还清。

我们有些人找不到出路，不是因为不够努力，而是时间还未将出路指引。

看 海

弟弟上了大学，我在学校教书，家里顿时觉得空落落的。母亲还是奔走于工厂和田野，伴随着她的是刺耳的缝纫机的声音和呼啸的风。父亲依旧在各种各样的工地里打着游击，偶尔下海劳作，推着网毡，捕些小鱼小虾，种植紫菜。生活依旧紧张逼仄。

一次，父亲的脚掌又被石头砸伤了，所幸并不严重。父亲脚掌脚底密密麻麻的伤痕再一次被记忆起，整双脚掌看起来像是个造型奇异的艺术品，涂上一层古铜色的沧桑。任凭母亲怎么责骂，父亲依然是人字拖，不管严寒酷冬都是如此。父亲说，他早习惯了。这几天，父亲出不了工，上不了山，也下不了海，脚掌缠上一层厚厚的白纱布，走路必须一只脚支撑着拖着另一只脚。每当有人问起的时候，他总是说，小题大做，小伤口搞成这样。

缝补两天渔网，父亲可能是憋得慌，他说，让我跟去他趟海里。

我说，你不伤着吗？

父亲说，所以让你陪我去。

我说，医生说不能沾水，特别是咸海水。

父亲说，谁说我要下海的，就到沙滩走走。

我扶着父亲走在杂草丛生的羊肠小道上，两个人并肩走，有点挤，总会有一只脚踏进旁边的水沟里。父亲只能跟着我后面，搭着我的肩膀，吃力地走着，像算命的盲人半仙。我们来到堤岸上，天地空旷，海风迎面吹来，父亲舒展眉头，感觉心旷神怡。

我们沿着堤岸自东向西走着，父亲拖着受伤的脚一瘸一拐反而走在前面，我落在后面，随地捡起一根树枝，握在手里，阳光斜射下把我的影子拉得特别伟岸，像极了一个带刀护卫。我有些无聊，偶尔用树枝敲敲堤上的小石子，看看远方凸显的礁石，还有更远的岛屿。父亲也是闲不住的人，就在家禁足个三五天，来趟他闭着眼都能来的海边，都能让他兴奋。

父亲突然转过头问我，你懂海吗？

我愣在原地，感觉父亲这个问题特别哲学。

我说，我不懂海。

父亲继续走，你们可以不懂，但我们这一代人必须懂。

我说，也是，海水潮汐，起南风海里有货，开北风竹篮打水，哪个时间海潮退得远，哪个时间是小潮，大海的脾气被你们摸得准准的。

父亲在一个海堤的出入口停下来。他说，这都是一代一代人摸索出来的。从这里可以沿着粗粝的石阶走下沙滩，海里劳作的海农可以从这里上岸回家。父亲打算走完这几十个石阶，然后抵达沙滩。我说，老爸不要下去吧？他说，没问题的。我只能扶着父亲亦步亦趋地走了下去。阶梯有点陡，但父亲显得很有信心。

父亲打开话匣子。我九岁的时候第一次踏进这片海里，当时堤岸还没有建设，这里只是一片农田和小山坡。你爷爷带着我绕过这些农田，沿着旁边一条蜿蜒而下的土石路，我们小心翼翼地顺着土石路走下去。你爷爷抓着斜长在山坡上老树的藤条，我抓着你爷爷的手，杂草没到我的腰身和你爷爷的膝盖。到了沙滩，海水退得老远，你爷爷让我踏进这滩涂，我当时没在意，就踏进海泥里，走了几步，突然一下子陷下去，海泥淹没到大腿，我怎么拔也拔不出来。当时我吓哭了，你爷爷也吓一跳。后来我发现，这些看起来松软蓬松的，靠水路较远的，都要注意，容易陷进去。而水路旁沙子多的地方，比较没有腐滩，容易走。

父亲停顿一下，掏出一支烟，埋下头提起手臂，尽量挡住风，然后掏出打火机尝试了几下，终于点着。

我说，爸，你换打火机了。

父亲笑着说，要跟得上时代，现在谁还用火柴？言语中有些许的满足。

有人桑塔纳换辆奥迪车心满意足，父亲则只要用一盒火柴换一个打火机就能得到相同的满足感。我看到父亲眉宇间的笑，看到这个常年为生活摸爬滚打的中年不经意透露的艰辛与满足。

父亲继续说，我开始到海里捡海螺、追螃蟹，蹚着退潮的海水推着网毡网些小虾米、小鱼，有时候还能卖点钱，贴补家用。接下去，我开始学抓螃蟹，因为一只螃蟹可以卖好几块甚至十来块。有一次，为了追一只螃蟹，蹚大半个海滩，几乎用尽气力，终于被我围困在一块长满礁疙瘩的石头下。我戴上手套，伸进石缝中，突然一阵疼痛，手指头突然像是被刀子割一样。我赶紧将手抽出来，一个巨大的钳子似的螃蟹大脚夹住我的食指，痛得我连声大叫，断了钳脚的螃蟹早已经无影无踪。

我说，手有没有怎样？

父亲说，手被割了个口子，鲜血直往外冒，这是经常的事。

你爷爷说，如果骨头细一点，钳断骨头都有可能。

父亲又停一会儿抽了几口烟。几十年前的事，父亲还记忆犹新。我突然觉得这到底是珍藏的记忆还是甩不掉的过去，我回答不出来，恐怕父亲也没有答案。

父亲又说，最后他学会抓螃蟹，学会敲海蛎，学会养殖紫菜，学会抓各种小海产。父亲突然叹了口气，从第一次下海，一晃四十年过去了。

我们踩着沙滩向西走几步，斜斜的海堤插着一个用不锈钢制作的安全告示，上面写着：奉劝所有渔民，出海时注意检修渔船，做好应急预案，以免发生危险，得不偿失！

父亲扔掉已经燃到头的烟蒂，指着这个牌子说，就在十几年前发生一件事，如果不是船员命大，就已经喂鱼了。村里一艘小渔船外出内海捕鱼，小船行到海中央，突发动力故障，小船制动失灵，茫茫大海，无依无靠。船上父子三人轮流划桨，但海浪一浪接一浪轻易地就把他们打回原地。他们拿着望远镜，在一望无际的海上搜寻着船只，让他们绝望的是，每条船都离他们几海里远，远水救不了近火。气力用尽，父子三人只能海上漂着，天天跪在船板上祈求，听天由命。由于缺水缺粮，他们渐渐地失去方向和神志。家人早在失踪的当天报了案，寻人启事几乎贴满整个海岸线，一连几天都等不到音讯。五天后，才从漳浦那里传来消息，说有条大船捡到一艘小船和三个奄奄一息的男人。父亲停一下，若有所思说，老天有保佑，保佑这些在大海里讨生活的人。

父亲说，我们都习惯在海里讨生活，改变不来。

父亲接着说，那户人家身体恢复后，又继续在海里捕鱼。直到现在，才开厂换工作。

我们选择一处出入口上岸，重新回到堤岸上。父亲说，回家吧。

我纳闷，就这样？

父亲说，那继续待一会儿？

我说，那不要了。

父亲笑了，有问题吗？

我说，没有。

父亲说，我就是闷得慌，想到处走走。

尽管这片海给予海农们未知的危险，但生长在这片海上的渔民们，仍然不遗余力地去读懂它，与它交好。他们的生命里注定要有涛声漫过，有海风吹过。潮起潮平，海纳百川，就这样流入这些海农们的血液里。

父亲是个山里农作的农民，又是个海里奔波的海农，还是个出没在各个工地的短工。如果给他一张名片，会有好几重的身份，但所有的身份都指向一个事实，他不过是这个大千世界里的一个普通人。

我们回去的路上，碰到一队穿着白色丧服的送草队伍，男戴头白女披白纱，手里都拿着一束稻草，神情哀伤，哭声悲戚。这是闽南送葬风俗，家里老人去世的第一天就要选个吉时送草入殓。他们缓缓地走向海岸边的空旷处，同时派一辆车将逝者生前的衣物送到这里，然后点燃，目送这些衣物化成灰烬。这意味着，远在天堂的亲人，已经收到这些可以抵风御寒的衣服。

父亲拉着我闪到旁边，和送草队伍保持一段距离。回到家才听闻是连福叔死了。父亲觉得错愕，并未多大震惊。他们曾是火石师傅帐下的石头工人，彼此熟悉但不常来往，就好像是小学生的同班同学。如果不是那几千元的投资款，父亲心里应该不会起任何波澜。这几年，他几乎没再去过连福叔废置的铁皮厂房，逐渐升高的杂草，像是一片垃圾场，父亲也彻底捻断了念想。母亲从菜市场回来，手里提着鸡蛋，还有一段长得很好看的双层肉，但脸色不大好看。

她告诉父亲，连福死了。

父亲问，知道怎么死的吗？

母亲心里直打鼓，有的人说病死，有的人说车祸死，还有的人说是自杀的。

母亲又说，听说连福回来也就三两天，身体瘦成骨架，打着点滴，戴着氧气罩，就在昨天断气的。听说，还是自己拔掉氧气罩。

村里传言四起，有的人说连福是被追债躲回家自杀的，有的人说是得了癌症死掉的，有的人说是交通事故。不管哪种死法，连福叔再也无法反驳了。菜市场是个故事加工厂，他们在确定一个结果之后，善用各种佐料炮制出跌宕起伏的过程。那些大字不认几个的三姑六婆，往往能创造出悬疑的剧本。父亲低眉不语，身体朝向门外，有些细微的抖动。生死大事，到最后都是别人口中的谈资，父亲突然为连福叔感觉到有些不平。

两天后，连福叔被装进一个骨灰盒里，放在祭桌中间，摆上一张看起来年轻的遗照，管乐队奏响着哀乐，村里主事老人履行着烦琐的祭奠程序。一个领工钱的专业哭戏表演者，拙劣的表演还是看哭很多人。父亲站在围观的人群中，注视着那张遗照，这位曾经和他并肩扛石头的工友，草率而神秘地完成五十年的人生。父亲问了几个人，都表示不知道连福的死因，甚至他什么时候回来都不得而知。父亲并没有看完整场葬礼，他回家的时候，竟然显得有些轻松,从此他不再纠结跟连福叔经济上那点破事了。

很多天以后,菜市场又有连福叔的消息,散播这些消息的基本都是连福叔的债主。他们说,连福叔根本没有跑路,只是躲在他丈母娘家,在邻镇开起了按摩室,只遥控不出面,隐姓埋名销声匿迹。听说靠着女人生意大赚一笔,这话传到父亲的耳朵里,父亲只是说,算了吧,人都死了,能假吗?

杨　梅

火石师傅走了,连福叔也紧跟其后。石头房子彻底成夕阳产业,水泥盒子开始多点开花,价格一节节地攀升。父亲游击队的工作还在继续,帮人看厂、卸货、修水管、挖水池,当然,还得到农地里种花生,到海里捡海产、殖紫菜,全身心投入生活的战场,热情高涨,毫不畏惧。可话说回来,迈入天命之年的父亲开始感觉到有些力不从心,每次下班都会坐在门口的矮凳上抽上两根烟,眼睛呆呆地望着厝身,那一个叫"家"的石头盒子,静静休整下身子。我知道父亲心里有个规划,就是等待两个孩子成家之后,他才会放松下来,有种完成任务的如释重负。何为"成人成家"?就是结婚生子。在老一辈的心里都是如此,养儿女成人,送父母上山,这是人之为人的天职,代代相传,不可逆转。他们认为只有完成这两个任务,才不枉此生来这一趟,才算不辜负不违背。这就是父辈关于人生目标的定义。

某一次周末回家,随口约父亲到镇上吃顿好的。平常拱都拱不上车的父亲,这次自觉地跨上我的摩托车。父亲说,走,趁你妈还没回来。我说好。我们习惯性地前往东石镇的老街,找到一家同事经常推荐的小吃店。

我将摩托车停在老街旁的一个空地上,里面杂乱地停满了摩托车、三轮车、手扶车、自行车,旁边还拴着两头大马,供人拍照用。东石老街,是东石镇一条老街道,历史悠久,少说也有上百年。我们小时候经常和伙伴们沿着蜿蜒崎岖的山间小路,走上半个小时,汇入这挤挤挨挨的人群中,身无分文地逛街,看书,听唱片,看各式各样的古早味,偶尔还能碰到手臂上画条云中龙的社会青年,吓得差点尿裤子。老街自东向西延伸上千米,两层石头店面分列两旁。从店面伸展出来的灰色铁棚、布棚,棚子下摆满了各种小商品、小吃摊。沿着青石板往里走,就是嘉应庙,每年元宵都在这里举行传统的数宫灯仪式。

说到数宫灯,这是东石镇一个历史悠久的风俗习惯。每年农历正月十三,闽台两东石(福建东石镇及台湾东石乡)刚结婚的新郎官必须把陪嫁的宫灯挂到嘉应庙里。除各新婚夫妻送来的宫灯,还要由公家定制一盏大红绣球灯挂在正中。农历正月十三至正月十五两天里,由三公宫乡亲们带领着台湾同胞走大街串小巷,听南音赏戏曲。等到元宵夜午夜时分,数宫灯的高潮正式开启,由两岸主事叔公在庄严肃穆的九龙三公面前卜信杯，掷得杯数最多的可以迎回中间的那盏大红绣球灯，因为此灯代表着在新的一年里迎回者会"出丁"（生男孩）。随后，各人也将新娘陪嫁的宫灯迎回家挂在新房内，祈求三公爷保佑婚姻幸福美满、早生贵子。回到台湾的乡亲们总会受到热烈的欢迎，从祖国大陆那边带回的是庇佑和亲和，预示一年内都平安顺心、事事圆满。当然，我们更多的是看看哪家新娘子比较漂亮，哪家的甜糕做得比较好吃，因为数宫灯当天的糕点一律免费。

尽管距离过年还有近把月的时间，老街从来不缺乏人气，年味已经很浓。穿过人群跨过栏杆，我们走进了一家小餐馆。父亲在餐馆外的油炸摊，称了半斤炸菜粿。下午五点出头，饭点没到，小餐馆并没什么人，最里面只有一个妇女带着个孩子吃着牛肉羹。

进了店父亲把又厚又破的夹克的拉链拉开，坐在靠近门口的位置上。旁边吃牛肉羹的小孩大概八九岁，眼睛盯着父亲的炸菜粿。父亲走过去，将袋子打开，说，吃几个，自己拿。

小孩笑了，母亲慌了，她赶紧伸手抓住小孩的肩膀，脸上挤出尴尬的笑容，说，不用了，谢谢。

父亲说，小孩好像喜欢吃。

妇女说，不用不用。

父亲提着袋子走回来，小孩有点失望。

母亲小心呵斥孩子，看人那么脏，东西能吃吗？

尽管他们压低声量，但还是被我听到。父亲吐着舌头摊开手，微笑着，一副无奈的表情。如果当时不是父亲拦着我，我应该会跟那妇人吵一架。

父亲说，就我们爷俩，不要浪费。

我说，就点三个菜，吃不完打包回去给妈吃。

父亲点点头，然后他将眼睛扫向柜台，问我，这里有没有小米酒，来三两。

我说，没有，都是一整瓶一整瓶卖。

父亲说，那不用。

最后我给父亲拿瓶啤酒。父亲说，这种没感觉。

上菜的间隙，我们爷俩你一块我一块地吃起炸菜粿。里边小孩不时地将目光投向我们桌上，口水都快流出来了。父亲朝小男孩无奈地摊个肩。

小学的时候，父亲总带我们到村东口的水冬小吃部吃吃卤豆干和白米饭，那种几乎要把舌头卷进去的感觉，我想此生都不会再有了。父亲会看我们吃完，然后吃完我们吃剩下的部分。有时候，我会故意没吃完，忍着七分饱的肚子，将半个卤豆干推到父亲跟前，说，爸，我实在吃不动。而他会倒上二两小米酒，装在玻璃杯里，配上我留给他的半块卤豆干。一场饕餮盛宴，就在这个简陋的饭馆，简易的桌子上，深情地完成。

菜上来了，一份排骨汤、一份猪耳朵肉炒木耳、一份卤豆干加三层肉、两碗白米饭。

我说，吃吧。

父亲习惯性地将一只脚抬起撑在椅子上，脚掌上千丝万缕的伤痕密密麻麻触目惊心。我瞥了一眼，只感觉整个心脏被一只钳子揪着，隐隐作痛。

我们很痛快地吃起来，特别是父亲，吃得很享受。劳碌半生，饭菜对他来说，只是为了吃饱然后干活。他想不通吃五毛钱一碗饭能吃饱的事，为何还有人会选择五块钱一碗的面。但今天，父亲似乎懂了，享受用餐是一项挺舒心的事，它跟直接漠然的接受不太一样，这样的吃饭方式是有情感的参与和美好的期待。

父亲说，被你妈知道，会被骂死。

我说，不会啦，偶尔一次，又没有很经常。

两个大男人很快将桌上的饭菜清扫一空。父亲剔着牙，心满意足地打着饱嗝，这个被生活压弯的脊梁顿时挺拔许多。我说，爸，你今天出来吃饭我还真吓一跳。父亲看着我，眼睛转一下，忽然想到什么。父亲说，差点忘记。

我说，什么事？

父亲说，都快二十四岁了，有交女朋友吗？

我盯着父亲看，说，怎么啦？

有媒人在问，如果没有找，就让媒人找找看。

我说，太早了吧，我那些兄弟今年大学才毕业。

说到毕业，父亲脸上闪过一丝诡异，他抿着笑，说，那个大学生还有来往吗？

我说，哪个大学生？

父亲说，就是跟你写信的那个。

我说，我们就写两封信，普通同学。

我又说，是不是老张叔跟你说了什么？

父亲说，没有的话，我们媒人找一个。

父亲从口袋里抽出一根烟，点燃，吸口烟。又说，我们是穷人家，做什么事都要早，特别是找对象这种大事，年纪轻还行，一旦上点年纪，就一点机会也没有。你看我们的家境，谁看谁害怕。

我说，没那么严重，何况我现在又不急。

父亲接着说，你不急，我们急。你看我都五十出头了。我们那一辈最晚都是二十三四岁结婚，我拖到二十八岁才结婚。如果不是碰到你妈，七八个孩子排在最后，可有可无，结婚一个少一个，也不嫌弃我，不然我都找不到老婆。

我起身打开瓶可乐，父亲喊一声，喝不下去别浪费，都是钱。

抽了几口烟，父亲又说，能自己找个最好，没有的话，找个媒人帮忙也没啥好丢脸的。

喝完可乐，我起身买单，招呼父亲走出店门。玻璃门打开，一阵冷风灌进来，父亲赶紧拉紧破夹克的拉链。那几桌空桌，已经被客人填满。

回到家，母亲一股劲地揉搓衣服，脸色铁黑。厨房里一大锅地瓜稀饭，升腾在烟雾，闲置在那里。

父亲小声对我说，看你妈的脸色。

我没说什么，跟着父亲闪进厨房，一人盛一碗稀饭，艰难地吃起来。父亲边打着饱嗝，边将嘴里的稀饭咽下去。我吞几口，已经咽不下了，有限的胃部空间，像一辆挤满人的汽车，压抑沉闷。

我说，爸，倒掉吧，我真吃不下。

父亲说，你不说没事吗？

然后，我们默契地将稀饭倒掉，麻利地把碗筷洗干净。父亲招呼着母亲吃饭。母亲没有回应，搓衣板的声音却越来越大，我和父亲再也没敢作声。

我悄悄对父亲说，早知道不要全部吃完，留点打包回来。

父亲说，吃着吃着，喝点小酒，就全吃光了。

我又问，爸，你有跪过搓衣板吗？

父亲说，去……

父亲去干爹家，我则躲上楼，拉开抽屉，看到一沓许久都没动过的信纸，我又想起杨梅。我们已经一年多没通过信，我没加她的QQ，她也没主动加我，我们就像两个瞬间热络的笔友，基于礼貌彼此问候，过后又杳无音讯。可以预想的是，她现在可能和她男朋友在某个市区当公务员或者工程师，朝九晚五，如胶似漆，节假日偶尔外出旅游，极有仪式感地过各种各样的节日，谈论按揭买房甚至谈婚论嫁。女同学家应该是做企业的，家境殷实。她男朋友应该是个书香世家，他父亲可能是一个科级干部。如此般配的家庭，就是用铁锹撬也撬不开。父亲一直叫我眼睛放亮，我看到女同学，眼睛是放亮了，但得指望人家女孩子眼睛要迷糊一点，或者跟前世相欠一样，义无反顾地爱上你。

我从书柜上取下余华的《活着》，翻开折页处，靠在躺椅上，继续看起来。

虽然已经是看第二遍了，但当我看到饥肠辘辘的苦根被豆子噎死，我会哭；看到坚韧善良的家珍得软骨病死，会哭；看到凤霞变成哑巴，为生孩子大出血死亡，也哭……《活着》是写命运的故事，写死亡的故事，写人在遭受大苦大难之后，仍然还对生活抱有希望的故事。我读着读着会产生共鸣，会看到父母被生活压弯的脊梁，看到他们灰头土脸的样子，却仍然坚定不移地去追求去奋斗。

几天后，号称"说媒第一人"的张媒婆找到母亲，母亲激动得手脚并抖，她说要给我介绍一个对象，这个对象如果没人介绍，我们连想都不敢想。母亲眼睛一亮，赶紧把张媒婆邀进了屋，奉上一杯水。母亲说，你看这种房子，女孩子家怎么看得上？张媒婆笑得两颗金牙闪闪发光，玉坠耳环大幅度地晃动。张媒婆是个寡妇，十年前丈夫在一场车祸中去世，肇事者选择私了，赔了二十来万。两个儿子也算争气，拿着这些钱，买了几亩地，建起厂房做起经纱生意，越做越起劲，当起小老板住上小别墅，孙子都在市里实验小学就读。邻居常阴阳怪气地说，真不枉他父亲死上这一回。张媒婆既不操家务也不带孙子，专业操持媒人这一行当，十年间做成几十桩姻缘。据说大多数经她手结婚的都生了男孩。张媒婆就这样当之无愧成为我村说媒第一人。

张媒婆说，菜市场小卖部大福的独生女儿，小你公子一岁，去年大学毕业，在一家服装公司当设计，听说一个月有两千来块，年底还有奖金。现在教书的一个月也就一千来块吧。这个不打紧，关键是人家大福喜欢你家公子，他喜欢老实的孩子。

母亲一听大福家的闺女，眼神闪过一丝尴尬，她好像明白了什么。张媒婆拉着母亲的手，显得亲切，像一对多年不见的老姐妹，继续说，你想想，大福开了二十年的小卖部，藏着掖着不知道有多少，他就这么一个女儿，百年后，还不全是你公子的。没错，吃国家粮的名声是不错，但钱才是最实用的吧。再说了，你和老冲这十几二十年，也不容易，都盼望能有个好日子过，是吧？

一番话说得母亲心花怒放。张媒婆言下之意，好像只要我们答应，这事就成了。典型的闽南婚姻，娶个有钱的闽南媳妇，下半辈子基本也就交代了。合法走脱贫致富的捷径，谁都想走一遭，对我们这种家庭更像是一种奢望。母亲和张媒婆思想很快达成一致。我跟母亲说，我哪老实了，我坏得很。母亲一把眼泪一把鼻涕地流，人家有钱人看上我们，看一眼怎么？我终于还是拗不过母亲，那天晚上我穿上黑西裤白衬衫，一副合唱队的模样，出现在大福家里。我第一次看到大福女儿，就惊为天人，印象不可谓不深刻，绑着两个少女辫，戴着一个黑框眼镜，满脸肥肉，身材硕大，两腿像两只移动的杉木一样，眼睛和鼻子都有点烧煳的意思。倒是显得文静，一句话没说。全场就张媒婆手舞足蹈地唱独角戏。那一晚上，父亲陪我去，母亲守在家里静候佳音。我却像承受一顿生活的暴击一样，那种感觉，跟父亲初次相亲的时候一样。回家的路上，我抡起皮鞋将一个个小石块踢得老远。父亲说，小心皮鞋，以后还得穿。

从那时候起，大福就跟我们很少来往，父亲买东西，一分一毫都算到位。还好，我们不再赊账了，要不然，赊个账说不定还得算利息。我记得，张媒婆来问消息的时候，撂下一句话，注定穷死。等张媒婆走远，父亲指着她逐渐模糊的背影回了一句：以前没被穷死，现在要穷死恐怕难了。

老　婆

一晃两年过去，转眼到了 2004 年。这几天，爷爷、二叔、三叔、姑姑都凑在一起像在密谋什么大事。母亲一脸不快地在厨房里忙活，嘴里念念有词，长子长孙有什么用，平常田地长草，不管不顾的，说是要卖地，全都扑过来。那一年，政府为加速经济发展，提升人居生活环境和综合竞争力，推进城市化建设，改造老城区，完善农村各项基础设施，开始征收一部分土地作为工业和住房用地。也就在那一年，村里那些铁皮棚的工厂也因为安全生产的排查，几乎被取缔或者整改，整个村里那边露一角这边缺一块的邋遢形象彻底退出历史舞台。工厂变成公司，工人开始有了食堂和宿舍，还有自己的工作服，十分有精神。重点是，他们的加班开始加算报酬，一切都显得规规矩矩。包括那些平整得规规矩矩的土地正待价而沽，农民开始出卖土地，我们仿佛听到城市化脚步叩门的声音。这次的土地征收，绝大多数的农民配合上级政策几乎都把土地卖出去。在一个十字路口旁，一块巨大的幕布被支撑了起来，一座新城规划的模样被涂画了上去。林立的楼房、宽阔的街道、成片的绿茵，整座小镇正亟待一次完美的蜕变。

土地款很快发放到农民手里，父亲从公家分来的一亩三分地换成一张绿色封皮的存折，上面写着四万元，如获至宝，小心翼翼地藏在旧衣橱里那个抽屉底下。母亲则一边哭一边煮饭，她开始埋怨爷爷和奶奶，她觉得一辈子为这家牵肠挂肚任劳任怨的父亲，没有得到应有的照顾。父亲已经欣然地接受，他没有时间埋怨，开始规划着房子的接建和装修问题。他跟母亲说，孩子都二十六岁了，这房子不弄是不行的。

母亲说，以后多操心你那两个儿子。

父亲说，有完没完，都是一家人。

母亲又委屈地掉泪。那一年母亲开始患胃病，从工厂里退出来，揽些活回来做。田里农活慢慢变少，父母专心投向茫茫无垠的大海，向大海要口饭吃，还有打着零工。父亲经常对我们说，手脚勤快一点，自然就有饭吃，日子就这么过着。

第二年底，家里的房子翻好了，完整的二层小楼，一层是石头结构，二层是砖混结构，底下是老样子，楼上铺上钢砖，墙面也砌起瓷砖，客厅中间还吊着一盏造型别致的灯。父亲跟我说，等结婚了，沙发、电视、电冰箱、洗衣机都是女方的嫁妆，到时候应有尽有。我问父亲，那我的女方在哪里？父亲沉默。

那一天父亲端着碗在坐在门口的条石上，一只脚撑起，吃得津津有味，吃完便把碗放旁边，抽起根烟，吞云吐雾起来，眼睛直勾勾地望着大门楣上的"清河衍派"。我知道父亲在想什么。他小时候，住着夯土房子，爷爷一大家子挤一起，连睡觉的地方都腾不出来，父亲只能寄人篱下，披着毛棕蓑衣当棉被。结婚后和母亲勉强有间简陋的房间住，我们出生后，实在住不下，父亲就跟着火石师傅一块石头一块石头地往上垒，才有了一所三开间上身厝。纸糊的墙体倒塌后，父亲开始接完下身厝、大门。孩子长大后，就在房顶上又搭两间房。为了娶媳妇，他卖掉土地，接完最后两层小楼。父亲在门口来回走，突然长叹一声。我读懂这声叹息的内容，是那种被命运和现实裹挟着，气喘吁吁地往前挪动。也就是这个房子花去他十几年的时间，像在经营一件缝缝补补的衣裳，哪里破了补哪里。而这个石头与砖混搭的房子，是他两老劳碌一辈子的心血。

每个晚上，吃完饭，父亲总会点根烟，在房子门口，驻足沉思。眼前的这座房子就是他除了家人以外最重要的艺术品，虽略显粗糙，但每条石、每块砖，都有他残留的体温和心血。干爹从南平回来，站在他身后，父亲许久都没有发现。等父亲发觉后，干爹已经抽完一根烟。看到干爹，父亲干瘪的脸上折起了笑容，他们简单地搭个肩。

干爹说，不错啊，都住上楼房了。

父亲说，缝缝补补像个破布袋一样。

干爹说，至少不会漏水吧。

父亲喜出望外说，当然不会了，不会了。

有关房屋漏雨的印象还是很深刻的。每逢下雨，屋顶的石板缝隙间会渗水，滴滴答答往下掉，像清脆的钢琴曲。母亲会在家里各个漏雨的角落摆上水桶、脸盆、粗大碗。每当放学，我都会挑一把高凳子和一把矮凳子，做起作业，一边解着数学题，一边享受着天籁般的滴水声音。做完作业，我屁股也没挪动，直接手臂架在高凳上，托着下巴，呆呆地看着房顶上那些穿透力极强的水滴，一滴一滴往下掉。水滴晶莹剔透，它们的节奏同频，间隔时间一致，声色俱佳。我知道滴水穿石的道理，这些水滴像个温柔杀手，穿过水泥缝，假以时日，也穿过水桶和地板，将我们家凿成一个个弹孔大小的窟窿。我想那时我应该是长大了，会不会无家可归，成了我童年的一个烦恼。天放晴，父亲会搅拌些沥青，爬到房顶，将那些渗水的缝隙，涂上一遍又一遍。夏日的阳光毒辣，晒几天，又裂开了。台风天来，风急雨劲，水滴又一滴滴地砸在脸盆上，滴滴答答响起来。即使没有作业，我也会拉着个椅子，坐在那边静静地看着。

父亲说，以后小孩长大，再怎么难，也得盖个两层。

母亲说，说得容易，钱呢？哪里找钱？

父亲说，小孩长大总得帮衬吧。

母亲说，希望吧，不然哪里找个媳妇。

父亲说，这房子，找个歪嘴斜眼都困难。

母亲忽然眼角泛红，带着哭腔说，我们这一辈难不要紧，想到下一辈也跟着受苦……

母亲突然泣不成声。我看到母亲这委屈的样子，鼻子一酸，也会滴两滴眼泪下来，掉在地上，无声无息。

父亲带干爹参观一遍家里，二楼白净如洗的墙壁让干爹啧啧称叹，父亲满脸自豪。他们就在二楼阳台坐下来，父亲递根烟给干爹，两人愉快地抽起来。母亲沏了杯茶，递给干爹。看到地板上些许印痕，母亲赶紧拿来抹布跪在地上认真地擦起来。干爹笑着说，没那么夸张吧。

父亲和干爹，情同手足，看似清淡如水，其实都相互走进自己的生命里。这次干爹两年没回来，也只是淡淡地寒暄一番，仿佛昨日。干爹自从跟随儿子去南平创业，看厂带孙，日子充实，却有点不自在。在家里是老大，想去哪去哪，儿子外头回来还得毕恭毕敬叫声爹。到了外面啥都去不了，小学二年级的学历根本不够用，看个站牌都困难。关键是儿子成老板，自己成员工，身份掉了个头。当然，也总被宗亲的老大数落，婚丧喜庆，宗族世事，都找不到人。家族的人开始有意见，甚至还有堂亲说，开了个破厂，就日理万机，不可开交了，见个面都那么难。就在去年，干妈火线支援，干爹才得空回来，邻里堂亲，跑前跑后。但没过多久，干妈就和儿媳干上了，谁都有自己的一片理。婆媳关系自古以来就是无解的题，好像天敌，一顿饭的事也都能吵。儿子被搞得晕头转向。哪本书看到这么一句话，挺形象的，猫没问题，狗没问题，但猫和狗在一起就出现很大问题。干爹每次接到干妈的电话心就拔凉拔凉的，一顿埋怨加上一顿痛哭，直到干爹把干妈赎了回来，事情才相对平息。

聊了一些近况之后，干爹表明来意，他说，儿子近期资金周转不太顺利，连之前的土地款也给垫上，材料款还缺个窟窿，不打钱，不给原料，不给原料工厂得停工，所以只能回来找些老朋友凑些钱。

父亲说，怎么样？我这里是有三两万，儿子的老婆本。

干爹说，差个五千，周转两个月应该行。

父亲说，够吗？需要就先挪去用。

干爹说，生意就是这样，一笔货款要不回，停滞了，就很被动。

父亲说，是啊，不是真钱（资金充裕）在做，确实很难。

干爹说，孩子想闯一闯，就让他闯吧。年轻就该闯，什么都得试试。

父亲说，为什么要去山区呢？回晋江不是很好？这边听说很多企业都做得很成功。

干爹说，还不是那边的成本低？看看吧，生意的事咱也不懂。

父亲说，是啊，儿孙自有儿孙福。

干爹把烟蒂捻灭在一个铁盒里，站起身看看四周的房子。曾经的土夯石头的房子，现在已经是三五层楼的小别墅了，不规则地生长在这个海边的村上。污水管、自来水管也接进了村里，接到千家万户。自来水已经代替了井水，母亲再也不用往门口的水井放个水桶，然后使尽力气，一桶一桶地提上来。一条水泥路，供水线路沿着海边绕进村里，分支到各个家门口。这条曾经长满杂草、寸步难行的羊肠小路，也变了模样。打工的邻居，驾着摩托车从容地出发和回家。

干爹说，变化真快。

父亲说，是啊，唯独我们好像在原地踏步。

干爹指着二楼的门楣，笑着说，说笑吗？不都住上楼房了？

父亲笑着说，我这是阿婆生崽——很拼。你进步才快，都成老板他爹了。

干爹硬是憋出一抹笑容，脸朝下，若有所思。瞥到父亲那双伤痕累累的脚背，像一张干裂突兀的河床，脚背伤口处长了几个硬邦邦的小疙瘩，整个脚背，驳杂坚硬。我曾经用手去触摸父亲的脚背，那感觉像在触摸一张排钉。这双用来走路奔跑的脚，长出了不妥协的锋利的棱角。干爹定住一会，并没有把话题扯到父亲的脚背上，因为他觉得，如果父亲在乎，这双脚背不至于连一寸完整的皮肤都没有。如果不在乎，那说再多也是矫情。干爹还是把话题扯到我身上。

他说，小孩谈对象没？

父亲只是摇头，没有说话。

干爹说，那不简单，让媒婆找一个，村里张大媒婆，我给说一下。

父亲连忙摆手，说，不用不用，张大媒婆正气头上。

　　父亲将之前和大福女儿谈相亲的事跟干爹复述了一遍。

　　干爹说，那当然，谈对象得孩子喜欢，不是我们那个年代了，又不能强买强卖的是吧。

　　干爹用力地拍了拍父亲的肩头，说，包在我身上。

　　就在父亲还跟着干爹挑沙的时候，有一次他们俩蹲在沙场旁并肩吃着饭。干爹跟父亲说，结婚对象的事包在我身上。

　　父亲说，为什么那么照顾我？

　　干爹说，这是眼缘。父亲问，什么是眼缘？

　　干爹说，也说不上来，感觉你这小子勤快老实。

　　父亲说，不勤快老实，就饿死了。

　　干爹说，家里挺辛苦的，也没学坏。

　　父亲说，学坏还真不敢。

　　也确实，就在当时，饿死人不是一件小事，也成不了一个大新闻。

　　再后来，在干爹亲戚的介绍下，我认识了小蔡，也就是我现在的老婆。当时父亲跟我说，女孩是你干爹亲戚的邻居，家里经济殷实，人长得挺漂亮，在一家企业当会计。

　　我说，算了吧，漂亮的怎么会看上我？

　　父亲说，看看怎么了，又不会少块肉。

　　我说，那等我有时间。

　　父亲火了，他说，什么时间？赚大钱是吧？也不想想我们是什么家境，是人家看得起。你，你以为你说了算？到时候年纪一大把，讨不到对象，会成笑话的。

　　我没敢和父亲说下去。干爹亲戚跟女方约了一个时间，我们就在镇区的一家茶餐厅见面。茶餐厅装修古朴典雅，灯光色调柔和，餐厅中间是调制饮料的小屋，名曰：舌尖上的秘密。名字看起来就非常适合情人约会。小屋四周，摆上小沙发、秋千椅，种植些花花草草。咖啡色的玻璃桌面，种上精致的绿植。每桌之间隔着一小段距离，一小段刚好听不见绵绵絮语的距离。过道旁边还有三间包间，适合做一些更亲密的举动。

　　我们各自来到茶餐厅门口，她从一辆尼桑天籁的轿车走下来。我早已经把重庆摩托车停在店门口，穿着白衣黑裤合唱团的服装，手里拿着本痞子蔡的小说《槲寄生》。她一眼就看见我，举起了右手，跟我打了声招呼。我举起左手回应。

　　眼前这个女孩,长得还算漂亮。戴着个金框眼镜,头发不长但扎个小马尾,穿着白T恤中间一个巨大麦克风图案,八分长的牛仔裤,配上黑色小高跟,显得落落大方。向我走来,一股淡淡的幽香,立马让我的鼻子尝到甜头。我们一前一后进了门步上木楼梯。

　　她说,等久了吧!

　　我说,没有,刚到。你自己过来的吗?

　　她说,你看我身边还有人吗?

　　我说,我的意思是说,是不是自己开车过来?

　　她说,你刚不看到了吗?我闺蜜送我来的。

　　我说,哦,怎么没让你闺蜜一起来?

　　她抬头看了我一眼,又低下头"扑哧"笑出声。她说,那我现在打电话?

　　我举起左手,抓了抓头发,有点尴尬地笑着说,还是不要了,不要了。

　　小蔡手捂着嘴巴笑起来,径直走在前面。我也赔着笑脸,跟在后面,感觉脸颊有点烫。

　　我和小蔡在一个靠近楼梯口的位置坐下来,无遮无掩,所有进屋的人第一眼看到的应该会是我们。其实我们没刻意选择,好像彼此都在履行一个不痛不痒的程序而已。我把书放在桌上,她立马接过去翻阅起来。穿着豹纹装的服务员迎过来,应该是穿着黑白条纹T恤的服务员,这样描述显得端庄一些。我问她,喝点什么?她说随便。我又问,那吃点什么?她说,随便。其实说随便的女孩一般都不随便,反而精挑细选吃什么的人,会有点随便。她的随便可难倒我,这就表示,我得点多一些贵一些,不然就显得寒碜。我接过服务员的单子,一个个独特的名字后面总跟着一个残酷的数字,如柠檬皇后……十八元,西瓜天使……十五元,香橙邂逅……十八元……我点了两杯"奇异果联盟"。就在点小吃的时候,她突然伸手将我拦住,这是我们第一次肌肤之亲。她说,我不吃,你要吃自己点。然后又自顾翻阅起《榭寄生》。

　　她的那双玉手及时阻止了一场钱包大出血,我突然有点逃出生天的轻松。在等饮料的间隙,她不时地"哧哧"笑两声,然后,捂着嘴巴试探性环顾下四周,又看起来。

　　我问,你喜欢看痞子蔡的书?

　　她没有抬头看我,说,还行吧,快餐文学。

　　我问,那平常喜欢看谁的书?

　　她说,不固定,好像都喜欢看。她依旧没有抬头看我。

　　我看到她已经翻了一大半,便说,你是跳着看?

她终于抬头看我，哪有，我看书的速度很快。还没等我再发问，她说，你喜欢明菁还是荃。我又摸了摸头，一时反应不过来，啥？

她指着《槲寄生》，我才恍然大悟，原来她是指这本书的两位女主角。我没有正面回答她的问题，只是说，作者真臭美，给自己配了两个秀外慧中的女孩。

她眼神突然柔和了几分，说，还没问答我的问题。

我说，可能是明菁吧，她聪慧可爱、善解人意。

她说，就这么肤浅？

我说，就这么肤浅。

她又说，第一次见面，拿书作为信物的情节，是不是抄袭《第一次亲密接触》？

我说，是。

她说，但你拿痞子蔡的书，我有些意外。

我说，为什么？你觉得我应该带四大名著吗？

她又"扑哧"一笑，那声音惊动旁边一对在啃着翅中的情侣。满嘴油腻的他们转过来看看我们，小蔡脸上立马泛起红晕一直红到脖子根，趴在桌上不敢抬头。

她说，丢脸死了。

我说，没事吧，这里面没规定不能笑。

我又问，你觉得我会带什么书？

她说，应该是教科书或者教案。

这时换我张开嘴巴，大笑起来，声音极具穿透力，发自灵魂的笑声持续几秒。旁边那对满嘴油腻的情侣又转过来看着我们，眼神中有种大卸八块的悲愤。服务员端来果汁，我们几乎同时将吸管咬住。

我说，我也喜欢看书，还喜欢写点东西，发表文字。

她显得很兴奋，是吗？你还发表文章？

我说，是啊，写着玩的。

她说，那不错，才子啊。

我说，我喜欢带"贝"字旁的"财"字。

她说，就那么肤浅？

我说，就那么肤浅。

小蔡读的是会计，做的也是会计，但她喜欢阅读，和她闺蜜一起开过书店，也在新华书店里做过导购员。她读书之余曾在泉州刺桐之声做过兼职播音员。每晚十一点，她准时出现在电台里，对着话筒，读起席慕蓉、张爱玲、三毛的文章。夜色如水，声音清澈，仿佛是作者的自述。缘分就是这么神奇，两人初次见面竟然毫无陌生感，自然得像在家里面翻跟斗。就依靠着这点兴趣爱好，我们开始约会，后来她都是坐在重庆摩托车的后座上。

我开始处对象，最开心的是父母。特别是父亲，这些天，笑容明显增多了，说话也有底气许多。偶尔母亲会跟父亲蜻蜓点水地埋怨一两句，她说，如果能双职工，那多好啊，以后买房买车都方便多了。当然，这会招来父亲的呵斥，母亲会像个犯错的小孩躲进厨房继续忙活。

几天后，杨梅突然出现在我们家门口。我那时刚从学校回来，还没到家门，看见一个长发披肩穿着白色连衣裙的女孩，在家门口踌躇不定。我摩托车开到门前，往女孩看了看，有些惊讶。

支支吾吾地说，你不是那个……那个……杨梅吗？

她看到我，脸上立马堆积了笑容，我果然没记错。然后伸出手来跟我握下手，还打趣着说，如果在外国，可能要一个拥抱。

我说，不好吧，邻居看见。

她说，你想得美。

我说，时间过那么久，还记得我家，真不简单。

她说，也就一个印象，不过对我来说没有难度。

我说，大学生就是不一样。

杨梅说，去……

杨梅突然到来，我是从没想到的。她将一箱橘子和一大袋零食提进屋。

她说，单位分的，反正也吃不来。

我们在楼上的阳台聊天，母亲笑容满面地端来一杯水，然后站在旁边，说，你是小怀的同学，我记得你。

杨梅站起身，道声阿姨好。

我将母亲支下去。那天，我们聊了许久，从中学聊到师范，聊到大学，聊得哈哈大笑，前俯后仰。很多邻居都被女孩子的笑声吸引聚集在我家楼下，我们还不曾察觉。临别时，我们相互留了电话。杨梅再度跟我致谢，她说，谢谢你，中学没有你，我可能考不上重点。然后她大方地穿过邻居的目光，沿着那条水泥路走出去。邻居家张大婶对着母亲说，你家孩子真有女人缘。母亲笑得比沾了蜜还甜。

不一会儿，父亲做工回来，他跟母亲说，他看到大黑，就在路口，开着一辆黑色的轿车。他本想多看几眼，一个女人上了他的车，便仰着头开走了。

我赶紧拿起手机给杨梅打电话，杨梅没有接。

十来分钟后，她回过来，笑着说，我刚走就这么迫不及待给我打电话？

我说，你咋没接呢？杨梅说，穿裙子，没口袋，手机放包里。我说，原来。我又说，你刚才是不是上了一辆黑色轿车？

杨梅说，是的，你怎么知道，跟踪我吧！

我说，当然不敢，被我爸撞见了，他认识那司机。

我不认识，车是我在路边雇的。我驾驶证还没考，不敢开。杨梅说，有问题吗？

我说，没问题，路上小心。

如果父亲没看错，大黑算是出来了，而且并没有去成他所向往的那个满大街挂满金灿灿梦想的深圳。但如今开个私家车，也是个不错的行当。这几年，张总、杨董、吴厂长、李财务的称呼与日俱增，开会、应酬、接送客人等等都需要小轿车，你不能谈个大业务，还让人家搭摩托车顶着大太阳的暴晒来谈吧。父亲偶尔从大黑丈人家经过，会有意无意垫着脚尖看看动静，依然是大门紧闭、灯光昏暗。改嫁惠安的女儿，也从没回来过。母亲说的也对，有回来没回来，我们哪知道？又没成天盯着人家看。

之后，杨梅又来家里一次，还带两条白带鱼和一罐进口饼干。母亲满脸欢喜，又是搬椅又是送水，满面笑容。父亲则相反，一脸愁容，不知所措。杨梅说，她有个大学闺蜜就住这附近，周末经常来往，吃饭逛街都在一起，有时候就住在她家。老同学刚好在附近，不过来坐坐总说不过去。不过，说真的，一个女孩子家孤身深入男同学家，还真的需要勇气。这不，邻里街坊的大妈大婶们，不断地将头探了进来，挤出一个诡异尴尬的微笑，又将头抽回去。那一天，刚好我家婶婆过来找母亲，看到穿着白T恤牛仔短裤露出一节修长美腿的杨梅，瞪大眼睛，张口说道，这就是小怀处的对象？真是好看。停了一下，唾液都还没到喉咙，又朝着父亲说，今年会办吧？

过后，杨梅笑着问我，你交女朋友了？

我说，是啊，交往几个月。

杨梅说，那真不好意思，会不会让人误会？

我说，管他的，邻里街坊就这样。你没来，我亲妹过来，也会有文章的。

不知凑巧还是其他原因，从那天起，杨梅就再也没联系，仿佛人间蒸发一般。

那是2006年8月，我和小蔡开始聊到结婚的问题。双方家长也几乎看好时间，就定在今年年底。

婚检办证的前一天，小蔡突然问我，那个杨梅是谁？

我被这一问给轰晕了。只能说，哪个杨梅？

她笑着说，到底有几个杨梅？

杨梅来我家找我的事情，还是传到小蔡耳朵里。有的时候，我也纳闷，有的人干了一辈子好事，就只能配默默无闻，然后就成顺理成章、天经地义的普通习惯。有的人不过跟女孩子说几句话，无非就是那个女孩漂亮一点，就开始上纲上线，非奸即盗，成为热点谈资。很多逻辑，都是狗屁不通的。我将杨梅几次来我家的来龙去脉向小蔡做了陈述。

小蔡听完就说，她喜欢你。

我说人家家境好，又是公务员，怎么喜欢我？

小蔡脸拉下来，一副不开心的样子。你的意思是，你这人就只能配我这种人喜欢？我一时语误，连忙向小蔡道歉。小蔡也没有真的生气，只是感叹道，当时，我也考高中就好了，说不定现在也是个公务员。我一把将她抱在怀里。

小蔡说，我的直觉，她喜欢你。

我笑着说，可我喜欢你，而且我要结婚了。

小蔡母亲第一次见到我，也就是我后来的丈母娘，她挺失望的。看我身材矮小微胖，一脸青春痘，穿着土得掉渣的衣服，整个头发油腻油腻的不知多久没洗过，胡茬也没有刮干净，怎么看都不像一个当老师的。她曾经劝小蔡要考虑清楚。小蔡坚决地告诉她母亲，我考虑得很清楚了。

母亲曾跟父亲说，有个伴，才有希望。有希望，生活才有追求和意义。一路上的磕磕碰碰，总要有个人朝朝暮暮。

婚　礼

父亲递给我一张存折，存折上有八万八千元，这是我家里最大的一笔存款。在闽南婚俗上，这叫"聘金"，男方给女方的。但是按照不成文的惯例，女方基本不会用上这笔钱，还会根据自己的经济情况，成倍地加上去。经济条件更为优越的，还附带套房、黄金、名车、股份等，然后连同这笔聘金返还回来，这叫"嫁妆"。而这笔钱就成了小夫妇的私人财产。闽南话有句形容结婚的话叫"公倒私好"，意思是，结了个婚，长辈穷了，小夫妇富了。但我的这笔聘金，却是每个子儿都得用到刀刃上。聘金下定之前，我早已跟我丈人说好，聘金返回后，马上就要取出来还公债办酒席。丈人爽快地答应，还大方强调，不够的可以向他开口。我结婚的钱分分毫毫都已经计划好，比刻度量得还精准。兄弟们都说，你这个女婿当得真牛，女儿还没到手，丈人的钱先借上了。

结婚的那天，小克、海燕、黑英、阿福、表表、阿达这些穿同一裤衩，如今各自奔波在自己工作岗位上的兄弟悉数到场，准备跟我一起迎接新娘。小克、黑英、海燕，大学毕业后，考上公务员，成为一名基层干部。阿福到特区发展，在设计院混得风生水起。读化工的表表在企业工作，也算对得起专业。学医的阿达，转行开小卖部，当起自家的董事长。大家都穿得体面亮丽，头发抹上发油，油腻发光，虱子都能滑下来。我则花五百元让裁缝帮我打造一套黑色休闲西装，穿起来还挺合身，一米六六的身高看起来像多长十厘米。母亲穿着黑色裤子和红色长大衣，里面套一件红色棉衣，头发盘起，左边夹着根金色别针，笑得很开心。父亲穿着红色夹克和白色毛衣以及褐色布裤，花白的头发，显得杂乱。和往常不同的是，父亲终于穿上鞋子，脚掌上坚硬的皮肤暂时被装在皮鞋里。父亲感觉更瘦了，眼睛也陷下去。他的声音已经沙哑了几天，从胸腔隐约发出微弱的声响，让很多人都听不清楚，自己也急得直跺脚。确实，这场婚礼的筹办都是父亲在绞尽脑汁，鞍前马后，从俗礼的安排、宴请的名单、食材的挑选、资金的拿捏都是父亲亲力亲为。我除了买衣服、选家具露过脸，其余时间都在学校上班，直到当天才亲自上场结婚。

那天，我们开了六十多桌，应到尽到，座无虚席。父亲脸上挂着甜滋滋的笑容，带着我们一张桌一张桌地敬酒。父亲说，结婚是大事，也是家族的荣光。人家来就是捧我们的场，给我们面子，我们得回礼，表示感谢。父亲手里端着瓶啤酒，不管是宗亲还是亲戚好友，都站起身来，搭了搭父亲的肩膀，表示父亲很不容易，有本事，有的还向父亲竖起大拇指。宴席结束后，门口响起热烈的鞭炮声。不一会儿，宗族里的老大，还有一些父亲从小到大的朋友邻居，在干爹的带动下，向父亲围过来。这些见证着父亲在生活泥沼里摸爬滚打的老友们其实更能体会父亲此刻的感受。父亲一丝声音也没有，只有湿润的眼眶和一个真诚的鞠躬，跟他们一同将满上的酒干杯。

后来，我才慢慢知道"养儿女成人，送父母上山"这句话对于生而为人的意义及责任。我的这场婚礼，放在村里不过是一场再普通不过的仪式，随便一个有钱人的生日宴，分分钟秒杀。但对父亲来说，意义非凡，这是心里面一块石头的放下，远比结婚本身更具意义。父亲这一辈子吃尽苦头，饱尝辛酸，能够咬着牙根，挺着腰板，始终饱含着热情从凌厉尖锐的现实生活中一步步走下去，是因为他心里有个清晰而坚定的信仰。这个信仰，就是他的父母和他的儿女，一个得为他们送终，一个得看到他们成人。而今天这场婚宴，说明我已经成人了，也是父亲含辛茹苦的馈赠。

婚礼结束，父亲总算可以休息几天，声音慢慢恢复。他开始和前来"放鞭炮"（闽南风俗，结婚七天之内，亲朋好友都会过来"放鞭炮"喝新娘泡的糖水，以表示祝福）的邻里好友分享心得，两撮眉毛竖起，头发也洗得干净，满是褶皱的脸也遮挡不住精神焕发。

父亲说起话来，特别来劲，手脚并用。他说他骑着一辆破脚踏车从东石旧街一直走到金井塘东，几乎所有海鲜市场的质量价格都比对一下，每一杆秤都要足斤足两，一枚螺都跑不掉。

邻居说，现在都承包给团队了，哪有自己跑的道理？

父亲说，一斤沙虾承包人如果大发善心，小赚个十元钱，一百斤就得一千元。其他的鱼啊肉啊排骨啊，几十桌的食材算下来，三五千元不在话下，这钱不是钱啊？

父亲说，最麻烦的是大日的前两天，五色礼品、亲朋好友，生怕给漏了谁，宴席不知好不好吃，来的人不知多少，这个电压不知够不够，那边的爆竹不知会不会弹到人……

父亲连续几天都睡不着觉，神经都处在高度紧张的状态。直到今天，父亲说钱花出去了，媳妇娶到家，整个身体都放松下来。邻居看到父亲那伤痕累累的脚掌，建议父亲得处理一下。父亲笑着说，处理什么？等老二有本事结婚，再去处理。到那个时候，我就要退休了。说完，抽出一根烟满足地抽起来。

闹洞房的兄弟朋友一茬又一茬，各种奇怪招数层出不穷，有驮着老婆做俯卧撑的，有吊着个苹果要我们夫妻俩一口口将苹果皮啃掉的……

那一晚，几个哥们又来了，我说，他妈的，你们没地方去吗？

阿达阴阳怪气地笑道，还真没地方去。

表表说，今天再玩一次就不来了。

我说，走走走，回去该做啥做啥去，别老三天两头往这里跑。

他们根本不理我，开始整节目，让我把手机调为最大的震动状态，然后交给小克。小克将手机放进我裤管里，从脚底一直往上顺。

我说，操，有这么下流的玩法吗？

等手机顺到大腿内侧后，我说，搞什么？这样我会兴奋的。

海燕用衣架打我一下屁股，让我闭嘴。不一会儿快顺到我某部位的时候，海燕让我老婆拨通我的号码，手机立马在我某部位抖动起来。全场笑得前俯后仰，我则得到一瞬间的快感，转头便将沙发上的枕头朝他们丢过去。

七天很快在一片红火和热闹中过去，生活回归正常。父亲偶尔到工地打着零工，按他的话说，自从火石师傅过世后，他感觉流失一大半的气力，扛个石头都显得力不从心。所以，大部分时间都在给大海打工，背上背篓，捡捡海产。运气好的，一天卖个一两百元没问题。当然差一点的话，就没有底线了，几十元、十来元那是常有的事。母亲继续到她之前所在的公司（以前叫工厂）领活。父亲经常骑着脚踏车穿梭在村里刚修好的水泥路上，有时候去打工，有时候外出买东西，就为省个两块钱。他可以驾着自行车走上十来公里，现在路好走了，完全不觉得不划算。有时候，载着个头比自己高的爷爷，寻医问药。父亲的脚踏车后座上有加个软皮座，那是专门为爷爷设立的。自从被狗啃掉一根手指头后，爷爷像是失元气一样，农活海活都干得很吃力。特别是这几年，精神越来越萎靡，年纪大了更是一身病。我经常看到，父亲拿着整整一张纸的医院病历发呆。父亲人缘还算好，经常有人介绍医生，他就用脚踏车拖着爷爷，走家串户的。村里看到，总会对着爷爷说，有本事啊，孙子都长大结婚，老人家身体要顾好，要当太爷了。耳背的爷爷，耳边只有听见风吹，根本听不见一句话，只是频频地点头，咧着嘴笑着，一排排坍塌的牙床，像座古老的城墙。

　　婚后，妻子骑着她的嫁妆，一辆本田摩托车，继续过上朝九晚五的生活。戴着一个深度眼镜，埋着头，将案头一沓沓账本梳理得井井有条。到了月底，资产负债表、财务报表、工资账单、货物出入盘点台账等等，常常逼得她半夜才下班，满身疲惫。

　　母亲心情不好的时候，会对父亲念叨着，你看谁谁娶了个双职工，每天准点回家，经常放假，工资一分不少。上次那个叫什么的跟儿子不知有多般配。

　　父亲会给母亲一个白眼，压着声音训斥母亲，显得很激动，脖子青筋暴起，你说什么鬼话？你看看小蔡人家什么家境？在我们穷得叮当响的时候，人家是百元大钞一把接一把地数，做生意、开店铺，亲家还是村里带头的人物。我们有什么？啥都没有，人家看得上我们，是烧高香了。也不照照镜子。

　　母亲自知理亏，便没有多说话。

　　父亲也没有说话，蹲在门沿上，抽着烟，生出一圈圈的烟雾，从那与日俱增的皱纹间缓缓散出。母亲晃着手臂驱散烟雾，开始抱怨父亲烟瘾大。她老是想不明白既伤身又费钱的东西怎么老是改不掉？

　　父亲说，你烦不烦，我现在不抽得少了吗？

　　母亲吼道，你知道一包烟可以换多少米？可以换多少油？你看旁边老张，住三层楼，也不见得他抽一根烟。

　　有完没完？父亲说完便走了出去。

　　母亲转头回到厨房或者深井继续忙活着，脸上写满委屈。其实我知道，母亲心里装的是自己丈夫和儿子。她的心已经被这三个男人填得满满的，再也没有空间装下其他，包括她自己。她的所思所想、所作所为，都是为这个家，为这些男人。小时候大锅饭，她会偷偷地炖上一点肉汤，放在房间的柜子里，小心翼翼地藏好。吃饭的时候，悄无声息地拿出来，往我们仨的碗里加上几块肉，再用袋子裹好端回原位。

有一次，我说，妈，这肉怎么味道不一样？

父亲说，放久了可能坏掉。

母亲会痛惜不已，趁着我们不注意，一骨碌地将变质的肉吃下去，然后肚子拉了好几天。食物中毒、脱水、吃药、卧床，把自己搞得筋疲力尽。母亲就是这样怕浪费食物，就拼命地浪费自己的身体。很多年过去了，我们家不再为吃饭发愁，开始讲究伙食的质量了，可母亲依然如故。分家后，每逢吃饭时候，她会把我们三只碗都盛得满满的，自己则躲在旁边洗衣服、拖地板或者做一些工厂的活。等我们吃饱喝足了，她才补上位，大快朵颐起来。家里买了冰箱，就经常在冰箱里看到一些剩菜、剩饭、剩汤。有时候一丝肉汁都要放上好几天，每天消失一点，每天消失一点。母亲说，这些肉汁很甜，不能浪费。直到患胃病后，这些习性依然如磐石岿然，改变不了。确切地说，她深入骨髓的勤俭和对家人的爱，已经撬不动了。某一天，我对母亲说，你就好好吃饭吧，吃得越好，我们就越开心。母亲说，我随便吃就行，你们吃我才舒心。

一个周末，我们哥几个连同他们的老婆、女朋友一并在我家聚餐。我说让餐馆送菜，母亲坚决不让，说自己准备的料多美味又便宜。一大早母亲兜里揣着三百元，出市场，下厨房，开始忙活。父亲打下手，两人忙里忙外，终于在晚饭饭点时，准备一桌丰盛的菜色，炒米粉、海蛎煎、卤水猪脚、肉丸汤、煎白带鱼、白灼小卷、甜芋头、炸菜粿、三鲜汤。母亲将剩余的饭菜全弄到父亲的大碗里，父亲端到门口坐在石条上，左脚撑起，脚背裸露着锋利坚硬的伤痕，一口接一口，满足地吃起来。偶尔抬头看看房子，一层石头二层砖混的房子，显得很不协调，但这是父亲能做到的对这个家最好的庇荫，脸上的神情悠闲而平静，仿佛他可以用上一晚上的时间吃饭。我从屋里看过去，父亲吃饭的姿势没有改变，改变的是碗里的食物，有鱼有肉，有香有色。逐渐上了年纪，父亲的脚步开始放慢，不再匆忙，生活的节奏被父亲有意或者无意放缓了。父亲看到我在看他，笑着说，你要让他们都吃饭，别急着讲话。

毕业出来，大家各就各位，工作的工作，结婚的结婚，恋爱的恋爱，相聚的时间越来越少了。即使哥几个偶尔凑在一起，也就听听彼此唠叨，说一些不着边际的话。餐桌上妇女占据半壁江山，说的都是家长里短、学校趣事。当然，还是离不开工作这个话题。小克农林大学毕业后，在农业厅工作一段时间后，为了找个闽南媳妇回归闽南。未婚妻在市直机关。海燕在开发区工作，整天拆人家房子。老婆在交警大队开罚单。阿福福州大学毕业后就到厦门设计院工作。厦门这块小岛像个风姿绰约的少女，谁都想看一看，没想到阿福这样一个土鳖大学生却轻易登岛成功。黑英华侨大学毕业，跑到地震局等地震。他学的是数学专业，也对口。表表兰州大学的高才生，学化工的，在一家鞋厂当检验员，工资高风险也高……

这时候，母亲又烧了一只正宗土鸭，端上来，借机问兄弟们女人的工作，结果让母亲有些失望。

她回到厨房，拉着父亲的衣角，轻声说道，你看，人家找的都是政府职工。

父亲连忙捂住她的嘴，你疯了？

其实我很了解母亲的心情。一份稳定的工作，政府每个月准时地往卡里打钱，有公积金、退休金、医保卡，有放不完的周末，还有一个不管放到哪个地方都不会贬值的称呼，铁饭碗。对老人家来说，这个铁饭碗胜过大富大贵，胜过锦衣玉食。母亲也说了，都希望儿女过得好，能争取的尽量争取，两个铁饭碗总比一个碗来得强吧？父亲说，你给我闭嘴，就是对儿女们好。这么长面子的婚礼，我们高兴都来不及了，你老是不开窍。

父亲把母亲拉到房间里，声色俱厉，老实告诉你，儿子这档婚事差点吹了你知道不？人家本看不上我们，凭小蔡的条件找个什么人没有？是因为两个孩子彼此喜欢，我他妈的求爷爷告奶奶，找了媒人，差点把人家门沿都踩破，才说服亲家成全这门事。你脑袋瓜，老是转不过来。小蔡进我们家门像女儿一样，家务事一样不落下，照料你这老胃病，还每个月发我们"工资"，还不知足吗？一个家什么最珍贵？就是相处得来，彼此照顾，才是真的好。

母亲被父亲这难得的"发飙"彻底敲醒，沉默得像一尊蜡像。从那时起，母亲再也没提过这话题。

我结婚的那年是2006年底，街上的高楼越长越多。兜里的手机越变越小。一些老年人开始自发组织跳舞。一些年轻人开始刺青染发，在迪斯科舞厅里拼命地摇头，在OICQ里互诉情衷。我木讷地从街边走过，买了一份早餐上班。那年我二十八岁，妻子二十六岁，风华正茂。父亲五十五岁，母亲五十岁，年纪不大，但岁月下手太重，感觉苍苍老矣。

父亲总说，生而为人就要为两件事忙活着，养儿女成人，送父母上山。那天，父亲是很高兴的，他完成了一件生命中的大事。

葬　礼

　　妻子怀孕，全家都很开心，母亲更是经常出入寺庙拜拜。邻居看到妻子日益隆起的又尖又圆的肚子，都说，肯定是个男丁。母亲笑得比春花灿烂，她说，我到庙里问师傅，求的也是男孩，十有八九跑不了。好像生男丁这事他们说了算。我就纳闷，哪个孕妇肚子不是又尖又圆的？子宫撑起来的肚子不就那个样子吗？唯独父亲，经常眉头深锁，心事重重，老是觉得开心不起来。那天晚上，父亲叫上我，他拿了一张化验单给我看。

　　父亲蹙着眉，医生说，顶多半个月，要我们准备后事。

　　我吸口气，心里顿时有点发凉。停一下，说，爷爷都八十八岁了，也算寿终正寝，是好事。

　　父亲一直点头，说，是啊是啊。只可惜，没过过一天好日子。

　　我锁紧眉头。父亲脸上有撕裂般的痛苦，但坚决不让眼泪掉下来。我知道，这一两个月来父亲很辛苦。爷爷每次看病，父亲从不落下，从扶着到驮着，从坐在脚踏车后座到雇车倚靠在父亲肩上，鞍前马后，牵肠挂肚。时间一天天地过去，爷爷小腿的皮肤一寸寸地溃烂，发炎流脓，散发着恶臭，父亲会耐心地帮他清洗包扎。爷爷坐在小巷口，靠着椅背，眼睛看着父亲，满瞳孔的愧疚和不安。就这样，父亲陪着他的父亲慢慢枯槁，直到油尽灯枯。

　　爷爷生于1920年，出生在一个贫农家庭，亲兄弟和同父异母的兄弟姐妹大概有八人。每天天一亮，八张嘴嗷嗷待哺。太爷太奶只负责生，生完就扑在土地上，披星戴月地劳作，孩子们能否养活，各安天命。好在爷爷活下来，每天就用两餐地瓜汤让自己活下来。爷爷的童年没病没灾的，日子倒也过得清苦欢乐，向天借盖，问地要席，日子就这样过着熬着，一天数着一天，没有盼头，也没有所求。爷爷常说，活着就好。

　　爷爷二十五岁的时候，差点被国民党抓去当壮丁。那天，他将铁锅背顶上的黑漆一层层地扣下来，涂在自己脸上，屏住呼吸，一米八的身高蜷缩趴在灶台底下放黑炭柴火的地方。几个身着军装的白眼狼闯进来，皮靴敲打着地面响起一阵阵急促的脚步声。他们里里外外，翻来覆去，把床板推走，橱柜打开，将草席掀起，搜寻了好一会，才失望地喊了声，操，就出门了。我敢肯定这帮国民党兵是找不到好吃的或者值钱的东西，才发自灵魂地骂了这一声。

　　爷爷三十二岁才结婚，这在20世纪50年代的中国农村，几乎是个奇迹。从20世纪60年代开始，父亲开始成为家里面主要劳动力。从那时候经常看到爷俩"出双入对"，爷爷走在前，父亲跟在后，扛着锄头，跟着公社大队，浩浩荡荡走向田里干活，赶农忙。渐渐地，他们爷俩掉了个个，爷爷已经掉在父亲的身后，在不经意间完成接棒和传承。父亲开始转行挑沙之后，爷爷就带着二叔，继续干着农活。农忙间隙，爷爷会到菜市场捡些剩菜，好的留着吃，不好的会熬上一大锅给圈里的两头猪吃。那两头猪是奶奶的命根子，也是一家的生计。那时我们家执行着一套生存逻辑，人可以饿，猪不能没有东西吃。长年营养不良的爷爷，干活的时候显得特别没有效率，常常锄头挥两下，停两下，走一段，停一段，若不是其他社员的帮衬，那几年，家里连吃地瓜的能耐都没有。好在爷爷乐观，他常跟父亲说，走一步算一步，走得慢才能走得远。我惊呼，爷爷怎么能说这么有哲理的话？后来才发现，这是他听隔壁村里寺庙的师傅说的。没饭吃的时候，爷爷奶奶总会到这座寺庙里找师傅，两人这么熟络下来。

  一天早上，父亲给我电话，父亲说，你爷爷走了。语气平淡悲伤。我尽管做了充分的心理准备，但心像是被谁揪起来拧转一圈，隐隐作痛。我骑着摩托车火速赶回家。刚到家门口，就听见一声声凄厉的哭嚎声从家里传出来，感觉是那种能抓住灵魂的声音，一声接着一声，一阵接着一阵，抑扬顿挫，跌宕凄厉。母亲、二婶、三婶、姑姑，还有堂婶们，齐跪在棺材前，哭着喊着抹着眼泪。火炉烧着金纸，火光映红她们哀伤的脸。大门口支起帐篷，男人们围成一圈商讨着丧葬事宜，一片热闹。

  爷爷算是高龄过世，寿终正寝，因此这场葬礼并没有多浓厚的悲伤氛围，每个帮忙的堂亲脸上都挂着轻松的笑容，插科打诨，谈笑风生，围桌打牌的呼喊声，感觉更像是一个年会活动。除了偶尔从家里厅堂传来凄厉的哭喊声，才让人能感觉棺材里躺着一个与世隔绝的老人。听说，老人家过世，儿媳女儿的哭丧都是有讲究的，一天三餐至少得哭三次，这叫"叫老人吃饭"，死后入殓时必须得痛哭，以示生离死别之意。其他时间，想哭不哭都行，只要棺材旁有人守着就行。火葬完回来必须捧着骨灰盒说，我们回来了。当然，那种早逝的、意外的、白发送黑发的，都是肝肠寸断地撕心裂肺，更具真实和震撼，有种彻骨的悲凉和凄惨。像这样的葬礼，不会有笑容，不会有牌局，更多的是扼腕叹息和眼泪纷飞。

  从火葬场回到村里，队伍大排长龙，几个穿道服做法的师公，摇着铃铛走起路来摇摇晃晃，走在最前面。招魂幡旗、牌匾、轿子次之，接着是管弦乐队，孝男孝女穿着白色的丧服拉着条绳索跟在后面。领头的是父亲，他手里捧着爷爷的骨灰盒。紧跟其后的是二叔，捧着爷爷的遗像，一张消瘦而安详的脸。三叔居后。排在最后的是前来送葬的亲朋好友，他们穿着随意，说说笑笑，有的还在啃着面包或者吃着冰激凌。队伍鱼贯地走进村里的主干道，两旁五层七层的楼宇已经如雨后春笋疯狂地生长。它们有的是公司，有一个气派的大门和公司名字；有的是住宅，正中间正楷大字写着"××楼""××阁"等。我跟在三叔后面，向两头张望，发现父亲也在张望。三叔指着一套豪宅对我说，这个老板曾经和我一起做过学徒，我还教过他，运气真好。三叔自嘲地说，他现在开宝马车，我在骑摩托车。

队伍走到一个岔道，向左拐进菜市场，旁边就是连福叔那破败的厂房。一架推土机陷在齐身高的草丛中，举着巨大的铁手粗暴地伸进厂房，瞬间将一面墙壁推倒。父亲端着骨灰盒，不停向旁边张望，眼神一丝讶异。后来得知，连福叔的儿子把这块地卖给同村企业家，到市区开起了超市。

村里凡有人去世，祭礼都会安排在村菜市场的旧戏台上。几个斜披红绸带的祭师，严肃庄严地履行一道道程序。这些都是村里德高望重的老人，他们认真操持着这一套古老而又传统的礼仪，让溘然长逝的亲人安息长眠，保佑后人。戏台旁堆满前来围观的乡亲，我在读哀辞的时候，很多人跟着我哭起来，父亲更是在旁边泣不成声。

前一天，母亲专门跟我说，读哀辞的时候要哭。

我说，一定要吗？

母亲说，要。

我说，那如果哭不出来呢？

母亲说，死囝仔，我怎么跟你说的？

总之，我没把握我能不能哭。爷爷八十八岁高龄，走得安详，走得自然而然，没有痛苦。虽然父亲说，爷爷辛苦一辈子半天好日子都没有过，但谁又能保证，他在世的时候，风烛残年，浑身是病，会比较舒心快乐吗？人生多意外，有太多的不可预知。所有生命都是从丰盈走向枯竭，从灿烂走向沉寂，死亡是人类走不出的有限性，如果有个圆满的结局，那就是最大的福报。我一直觉得，我的爷爷很不容易，有个圆满的结局。那是他的福报，也是儿孙们的福报。在那天祭礼上，我就跪在爷爷遗像面前，仿佛他正襟危坐地坐在我前面，拉着我的手，讲述着他那段吃野菜的日子，抓壮丁的日子，被狗咬掉手指头的日子。我哭了，没有任何装饰。

祭礼很快结束，我们把那套金碧辉煌的纸房子推倒烧掉，包括纸糊的奔驰车还有带有八个"零"的冥币。在另一个世界，我们都希望爷爷是个款爷。

办完爷爷的葬礼，父亲病倒了，体温很不稳定，喝粥吃药，躺在床上呻吟。父亲被透支的身体，此刻像把枯黄的菜叶，显得很憔悴。我把村里一个八十多岁，牙齿漏风、体型佝偻的老中医硬是拱到家里。这个老中医行动极为不便，光是上车下车，就搞了十来分钟。

他说，有没有小汽车，摩托车坐不了。

我说，我只有摩托车，帮个忙。

他说，摩托车，腿抬不上去。

我说，试一试。

他说，让你爸来吧。

我说，我爸得扛着过来的，不方便。

他说，我也差不多，万一我从车上摔下去怎么办？

我倒吸口冷气，说，那你抓紧我。

老中医果然把我的腰拱得死死的，我差点窒息。

老中医望闻问切，动作极为缓慢，感觉每做一个动作，都要断气的感觉。经过老中医一折腾，断定父亲是丹热。我问，什么是丹热？

他说，就是身体有热毒，躲在某个地方。你吃药，退烧，只是治标不治本。缓口气，又说，必须将躲在身体的热毒逼出去。

我说，怎么逼？

老中医让母亲烧两个鸡蛋，再用糯米粉加高度酒捏成团，先用鸡蛋在父亲的胸口、手腕、脚腕处来回滚动。老中医把滚烫的鸡蛋拿在手里在父亲身上滚动两下，又放下来，嘴里喊着，"哇呼、哇呼……烫烫……"又拿起来在父亲的胸口处滚动几下，再放下。父亲则像是一块石头，没任何反应。滚儿圈后，老中医将捏好的糯米粉团压平，贴在父亲的额头、胸口。老中医将鸡蛋小心翼翼拨开，原本应该光滑的蛋黄长着许多粉刺，变得粗糙不堪。老中医满意地点点头，然后到家门口的空地上，抓了把草递给母亲，说，洗干净煮水，一天喝两次。当天晚上，父亲退烧。两天后，父亲可以到海里抓海螺了。

几天后，我问老中医，你的绝技有传下来吗？

老中医拿着烟斗敲下我的脑袋，这事谁都会做，要做对部位，才有效果。然后，麻利地跨上自行车，左拐右闪驶入车流中。我揉揉眼睛，再睁大眼睛，说，见鬼了。

几个月后，我守在妇幼院的产房门口，听到一声清脆的婴儿哭声。不一会儿，阿福的护士表姐打开门，跟我说，恭喜你当爸爸了，是个小情人。老实说，那时我有点失望，因为从挺着肚子开始，不管是神还是人都断定是个男孩，尽管我知道这些都没根据，但心里却默默允许。父亲跟母亲苦笑着，他说，这门钢炮没打响，打了个空炮。母亲连走路都没气力，煮碗红糖水加鸡蛋，却忘记关火，变成红糖煎鸡蛋。很快，我们的失望情绪，在看到小婴儿的刹那，也就烟消云散了。母亲抱在手里爱怜地看着亲着。那段时间，母亲刚好胃病疼得难受，神经衰弱，都会翻来覆去睡不着，无法跟着妻子彻夜照顾婴儿，只能按点地准备营养餐。婴儿两个小时吃一次，这意味着，每个晚上，妻子都必须起来四次左右，顶着沉重的睡眠喂奶水、泡奶粉、换纸尿裤。小婴儿经常呕奶，又得给小婴儿换衣服，重新喂奶。折腾完，很快入睡，两个小时又得起来反复做这些事情。

  小宝贝降生后，我一直睡在客厅的沙发上。那一年当上校长，操心的事变多了，妻子主动将照顾小孩的重大责任揽过去，能不叫我尽量不麻烦我。一天晚上，正在熟睡，妻子慌慌张张把我摇醒，她眼里噙着泪，惊恐万分。

  我问，怎么了？

  她说，你进去看看宝贝，有点不对劲。

  我眼一懵，整颗心瞬间滑落谷底，从沙发上跳起，光着脚跑进房间。我看到小宝贝嘴唇呈酱紫色，张着小嘴巴，一张一合吞吐着粗气，小脸蛋显得很辛苦，眼睛呆滞着看着我们。妻子在旁边已经号啕大哭起来，父母惊慌失措地跑上来。我们叫辆车，小汽车穿行在深夜两点多的荒芜里。夜色凌厉而苍茫，我盼咐师傅开快一点。母亲抱着小宝贝，脸颊贴在额头上，口中念念有词。母亲在跟佛祖对话，她用尽力气向佛祖祈求平安和健康。有一句话，我听得很清楚，母亲说，佛祖啊，我们三代都是憨厚人、老实人，天公疼憨人，佛祖也是疼憨人……妻子斜靠在另一头，眼睛哭得红肿，面如死灰。那天晚上小宝贝被抱进了ICU。父亲和叔叔们很快赶来，人很多，但谁都手足无措。我跑进厕所，狠狠地哭一顿，然后我们回家，我扶着妻子虚弱的身体，走进夜色。隔天早上八点，医生打我电话，是我预感到的绝望。妻子张着鸡蛋大的眼睛看我，气若游丝地说，我掉不出眼泪，把宝贝的衣服都拿去烧了。十四天，这是我们和女儿的缘分。这种缘分像把匕首，头十三天磨得锋利，擦得铮亮，第十四天刺向自己。

  本该坐月子的妻子，却坐起刑狱。每个晚上，可能十二点，子夜一点或者三点，她都紧紧抓住我的手，清醒地说，我看到小宝贝变成蝴蝶，飞到我的耳边说，她不会孤独，她找到太爷爷了。我看到她真正的模样，长得很标致挺漂亮的，我们该给她取个名字。我给她取个名字叫"奉慈"。我说，奉，是依顺；慈，是母亲。妻子很满意这个名字。她主动跟我说，她想睡觉，但睡不着，后来吃一段时间药，终于尝到熟睡的滋味。

  他们说死亡是人生的另一面，是人生的一部分，我们都拒绝接受，我们又都必须接受，不是吗？

开 始

半年后，小弟给我们寄来机票。小弟说，今年是 2008 年，去北京走走看看，散散心。五月份，劳动节，我和妻子去趟北京。飞机在云上穿行两个多小时，抵达首都机场的刹那，妻子笑了，我却哭了，这是半年来看过的妻子的第一个笑容。经过层层安检，我买了张地图，搭公交，坐地铁，在满是"中国印"和奥运欢迎标语的北京街头，感受奥运年的氛围。北京是长满石头森林的城市，也是遍布着历史胜迹的古都，不管前世或者今生，都是当仁不让的主角。我和妻子站在潮水般人群涌动的 1 号线王府井地铁站，看到列车里插葱似的乘客，还有的挂在玻璃墙上，无辜的眼神望着一晃而过的空洞。

妻子说，这些都是北漂吗？

我说，不全是，北漂都在五环外了。

妻子问，为什么？

我说，三环内，他们连桥洞也租不起。

妻子说，我们现在去哪？

我说，到哪算哪，北京欢迎你。

奥运年，不去看鸟巢和水立方，北京是白来了。我们在鸟巢和水立方前合影，妻子笑得很灿烂，背后的工人们还在热火朝天做着最后的检修。我还听到一个操着地瓜腔普通话的工人。

我跟妻子说，我打赌，那个是闽南人。

妻子说，问问看。

我走过去，搭着那工人的肩膀，用闽南话说，借问下，最近的地铁站在哪？

说完，我马上纠正道，不好意思，我该说普通话。

那个工人嘴角咧到腮边，甚是激动，笑着用闽南话说，听得懂，老乡啊！然后紧紧握住我的手。

跟老乡应酬式地聊完，我对妻子说，在北京遇到老乡，跟在电影院碰到爆米花一样，不很正常吗？

妻子说，出门在外，乡音难却啊。

我说，不是，闽南人遍布天下。

我又说，表表他一个大学同学，上个暑假选择去南亚三国旅游，孟加拉国、不丹和斯里兰卡，他给表表发来信息说，操，太诡异了，这么冷门的国家，还都能碰到晋江人，无孔不入啊。

妻子说，她的闺蜜在菲律宾都是用闽南话交流的。

我说，晋江人果然牛，我们都是。

妻子说，我们算挺过来了吗？

我拉着他的手，我们很牛，挺过来了。

在北京的最后一天，我们参观故宫。这座宏伟森严的皇家园林，成为游客们拍照录像的背景。他们戴着花花绿绿的帽子和太阳眼镜，摆出各种造型和表情，享受地按下快门的瞬间，全然不顾导游们扯着喉咙，讲述着玄武朱雀、青龙白虎、四大门三大殿的来龙去脉。我拉着妻子的手，从午门走进太和殿，再到中和殿、保和殿、乾清宫。突然妻子指着旁边一个造型别致的亭子，说，你看，还珠格格。我吓一跳，连忙退后两步。妻子捂住嘴哈哈大笑，我用矿泉水瓶敲下她的脑袋。

妻子说，那不是漱芳斋吗？还珠格格和紫薇格格住的地方。

我说，琼瑶戏看多了吧？

妻子说，一入侯门深似海，那入宫门，就是太平洋了吧？身在皇宫的女人就该有还珠格格那种性情，不然愁死，不小心陷进去，就该走得出来。

我说，漱芳斋也不是格格们住的地方，它是皇帝休息的别院。

妻子说，管他谁住，关键要走得出来。

片刻，妻子又笑着说，我们走出来了。然后她歪着头靠在我的肩膀上。

妻子转过头，对我说，我想重新开始。

我笑着说，支持你，怎么开始？

妻子说，我想辞掉工作，开个服装店，卖卖衣服，和过路人交流。

我说，嘛，回去马上落实。

回到家，通过朋友介绍，我们在镇郊区盘了个女装店，花了点钱，重新装修一下，取名"过往女装"。妻子说，一切都过去了。但我心里嘀咕着，既然都过去了，为什么还将名字镶成钛金字挂在招牌上呢？服装店开业那天，许多朋友同事都送来花篮，过来捧场。过往路人也揣着看热闹的心态，纷纷挤向服装店。父亲坐在门口，微笑着露出灰褐色的烟牙。母亲在里面帮衬着，一会儿拿衣服，一会儿折衣服。妻子挂着笑容在各个顾客之间，闪转腾挪，得心应手。一天的喧嚣过后，归于平静。父母搭车先行回家，我从学校赶来，帮衬着妻子将衣服、卫生收纳整理干净。她会坐在我的摩托后座，将头轻轻靠在我的肩膀上，双手绕在我的腰间，像多年前约会的样子，穿行在夜色中。

日子就这样过着，早上她会自己搭车到店里忙活。店门开启，她第一件事就是跪在那个简易的佛龛前，焚三炷香。我学校下班都会过来帮她收尾，然后载她回家。有一两次，她会在我背后流泪，然后问我，其实，我真的想过去。我说，会过去的。一两周之后，服装店意料之中的平淡无奇，她的笑容便很少出现，只有看到我风尘仆仆从学校赶来时，她会削个苹果递给我，眼角一阵莞尔。

一个午后，大黑出现了，穿着花衬衣牛仔裤，左手夹着一个黑皮夹，粗大的腰围被一条闪着银光的皮带绑着，出现在我家门口。当时父亲正在缝补着网毡，大黑笑嘻嘻地朝父亲递根中华烟。父亲抬起头突然定住，满是狐疑，多看几眼，仿佛不相信，跟前这个是大黑。

稍许，父亲恢复平静，停下手活说，你什么时候出来的？

大黑弓着腰，显得很拘谨而坦诚。他说，进去一年多，出来好久了。

父亲站起身将大黑迎进屋内，母亲却给大黑一个白眼。父亲招呼母亲烧个水，母亲一口回绝，没水。两人坐在大门内的矮凳上，隔着一块方桌。大黑把皮夹放在腿上，掏出打火机打了个火凑到父亲跟前，帮父亲叼在嘴里的烟点上，然后从黑皮夹里掏出两沓钱放在父亲跟前。

大黑说，这么多年来，真的不好意思，让您委屈了。说着大黑起身就是一个深深的鞠躬。父亲也跟着起来，差点被矮凳子绊倒，也回一个礼。

父亲说，知道走正道就好，这一年总算也没有白蹲。

大黑说，您收起来吧，给少的话我再拿。

父亲将钱推到大黑跟前，他说，你数八千五给我就行。

大黑说，以前三块钱能买一斤肉，现在得八块钱，就这样，我还吃便宜了。说完又把钱推到父亲这边。父亲又推回去，坚决不让，说，你也需要钱。

大黑又抽出一根烟递给父亲。父亲这次摆手没要，大黑便把烟放父亲跟前。大黑说，这些年我赚点钱，日子还过得去。说完又把钱推过来。

父亲说，赚大钱，我也不能占你便宜。又把钱推过去。

母亲站在旁边急在心里，她对父亲说，你忘了他是怎么坑我们的吗？他是欺负你老实，欺负你憨厚。你想想，那些年，借钱、骗钱、抢钱，还说你跟女人不清不楚，什么事情都干得出来。母亲说完，往事涌上心头，开始抽噎着，豆大的泪珠掉下来。

父亲将她推进屋里，关上门，连声跟大黑赔不是。大黑使劲笑着，笑容里满是尴尬。一时半会，也不好意思说什么，一股脑地让父亲收下钱。父亲守着防线，始终不多拿一分钱。

他对大黑说，就是再过十年，一斤肉二三十元，我还是只要回那个数。

大黑说，嫂子说得对，你不收我会对不起自己的。

父亲说，你都蹲过了，还对不起自己什么？

大黑拿父亲没辙，父亲也只收回大黑的那两笔欠款。后来大黑让父亲陪他去前丈人家，他们站在门口敲了半个小时的门，斑驳脱漆的铁大门岿然不动，固若金汤，里面一丝动静也没有。父亲才发觉，他已经好几年没注意这里的动静，他甚至已经从生命里抹去大黑丈人这样的一个人物。在左邻右舍眼里，大黑丈人一家深居简出、神出鬼没的，身上仿佛带电很难接触，偶尔听到"吱吱呀呀"的推门声，瞬间又被关上。有时候只见大黑丈人佝偻的身影，走得很仓促，买完东西后，又迅速隐入家里，将外界隔绝。跟大黑丈人一巷之隔的张大妈说，去年两个老人家搬去惠安找他女儿去，从此再也没回来过。大黑扯着花衬衣的一角擦擦汗，倒是显得平静，跟父亲说，他要去惠安，其实就想看看他的孩子。父亲并没有说话，其实很多事情过去就过去了，明知道是个伤口结疤，就没必要再去扯开这个旧伤口，流出新的血来。当然，这是别人的家务，父亲是不会开口的。

父亲和大黑转头走向连福叔的厂，齐人高的荒草已被收割，推土机早已经把这块土地驯服得豆腐块般平整。听说这里被一个大善人买下，后来儿子结婚捐献给政府，将来建老人活动中心。一条新的柏油路已经规划好，从镇区的钻石小区笔直地延伸到老人活动中心旁。再往东，就是上次征收的大片大片商业用地，一座崭新的住宅小区和商场，即将从这里生长。

大黑对父亲说，这里的房子以后会升值，想方设法去买。

父亲笑得烟牙一览无遗，他说，买块肉都得盘算，还买房？

父亲又说，这么一个盒子大的房子，听说要几十万，我都可以盖个五层。

那个时候的父亲，其实还没有房地产这个概念，他们只会货比货，比大小，比轻重，比眼前的价值。

大黑说，需要钱找我。

父亲摆摆手，说，算了，我还有更重要的事做。

后来，大黑走了，他坚决去趟惠安。父亲叫住他，自己回来吗？大黑抿着嘴笑着说，分了，各走各的。父亲一脸严肃，孩子呢？大黑说，不是我的。

就在北京奥运会鸟巢体育场绽放着漫天烟花的晚上，父亲听说大黑又进去了。父亲不相信，他用我的手机拨打大黑的电话，电话关机。又拨了几次，还是关机。隔天，父亲主动到菜市场买菜，因为菜市场是个消息的集散地，各路消息，流言蜚语，总会在这里交会传播。如果这个村落是个江湖，那么菜市场应该就是龙门客栈。

父亲果然听到大黑的消息，大黑是前天晚上在镇区KTV唱歌时被派出所带走的。当时他在唱一首闽南歌《你现在好吗》，也就是电视剧《厦门新娘》的主题曲。动情处，大黑红着眼眶带着哭腔扭动着肥大的屁股，不断从喉咙深处发出一串串跑掉的音符。突然，两个民警闯进来，喊了一声，谁是大黑？大黑突然静止，满脸惶恐，像是正在做爱的嫖客，被查房一样，光溜溜的身体无所适从。大黑就这样被带走了。

后来听说，大黑此次是犯了经济罪，数额巨大，算是大罪，没有三五年是出不来了。什么开票退税、高利借贷，一连串让父亲蒙圈的罪名。与大黑一同进去的还有一些他的朋友伙伴。从此，大黑这个名字，被这个村庄彻底忘记，只有父亲会偶尔提起，他和工友做工之余，总会闲谈，如果当时大黑入赘老板家，结局或许不一样。久而久之说腻了，父亲也不再提起。

大黑进去的一年后，大黑丈人一家，包括大黑的前任老婆孩子，一起回到村庄。大黑前任老婆消瘦苍老不少，头发斑白，逢人就打招呼，微笑着露出洁白的牙齿，精神状态很好。小孩已经成为亭亭玉立的小少女，很有礼貌，叔叔阿姨叫得很甜。那扇锈迹斑斑的家门再度打开，从那天起，这个神秘得像古堡的邻居家终于曝光在阳光下。他们不再大门紧闭，不再孑然独身。大黑前任老婆送两瓮自酿的药酒给父亲，说是可以通筋畅骨、化瘀活络，对长期干重活的中老年有很大帮助。大黑丈人也经常端着饭菜来家门口，跟父亲闲谈，谈奥运会上中国的完美表现，谈老美的第一个黑人总统奥巴马，谈在惠安生活的种种趣闻，谈村里的老人中心，将来结伴到那里养老。就是不谈大黑，不谈搬家的动机……

村里有什么世事，婚丧喜庆的，庵前庙后的，只要有邀请，大黑丈人一家都积极参与，逢叫必到。但是，所有邻居默契般地避开大黑这个话题，像头恶兽，只能用巨石将他压住。其实，直至现在，都没有人知道大黑丈人一家这突如其来的翻天覆地的变化，只有菜市场上细微的声音，说是大黑前任老婆改嫁又离婚了，说是大黑给了他们一笔钱，甚至还说，大黑给了厦门一套房产。

每个周末，我都要陪着妻子到服装城补货退货，她会在前一天将要退的衣物整齐地装在大塑料袋里，让我驮在背上，自己挎着一个包，里面装着货款，带上两瓶水，然后站在路边，翘望着那一班驶向服装城的中巴车。我们挤上了车，运气好的话能有个座位，但是这个铁皮箱子里经常装满密密麻麻的乘客，连站个位置都不容易。这些看起来灰头土脸衣着朴实的乘客，逐渐离开那些被收购的土地，重新出发。他们学着从小本生意做起，融入胼手胝足的人潮中。他们必须尝试用另一种方式和现实的生活较量。我把装得鼓鼓的塑料袋放在脚跟前，妻子在我的侧身抓着吊环，我们相视一笑，彼此鼓励。汽车行驶在已经拓宽熨平的马路上,走走停停,像个收割机,将站在路边候车的人一把一把收割上来。本来已经被压缩的空间,显得更加拥挤。

有人甚至踩在我的塑料袋上面,我喊了声"喂"。

那人给我一个白眼,对着售票员说,他有多买票吗?凭什么人站不了,东西能占位置?

售票员跟那人赔个礼。那人冲着售货员喊道,不能再捡客了,都他妈的挤得像煎饼。售票员低声下气地招呼着乘客往里面走。

有人说,他妈的,以为这是火车,还是我们是壁虎啊!

庞大的服装城,我们显得过于渺小,尽管我驮着鼓鼓的大塑料袋,也就像只顶着躯壳的蜗牛。妻子跟在我后面仓皇地走着,在巨大建筑投射的阴影下左冲右突,我们很快退货进货,将一大包新款衣服托运给顺路车。父亲会提早坐在路口中国银行的阶梯上抽着烟,等着车,然后将一大包衣服拖进店里,关好门,骑着自行车回家。

每次补完货,妻子显得很疲惫,坐在冷饮店的木藤椅上,呆呆地看着人来人往,欢呼雀跃。

那天,她突然跟我说,我在我们家古厝里找到一包衣服。我顿时喉咙长刺一样,半天一句话也说不上来。

她说,我都知道,我都知道。

我依旧搭不上话,因为我不知道我该说什么。她说她从女儿的事情中走出来了,所以开个服装店,重新开始。我们权衡下经济,合算着只能在镇区外围租下一个十几平方米的小店。丈人曾经塞给我鼓鼓的一包钱,我打死也不拿。他说,是给女儿的。我说,我可以的。他是个真诚善良的老人,年轻时做生意赚了点钱,年老的时候成为村里的公亲,名望很大。

一条人流量不算很大的街道上,妻子的服装店只能勉为其难地生存着。她对每个顾客都奉上最真诚的笑容和最热情的服务,她把价格压到最低,耗费多少唇舌,买或不买,都得顾客做最后的拍板,像在等一次终极的审判。有的时候会觉得有种无力感,尽管自己很努力,但都无法替顾客一锤定音。有几次,妻子傻傻地坐在店里一整天,一件衣服也没卖出去,神情落寞。我最喜欢看到她面对顾客那种状态,热情、干练、健谈,但真正的自己却是关店后的怅然若失和无所适从。生意越发冷淡,妻子的精神越发萎靡,她将三餐减到两餐,再将两餐里的荤菜减掉。妻子说,她吃不下饭。后来,我只能背着她打电话给我同事朋友,强买强卖。人情用完后,我几乎隔三岔五地扯个有人托买的谎,掏自己的钱,买自家的衣服。我会偶尔看到她的笑容,尽管我知道,这种饮鸩止渴的方式有些荒唐。服装店生意起起落落,还是持续了七八个月,凭借妻子的努力，不但保住成本，还赚了点钱。不过，她还是没法放开心胸，还是走不出来。

有一天，她跟我说，我们把服装店盘出去吧，再要个孩子。

我说，好，要个孩子。

2009年5月29日，儿子出世，六斤四两，中规中矩。父亲要在家门口放两串鞭炮被我制止了。我说，爸，不合适。父亲很快领会我的意思，他点下头，将鞭炮收回去。很多常见的不常见的朋友都送来祝福。妻子成天把儿子抱在怀里，脸上绽放开心而满足的笑容。她给儿子洗澡会哼着歌，喂孩子吃奶会抚着孩子的头。有时，会指着熟睡的儿子跟我说，希望别像你那么丑，然后眼泪滑下来。我知道，这是种失而复得的窃喜，或者是种劫后余生的感恩。

闲暇时，她会在QQ空间里写下日记：一、2009年6月3日，我曾一度对上苍满怀悲愤和怨恨，但从儿子出生的刹那，我开始感恩了，感恩上苍的眷顾，感恩艰难岁月里遇到的每一个人。二、2009年6月20日，今天将他的手握在手心，我便听到宝贝"妈妈……妈妈……"稚气清晰的叫声，宝贝是从我身上剜下的肉，我们心灵相通。三、2009年6月29日，儿子满月了，我吃了一碗油饭，我爱我的家人。儿子满月了……

那天晚上，我揉着惺忪双眼泡着奶粉，妻子对我说，我已经走出来了，但我不会忘记奉慈。我说，我也不会。其实我知道，有些事情，不是怕忘记，而是根本忘不掉。那时，我确信，妻子已经走出来了。现在儿子已经十岁了，她依然没有告诉儿子他其实有个姐姐。

一年后，小弟结婚了，婚礼办在石狮的酒店。这是父母第一次进城当主人吃宴席。母亲一身大红色的套装，头发上依旧别着一根红色镶花边的发簪。父亲穿得比较随意，红白相间的T恤和宽松的布裤，粗糙的脚掌穿进一双黑色休闲鞋里。这双鞋是小弟刻意为他买的，价格不菲，脚感舒服。父亲说，感觉还不错，很贵吧？小弟说，次货，不到一百块。父亲说，那还不错。其实，小弟突然要结婚，也是出乎大家意料。小弟是个跑业务的，坐火车飞机，像父亲的自行车一样，稀松平常。偶尔回家，父母就逮着他的终身大事不放。他每次都给以否定的回答。有一次，父亲掏出两万元给小弟，他说，这是你给我的生活费，我一分没花，拿去凑合着，找个对象。小弟说，你们只管顾好身体，其他的不要挂心。

那天晚上小弟回来，他跟父亲说，我要结婚了。

父亲说，什么？

小弟说，结婚，看看月底或者下个月有没有好日子。

父亲说，人呢？聘金呢？房子呢？

小弟说，都有。

小弟从进大学开始，父母就没有为他操过心。其实不是不操心，而是操不起心。大学的学费，毕业后找工作，工作后买车买房，只懂得脸朝黄土背朝天的父母，更是一筹莫展。父亲说，买些海蛎，再提一袋花生，能托关系找工作吗？小弟笑了，他还是那句话，你们只管顾好身体，其他的不用挂心。小弟大学毕业，做几百份求职信，英文家教、麦当劳、肯德基、企业、化工、银行、证券……乱枪打鸟，能想到的都打个遍，最后应聘到经济活跃的石狮，跟一家私企签约，从底层业务员开始，一直做到业务主办、经理助理。这一待就是近十年，深得老板厚爱。这十年间，他买车，按揭一套房，谈了一个女朋友。而这些，除了我知道，父母一概不知。小弟说，要给他们一个惊喜。而今天，小弟连本带利，老婆孩子一并为父母奉上，他们确实被惊喜了。

父亲和母亲欣喜若狂。母亲赶紧跪在厅堂前，双手合十朝着佛龛里的佛祖，拼命地感谢，眼泪流哗哗直掉。父亲发抖的手，指着那双粗粝的伤痕累累长满坚硬疙瘩的脚掌，他对小弟说，你结婚后，我就要退休了。然后，他进屋从抽屉里抽出病例本，病例上大致意思是父亲颈椎骨质增生，偶尔压迫神经，血脂高、血管硬，血压低压超过一百，高压最高一百八。母亲是患糜烂性胃炎、慢性肠胃炎、类风湿。从那天起，我和小弟就坚决不让父母再去干重活了。以前没得选择，现在在吃穿管用上可以多了几个选项。母亲偶尔缝些雨伞，父亲偶尔捡捡海产，推着网毡，网些虾皮。

日子没有富贵，做不到让父母享福，就尽力避免让父母重蹈旧时的辛苦。安然微恙的生活，也是可以接受。

退　休

小弟结婚后，给父亲买了辆自行车，让"退休"的父亲多到户外走走，运动。但自行车车把手有点平直，骑上去身体略带点倾斜弧度，有点山地车的感觉，父亲骑得很不舒适。他说，坐上去屁股得提得老高，手掌紧握着把手，像在俯卧撑撑得难受，腰都快折了。父亲索性放弃新车，继续倒腾那辆陈旧脱漆的老款车。这辆车，熟悉听话，操纵自如，每个零件都了如指掌。不过滑轮、链条、轮圈都已经生锈腐蚀了，整辆车摇摇晃晃，倒腾两天，也就回天乏术。车跟人一样，时间到了，油尽灯枯。我说，整辆车除了铃不响，其他都响得厉害，就饶过它吧。其实，村子里建起公园，篮球球场、门球场、健身器械，还有铺着鹅卵石的健身小道。父亲除了带儿子去走走逛逛，看看大妈们的广场舞，他自己却很少过去走动。

他经常说，他就是一个老农民，跳舞、跑步、健身、打拳，是你们工作人退休才干的事，我们干不了，害臊。

我说，村里这些设施是为你们农民准备的。

父亲总是说，改天再去，有空再去，晚点再去。

当然，父亲还是没去，他把架在健身器械上运动，视作舞池里放任的青年扭着腰肢一样，是他所接受不了的。

父亲习惯坐在海边的一棵大榕树石板上，左脚撑起，托着下巴，人字拖里的脚掌，驳杂而坚硬的伤痕，参差不齐。大拇指只有半截指甲，拇指前端长着一个小疙瘩，显得很骇人。跟他讨小海的伙伴见怪不怪，谁的身上都有些时间和生活烙下的痕迹。他们吹着海风，恣意地聊着笑着，露出层叠的皱纹和赤黑的烟牙，分享着从电视里看来的国家大事、社会新闻。也就近拉拉家长里短，谁家发了财，谁家孩子考上名牌大学，谁家女儿嫁妆黄金像整个蒸笼的红糖馒头……各个花白的头发齐刷刷地往后倒，曾经的讨海少年，现在已经是苍苍白发。岁月流转，大海依旧潮来潮往，榕树依然挺拔葱郁。时间是雕刻师，它苍老了容颜，改变了一座村庄的样貌，甚至还可以左右人生的轨迹，唯有大海不变、榕树不改。

回到家，父亲会带着刚午休起床的孙子，出没在村里各个娱乐角落，游戏机室、投币摇摇车，买各种廉价的玩具和零食。曾经一分钱都得用刻度尺丈量的父亲，现在给孙子花起钱来，眼也不眨。

我说，爸，给你的生活费，怎么老是花在小孩身上呢？不能再宠着他惯着他啊！

父亲说，知道，知道。

父亲知道，但他做不到，抱着孩子像抱着一份巨大的荣耀招摇地从村头走向村尾。邻里经常打趣，老冲好命啊，儿子媳妇会赚钱，又孝顺，生个孙子那么体面。父亲笑得嘴咧到腮边。

转眼儿子已经上幼儿园了，小侄女很快出生，父母被小弟接到石狮套房住，他们开始接触城市，开始学习在城市里生活，住套房、等公交、逛商场、走公园、吃酒楼。小弟极尽所能给他们最好的生活。母亲适应能力较强，已经能够在以电主宰的厨房里，快速地烧出一桌菜肴，娴熟地使用各种电器，空调、数字电视、洗衣机、热水器……父亲就显得拙笨很多，每天都要走上一段路到公厕去方便，电视连换个台都吃力。走到小区，看到很多老人家扭着屁股快走散步广场舞，他只能埋着头抽着烟，接收着别人讶异的目光。

父亲住不惯城市的套房，经常石狮和家里两头跑，他喜欢推开门就有邻里大大咧咧的寒暄。喜欢在养老院里，驻足看着老人们为一块钱争论得脸红耳赤。养老院去年投入使用至今，父亲经常光顾。这个地方曾经是连福的工厂，一座穹顶铁皮模样的工厂。从某种意义上说，父亲也是这个工厂的股东。他脱掉人字拖，光着脚，楼上楼下地走着，钢砖地板铮亮发光。他一度有点发蒙，以为现在的生活是一场幻觉。

父亲的生活彻底从栉风沐雨转向含饴弄孙。父亲会让小孙女坐在干瘪的肚子上，用蹩脚的普通话和牙牙学语的孙女煞有介事地交流。

父亲说，天上的香香（星星）真买（美）丽。

小侄女跟着说的，天上的香香真买丽。

父亲说，妈妈买的苹果好好期（吃）。

小侄女跟着说，妈妈买的苹果好好期……

祖孙俩常常笑得前俯后仰。

小弟哭笑不得，他建议父亲用闽南话交流。再这样下去，孩子普通话都能熏出地瓜味了。

孩子睡熟后，父母会坐在阳台上，卷着裤管聊着天。

母亲说，以为跟着你这辈子就交代了，做梦也没想到会住上套房。

父亲黝黑的棱角分明的脸庞，闪现一丝满足的微笑。说，除了我，谁能要你？

母亲伸手重重拍下父亲肩膀，她说，没有我，你就光棍了。

父亲呵呵一笑，眼睛望向窗外璀璨的石头森林，纵横交错的街道将城市切割得绚丽多彩。它们是城市的血管，滋养着城市的茁壮。学校、公园、书店、商场、健身场所、游乐场等配套设施一应俱全，挤挤挨挨地诠释着具象的繁华。父亲一手伸进裤兜，母亲眼疾手快拍了父亲的手掌，父亲赶紧又将手抽出来。

父亲指着窗外说，才多少年，变化得真快。

母亲说，做梦也想不到会有今天，还能跟着孩子住套房，猪肉牛肉的想吃就吃，没有一餐饿着。母亲接着说，只可惜，以前是想吃没得吃，现在是有得吃，没法吃。想说要享点福了，却来这么一个胃病。你看看人都瘦成纸片，当时干活的时候一百二十斤，现在八十斤都不到。

父亲叹口气说，年龄大了，什么毛病都有。

母亲说，你说，会不会怎么了？

父亲说，呸，呸，呸，医生会说谎，机器也不会说谎，跟你说没事就没事。

母亲说，过两天再回去看看。

父亲恍然大悟，他说，过两天得回去，孩子干爹回来了，得去坐坐。

父亲起身转向客厅倒杯水，从口袋里掏出包药，拿出两个乌黑的药丸，放进嘴里，喝一口水，头一仰，将药送进肚子里。

母亲说，脖子又酸了吧？

父亲没有答话，转身走向电梯。

母亲说，这么晚，去哪？

父亲笑着说，上厕所。

母亲说，活该一辈子穷死，连个马桶也坐不来。

结婚前，家里装修洗手间，镜台、热水器、抽水马桶，该有的都有。母亲觉得很新鲜，一天要擦洗个好几回。整个洗手间，干净整洁，墙砖发亮，从此我家告别找公厕的历史。只有父亲，看到锃亮发光的马桶，有些心理障碍。他觉得厕所马桶不应该打扮得比房间还干净，不就一个拉屎的地方？父亲每次坐在马桶跟蹲在房间里一样，紧迫的如厕之感，瞬间全无。一次两次，父亲还是说服不了自己，就果断放弃坐马桶。每天早上，揣着粗纸张找公厕。崩溃的是，现在村里道路硬化，环境整治了，之前星罗棋布的简易公厕已经被填平，规划起楼房和小景观。父亲得走上一段路，在一堆绿植的地方找到一个公厕。这是为打造美丽乡村配套的公厕，江南庭院风格，红砖黛瓦燕尾脊。每次进去前，父亲都会感叹，屁股真有那么值钱，至于吗？还好是蹲位的，不然不憋死才怪。

父亲回家，邻居会跟他打趣，城里人回来，你看皮肤都变白了，说话也慢条斯理的，村里现在恐怕住不惯吧？

父亲忙递着烟，笑着对邻居说道，还是村里好，自由方便，想去哪就去哪，现在农村都不比城市差了。城里跟蹲监狱一样，哪里都去不了。偶尔逛下商场，也很没意思，价格都是贴在标签上，还不能讲价。都是年轻人出没的地方，还不如自家的菜市场。

有一次，他看到一套带"√"的运动服，标价八百八十八元。他冲着老板说，十几年前我才买三套五十元，现在一套衣服要近千元。这个黑心老板天杀的。情绪有些激动的父亲，被小弟拉回来。一套衣服八百八十八元的价格，让父亲差点做噩梦。

老弟说，人家那是世界名牌，你以前买的都是假货。

父亲说，什么假货真货的？世界名牌怎么啦？见鬼了，上千元，我都能买多少回石头。

回家隔天，父亲去找干爹。干爹上个月从南平回来。折腾几年，运了一车车机器回来，一分钱没赚到，还赔了不少。干哥和合伙人正式拆伙各做各的，合伙人继续留在南平打拼，干哥则挪回晋江，把好几车的机器卖掉，在市郊区租一栋三层楼的厂房，加盟一家鞋厂，开了门店，做起买卖。干爹更老了，精神也比之前差很多，坐在竹藤椅上，抽着烟，眉间深锁。

他见到父亲第一句话就说，真不好意思，那些钱还是没能给你。

父亲生气地喝道，说这些干吗？咱们谁跟谁呢？

那天，父亲和干爹又醉了一回。席间，父亲伸出脚掌，说，明天就去医院看看。

干爹说，我们一起去，整床牙齿都败光，吃不下东西。干爹张开黑洞般的嘴巴，牙床像是战后的壕沟，满目疮痍。

我开了辆雪佛兰赛欧的小轿车停在干爹家门口，后面坐着父亲和母亲，干爹坐在副驾驶上。干爹说，小子买上车，好样的。后座上父亲和母亲发出爽朗而又满足的笑声。车停在市医院停车场，我说，今天干爹看口腔科，父亲看皮肤科和骨科，母亲看内科。我带着他们办卡挂号，走科室。

电梯里，父亲突然对着干爹说，我们普通人一辈子就干两件事。

干爹说，什么事？

父亲说，送父母上山，养孩子成人。

干爹说，你差不多，我也差不多。

父亲说，所以，今天检查的结果，不管多严重，我们都要笑一笑。

医生对父亲说，整个脚掌像丘陵地形，起伏连绵，基本也就那样，改不了。一些还有痛感的小伤口，就用药水洗一洗，抹上药绑上纱布。医生说，脚底我看看。父亲坐在椅子上，脚掌抬起，平举，脚底对着我们，姿势像多年功力熬成的天残脚。没记错的话，那是我平生第一次看见父亲的脚底，它像一幅抽象画，充满着后现代主义，横七竖八的不规则的线条，一个小洞，有一节小拇指深，旁边突出一块角质，肉疙瘩，也有一节小拇指厚。

我说，这样走路不难受吗？

父亲说，习惯就不难受了。

其实我知道，父亲是顾不上难受。

暑假的一个傍晚，我和父亲坐在家门口的条石上聊些家长里短。我沏上一壶观音茶，跟父亲对饮。父亲照样撑起左脚，脚掌缠上厚厚的一团白纱布，显得平缓而柔软。

我说，脚怎么样？

父亲说，还是老样子，感觉也没什么改变。

我说，听说可以去整容，脚掌那些角质、疙瘩、肉粒可以切除抚平，不留下痕迹，不过那得花上三五万。

父亲一口茶喷了出来，溅在我的脸上，连声打着咳嗽。我赶紧往父亲的后背拍了几下。小时候，如果有好吃的，总是挤得满满一个嘴巴，然后快速地咀嚼涌向喉咙，常常一不小心就呛得咳嗽不断，一口好料就这样喷出老远。父亲会在我背上拍了几下，整个手掌像张干瘦的树皮，常常拍得我细嫩的皮肤红一块青一块。我埋怨父亲拍得用力，其实是父亲鳞峋的手掌、坚硬的皮肤所致。

父亲饮一口茶，只说了一句，吃太饱。

我说，干爹前天来过。他说，他们暂时搬到陈埭去住了。干二哥在那里跟朋友合开个加工鞋底的厂，他得去帮忙看看小孩。

父亲说，才看完大儿子的工厂和小孩，现在看看二儿子的工厂和小孩。听说你干三哥也要结婚了。到时候，还得看三儿子的小孩。你干爹是没有一天清闲的了。父亲皱着眉，往旁边垃圾桶吐了口痰，继续说，很奇怪的是，现在景气不算差，别人开厂做生意，好歹赚一点，你那些干哥怎么做一途换一途？一年到底，白忙，还亏了钱。老人家只能跟着吃苦。

我说，做生意可能性很大，干哥他们老实人，会起色的。

父亲说，老实人才会吃亏，你看我……

父亲话没说完，一个短头发的妇女拉着一个少年，站在我们面前。这个妇女微胖，双下巴，戴着个黑框眼镜，穿着黑白条纹T恤和牛仔裙。少年穿着白色T恤和牛仔半裤，身材瘦削，两条浓密的眉毛，特别显眼，双眼皮，眼睛发亮，带着酒窝，长相帅气。父亲眼睛盯着少年，眼睛张得老大。我叫了两声父亲，父亲还是像被磁铁吸附一样，眼睛紧紧盯在少年身上。不一会儿，直呼，太像了，太像了。

我知道父亲说的意思，他觉得这个孩子太像大黑，简直是一个模子印出来的。妇女不紧不慢地从一个黑色包里拿出五百元，递给父亲。她笑着说，还记得我吗？

父亲笑笑说，当然记得。

妇女说，不好意思，现在才来，这五百元是当年找您借的。

父亲说，我都忘记了。

妇女说，我没忘记。您是我们的恩人，是我和黑子对不起您。

妇女的声音有点悲戚，夹杂着感恩。她曾经是一个逢场作戏的女人，她做过男人的生意，欺骗过父亲这种老实人，还帮着大黑铤而走险。时间冲刷过后，铅华散尽，虽然我们看不到眼睛之后的内心，但我们相信，眼前这个妇女带着她的儿子，是一对生活过得心安理得的母子。

她们这几年过得怎样，跟大黑去了哪里，做了什么，这是父亲想知道的事，但父亲没有开口，也好像没有理由开口。只知道，她明天要回深圳。深圳，这个大黑曾经想去闯一闯闹一闹从而改变命运的城市，不管过程如何，他们终于如愿了。父亲握着五百元，望着这对母子的背影。他突然回头告诉我：是个人，都不容易。

我说，是啊，老爹你这大半辈子，更不容易。

父亲说，时间过得很快，都大半辈子了。

父亲低下身躯摸摸脚掌，寻思着又问我，你说，人活着是为了什么？

父亲没留给我回答的时间，接着说，人活着好像就是踏踏实实地还一些债务。

我这才想起父亲经常说的一句话，我们普通人活着就是在完成两个债务，养儿女成人，送父母上山。

这时候，儿子拿着一个铜板，屁颠屁颠跑过来抓着他爷爷的手，使劲地摇晃，要父亲带他去玩摇摇车。

父亲抱着儿子走了，走得很轻快悠闲，偶尔传来爽朗而满足的笑声。我看着越拉越远的父亲的背影，突然，我的眼眶湿润起来，父亲艰难地走了大半辈子，每一步都如履薄冰，每一步都战战兢兢，终于抵达这安定的彼岸。我怔在原地，如果按照父亲的逻辑，他的"债务"已经"偿还"了，而我还在我的大半辈子里努力泅渡。

就在父亲要消失在楼房掩映下的巷口，我从后面喊着，老爸，早点回来吃饭，晚上白灼了两只青脚蟹……

2020 年 12 月完稿
2021 年 7 月改定

空　号

1

　　入冬以来，微信朋友圈上经常出现这么一句充满怜悯和温暖的话：深夜里，如果在街上碰到推着车卖果蔬的老人，他们的生活都不容易，请发挥您的爱心，花个百八十块，让老人能早点回家避寒。这个情况，我撞见过几次，而且都是同一人。那天深夜，我开车绕过圆盘，她穿着硕大的军绿色棉袄，头包着褐色头巾在圆盘旁枯坐冷风，瑟瑟发抖。经过的每辆车的车灯都可以很轻易地点亮她的眼睛，但她的期待都很快黯淡。我照例下车献爱心，她看到我，枯萎的脸绽放出笑容，有点枯木逢春的意思，仿佛等我很久。还没等我开口，她便拿出一个大得离谱的塑料袋，麻利地将铁板车上残存的梨、苹果、石榴全部倒进去，掂了掂重量，笑着对我说折本了，就六十八块五。我掏出一张面值五十元和二十元的给她。她笑得合不拢嘴，牙床上只剩几个摇摇欲坠的牙齿，像坍塌的老墙。很明显，她又赢得了一次梭哈，仿佛赢得了全世界。

　　我告诉她，不管有没有卖完都得早点回去。她告诉我，她必须卖完才能回去。她孙女告诉她的，当天事情，当天完成。但孙女应该没告诉她，如果完成不了的呢？我没有再说话，每个人都会有个目标，天气和时间都无法改变对这个目标的执着。或许老人就是如此。

　　她还是将那把老款的诺基亚手机递给我，我帮她找到了那个存名为孙女的电话拨了出去，递给她。其实也不用找，老人的通讯录里也就那么一个名字。老人曾告诉我，这部手机是孙女买给她的，这样就能很轻易地找到她，并送她回家。然后她会一直惊叹着：科技真的很发达，没见到人都还能说上话了。我曾多次问她孙女是做什么的，她总是避而不答，然后远远地走开。

　　这个老人不知碰到过几次，但这个月碰到三次，花了一百五十五元，买了一大堆濒临溃烂的水果回去和老婆拌个嘴，然后不欢而散地睡觉。但想到我这一百五十五元钱可能会让那位老人少吹上几个小时的刺骨寒风，都会觉得心安理得。

　　再一次碰到她是在三天后的学校门口，放学期间，人潮熙熙攘攘。她蹲在角落边，逢人就介绍她的水果如何的与众不同，除了生津解渴，还可以强身健体，发指的是还能包治百病。但大多数人都把她当《西游记》听，依然乏人问津。碰到我带着儿子时，那老花的眼睛竟闪过一丝光，当她要弯腰下去抽袋子时，被我一手给握住。多年前我花了近一个月的时间，做了多少工作才成功牵住女朋友的手，而今竟然在一瞬间便握住另一女人的手，不同的是，前者叫牵手，后者叫制止。老人像一个母亲斥责了我，她不过是要挑些水果送给我的儿子。我不好意思，松开了手，表示拒绝，但老人义正词严坚决不让我们走。直到孩子接过水果袋子，她才满意地放行。

走了一段距离，我回头看了看，老人起身拍了拍衣服，将车子推向与我相反的方向，背影写着满满的孤独和失望。是的，商品交易的原则是平等，买卖的天平是愿买愿卖，没有人有义务和责任必须向一个做着小生意的老人做不自愿的交易。即使这种行为叫爱心。我知道，老人会在另一个地方为她这些干瘪的水果卖力地宣传，像一些过气演员在无所不用其极地宣传他们所拍摄的烂片。可能，或许老人还会隐隐感叹如果时光能倒退四十年，会有点销路。

这个老人让我想到我母亲。

我母亲今年六十二岁，也曾提着她从海里捡来的花螺、牡蛎、虾、螃蟹等还算有人气的海产，出没在村前屋后大街小巷，甚至挨家挨户地推销。运气好的，碰到几个财大气粗的，不在乎价钱也不计较重量，半天就能收工回家。当然，大多数都是碰到斤斤计较、欲买还留的主。为了五毛钱都能杀个天昏地暗、疲惫不堪，最后谁的耐性更强些谁基本上能守得住自己的阵地。所以，在很长的时间里，我一直以为母亲能铁人般高速运转地干活，是她买卖练就出来的坚韧。记得有一次，我需要一双白色布鞋，而家里翻箱倒柜也就八块钱，只凑够一只脚的钱。那时，我突然对这种无毛的两脚直立的动物有些埋怨。直至现在我依然还在庆幸，在全家只剩八块钱的时候，没被饿死的确是个奇迹。那一天，母亲刚好捞了只足斤重的螃蟹，母亲说，为了追到这只螃蟹，她跟了足足百米远。这才造就生物史上八爪动物终于在两脚动物前败阵下来的创举。不过，母亲为了兜售这只螃蟹也费了不少工夫。螃蟹是被一个相对有钱的邻居看上的，被绑得严严实实的螃蟹无奈地在有钱邻居的手掌间，承受着被翻来覆去把玩的命运。它像个被脱得精光的女人，在一头兽类贪婪的欲望里无所遁逃。

母亲说："一百二一斤。"

那邻居说："顶多九十。"

母亲将螃蟹朝着太阳方向举得老高，再用另一手遮挡下刺眼的阳光，透过坚硬的壳能模糊地看到螃蟹的五脏六腑。然后冲着那邻居说："你看看，你看看，里面仁是那么结实，一百二我还嫌少了。"

邻居一看不看，他只看表，显得极为不耐烦："九十。"

再后来，母亲和那邻居的讨价还价，像两个高手间的过招。一开始母亲稍立上风，但母亲心有杂念，便很快落在下风，九十五成交。母亲很心疼，像在贱卖自己的孩子。而我知道，母亲的杂念就是我那双白色布鞋。

工作后，我让母亲别干海活了，虽然她可以很轻易地分清滩涂上哪个孔下面是虾蛄，哪个孔埋着章鱼，跟着哪条滩涂上的痕迹走才能捉到螃蟹，但她摆脱不了岁月在她身上留下的斑驳和疾病。她精通的那一套海上功夫缓和不了她的苍老和疾病。

2

儿子跟我说，那个老奶奶好可怜哦，都没人跟她买。我说，总有人需要吃些苹果梨子香蕉，如果刚好碰到，会和她买的。儿子又问，老奶奶没卖完，她会回家吗？我说，会吧。儿子坚决说不会，因为他课堂作业没做完，是无法允许回家的。我突然无话可说，我们终其一生都在做着作业，做着不同的作业。当年父母的作业是干着农活海活，偶尔还能给我买双白色布鞋。我的作业是完成每天的工作，让老板满意。妻子的作业是持家和柴米油盐。孩子的作业是读书然后履行成才的程序。那个老人的作业是把每天的水果卖出去。我不清楚那个老人每天的作业是否有完成，但我偶尔帮她做了几次，至少那几天她是完成的。

在美佳超市门口，车水马龙间，我又看到了那个推着板车卖水果的老人，她双手紧握车杆站在路旁，弓着腰，蓄势待发，正等着一波车流过后的冲锋。间隙等到了，但总在起身准备孤注一掷的时候，又被另外一辆车疾驰而来的车拦断去路。就这样推着车，几次尝试迈开腿，几次都被年纪和车流扯了后腿。空隙像游戏里的补给品一样随机出现，但她总会很笨拙地错过，始终寸步难行。她像是个铩羽而归的战士又重新站在路旁，没再挪动脚步。也许她放弃了，面对这个着急浮躁的世界，她缓慢而笨重的身体与这个节奏格格不入，不允许她如此冲锋陷阵。她永远也不明白人们都在忙些什么。就像她那个经常只出现在电话里的孙女，她总说作忙，没有时间和她好好吃顿饭，没有时间见上一面。对老人来说，这个世界快得像按下了快进键。她觉得炫目和无力。很明显，如果孙女在的话，她会轻而易举地解决这个难题。一手牵着她，一手推着水果车，找到一个空隙，然后娴熟地穿过马路，尽管，会有很多像鞭炮一样的喇叭声干扰着她们。此刻，她只能等，她干脆将板车放下，把挂在车上的小凳子拿下来张开，就坐在超市门口，又开始做起了生意，逢人就夸自己的水果多么新鲜，营养多么充沛，对着一个挺着肚子的女人说，之前有个孕妇吃了她卖的水果，生了个男孩。还对带小孩的妈妈说道，小孩吃她的水果会变聪明的。

满是褶皱的脸依旧没有表情，口里重复着这些荒谬的广告词。一个染着三色头发的少年，突然跳到老人面前。拿起一个苹果，歪着嘴说：

"我女朋友跟人跑了，吃了这苹果，她能回来吗？"

老人只是看着这个少年，并没有搭话。

"昨天，我被人砍了一刀，吃了这水果，能好吗？"

老人还是没有回答。

"我就要这个苹果。"少年抖着脚。

老人接过苹果，称了称，才说话：

"两块三。"

染着三色头发的少年，从残破的牛仔裤兜里掏出一个劣质钱包，抽了张百元钞递给老人。

"给零钱吧，我没得找。"

"靠，一百块都没得找，做什么生意，就要你找。"

老人掏出布兜，打开拉链。十元、五元、两元、铜板……老人在计算着世界上最为庞大复杂的一个数学题，她低着头一张一张地数，找不到面值大于十元的钱，偶尔抬头看看漠然而过的路人。她吃力地算出了该找他九十七块七毛钱，却凑不出这个天文数字。她想过不卖他，但染发少年已经将苹果啃掉了一半，她不能白白浪费一个苹果。她试过向超市保安换钱，无奈保安高度敏感认为这是假钱，好像每个和你主动搭讪的女孩都心怀不轨一样。超市门口人来人往，每个人至少有好几个九十七块七。唯一凑不齐的就是她了。我走了过去，把数好的一百块零钱递给老人，她笑了，把一百元递给我。染发少年昂着头，眼睛朝天看，嚣张地离开，突然挂在一辆摩托车上，拖行了几米，鲜血四溅，哭爹喊娘。他忘了路是长在脚下，不是吊在天上。趁着混乱塞车，老人推着车慌忙地离开现场，尝试一个下午的穿行，终于成功了。她向我招了招手。

3

再次看到卖水果的老人，还是在圆盘附近，她正仓皇地捡着散落一地的水果。一辆路虎迎面而来，对年轻司机来说还是一个安全的距离，但对老人来说足够她将板车上的水果吓翻在地。她喊了一句：夭寿哦，开那么快，赶死啊！只可惜声音追不上路虎的速度。

我下车帮她把已经作废的水果一个个捡在袋子里，于是，我第一次有了这样一个问题：水果为什么都是圆的呢？老人被那些四处滚动的水果牵着鼻子跑，考验着她缓慢蹒跚的身体，一阵忙活之后，她坐着凳子靠在那辆小板车上，喘着气。她几乎能数清楚这个意外到底毁了她多少个水果。她告诉我，二十三个苹果和十八个橙，还有一些石榴。你说，那个开面包车的就没看到一个大活人在走吗？

"面包车？"对的，是面包车，对一个还惊讶于按键手机就觉得是高科技产物的老人来说，这世界只有两种车：小车和面包车。就好像人只有两种：好人和坏人。单纯而直接。在我们还纠结于三六九等时，她高下立判非黑即白的价值观，其实，是最高的一个境界。

我让老人将那些摔伤的水果打包起来，按正常的价格购买。老人立马扫尽阴霾，像个吃到糖果的小孩，她教我怎么把水果污点去掉，才能不浪费。我想到我们经常在做的一道数学题，怎样在一个方形里画一个面积最大的圆。是的，价值最大化。眼前这个满脸皱纹的老人，是一个势利的商人还是一个可怜的母亲。不管如何，她就是个老人，一个严寒酷暑都必须在街上路上摆摊赚钱的老人。

我拿着打包好的水果正要走，她拉住我的肩膀，往袋里塞两个完好无缺的苹果。"给孩子吃！"她说。我并没有拒绝。那天是晚上七点多，我没有买掉她全部的水果，离深夜还有一段距离，希望她顺利完成作业。

十一点多，我送一个喝醉酒的朋友回家，路经圆盘，老人还坐在那里打着哆嗦，行人已经逃离殆尽，老人坐拥整个世界，而她只在乎板车上的水果。我迅速从圆盘的另一头掠过，轻易躲过她的老花眼。朋友示意让我掉头，他说他要买光她剩下的水果。为什么？我说。朋友说，可怜，你不觉得她可怜吗？我笑了笑，如果是一个年轻女人，你应该会买她的人。朋友打了我一下头，他说还真被我言中了，如果可以，他真想买个老妈。三四十岁的朋友到现在还不知道他妈长什么样子，可能永远也无法得知了。朋友三岁时，父母离婚，生母从此杳无音讯。父亲很快又结婚生子。高中毕业，父亲给他留套房还有一张取之不尽的银行卡，然后自己一家三口常住青岛。大学毕业后，朋友找了个比他大三岁的女孩结婚。结婚当天，父亲给他送来了一堆钱，人没来，因为青岛那边的弟弟也结婚了。那天晚上朋友拉住丈母娘泪流满面。孩子出生的时候，他偷偷告诉我，他打死也不会和老婆离婚。可后来还是离了，幸运的是小孩的妈还在。

我没下车，在马路的另一头看着朋友将老人板车上的水果收进袋子里。老人将手机递给了朋友，让他找到那个叫孙女的电话，然后以极其缓慢的速度消失在我们的视线里。我从后备厢掏出一袋水果送给朋友，说，跟你妈买的。朋友笑了。

4

后来，很长一段时间，没有在圆盘看到这个卖水果的老人。当然，我并不会把她放在心上，我能做的就是在深夜遇见她，然后买光她所有的苹果。我只能帮助她某几个晚上，仅仅是因为怜悯。赡养她，是另一个也叫儿子或女儿的使命，与我无关。尽管如此，我还是会在经过圆盘的附近时，摇下车窗，搜寻一下。

找到她，是在一星期后。天更冷了，老人还是包了件褐色花纹的头巾，埋着头，拿了根竹枝在地上画着圈。然而坚硬的水泥路是画不出痕迹的，老人像是个世外高手，于无形中打发时间。我看了看手表，十点五十三分，打开车门朝她走了过去，她抬起头，冻僵的脸尽量挤出个笑容来。"冻死了。"她说。我说："天这么冷，水果又不会坏掉。早点回去，明天再出来摆，不一样吗？"

老人麻利地将所有的水果打包好，掂了掂重量，说道：七十七元八角，算七十五元。我将水果提在手中，她卖得自然，我接得顺手，如此的强买强卖竟也如此温柔。她说，我在等我乖孙女来接我。

我说，她每天都那么晚吗？

老人没有说话，收拾着板车，准备离开。

她说，她很忙的。

我说，你孙女是做什么的？

她没回答，兜了一个话题，谢谢你帮我，没卖完的，你都能把它买走。

我……

其实我心知肚明，但喉咙里像是被什么情绪给噎住了，突然觉得这是一个赤裸裸的骗局，她用她的年纪和冬天深夜的肃杀当然还有一小板车劣质的水果，征服了我，还有我的朋友，怜悯和她里应外合。尽管我知道老人在等着我，但我拒绝她说出这个动机。

老人主动要求到车上避寒，我真想告诉她，我心情也好不了多少。她将板车靠在一旁，慢慢跨进车里。不断说着，小车就是好，暖和多了暖和多了。

老人终于告诉我孙女的一些事，她说，我孙女可讨人喜欢，长得可标致了。长头发，大眼睛，皮肤很白，声音甜滋滋的，好多邻居都抢着介绍对象。我孙女还是一个老师，经常带着孩子到家里玩，做游戏，爬上爬下的，偶尔还窜到我身上来，奶奶、奶奶地叫，欢心极了，我还给他们做饭、切水果……老人开心笑了，满脸皱纹拧成一团，像张揉皱了的纸。

你儿子呢？

老人听了，兴致一下子降了下来。我有些纳闷，毕竟，在一个老人眼中，儿子的戏份应该比孙子更多一些。

老人并没有回避，她说，这兔崽子说是讨海去了，这一去十天半个月不回来。她皱起眉问我，你说出个海要那么久吗？准是赌去了，这杀千刀的，不败光了钱是不回来的。我对他没指望了，好在给我留下了这个乖孙女，否则，饶不了他。老人眼神比这荒芜的夜空洞。

没有一个母亲会饶不了她孩子，她饶不了的一定是自己。没有一个母亲会对孩子不抱希望，她不抱希望的是自己说得到做不出。小时候犯错，母亲动不动就用衣架抽我，结果她哭得比谁都伤心。所以，不要相信一个母亲给孩子的任何威胁。她下不了手。

老人还说，她出来赚钱是要让她孙女找个好人家，这年头，男人不都图个嫁妆吗？我多赚点钱，孙女就会少受些委屈，也才会有家庭地位。我老了，过一日少一天，趁现在还走得动，多赚点钱。看到这个老人认真的模样，心情平复很多，说穿了，我不就为她的孙女多添个几百块的嫁妆而已。

我本来还想再问下孙女的母亲。也就是老人的儿媳。后来咽了回去，因为我用这几百元买的是水果不是股票，我不是老人家里的股东就不好意思刨根到底，问人家事。

我看了看手表十一点多了，老人孙女还没来。就照例帮她找了她孙女的电话，将号码拨出去，她将整个手机使劲压在耳旁，仿佛搂一个长头发大眼睛声音很甜的女孩，这是她的全世界，她用力地爱着她。老人满足地笑了，她说，这小姑娘果然还在加班，也真是的，身体都不懂得照顾。我让老人再拨通一次，这次还是紧紧摁在耳旁，又笑着对我说，她真没空，这丫头，经常普通话跟我说话，老师到底还是有文化啊！

我接过老人的手机，按了下拨通键：对不起，您拨打的号码是空号。

我又试了一遍，对不起，您拨打的号码是空号。

对不起，您拨打的号码是空号。

……

我问老人，她很肯定跟我说这是她孙女的电话，也很肯定这声音是她孙女的声音。是的，电信部门总会有办法聘请到一些声音很甜的员工，然后提醒每个机主一些很残酷的事实：对不起您的手机已欠费，现已限制呼出；对不起，您拨打的电话暂时无法接通；对不起，您拨打的电话正在通话中；对不起，您拨打的号码是空号……我又翻了翻通话记录，没有任何进出的号码，然后在老人的手机上按下我的号码。电话响起了，老人顿时两眼发光，而且光芒万丈，是我孙女打电话来，打电话来了。她将电话压在嘴边：好了好了，知道你忙，我自己回去……然后，我按掉电话，呆呆地看着老奶奶。

眼前这位老奶奶，她疼爱的孙女，竟然是一个空号。她的手机里只有这个号码，她的儿子、她的女儿、她的媳妇，最该出现在她手机里的号码，一个也没出现，只有一个空号，她守着这个空号，坚信这个空号里的那个声音甜美的女人是她的孙女。

老人拒绝我送，她要我早回家，不能让家人担心。空芜的夜色里，老人包着头巾，裹着棉袄，推着板车，走向夜色深处，夜色像是个血盆巨口，慢慢吞噬一个苍老的身体，路灯昏黄撑不起老人回家的路，她一步一步徐徐向前。我启动了车，跟在后面，走走停停，用近光灯配合路灯，让老人能走得更安稳些。老人并没有注意，或者她选择不注意。二十分钟后，她在镇郊一个废弃的农场里停了下来，仿佛在等人。不久，一辆载着一篮水果的摩托车在她旁边停了下来，男人将水果搬进了一个铁皮屋就离开了。我尾随那辆摩托车，一直到了镇区的幸福蔬果店，才停下来。

幸福蔬果店的老板叫吴大牛，我认识。一个社会慈善组织的发起人。

5

根据吴大牛介绍，老人孑然一身，家里除了一条瘸腿的土狗，再没有其他生物。老人卖了一辈子水果，她想继续卖下去，所以慈善会每天都会为老人提供些水果，不管多晚她总是要把货卖完才收摊回家。她总是说，不管多晚，她都会把水果卖完，多赚点为孙女找个好人家，不管多晚，她孙女都会来接她回去。我突然觉得心酸，但同时也感觉安慰，至少老人有自己的理想，她每工作一天都会觉得往自己的理想更进一步。她活得充实而有热情。

送朋友回家那天晚上，我碰到了一个女人，走路颠三倒四，笑着喊着哭着，酒精使她能娴熟地在各种情绪之间转换。穿着短裙和露脐背心，外披一件羽绒大衣，黑色丝袜被扯破了一角，她每天都要在男人巨大贪婪的手掌之间搏斗着，直到男人们将一张张钞票塞进她的口袋，才是一只温驯的羊。一场交易就这样轻而易举地达成。那天，她拦住我的车，给了我一百块，让我送她一程，然后用手支撑着我的车头开始呕吐，啤酒、垃圾食品不断从她脆弱的胃部翻滚出来。我终于还是没有送她，她给了一句：臭男人。我摇下车窗，说，你该去卖水果，至少你知道你在做什么。呕吐女冲着我说，你们臭男人是喜欢水果还是女人，你们喜欢什么我就卖什么。我恶心得几乎无语，踩起油门，轻易摆脱这个女人。

我思绪回到那个老人身上，她那个孙女从何而来呢？

我和那晚买水果的朋友说，你妈果然有问题。

朋友说，你他妈的才有问题。

我……

圣诞节到了，我和朋友念着阿弥陀佛从满街的圣诞树和戴着圣诞帽的男男女女中穿行而过。每个店面门口都会有个蹩脚的圣诞老公公，随着凤凰传奇的音乐生硬地扭动着身体。如果是儿童节，他们会戴着功夫熊猫和齐天大圣的面具耍个花拳绣腿，吸引一些目光。总之，他们会在每个节日做最合适的打扮，做最投入的表演。尽管发奖金的那瞬间才是他们最真实的表情。然后发着气球和传单，传单里描绘着顾客们最划算的生意，他们最精明的算计。

那个卖水果的老人戴着红色圣诞帽，照样披着件军绿色棉袄蹲坐在烧烤摊旁，她用她的智慧找到免费取暖的方式。她用她的老花眼在很远的距离就发现了我，等我们走近，她拿起两个苹果，用面巾纸擦了擦，递给我们："请你们吃。"我和朋友面前同时出现一只老手和一个苹果。

我和朋友都吃了起来，虽然我们刚才才一人吃了一只童子鸡，吃到想吐。然后各买了两斤，准备走人，老人叫住了我们，她说，她今晚九点就要回去了，不管还剩下多少，都要回去，她孙女回来了。她会煮上一桌的饭菜，有清蒸鱼头、红烧肉、炒面线。这些都是她孙女喜欢吃的。孙女还会带她去逛街，买衣服，买梳子和发夹，她曾经给她买了很多，可惜她丢了。老人说得很兴起，她说她孙女不用再加班了，每天都会来接她回家，学校给她一大笔的加班费，足可以当自己的嫁妆，她不用卖水果卖得那么晚了。老人咧开嘴笑得很满足，坍塌的牙床，像个历史古迹，老人像在诉说她自己的繁华与旧梦。

朋友说，可以请我们吗？

老人立马回道，改天，改天一定请你们。

老人又感叹地说，说真的，得谢谢你们的照顾。

这时，来了一对要买水果的小情侣。老人说，我的水果好吃又便宜，别的地方买不到的。你看，这两位年轻人是从隔壁村特意过来买的。不信，你问问他们，我和朋友一边啃着苹果一边用力地点了点头。小情侣看了看我们，蹲下去挑水果。我们看着老人完成这一桩生意，冲我们比起一个大拇指。我们是在用谎言围歼一些正直的顾客，但此刻我竟然觉得心安理得。

八点半，老人起身推着板车，她要回家给她最疼爱的孙女准备她喜欢吃的饭菜。那一刻，我们竟跟在她身后，穿过人群，绕过圆盘，径直走向漆黑。还不算晚的时间，偶尔人来人往，我们并不显得突兀。二十分钟后，我们在一个废弃的农场旁，看到她走进了一个铁皮屋，我和朋友跟了过去，蹑手蹑脚地靠近铁皮屋，踮着脚尖朝唯一的一个窗户窥探。

方形木桌上摆着两张遗照，一大一小，大的约莫四十出头，小的也就十来岁，绑着个辫子。老人突然跪在地上，开始抽噎哭泣，凄厉哭声像决堤的水库，四处蔓延，后来哭声凌厉而绝望，声量开始加大，最后号啕，迅速割裂了这片被夜晚遗忘的土地。

我和朋友撒腿就撤，撤离这现场，我掏出手机，找到一个号码，拨了出去，我将手机紧紧摁在嘴边……

"孙女啊，你怎么又加班了啊，不说好要回来吃饭的吗？可以可以，加班可以，要注意身体，如果忙，我可以自己回去的，你要乖哦！"

6

一周后。

一个深夜，我又在圆盘旁，碰到这个卖水果的老人，有一个花枝招展的女人，显得很眼熟，然后她买下她所有的水果。女人走后，我走了过去，她说，水果卖完了，那个女人和你一样好心，她买光了我所有的水果。然后她会说，她孙女又在加班了。

"缓刑"一个月

　　房前山，不是一座山，是一个山村，确切地说是一个附属自然村。它像是被孩子玩腻了的玩具，遗弃在这连绵的小丘之间。村落不大，也就六十来户，两百来人，房子几乎是土夯或者石头砌成的，年代久远，岁月浸染。废置的老屋杂草丛生、藤蔓爬绕，村路颠簸崎岖，鸡鸭狗牛随处可见，商铺工厂寥落，这里只贩卖安静和闭塞。之于大千世界，房前山轻微得像一口呼吸，只有几缕炊烟和一个名叫"百病惊"的赤脚医生宣告房前山的存在。

　　村东口菜市场，有一排新建的砖混结构的两层楼店面，百病惊的自新诊所就是开在这里。诊所牌子是百病惊用毛笔写在牛皮纸上贴上去的。如此简易寒酸的门面却在百病惊遒劲雄奇的笔法下反而显得十分体面。比之更体面的是，每天络绎不绝前来看病的人潮，成了安静的房前村一景。

　　百病惊今年六十二岁，落脚房前山行医已经三年。

　　三年前，百病惊还不叫"百病惊"的时候，他操着浓厚外地口音只身来到这个山村，准备在这里落脚行医。人往高处走，水往低处流，他却反其道而行，带着一个药箱义无反顾地颠簸在这闭塞贫瘠的山村，和他人的理想和追求背道而驰。并且一落地就是漫长的十年，其中的原因不得而知。他的好友老鸭汤当然问过这个问题，百病惊总是说，上年纪了，儿女们都在外生活工作，自己想找个安静的地方，图个轻松。后来一件药箱成了一间诊所，这间诊所便是房前山的门面，每天病号大排长龙，百病惊并不轻松却乐在其中。

　　直至那天发生了件事情。

　　六月三日子夜一点多，"嘟……嘟……"一阵阵急促的敲门声在百病惊的诊所响起，越敲越猛，沉睡的小山村里，这样的声音显得特别突兀。不一会儿，便引来附近几只狗的吠声，两三只有着自由之身的狗试探性地向他们靠过来，前进两步后退一步，不停地叫着，黑暗中撩起的牙特别明显。当然，这些活动自如的狗本性和羊一样温驯，越是张牙舞爪其实越恐惧。本来在啜泣的孩子哭得更厉害了，抱孩子的女人将脸贴孩子额头上，表情恐惧挣扎，嘴巴发出"喔喔喔……"试图为孩子驱惊，再用尖锐凶狠的吼叫声驱赶着步步逼近的狗，两种声音交替着。男人干脆用两只手击鼓喊冤似的继续敲打着门。一时间，喊声、狗吠声、哭声、敲门声混成一片。这是这个仅有两百多人的小山村，近期最热闹的一幕。

百病惊的诊所终于亮起了灯，灯一亮，所有的声音立马哑然，包括那些在黑暗里咄咄逼人的狗吠声。紧接着，诊所门打开，男人和女人抱着孩子迅速地跨进去，几只冲锋在前的狗便掉头悻悻而归。百病惊睡眼惺忪，揉着眼皮打着呵欠，穿着白背心和宽松的短裤，人字拖两种颜色，撑着不到一米五的身高，慢悠悠地走出来，扫视下这对惊慌的陌生男女。

"救命啊，百医生，孩子被毒蛇咬了!"男人惊慌失措，女人则六神无主，一把鼻涕一把眼泪。百病惊一听到被毒蛇咬伤，便来了精神，示意让孩子躺在长凳上，男人撩起小孩的裤管，除有一排锯齿状的牙痕外，还有两道齿痕，伤口红肿，旁边肤色呈青紫色，应该是绳子绑扎或者是毒液扩散的缘故。见此状，女人哭得更凄厉了，百病惊把下脉搏，开口："孩子只给我十分钟，你的哭声会让我迟缓，十分钟若搞不定，你就应该痛快哭。"百病惊并没有抬头看人。话音一落，诊所和村子一样安静。

百病惊先让小孩吃下一颗药丸，再拿着一团棉布塞在孩子的嘴巴里，让男人帮他固定住，接着用一把消过毒的刀在患处剜一个小伤口，泼上消炎水，孩子痛得全身抽搐，百病惊拿着消毒喷雾药剂往自个嘴巴喷了几下，便往伤口不断舔吸，一下两下三下……再用药水清洗伤口，一遍两遍三遍……接着涂药膏、撒药粉——一些没名字的药膏药粉……就在这时，死命盯着墙上钟表的女人突然凄厉号啕，哭声如箭矢让百病惊也抖了一下。"十一分钟了，超过十分钟了……"女人哭喊着，而此时的孩子已经昏睡过去，一点动静也没有。

男人抬起已经大汗淋漓的头，无助地盯着百病惊，他们之间只有一个拳头的距离，而后闪过一丝错愕。百病惊也抬起头四目相对，闪过一丝恐惧，空气仿佛凝固，一秒……两秒……三秒……孩子突然的哭声戳破这窒息的静。

……

自那天晚上起，再也没有人看到百病惊，诊所再也没开门，更没有人知道那天晚上到底发生了什么。奇怪的是，他诊所附近的狗开始越发的猖狂，每天晚上都要叫嚷几阵才肯罢休。

毫无疑问，百病惊的无故消失成了这个小山村每天的头条话题。村民们每天相互寒暄的话不再是你吃了吗？而是百病惊回来了吗？

百病惊已经是附近这一带的神医，是任何犄角旮旯疑难杂症的克星。痛风、类风湿、不孕不育、交叉神经发炎、厌食症、蛇虫咬伤、三高病症、简单外科等等病例都在他的手下俯首称臣。难怪有人在他诊所墙上写道：百病惊就是一座医院，涉猎所有科室。十年来，他救人无数，已经是村民们健康的守护神。

百病惊还不叫"百病惊"的时候，村里人习惯叫他老叶，叶姓，是百病惊个人信息的唯一线索。"百病惊"是老鸭汤取的名。很多年前，老鸭汤大孙子突发怪病双眼上翻，口吐白沫，面色青紫，他赶紧求救村里挡镜（保境安民的神佛，每个村供奉的不尽相同），还有老叶。老叶观察病状，然后迅速打开孩子衣领裤袋，拿起一块干净毛巾塞在嘴里上下牙齿之间，手指不断轻柔孩子太阳穴和握拳的手，几分钟后孩子动作稍有缓和，便拿来几个黑色药丸，泡水冲服。二十分钟后，孩子恢复意志，与平常人无异，只是略显劳累。老叶告诉老鸭汤这是突发癫痫症，孩子受到过激惊讶所致。两年后，孩子再也没有发过病，"百病惊"的叫法开始从老鸭汤嘴边泗开。

"百病惊"的外号不胫而走，声名鹊起。村里一老者说，因为他，让房前山这不起眼的山村被人熟知，因为他，一些受百病惊救助的有钱人才帮我们村修一两条像样的水泥路。他带给这个小山村太多东西了。

"百病惊"已经成为这个村的一个符号，至于他的真名，无人知晓，也不会有人在意。

而后有关百病惊的传闻越来越多，越来越骇人。有的人说，百病惊那天晚上失手，跑路了；有人说，百病惊被那对男女杀了；也有人说，百病惊杀了那对男女……一时间，疑窦四起，众说纷纭。

于是，有人开始打百病惊诊所的主意，认为里面肯定有真相。村委会也召开村民代表会议，就是否撬开百病惊的诊所展开讨论，讨论的结果是十五票对一票，大多数票通过了撬开诊所的决议。投反对票的那人是卖禽类的老鸭汤，很多人都报给他微妙的眼神。

撬锁的那天，诊所外围着很多人，里三层外三层，其中不乏外村人，而投反对票的老鸭汤并没有前来。撬锁时，围观群众噤若寒蝉，甚至屏住了呼吸，仿佛这山村宁静的夜，只有锤子敲打在铁锁上的声音。两分钟后，诊所门锁被打开了，门缓缓推开，像盗墓者撬开一个古墓，聚集所有猎奇的目光。一缕阳光率先蹿进了屋内，门缝越开越大，或许离真相越来越近了。门彻底推开了，药柜、药品、桌椅整齐如初，连医药箱都是那天晚上放的位置，没有挪动过，长凳上的酒精、绷带，桌面上的药膏、喷雾药剂，就连抽屉里的钱也貌似没人动过，一个很完整的第一现场，肖然不动，唯一在动的是墙上的钟表……

没有打斗的凌乱迹象，失手跑路又没有把钱拿干净，十年来百病惊从来没有不告而别的先例，人呢？

这个时候，人们纷纷想到一个人，这个人就是村代会时投反对票的老鸭汤，在全村人民都迫切想知道百病惊消失真相的时候，老鸭汤为何特立独行，拒绝开锁撬门？难道作为百病惊好友的老鸭汤，不打算解开这个疑虑，或者说他已经知道什么？

老鸭汤算是百病惊第一个真正意义上认识的人。十年前，百病惊初来乍到，人地不熟，为了买个店面弄个诊所，没少折腾，还惹上了土地买卖纠纷得罪了一些人，一度在村里面站不住脚。毕竟外来者能获得所谓公平顶多只能四六开。

当时老鸭汤算是这村里为数不多的生意人，为人古道热肠、正义坦诚。百病惊对自己的孙子又有救助之恩，也就是他的出面，卖力协调解决，帮助百病惊买来一个根据地，弄了个诊所，有了个安身立命的地方。此后，百病惊凭借着高超的医术和低调的处世风格赢得了该村以及附近村民的认可，甚至尊重。

关于老鸭汤这份人情，百病惊一直谨记在心。以致后来，老鸭汤生意失败，转做鸡鸭禽类的小买卖，百病惊都在经济上隔三岔五地支持。两人逐渐成为至交。

开锁的那晚，村主任找到了老鸭汤，老鸭汤没有做过多的解释，他只是认为，未经同意随意打开别人的家，是一种不礼貌的行为，而且是一个在村里行医十年救人无数的老恩人的家，更是不应该，何况还是他朋友。当然，老鸭汤认为，如果觉得自己有什么可疑之处，大可报警，他悉听尊便，配合调查！后来，老鸭汤先后两次在菜市场当着众人面，大喊，让大家报警调查自己。此后，老鸭汤很少被人提及，或者是刻意避其名讳了。

百病惊消失的这二十天里，除了那一拨拨来房前山寻医失望而归的人和晚上的狗吠声，其他的一概如常，慢慢地，诊所旁边的村民也习惯了这些狗叫声，再也不会探出头来对着那些狗抱怨咆哮了。

就在一天半夜，约莫十二点，百病惊诊所旁狗吠声此起彼伏，比往常更持久激烈些。人就是这样，当你对某一现象习以为常，就再也不会对这一现象产生刺激了，哪怕这一现象有些许的变化。

这个点，老鸭汤骑着自行车从这里经过，就在他要转向菜市场的时候，突然停了下来，狗又发力继续新一轮的叫吠，那几只有着自由身的狗随即跟了过来，狰狞獠牙，冲着老鸭汤前进两步又后退一步，像训练有素的武者。老鸭汤完全没理会这些畜生，因为他有更诡异的发现，灯光虽然昏暗，但老鸭汤几乎能确定百病惊诊所旁的小巷里藏着一个身影。他摸着黑跟了过去，快靠近巷子时，影子像鬼魅一样消失。老鸭汤揣着疑问绕了一圈诊所，终没任何的发现。这时的狗叫得更欢了，离诊所最近的小本家，突然打开了窗户，冲着外面的狗，大声臭骂，这时，他看到了老鸭汤的身影。

第二天，老鸭汤再次成为众矢之的，村民们都认为老鸭汤和百病惊的消失有着一定的内幕关联。尽管老鸭汤对村主任、村民们再三地解释昨晚的见闻，也如螳臂当车、蚍蜉撼树，村民众口一词，老鸭汤百口莫辩。他则暗下决心每天半夜都到百病惊诊所守株待兔，静候着那个人影，以还自己的清白。尽管自己心里没底。

几天过去了，兔子还没影踪，守株人却病倒了，而且病得不轻。老鸭汤连续三天高烧不退，食欲消退，形神俱疲，他的儿子东奔西跑，寻医访药，都查无病因。老鸭汤决定上大医院检查，并预约在两天后的七月四日。就在老鸭汤上医院检查的前两天深夜，也就是七月二日晚，百病惊的诊所突然亮起了灯，奇怪的是，那天晚上，诊所周围的狗不再叫了。

老鸭汤的病好了，在没上医院前好了。

就在诊所周围狗没叫的第二天，百病惊回来了，还是那个举重若轻的表情，只是略显消瘦和苍老，他微笑着对乡亲们坦诚相告，他犯了事，逃跑了，现在是该还的时候。那天晚上抱女就医的男人一身警服站在身旁，神情有些局促不安，因为他带走的是这前村后店的救星。老鸭汤突然从人群中跑过来一把推倒了警察，大声喝道："没他，你现在在忙着哭你女儿了，还能在这里假装正义？"乡亲们纷纷为老鸭汤这突如其来的义举拍手叫好，警察爬起来，掸掸身上灰尘，并没有说话。百病惊制止了老鸭汤的过激行为。他告诉老鸭汤，法律公理没有加减乘除、此消彼长的算法。

那天百病惊被带走了。但百病惊承诺会回来的，因为他把这里当成自己的第二个家……

百病惊已经在拘留所里履行着法律的正义与威严，失手无意，逃跑有心，尽管救人无数但功对不能相抵，法不容情。百病惊显得很平静。房前山自新诊所换了新主人，诊所主人是个年轻的医生，看样子不到三十岁，有一个小家庭，男孩子刚学会走路。妻子则是小学老师，好写作，偶尔发表些文章。

小诊所重新开业没多久，生意就挺不错，经常看到从店里排到门外。或许和旁边的一个牌子有关，上面写着：神医百病惊嫡传。

诊所最经常光顾的有四个人，他们有病没病都经常往来，一个是老鸭汤，另外就是那个抓捕百病惊的警察一家，经常可以看到警察的女儿带着一个刚学会走路的孩子玩得很欢！

　　一天晚上，年轻医生找到警察，他说他老婆想写篇文章，有关百病惊的文章，警察告诉他……

　　"是你，叶文苍！"
　　"你是派出所小张？"百病惊有些慌张。
　　"找了你三年，没想到在这遇上你。"
　　"我以为躲在这犄角旮旯，会很安全。"
　　"当时你不该逃的，又不是天大的事，但现在性质不同了，肇事逃逸。"
　　"不逃，或许我已经被打残了。"百病惊苦笑了下。
　　"法网恢恢，你逃不掉的。"
　　"你想怎么样？"百病惊问道。
　　"抓你归案！"
　　"可是你女儿现在在我手里！"
　　"我……"张同辉有些无语。
　　"我救你女儿，你当没看到我？或者，我离开这里？"
　　张同辉的老婆一把抓住张同辉的领角，嚷道："她是你女儿啊！"
　　看得出张同辉很纠结，极尽痛苦。
　　"一个月！我给你一个月的时间。"张同辉做出了一个荒唐的决定。
　　"这叫'缓刑'吗？还有，你不怕我跑了？"百病惊说。
　　"一个月后，我会抓你！"
　　"让我走，你不是个好警察。"
　　"我会是个好爸爸，没得选择。"
　　这是他们俩那一个晚上的对话。警察示意年轻医生坐下，倒了杯茶，自己也拉把椅子在医生对面坐下：

　　"三年前的一个夏天，叶文苍在石明村行医，那天诊所内人头攒动，像是节日的景区。光是早上的排号就有一百来号。期间一个五大三粗的年轻人等得不耐烦，便硬生生地插队，导致很多人不满，叶文苍示意让年轻人拿号等候，态度严肃。年轻人突然像座爆发的火山随手拿起张椅子就往叶文苍头上砸，鲜血立马从头顶流到脸颊，店里一片混乱。火冒三丈的叶文苍操起针筒，也不管里面装什么药，冲上去就是给年轻人一针。年轻人操起听诊器又在叶文苍头上几顿猛砸，叶文苍抡起左臂挡住年轻人的攻击，右手拿着针筒一次一次扎进年轻人的身体。而后，年轻人便瘫倒在地上。有人已经报了案，打了120。叶文苍血流满面,坐在椅子上抽泣了起来。"

警察二十分钟后到现场。叶文苍和那个年轻人先后被送进了镇卫生所,年轻人伤情严重,又被转进市人民医院。当天晚上,警察张同辉坐在叶文苍病床前,做起笔录。叶文苍将情况一五一十向张同辉描述,然后闭眼小憩,喘着粗气,看得出叶文苍余怒未消。老病人王大婶自始至终都陪着叶文苍,她说她可以召集几十个在场人证明是那个年轻人先动的手,叶文苍自卫,而且叶文苍为人处世有口皆碑、有目共睹。她,还有街坊邻居老毛病都是叶先生治好的,没有他,他们早归仙了。张同辉当然清楚,两年前,他刚调到这个小镇,父亲突然身患怪病,浑身发抖气喘呕血,求救无门,也是在朋友的介绍下找到了叶文苍,并在他的神断妙手下回春,这份情,张同辉其实记得清楚。临走时,张同辉宽慰了叶文苍,让他好好养伤,事情就让警方处理。

张同辉走后不久,王大婶接到了消息,说是那个年轻人家属雇请几个社会青年,要为那被压伤年轻人讨回公道,现在正气焰嚣张地杀向卫生院。叶文苍想到逃,惹不起,至少躲得起,他是外地人,自离开家那一刻起,漂泊就已经写进宿命。叶文苍是相信警察,但警察不可能二十四小时像保护一个重要人员一样守在你的周围。那天晚上,在王大婶以及几位邻居的帮衬下,叶文苍离开了医院,走进了谜。至少对张同辉来说,是一个谜。后来那个年轻人家属再次报了案,举报张同辉公私不分,袒护叶文苍。这个看似简单的案件,竟也引起了市局的关注,张同辉压力陡增,从那时候开始,他必须找到叶文苍。

叶文苍成了张同辉的一个心病,三年来,张同辉始终放不下这个人。

年轻医生回到诊所,将情况告诉妻子。也告诉她百病惊用了一个月的时间教会他怎么熬制草药。他说,他被警察盯上了,逃不掉的。在此之前,他会把老鸭汤的病治好。

年轻医生名叫叶伟凡,百病惊叶文苍的儿子。妻子陈飞,孩子叫叶自新。叶自新还在肚子里时,他爷爷取的,不管男孩女孩都是这个名字。

308 宿舍

1

那天聚会，安排在志诚家旁的一家海鲜酒楼，由志诚做东。这是我们宿舍毕业十八年后的首次聚会。微信上，308宿舍群老同学们纷纷表了决心，冬瓜说，这两天老婆二胎待产，我让她先撑一撑，等聚完会再生。二菜说，今天老丈人分财产，到场者每人二十万，没到场二十块，我必须割肉前往聚会。老谭说，都三十八了，好不容易熬到晚上洞房花烛夜，还是先跟兄弟们喝了再办。小明说他在美国，即使奥巴马抱着他大腿，也要回来相聚。小卢更狠，他表示算命的说，这两天他可能会戴绿帽，但还是会冒着戴帽的风险来见这帮兄弟。我就用不着指天发誓了，地缘上和志诚挨得近没理由不参加。看见这帮兄弟们为见一面命悬一线，志诚感动得稀里哗啦。那天中午，他用特别男人的口吻跟他老婆说，晚上老子必须得喝酒。话刚落音，老婆那一边电话嘟的一声，志诚瞬间像吓尿的狗，只剩加速的心跳。

志诚是当时308宿舍的舍长，也是我们955班的班长，又是学校鹏程文学社的社长，既管理着生活，又掌握着班务，还控制着兴趣，号召力甚至不在班主任之下。因此，955班风靡全校时，他是当之无愧的功臣。很长一段时间里，志诚都是鹏程师范的明星级人物。他告诉我们，长得丑也可以当偶像，有实力才能有魅力。那一天，校园广播站记者问他，你们班级连续三年获得全校腰鼓比赛第一，课间操比赛第一，纪律评比第一，卫生评比第一，有什么诀窍吗？他回答，我们把别人睡觉的时间拿来排练，把别人吃饭的时间拿来扫地，把蹲茅厕的时间用来思考……此话一出，他俨然成为那一段时间鹏程师范的鲁迅，垂范全校，直到有学生喊出，张志诚同志永垂不朽时，这个典型宣传才偃旗息鼓。

凭借着一系列辉煌战绩与烟嚣尘上的知名度，志诚先后获得了福建省师范优秀毕业生、泉州市优秀学生干部、泉州市优秀团员、"水仙花杯"作文佳作奖以及校内不计其数的荣誉。每次上台领奖时，志诚总会说道，这个奖不是我的，是属于955班或者308宿舍的。奖杯上没有我们的名字，怎么说都可以，但哥几个还是比自己得奖开心。

2

晚上六点多，308宿舍兄弟们竟奇迹般地聚齐了。不是捧腹就是肥脸，不是秃头就是白发，十八年了，时光从容地让一座城市变了模样，肉体凡胎的我们自然也躲不过时间的诘问。青春就是一捧装进漏斗的沙，沙沙作响，是年轮碾过脸庞的声音。当年身材瘦削，集体梳着郭富城头的少年，现在一个个腆着肚子，撑着一堆脂肪，像只慵懒的熊。初次见面，大家都只能在外形上打趣，一时半会都不懂要说什么。志诚显得特别兴奋，菜还没上，他已经斟满了一杯红酒，大声疾呼，兄弟们！我们所有人默契地安静了下来，眼睛盯着志诚。他说，十八年了，感谢大家还能活着，而且活得不错，体重翻倍了都。说完，志诚将斟满酒的酒杯，往嘴里一倒，像倒进一个漏斗里，直冲冲地奔向胃部。完后，志诚往杯里倒酒，再次端起，感谢大家给面子，兄弟感动啊，说完仰头又是一杯。我赶紧拎住志诚的手，让兄弟们先缓缓，等会还有十八年的事要说。慢慢进入状态后，大家开始询问近况，这次话题的主角是老谭，晚婚晚育政策的忠诚追随者。

老谭是我们宿舍最为年长的，一九七八年生。其貌不扬，长得着急。一张老好人的脸，不可否认的相由心生。师范话剧比赛里，他总是演老人家当仁不让的人选，不用化妆也能入木三分、惟妙惟肖。有一次市里比赛，我们学校报送的小品《孝道》荣获一等奖。结果排名第二的全南师范却一状将我们告到教育局，说我们学校私请外援，存在舞弊行为。最后老谭递交身份证，才还学校的清白。记得老谭在验证身份证时说，我是长得着急，适合演成人片，但我才十七岁。而后，老谭的成人片言论动天彻地。

老谭是大山里的孩子，家住安惠县红塘镇片子林村。村子被几座连绵的矮山包围着，当地称"口袋山"，只有一条宽度不到一米的山路倔强地从山深处蜿蜒爬出，老谭石块堆砌的家刚好就落在路边。交通相对方便。父母亲是果农，哥哥是镇上邮递员，妹妹十五岁了还在为一位数加法而纠结。老谭并不常回家，他说他要走一个多小时的山路才能到镇上小站，再坐上一个小时的中巴到达市区，然后坐半小时车转到狮城，最后走二十分钟的柏油路抵达学校。还有个原因就是，每次回去看到蓬头垢面的父母还有连名字都写不好的妹妹，总会压力陡增，心如刀割。

老谭稳重诚实善良，在班上有良好的口碑。一日午后，突降大雨，我们哥几个收缩在宣传廊下，只见老谭像箭矢出弦一样，猛冲向女生宿舍楼，就在我们纳闷之际，他已经将我班女生晾在院子里的衣服收拾完毕，其中还不乏内衣内裤。这一壮举更加坐实了老谭是成人片的言论。这事过后老谭得到意味深长的表扬,说助人为乐的精神值得表扬,但以后得看场合。言下之意,这等善事,会有很多男生争着效仿。老谭很是尴尬。

后来发现,他喜欢上我们班一个女生,城里来的,长得清秀可人,性格活泼单纯。他说他不会送花送礼物请吃饭写情书,只想拥有这种单纯的喜欢,直到毕业就结束。毕业那天,他将留言册给我看,那个他喜欢的女孩写道:老谭,谢谢你,我会一直把你当成亲哥的。那天晚上他喝了很多酒,笑得很勉强。

老谭毕业后,分配到一所偏远小学。接着,和我们一致,为了生活努力做一个好老师。现在也按揭了房,把父母和妹妹接到了镇上住,口袋山成了历史,工作单位也调整了。生活不会亏待一个善良实诚的人。

菜开始上了,我们按照老规矩,由班长指定一个菜,然后喊了声开动,最后八双筷子统一伸向那盘菜里,才真正开吃。老谭笑眯眯地吃掉两只虾,抽张纸擦了擦嘴巴,继续开口,我哥失业了,三年前才结婚,妹妹也在前年嫁了。我觉得我有个稳定的工作找个老婆并不难,可这一找还是找了两年,有的女方家长要看看房子、看看父母、看看兄弟姐妹等等,他们怎么就不看一个健康的身体和一颗善良的心呢?老谭说着随手将杯里的酒倒进喉咙。

冬瓜陪了老谭喝一杯,说,社会就是这样,很多人都习惯站着比高低,比出三六九等,妈的有种躺着比。话一出口,在场的我们都笑喷了,冬瓜也叫黄瓜,是我们宿舍段子高手。

冬瓜,一米七多的身高,长相帅气,笑容有点邪气,沉默寡言习惯独来独往,标准一江湖浪子的形象。除了晚上荤段子时间时才唱上主角,白天几乎处于隐匿状态。他不在江湖,江湖却有他的传说,在阴盛阳衰的师范院校里,这种男生总能不费吹灰之力受到欢迎。

冬瓜这种江湖气,在我们初次见面的时候就已经展现出来。我们是一九九五年九月十四日入的学。那天晚上我们八个人穿着短裤,耷拉坐在各自的床上,开始自我介绍。志诚当时一头盖耳长发,梳着四六分,一撮头发恰如其分地遮住半只眼睛。俗称"郭富城头"。他说,我们不约而同聚在一起,还要一起睡三年,十年修得同船渡,百年修得共枕眠(那时《新白娘子传奇》正在热播),这不是好几世修来的缘分吗?冬瓜提议大家开瓶啤酒庆贺,但这是逾规越矩的事,初来乍到,谁都没有犯事的胆。而且除了老谭、二菜外其他人并没有碰过酒。冬瓜一脸坏笑从行李袋里掏出一瓶啤酒,八个刷牙杯一字排开,不均匀地倒上，除了冬瓜自己、二菜还有老谭分量多一些，其他人只是象征性地分一点。碰杯的刹那显得特别隆重，像电影里歃血为盟的结义。一杯下肚，冬瓜还不过瘾，便去小卖部想办法，却和政教处的柯主任撞个满怀。

同学你喝酒。

没有，我来买泡面。

那怎么有酒气？

那是狐臭。

脸怎么红了？

见到柯主任紧张。

柯主任高抬贵手，凑近冬瓜，告诉他这才是狐臭味。

于是开学第一天，308宿舍集体写检讨，冬瓜说谎狡辩罪加一等，记小过。308的辉煌从这次不光彩开始的。志诚被委任社长后，削发明志，身先士卒，才有了上述的辉煌。

师范三年，冬瓜用了两年时间和一个职校女孩谈了场恋爱。毕业前，他们分手了。我们几乎同仇敌忾，都在苛责冬瓜始乱终弃、薄情寡义。冬瓜后来说了句让我们都沉默的话，他说，他妈的，恋爱两年花了我不少钱，只让我牵过两次手。这还不打紧，前天晚上知道我身上衣服的名牌标志是自己粘上去的后，立马不理我了。这种女人留着何用！我们明白了，原来是那女的甩了他，冬瓜只是掩耳盗铃地做了件保留一个男人尊严的事，先说分手。

毕业后，冬瓜分配到镇上一所中心小学，表现还算理想，致力于教书育人的同时，也不忘为自己的终身大事跑跑腿，冬瓜坚持两手抓两手都硬。听说，学校最漂亮的女教师被他拿下，郎才女貌，成为学校美谈。这场恋爱谈了三年，最后结局跟六方会谈一样，无疾而终，有情人最终睡不到一张床上。

失恋后的冬瓜索性自己借了点利息，供了一套房，日子过得辛苦却也有个目标。有人问他，婚都没结怎么开始买房了？他说他开始懂得了瓮中捉鳖、愿者上钩的道理。

有一次期中家长会，一个家长指着冬瓜鼻子骂道，你这老师什么素质，我儿子五十分被你教到剩下三十分，还挑吃挑穿，上网打游戏，前天周末还拿着我们的钓鱼竿，私自出去钓鱼，差点掉进水里，你这老师怎么教学生的？我们家长忙，你不教，难不成我们自己教啊？一番轰炸后，冬瓜出奇的冷静，只是说了句，你是他爸还是我是他爸？

一年后，就听到冬瓜辞职的消息，不管是当时还是现在辞职都是个被人关注的大事。记得他辞职时发信息给我们，哥们辞职了，重新开始，我的目标是要成捆成捆地买梦特娇的衣服。后来他办起了服装厂，赚了点钱，衣服上梦特娇的标志不再是自己粘上去的了。记得冬瓜结婚的那天，别人笑容满面，他自己却搂着周岁儿子哭得天昏地暗，诡异的是，没人知道冬瓜在哭什么。

冬瓜站起来，将露在外面的梦特娇T恤塞进了裤腰，裤腰带上那个金色横写的"工"字特别显眼。他又端起酒杯，说是要敬各位匍匐在第一线的老师们一杯。大家又一同举杯，一饮而尽。

3

二菜也站了起来，他嚷嚷着要敬这个转型成功的大企业家。碰杯后，二菜问了个比较严肃的问题：你没有想过如果赚不到钱，经商失败，作何打算？冬瓜笑了笑，还能什么打算，继续赚钱呗。他跟我们说，做个决定好比割肉断腕，十分痛苦。但一旦决定，就得学秦末项羽韩信这两哥们了，一个破釜沉舟，一个背水一战。

我接着说，如果功败垂成，那还得学这两哥们，一个自刎乌江，一个兔死狗烹。说完，我自罚一杯。包厢里一时间笑得天翻地覆。我起身向冬瓜走去，手搭着他肩膀，听说结婚当天，你哭得地动山摇，是吗？人家结婚，都为英雄有用武之地而兴奋，你倒好，娶了个老婆，像死了老娘一样。冬瓜苦笑了下，从口袋里掏出包苏烟，一根根地抽出，扔向在座的兄弟，也不问有没有抽，我突然有种错觉，冬瓜把一捆捆人民币朝我们扔过来，砸出每个人的如花笑颜。因为冬瓜有一次悲愤地跟我说，他早晚要拿整捆整捆人民币，把那个飞机场砸成卡戴珊，而所谓的飞机场，就是那个在师范毕业前甩了他的女人。

冬瓜还是告诉我们，他那个无缘的美女同事跟他相处了三年，虽然有共同语言，有了同一节奏的作息，但没有新鲜感，没有火花，生活会是一潭死水，而将来的婚姻生活会因为激情的养分枯竭而陷入危机。所以还是分了吧，这样对谁都是种救赎。冬瓜人帅智商也不低，终究还是明白了，那天，他只说了一句，不管跟谁，干那事的时候别叫得太大声，把邻居给吵了。就头也不回转身走了。果不出所料，半年后她嫁给了他们镇上一科级干部。

我说，良禽择木而栖，也不能怪人家。

冬瓜说，不怪她，只怪自己，当时自己气愤而已。

还有在联系吗？我说。

冬瓜夹起一块牛肉便往嘴里送，嘴角扬起，似乎笑了一下。说，她正忙着了，没联系。

忙？

一个女人把电话存在她老公电话簿里，取名：老婆2。

被她发现了。

我敲了下冬瓜的头,作为男人心胸能不能宽广些,还笑得出口。我走回原位,自己倒了杯酒,也感叹道,说也奇怪了,那个时候,好像女教师不太喜欢嫁男教师。众兄弟都点头表示赞同。其实,报读师范的男同胞们没几个家庭经济好的,每个家庭都有一样的算盘,再投资个三年,谋个包分配的国家正式工,端个铁饭碗讨个老婆,按规定生个孩子,一辈子和风细雨和命运温柔相待,如此而已。就业才越发明白,所谓爱情不是几行连钢铁都能熔化的诗句,而是能不能落落大方地吃个大餐玩个苏杭,眉头都不皱一下。当现实中看透、情商长全的女孩子们发现官二代、富二代、公务员、企业家才是命中的欧巴时,这些寒门男教师们,只能去找欧巴桑了。经济基础决定上层建筑的年代里,你不让指望两个饭都吃不饱、病都看不起、房都买不起的年轻人,还能轰轰烈烈地去爱一回。打个饱嗝再爱才能爱得脚踏实地。

只有二菜不置可否。他那口子就是个教师,和我们是同班同学,两人从未成年腻乎到现在。二菜是我们宿舍女性缘最好的。当时我们都想不通,一张长得像鞋拔子一样的脸,鼻孔朝上,嘴唇内收,锥子形状的脑袋错误地指挥着两条腿走着外八路线,感觉像只装逼的企鹅,这样的形象在师范院校这个视觉系女性扎堆的地方如鱼得水,让我们都觉得不可思议。后来在一次年段晚会中,志诚为证明自己的个人魅力不在二菜之下,他建议文艺委员让班上女生按个人喜好将班上十一个男生排个号。像 NBA 选 MVP 一样,排第一得十分,第二得九分,依次类推,最后一名不得分,然后计算总得分,产生最有异性缘男生。最后结果二菜拔得头筹,志诚次之,我成了季军。最后女生们道出了她们投票的标准,四个词:干净、成熟、得体、才华。手握重权的志诚有些失望,但"干净"这一标准,我至今仍未搞懂。

不可否认,二菜是我们宿舍形象最为成熟、言行最为稳重、穿着最为时尚的人物,除了那张脸,其他都长得很帅。当我们像八岁小孩在师范校园里张开双臂迎着朝阳快乐飞舞的时候,他已经开始计划以后的人生轨迹,一本正经,讲道理摆事实。当我和志诚在文字写作上摧城拔寨的时候,二菜已经手把手教那些自称小女子的同学使用 286 电脑,怎么规划自己的人生。当时的二菜不去做直销很浪费。小秋就是在这个时候像只好奇的飞蛾闯进二菜的世界。没想到二菜的世界就是张蜘蛛网,所有飞蛾有去无回。从此,他们俩成了我们默认的男女朋友,在这个谈情无知、说爱浪费的年纪,他们义无反顾地突破禁锢,郎情妾意。

有一晚，我和志诚正在研究张晓风的散文，小秋气喘吁吁地跑了过来，把我们俩拉到一旁。他说，二菜有了另外的女人。我们均表示无可信度。然后小秋带我们到学校修心阁，那是我们学校一景，八角读书亭绿瓦红柱子，雕花惹草，旁边树木葱郁，茂林修竹，曲径通幽。我们蹑手蹑脚靠近读书亭，掩藏在一棵香樟下。只见灯火恍惚处，一男一女肩并肩窃窃私语。我们都确定无虞，那张鞋拔子脸绝对是二菜的，而女孩的脸则藏在披肩的长发里。小秋几度想冲出去都被我们制止，毕竟把事情闹开是犯规的事。更可怕的是，二菜还将手搭在那女孩的肩膀上。"禽兽！"我和志诚几乎异口同声。

那天晚上，听说小秋哭得眼睛比鸡蛋大。隔天周末，二菜又消失了两天，小秋几乎绝望。周日晚上，二菜疲倦地回到宿舍。志诚调侃道，脚都软了吧，接着就是一阵哄堂大笑。二菜没理会，扔下行李又走出宿舍，我跟了上去。他说他妹来找他诉苦，家里不让她继续读书了。我说，亲妹？他说，是。我跟二菜说，你还有个不是亲妹但胜似亲妹的小秋为你亲妹吃了两天的醋。听后，二菜撒腿就跑。后来毕业，他们俩都哭了。再后来，他们终于睡到一张床上了，并有了一个可爱的孩子。事业也很成功。

二菜又站了起来，杯中的红酒一饮而尽。酒过几巡，兄弟们都已略带醉意，彼此勾肩搭背，志诚则自己又送了一杯，他说，都是奔四的人，只有兄弟几个聚在一起才感觉自己年轻，好像不曾离开校园。除此之外，不管你遇到什么人，父母妻儿、领导同事、亲朋好友……无不在提醒自己的年岁和肩膀上的责任，沉重啊！你越清楚责任重量，就越谨小慎微。以前在学校脱个裤子体检，信手拈来，现在只要走进医院体检便感觉大限将至，恐慌得像迷失在大海的渔人。二菜接着说，没错，我们的生命不再是自己的，是为我们的挚爱而活了。然后，是一阵汹涌而来的沉默。二菜夹着菜，冬瓜玩着手机，志诚左手托腮像在思考人生，老谭摆弄着碗筷，小卢表情空洞，小明看着窗外车来车往，我则盯着他们各忙各的，那样子像各自毕业后的人生。

志诚突然拍案而起，走，去师范走走。兴致来了，再清醒的理智，也拉它不住。于是，我叫了辆丰田车，八个喝了酒的男人，在三十五分钟的路程里飚了几首歌，《谢谢你的爱》《水手》《大海》《往事只能回味》《伤心太平洋》，每首歌几乎都唱回了十八年前毕业晚会时候的状态。那天晚会的压轴是我们宿舍的歌曲串烧，我们便串了这几首。毕业那时，我才觉得哭和感冒一样是会传染的。我记得，当我唱："时光已逝永不回，往事只能回味，忆童年时青梅竹马，两小无猜日夜相随，春风又吹红了花蕊，你已经也添了新岁，你就要变心，像时光难倒回……"副班长刘琴已经开始啜泣，继而是中音量的哭声，然后是号啕大哭，接着整个班的女声像听到集结号一样，舍身忘我地哭泣，搞得在台上的我们也泪眼婆娑。很多时候，离别是场肝肠断，毕竟同窗三年，虽没同床，情谊依然深厚。唱完后，抹干眼泪，下了台，我问刘琴，刚才情绪为什么来得这么强烈？她说她想到了她死去的姥姥，然后她也不明白，有那么多好姐妹跟着她哭悼姥姥。我瞬间无语……

不过回到宿舍，兄弟几个倒是来了几个熊抱，志诚最为感性，他带着泪说道，今后我们会有各自的生活圈子，各自的家庭，朋友、同事和故事，或许我们的生活轨迹是几条平行线不再交集，或许往后紧张逼仄的生活会压着我们无法怀念这段青葱岁月，但一定记得，这几张脸，曾经在我们的生命里出现过，这是底线，不然就是畜生。志诚说完这个长句，我们卖力地鼓掌，然后我们说了一个晚上的话，隔天离校时，大家都心照不宣地选择沉默地回家。

十八年后，我们终于筹齐了308宿舍，再次走上这物是人非了然于胸的母校。

4

到校时，已经是九点半了，我们被保安拦在大门口。小明拨通唯一还留守学校的周老师，接到电话的周老师一路小跑到传达室，将一群"陌生人"接进了学校。近二十年未见，竟也只能应酬式的寒暄几句，志诚说明了我们的身份和来意。周老师示意我们可以在学校任何地方走动参观，除了宿舍。我们表示感谢，借着月光和灯光，我看见周老师那被岁月削光青春活力的背影，老态龙钟地走向宿舍楼。

我们沿着大门口一条向上爬行的水泥路，两边树木葱郁，依然是十八年前的姿态。水泥路旁的学生厕所已经改造，男左女右这个千年的规矩依然没变。左边标识牌上是一个英文单词"man"，下面是个男生头像，右边单词是"women"，下面是个女生头像，当然碍于烧瓷技艺，我们只能从长短头发来判断男女生了。当时十周年校庆，学校来了批校友。刚被挂科重考的小明仿照厕所标记牌的比例重新制作了两张标识，男生图像上写着"women"，女生图像上写着"man"，分贴着厕所两端。场景当然是校友们提着裤子在厕所两端踌躇彷徨，滑稽而可笑。

后来小明全年挂科，记一个大过，他父亲来了三趟学校，才摆平这场风波。现在的小明入了党，是学区的骨干教师，学科带头人，学校的科研副校长，完全没了当时的棱角。我们站在厕所旁，面面相觑笑了好一会。

水泥路左边便是学校教学楼，当时学校核心建筑，三层砖混结构，出砖入石墙面，极具闽南特色。八百名未来人民教师在这里学习怎么言传身教、身正为范，积蓄着桃李满天下的能量。为期三年，却是足够使用一生的叮咛。我们选择在自己的班级前合影，尽管影像模糊，但记忆清晰可见。教学楼旁边有棵老松，那年冬天，我和志诚各自穿着黑色中山装，脖子盘着条白色围巾，拿着书，倚靠在老松树干上，狩猎着人来人往的目光，无奈却成了别人目光里豢养的动物。从此这段自以为帅气的青春，成了三年里最丢脸的记忆。

教学楼后面是片水泥篮球场，二菜突然朝着我说，当年你八百米得分两次跑，打篮球你连打了两个小时都不会累，丫的，我毕业才知道因为那个经常为你打饭的女生在旁边练排球。我们朝着陈旧的篮筐比了个投篮的姿势，要知道，那时候库里才九岁，科比十九岁。岁月这场宴席丰盛而决绝。

紧接着篮球场便是食堂，如今已经翻建成礼堂，最终的目的应该是要成为个殿堂。然而关于食堂的记忆，我模糊得只剩下一条，就是当年在食堂播放港片《黑金》时，有一段黑人三点尽露色诱议员的镜头引起全场哗然。据说，当时食堂每周一片的负责人被炒了鱿鱼，然后成了今天狮城最大影院的总经理。

最后，我们来到了操场，迎面而来的记忆是志诚手持接力棒像头野兽在弯道处轻易超越一群绵羊，最后由老谭风驰电掣地完成冲刺，然后全场一阵愕然和叹息声。我们班在四号跑道起跑，最后却在五号跑道完成冲刺。那天晚上，老谭偷偷喝了瓶啤酒表示郁闷。我说，最可怜的还是人家三班哥们，眼睁睁看你鸠占鹊巢，还以为自己跑错道了。后来班主任老师在老谭的留言册上写道：在操场上跑错道不打紧，但以后人生道路上最好不要跑错道。老谭甚为感动，奉为经营人生的指导思想。老谭说，是不是我们太谨小慎微了，所以都跑得比别人慢。小明接着说，跑快有个鸟用，万一跑错道，再快也是白搭。冬瓜也接了话，跑慢点比较不辛苦，凡事不都求个安稳吗？

操场左边是男生宿舍楼，一墙之隔的是女生宿舍楼。冬瓜突然发问，还记不记得当时我们把女生楼叫什么？二菜脱口而出：菜瓜棚。我们笑得人仰马翻。近十点的学校操场冷清荒芜，我们的笑声更显得突兀。突然，朦胧路灯下，出现了一个消瘦的人影，朝我们走了过来，步伐轻得像呼吸，但我们始终没看清楚脸。就在十米处，我们认出了他。

你不是？我顿时汗毛竖立，倒吸了口凉气。其他人眼睛睁得鸡蛋一般大小。黄老师面带微笑说，我不是得病死了是吗？我是得病，但没死，跟儿子去了新加坡住了十五年，去年才回来。人就这么奇怪，和不是老婆的女人逛街就一定是情人，自己吃不惯的食品就一定是垃圾，我的仇人就不能和我的朋友好上，人突然消失了不是死亡就是跑路，被亏待了便觉得就是场阴谋……这些根源都是人心的自私和偏执。

黄老师眉头拧成一团，脸色在灯光下显得更加苍白。嘴唇打着哆嗦，很是气愤。

我们都没说话，还在缓神的路上。算了不说了，你们是95级98届的学生吧，之前也来了几批，他们来了拍拍照、发发微信、写写朋友圈走人，比如：十八年了，我还记得母校教学楼花圃的草是什么颜色的。我随口回道，十八年了，我还记得学校上空的太阳是什么形状的。我们还是缓了过来，开始放松。小明说，我们不是来发朋友圈的，只是好久没和老同学看看母校了。黄老师貌似也放下刚才的不快，随口应道，和同窗看看母校与和情人看看电影一样有味道。母校里面一定挂着很多你们的记忆，好好看看走走，红尘俗世摸爬滚打不容易，只有青葱记忆才是平复我们躁动的良药。我们差点跌倒，觉得这并不像印象中的老师。

没几分钟，黄老师便走了。我们没有看清楚他走的是哪个方向，总之，他消失得很快。

5

回家路上，大家又唱起了那几首歌。志诚老婆打来电话，说孩子发烧了，我们先将志诚送回了家。志诚下车时差点摔了跟斗，顾不上跟我们打招呼，一把冲进了家门，随后传来一声东西掉地上破碎的声响。他还是那个输了球在操场上嘶吼着的少年吗？小明转头问我们。我说，你是吗？最后我们告别了，我试着留他们过夜，但一个个将家庭事业驮在肩膀上的他们，肯定睡不得安稳。当然我们还是约定个聚会的时间，虽然说得板上钉钉，但彼此心照不宣，谁都没有把握。

回到家，看到已经熟睡的老婆和孩子，心里便觉得踏实。自己回到客厅靠在沙发上，拿起手机逛了逛朋友圈，忽然看到自己那篇被点赞得密密麻麻的《母亲》。二十一年前，父母跑了七八个地，凑足了一万块的上学费用。那是我们家第一次有超过一万元在家里过夜，父亲守着钱几乎夜不能寐。二十年前，父亲跟随着工程队到我就读的师范做工，他不过是个打着杂务的小工，那天晚上他跑来告诉我，当着别人的面可以不要叫他爸。当时他裤管一个高一个低，满面粉尘，头发蓬松。就这句话，我哭了一个晚上，并发誓要给父母吃好用好。十八年前，师范毕业了，我们308宿舍约定五年后小聚，十年后大聚。事实是，直到今天我们才凑在一块，并聚会得有些仓促。但我们可以理解，因为这个年纪谁的任务都一个样，有个孩子要照顾，有对父母要奉养，有些工作要尽力，有些坎坷要闯过……

过一会，志诚打来电话，把我从睡梦里拉醒：
师范生管黄老师已经过世了好几年了，千真万确？
我知道啊！
鹏程师范已经改成鹏程职业学校好几年了，学校环境也已面目全非？
我知道啊。
我家旁边那个好友海鲜馆五年前就关门了？
你有跟我说过。
还有老谭在宁夏支教，暑假根本没回来。
我也知道啊。
我们碰到的周老师已经不在师范任教了？
我们哪碰到什么周老师。
晚上我们有聚会吗？
有啊，不是刚和你吃晚饭？
二菜、老谭、冬瓜、小明他们有来吗？
来个鸟，个个日理万机，都排不上时间。
晚上我们有去师范吗？
没有啊。
那……是你做梦还是我做梦？
我……你……

阿祥的摩托车

1

阿祥听到这辈子最受用的一句话是:生活是自己的,既然和别人换不了,那就好好活着,别忙着比较。但生活在一个自己老婆好,别人老婆更妙,价值观偏差浮躁的社会里,阿祥守着这个人生信条像守着自己的节操一样,很用心也很用力。虽然他也不时发出为什么电视上那个明星偶尔露露臀,就可以赚一笔钱,而自己露臀,则只是为了迎合针头这样的感叹。

但不管慨叹如何凄凉,阿祥还是很努力地生活着。

阿祥是个穷三代,爷奶都是勤劳的庄稼人,由于收成和流下的汗水成正比,因此阿祥一家的温饱不成问题。但温饱范围以外就难说了,按照阿祥自己的话说,一平方米的纸张是画不出六十厘米半径的圆。后来庄稼渐渐成了厂房,父母亲开始到工地打工,砌墙、扛石块、搬杂物,尽管父母拼了命,但生活还是没有起色,因为阿祥开始上学花学费了,这段时间持续到阿祥师范毕业,分配工作。后来石头房子开始成了孑遗,钢筋水泥如雨后春笋。阿祥父母则开始转向讨海活——在退潮的滩涂上捡些海螺、螃蟹等维生。而二十一岁的阿祥开始有了一份月薪八百元的稳定工作,继而成为家庭经济支撑的台柱。父母沉默了二十年的脸,开始有了笑容。

2

阿祥被分配到一所偏远的小学任教,小学所在的村庄不大,人口仅一千多人,当时的水泥路还只能挂在电视上,全村三家铁厂,两家服装加工厂和一家伞骨厂(雨伞骨架)支撑所谓农村工业,一些规模较大的工厂早已经搬离了这里。阿祥所在的李厝小学是个两层小楼,只有六个班,总共一百七十一名学生规模的学校。我们习惯性地称之为山区。当然这里并没有山,只是相对这个沿海发达小城而言,这里远离城镇,远离公路主干道,入夜后人声静寂,狗吠四起。

阿祥每天骑着辆老旧自行车上下班,在路上得花上四十分钟,有时遇到刮风下雨的天气,这时间就得延长,阿祥偶尔会埋怨几句,但心里没任何想法。刚就业的阿祥憧憬着美好生活,像打了鸡血一样早起晚归,上课、改作业、赶路、看书、写文章,在他身上找倦意跟在陈水扁身上找羞耻心一样如大海捞针。

这段时间持续了三个月，阿祥开始有想法了，因为和他同时分配到学校的两个新老师骑上摩托车了，包括一个长相甜美、性格温和名叫小莲的女老师。刚买摩托车的两人总有很多话题可聊，隔壁桌认真改作业的阿祥也能插上一两句，却是潦草应对。放学时，他们不再一起回家，阿祥总会先行一步，路上的阿祥身体放低，卖力地踩着，加快速度，尽管阿祥使上浑身解数，他的车都会轻易被他同事的摩托车追上并远远地甩在后面。后来阿祥索性等他们俩先回去，自己再殿后回家，这样他们永远也不会追上自己了。

有一天，风有点大，阿祥依旧骑着那辆老旧自行车，艰难地爬行着。这时，同事阿铁骑着那辆新车迎面而来，说是落下了东西，拿完东西后又在路上追上阿祥，很快把他甩在后面。五分钟后，阿铁返回来再次遇上阿祥，说妈的东西没拿完，拿完那后又在村路的分岔口追上了阿祥，这时阿铁停了下来。祥子也从自行车上跳了下来。

"钱别存着不花啊，买辆车吧！"阿铁朝着阿祥说道。

"要了要了……"阿祥笑着说。

"你看全校几乎都是摩托车，赶紧把这车扔了吧，钱不够，我可以借你。"

阿祥连忙摆手，说："不用了，我是厚积薄发，一步到位。"

阿铁大笑了一声："还厚什么薄发，先买辆代步吧。"

说完，阿铁绝尘而去，扬起的灰尘洒在阿祥的脸上，这叫灰头土脸。

其实，买辆车不困难，工资存上三个月就可以买辆质量不会很差的摩托车。但对于阿祥来说，得从长计议。他的第一个月工资给家里装个电话，因为阿祥不想打个电话回回都要麻烦邻居，人情会积少成多。还有买个彩电、DVD机，阿祥认为这些都是普通家庭的基本配备，必须有。第二个月工资是给自己买给CALL机。第三个月开始存钱，因为他爸说，要再接上两个房间，把房子弄完整一些，以后好找个对象，才有个安身立命的地方。买摩托车的行动是计划在一年后。而此时的祥子，想把这个行动提前。

那天晚上，阿祥爸又给他讲了一遍家族贫穷史，阿祥彻底揉碎了提前买车的想法。

后来的阿祥索性将那辆驮了他三个多月的老旧自行车束之高阁，自己带上一床棉被，住进了学校宿舍。所谓的宿舍就一间教室用三合板隔成两间，放一张简易的床，如此而已。和宿舍隔路相望的是村里最大的铁厂——生辉轧铁厂。

3

每个晚上，阿祥都被铁厂震耳的机器轰鸣声和轧铁声吵醒了几回，每次都耳塞棉花费很大力气才睡去。实在入不了眠就起来写信，内容总是和车有关，收信人总是那个叫施丽红的女孩。一段时间下来，那个生龙活虎打着鸡血的祥子不见了，取而代之的是一个耷拉着眼皮、满脸倦容、无精打采的阿祥。一天上课时间，一位女家长气冲冲地杀进班上，将一张考卷狠狠地甩向了阿祥，阿祥瞬间火冒三丈，握紧了拳头，朝着家长厉声喊道："他妈的，放尊重点。"女家长使劲推了阿祥一把，也说道："怎么当老师的？"……擦枪走火之际，校长、阿铁、小莲和其他老师闻声跟了上来，阿铁迅速将满脸涨红的阿祥拉开，小莲则横亘在阿祥与女家长中间。场上剩下女家长高八度的骂街声。

校长出面调和，冲突很快平息。此次事件的原因是祥子改错了女家长孩子几道考题，还把分数合错了，导致她孩子被他父亲冤打。女家长心疼孩子被打怒不可遏，才跑到学校找阿祥理论。

当天下午，阿铁和小莲再次建议阿祥买辆车，并各出五百元帮他。阿祥谢绝了他俩的好意，他强调住校不是因为交通工具的关系，而是可以做更多的事情，比如备课、改作业和写作。独处才可以高质量地完成这些事情。阿祥还特别强调，现在没车不是因为买不起，而是为了要买更好一点的车，以免以后频繁地更新换代跟不上。小莲看清了言语背后的阿祥，她示意阿铁别再勉强。

阿祥依旧独自住校。写信读信依旧是阿祥抵御这因失眠拉长的夜晚的方法。这天晚上，铁厂仁慈地不再发出轰鸣声，但大罪可免小罚难逃，接班的是工人们得闲后划拳行令的嘈杂声，或许是曾经沧海难为水的缘故，听惯大场面的阿祥根本不为所动，睡得特别香。睡梦中，一连串的声音由远及近，越来越杂乱，越尖锐，很快"快抓偷车贼，偷鸭贼……"此起彼伏叫喊声从模糊到清晰，从个别到集中，往阿祥学校涌，很快聚成一片，过后，又慢慢地消失在漆黑的夜里。

阿祥终于睡了一个质量很高的觉。起床时，他伸伸懒腰，扭扭筋骨，带着满足刷牙洗脸，烧开水，冲方便面，很享受地吃完，下楼。这时，正前方大门口一辆摩托车开进门，阿铁载着小莲有说有笑，看到阿祥后，小莲往后挪了一小点，以保持距离。车子停在阿祥前面，小莲下了车朝阿祥打个招呼小跑到办公室。阿铁停好车，冲着阿祥诡谲一笑，似乎在告诉他，他搞定了小莲。阿祥回了一个笑脸。照道理，阿祥是没有任何理由失落的，但那一刻，他却像是被人抢走心爱女人的可怜虫，顾影自怜。

阿铁很快向阿祥说起他如何追到小莲的事，他说，开始源于小莲摩托车的突然故障，他立马上演了场雪中送炭、英雄救美的戏码……然而这些过程，对阿祥来说更像是示威和挑衅，他甚至腹黑地怀疑，小莲摩托车的故障和阿铁脱不了干系。阿祥也矛盾，他明明对小莲毫无感觉，却为何如此介意和排斥呢？

4

短短一个星期，阿铁和小莲已经从最初的保持距离发展到保持没距离了，而阿祥就像是他们的另一面，孑然孤独，又被这个山村的支柱产业骚扰得睡不安宁。只能白天抽空填补睡眠，这天中午，阿祥趴在办公桌上小憩，忽然"滴滴滴滴……"地响起，别在阿祥腰间的 CALL 机响了，这个千年响一回的 CALL 机响了，阿祥立马掏出来看了下电话号码，这是一个很熟悉的号码，属于他师范一个很要好的女同学家的。阿祥拔腿就往小卖部跑，抓起电话很娴熟地拨了回去，响了三声，那边女孩子接了电话。

"喂，是丽红吗？"阿祥有点兴奋。

"是啊，是啊……等你电话等很久了。"

"是吗？抱歉，对了找我有什么事情吗？"

"我这有一辆太子摩托车，要吗？"

阿祥停顿了一下："想是想要，但买不起。"

"我哥换车了，我们都熟人，八百元给你。"

"你开我玩笑吧！"

"难不成我会骗你？"

"也是，你从没骗过我。"

"那就对了，车在江阳镇圆盘旁王泰摩托修理厂。"

"可是……"

"别可是了，老同学。"

挂完电话。阿祥抑制不住内心激动，手挥舞了一下。此刻，他有种扳回一城的喜悦。隔天他跟父亲做了好一会工作，不断解释八百元买辆太子车，和用这些钱盖了间房子是一样疯狂的，过了这村就没这个寨了。阿祥成功了。拿完钱就搭车前往江阳镇买车，交钱拿车，签个协议，完全不拖泥带水。阿祥是个很踏实的人，但骑上太子车的他，仿佛就一个太子，轻车已过万重山，他终于体会到了什么叫意气风发，什么叫君临天下。他是个穷孩子，他的工资总要不偏不倚地用在计划上，他也配合着爸妈走好每一步。尽管有些压抑，那也是年轻的烦恼。

隔天，他将太子车开进了学校，学校立马成一百鸟朝凤图或者众星拱月照。阿铁则两只眼睛睁得比乒乓球还大:"兄弟果然厚积薄发,一步到位啊!"

但是,阿祥太子车开进学校的第二天,出事了。

警察来了。报案的是之前来学校闹事的女家长。

派出所内,阿祥面如死灰,瑟瑟发抖。

女家长一口咬定是阿祥勾结他人偷了自家的太子车,还言之凿凿,是因为之前阿祥跟她有过节,所以才偷车报复。

阿祥当然矢口否认。

阿祥说:"这辆车是我一个同学卖给我的。"

警察:"你同学叫什么名字?"

"施丽红。"

"哪里人?"

"江阳镇人。"

"她当时怎么跟你联系?"

"她打我CALL机。"

"电话号码还在吗?"

"在。"阿祥随口念给了警察。

民警当场拨通了电话,但电话那一头却始终无人接听。

王泰摩托修理厂也是店门紧闭,找不到与阿祥交接的那个人。

旁边女家长继续抽丝剥茧,"怎么整个学校没人住校,唯独你住校?还有铁厂工人看到你经常半夜起来走动?你一个刚毕业的老师,怎么骑得上这六七千块的车?"

"我起来走动是因为,我半夜被吵着睡不着。"

"为什么不回家?"女家长追问。

"在学校可以专心做事。"阿祥说。

"这就奇了怪了,半夜睡不着可以专心做事吗?你要专心做事,会住在铁厂旁的学校吗?"女家长紧抓不放。

"我……"阿祥眼泪在眼眶打转,一时间说不上话。

"现在关键是要找到你同学。"办案民警说。

这时,阿祥的母亲,穿着花上衣,灰色宽大布裤,拿着把锄头,闯进了派出所,冲向那位女家长。但很快被民警制止了。阿祥的母亲几乎是歇斯底里哭诉着阿祥的清白,她说,阿祥就是跟老天借胆也不敢做这种事。只可惜,性格的内向或懦弱当不成证据。

晚上六点,办案民警再次拨通了阿祥同学的电话,电话终于接通。

"我找施丽红。"
"我就是。"
"你好,我是上园镇派出所。"
"派出所?打错了吧?"
"现在有个偷车案件需要你来协助调查。"
"偷车?你们真打错了吧!"
……
半个小时后,施丽红被请来了派出所。
"你有没有打CALL机联系眼前这位同学。"
"有啊,前天中午十二点多打给他的。"
"我同学有辆摩托车想介绍给他。"
"然后呢?"
"他没回我电话。"
"那他怎么说是你介绍他买的这辆车。"
施丽红看了看旁边这辆黑色太子车,一副不敢相信的样子。
"他真没回我的电话,我要介绍给他的车也不是这种。"
站在一旁的阿祥瞪大了眼睛,脸色惨白。
警察转向脸色惨白的阿祥,再次问道:"你确定有回电话给施丽红。"
"有。"阿祥回答得很干脆。
"你确定回给施丽红。"
"是。"

施丽红紧张了起来,但不是贼就不心虚,她让警察去家里查询通话记录,同时查询小卖部的电话记录。

这时候,派出所又抓来了一男一女,夫妻档偷车贼,阿祥一看觉得面熟,那男的就是王泰修理厂和他交接拿他钱的人。根据他们的口供,他们曾经在十月十一日和十五日分别在田厝村和李厝村偷盗了两辆黑色太子摩托车。其中一辆就在现场,女家长家的摩托。

阿祥和施丽红的胸口终于放松了,但不明白的是,这车怎么会阴错阳差地跑到阿祥手上呢?

警察查阅了阿祥拨通电话的小卖部,根据阿祥介绍和小卖部老板的证实。阿祥确实在十月二十五日十二点四十一分拨通过一个号码。

阿祥和施丽红几乎同时叫起来:"我拨错一个号码了。""我家电话和这个差一个号。"

办案民警问被抓的女人。

"你叫什么名字?"

"李红。"

"你曾经拨通一个买家的电话。"

"是的。"

"是他吗?"

"不知道,别人介绍的,听说是一个赌徒。"

真相大白。阿祥回丽红的电话却拨错了一个号码,电话打给了李红,李红以为是朋友介绍的买家所以让他买了这辆赃车,很多时候,事情总是不偏不倚地撞上了。

5

劫后余生的阿祥收获了两份大礼,爸妈把买车的行动提前了,阿祥终于有了辆自己的车。另外,他的后座也坐了一个女孩,只不过不像阿铁和小莲那样如胶似漆,那个叫施丽红的女孩总是恰如其分地保持一定的距离。

坐在后面的施丽红跟阿祥说:生活是自己的,既然和别人换不了,那就好好活着,别忙着比较。

穿西装的老李

1

老李的大脑可能有记忆这方面的敏感，他总能将一些衣冠笔挺、豪气干云类似商贾巨贩的谈吐举止，或挥斥方遒，或盛气凌人，或高傲自信清晰地记住，然后茶余饭后、工作之余不断模仿和演练，几年来皆是如此……

2

老李房间陈旧的布衣柜上层放着夏衣，揉皱的T恤背心旧衬衫，还有蓝灰成群的内裤短裤，纠结成团，如藤蔓缠绕，不离不弃。第一、三格丢盔弃甲般地堆放着冬衣、夹克、风衣、毛衣、棉袄等等。只有第二格挂着一套西装，米白色调，修身高领，烫熨笔直，用透明塑料袋套起，一尘不染，永远以突兀高傲、不可一世的姿态睥睨着整个衣柜。

对着镜子里的自己，老李说道：做人就要做像这柜子里西装一样的人。

过了今天晚上，老李明天又要开始做西装一样的人。尊称、微笑、甜品、好茶、咖啡还有礼物，他要像个明星故作从容地走过这次盛会，举手投足都能感受到贵宾的待遇。哪怕像喷嚏一样的短暂，可那种爽和痛快却让人意犹未尽，因此老李倍感珍惜，不惜放下手头的工作。

天刚亮，老李就已经起床梳洗，他让水龙头的水一遍一遍地冲洗着脸，试图赶走困意和倦容。换掉睡衣，穿上一件深色短袖衬衫，小心翼翼地把衣柜里的"凤凰"请了下来，如履薄冰地穿着，生怕皮肤接触到衣服，像一个高空作业的工人，除了勇气，每个动作都必须做到谨小慎微。

费了好一番工夫，终于把衣服架好在骨架上了，可走起路却像废了功夫一样，浑身都是慢动作回放，身体直挺，仿佛膝腕关节处都绑了利刃。

一切整理完毕，他走到床边拿起裁好的和百元钞大小相同的报纸，放在钱包里，塞得差不多后，就麻利地放进屁股后面口袋。然后用手抚摸一遍，确定突起来才跨出家门，没走几步，又返回来，在镜子前整了下头发，恨不得把头发也抹上胶水，让它撬也撬不动。可那就不是头发而是钢结构。

走出大门，老李习惯性地走向那辆三轮摩托车，略有所思后，又转回头，走向公交站，一路上晨风撩不动他的头发，但可以轻易吹皱他的衣服，老李高接低挡，像是在风扇前拍写真的玛丽莲·梦露。

老李坐的 311 路公交车，在市体育场站牌旁停了下来，体育场后面是一大片正在如火如荼热火朝天建设的楼盘，这个地方无数个像这样的楼盘共同撑起了城市的模样。在钢筋丛林投射的巨大阴影下，人如蝼蚁，人们开始用匆忙的脚步经营着自己的人生，老李就是其中一个。他的脚步缓慢而凌乱，很明显，他已经迷失，在千人一面的楼群前，他找不到目的地。

老李是贵州毕节人，两年前随他在晋城一家鞋厂当上仓管的儿子来到这个沿海小城。儿子利用关系给老爸介绍个工厂的保安。穿上保安服的老李，有种莫名的厚实的尊严，他常问他儿子，这保安和警察有什么不一样。儿子告诉他，警察是维护社会治安，保安室维护工厂治安，分工不一样而已。老李听了开心，就守着自己这一亩三分地，浇花守门收信，尽职尽责。日子久了，老李工资升了不少。有一天，老李爷俩在吃大排档，老李说，这一年来也没交上什么朋友，就隔壁厂的长工老王和保安老林，还有经常来厂里收破烂的老曾。想说，来这地方，交几个有钱人当朋友，以后就好办事了，不料，那些穿西装、打领带、开好车、抽好烟的老板，正眼都不看一个，有时候不爽还会瞪个眼，你说他们能这样对个警察吗？儿子告诉他，你管人家怎么看，我们好好干，等哪天有钱了，人家就对咱正眼相看了。有句话怎么来着，今天的你爱理不理，明天让你高攀不起。说完，老李大笑一声，一杯酒下肚。

隔天，厂里一客户来，老板请客。让老李讶异的是，老板竟然还让他作陪吃饭。老李赶紧捏捏自己的腮帮，以证实不是做梦。然后翻箱倒柜地找起了衣服，他开始后悔来晋这两年没给自己置办一身行头，只能穿着保安服赴约。酒席上，老板让老李不要喝酒。老李只能像个拘谨的小姐，扭扭捏捏，浑身不自在，除了不断往嘴巴送美食，还不知能做什么动作。他拿起杯饮料要敬在场每个人，但每个人似乎都没发现他，老板们一圈一圈地敬酒，但酒杯轮到老李处，就迅速晃到下一个人前，害得老李一身尴尬。老李想为他们开酒倒酒，要点存在感，无奈这工作被那些穿旗袍的服务员抢着干了。他们谈得天南地北，老李听得晕头转向。

吃饱喝足，个个大腹便便，东倒西歪，像只蠕动的熊。老板招呼来老李，这是今天晚上，第一次叫到老李的名字。他让老李将这几个客户一个一个扶到车上，只见老李瘦削的身体，顶着这些老板营养过剩的身体，一个一个地送到车上。等把这几个"废人"送完后，老板的车已经不知所踪了。

那天晚上，老李独自穿过城市的霓虹和高楼，拐了几个弯，吃了几个冷口气，回到传达室。他有种失落感，甚至有点上当受辱的感觉。

两个月后，老李辞职了，找了几个工作都未能如愿。最后跟随收破烂的老曾，做起了这个工作。尽管他不甘心，但现实比人强。

3

终于，老李在一处叫"光荣梦想"的售楼处前停下了脚步，他先是打量下自己的衣服，然后掏出随身携带的苹果6仿真玩具手机，下意识地用手拍了拍屁股，应该是拍了拍钱包，趾高气扬地走了进去。

原来，今天是"光荣梦想"楼盘开盘的日子，首发当天，只要来登记个信息，就有折扣优惠和小礼物，当然还有甜点、咖啡、红茶。遗憾的是，今天人不算多，反而有些冷清，来的人像是在逛超市。售楼小姐好不容易带到沙盘旁准备介绍，刚开口却徒添忧愁，很多人立马走开，仿佛他们只对售楼处的楼型感兴趣。这跟一部电影开画一样，如果首日票房不佳，除非口碑逆袭，不然片子肯定赔钱。当然，再怎么门可罗雀，售楼小姐的脸上总能保持如甜品一样的笑容。

这时候老李走了进来，带了些许的傲娇，售楼王小姐迎了上来，一阵幽香，让老李的鼻子立马受了刺激，连打了两个喷嚏。王小姐赶紧抽了张纸递给了老李。老李微笑地接过面巾纸，看了一眼，瞬间有种被静电电到一样的感觉，有点颠倒。如果画面定格，做个计算，王小姐离老李身体仅十厘米，老李头需稍仰二十度才能目光对接，老李身高一百六十六厘米，王小姐身高应该在一米七左右，长发扎起马尾，淡妆，口红较深，眉毛如列兵排列，显然经过加工，一身暗蓝色套装，白领，黑色高跟鞋，五厘米左右，也就是说，王小姐实际身高一百六十五厘米左右。要命的是除去这些外在加工，王小姐天生一副姣好容貌，足可以让老李小鹿撞个几下，血压小升，但还不致命！

"先生您好！"

老李克制住在美女前的暗潮汹涌，只是稍微点了下头，脸带微笑。

"要不，我们先到旁边坐下，喝杯咖啡，我给您介绍下！"王小姐的笑已经开始灿烂。她的纤纤玉手指向旁边的沙发，仿佛古代给皇帝带路的随从，老李走了过去坐下。

王小姐弓下腰问道："请问您贵姓呢？"老李瞪直眼睛，直视王小姐领口中间仿佛在搜寻着什么，王小姐见状又弯低五厘米，奈何壁垒森严，固若金汤，老李有些失望。

"我姓李！"

"那个小芹，帮李总倒杯咖啡过来，蓝山的！"

一听这话，老李有些不悦："什么'蓝山的'？我就配喝这种'零散的'（闽南语）？"说完便把那个鼓鼓的钱包掏出来放在茶几上。老李应该要"炫富"

一下，但买房子跟钱包里的钞票有直接联系吗？

"抱歉抱歉，李总您误会了！"王小姐把一旁的甜品糖果都拿了过来，一边道歉作揖，"我说的是蓝山咖啡，蓝山咖啡，说得含糊，真的对不起，让您误会了。"说完，便拿起个糖果，剥掉糖果纸递给了老李，极尽殷勤。

"没事没事！"老李淡淡地说，"手机"还是紧握在手中，生怕掉落。

王小姐亲自去端来咖啡，顺带拿了一个包装精美的小礼物过来，放在老李旁边。在老李的对面坐下来，随手拿起一包糖，加到咖啡里，用汤匙轻轻地摇匀，那手、那咖啡、那香气，老李只管靠着柔软的沙发，享受着呼之则来、指手画脚的快感！

王小姐慢慢地摇着杯子里的汤匙，说道："李总，您是想买多大的呢？什么户型？还是楼中楼？"王小姐把摇匀的咖啡递到老李面前，然后又递过去一些楼盘资料。

"我可以先喝下咖啡，再看吗？"

"好的好的，当然可以，您还可以吃下甜点。"王小姐显得有些兴奋。

老李端起咖啡，先是闻一下，再用汤匙搅拌，慢慢地靠近唇边。

"看得出，李总也是挺有情调的人，喝咖啡也这么讲究。"王小姐说。

"不是情调，我只有在这个时候能休息一下！"老李说。

"那工作挺忙的，要好好照顾身体啊！"王小姐很贴心。

"我也想啊！"老李说，"哦对了，刚才你说蓝山咖啡，是种什么样的咖啡？我考你一下？"老李放下咖啡，看着王小姐，王小姐依然微笑荡漾，春风拂面。

"那李总别见笑哦，只是略懂皮毛而已。"

王小姐说："蓝山咖啡是世界上最优秀的咖啡，出产于牙买加蓝山山脉，必须经过非常严谨的工艺程序才能成品，口味浓郁香醇，而且由于咖啡的甘、酸、苦三味搭配完美，所以完全不具苦味，仅有适度而完美的酸味。很多成功人士都喜欢这种口味的咖啡！李总，我说得对吗？"

"对、对、对极了！"老李索性一口气把咖啡喝完，然后又吃了三片饼干！

"不要见怪，早上没吃饭！"老李说。

"很多像您这种做大生意的人都顾不上吃饭，要再来一杯吗？"王小姐说。

"好的好的，再一杯！"老李说得很急迫。

王小姐又亲自去端来咖啡，还是加糖，摇匀，才递给了老李。

就这样，老李在王小姐的"悉心服侍"下喝了三杯咖啡，吃了一盒饼干，终于起身走向沙盘介绍区。看得出王小姐悬着的一颗心也落了下来，在沙盘区，王小姐从房产商的投资实力、经营方式、开发数量，谈到这个小区的得天独厚的优越性，交通便利、生活设施俱全、名校服务区，关键是富人扎堆、官贾成群、朋友圈高不可攀等等等等。听得老李是一头雾水，但仍假装从容淡定。

王小姐拿起信息登记表，老李拿起笔歪歪斜斜地在表格上填下所有的信息，其中在职业栏上填的是：有钱人。王小姐虽然有些疑惑，但在这种一夜暴富的年代里，她可以承受任何炫富的方式，越令人发指的炫富，他们的生意就越能红火。

吃饱也喝足了，礼物也带在身上了，老李觉得也该走了，但那不争气的"手机"却一声也没响，没给他走得冠冕堂皇的理由。

老李跟王小姐说，他想看下别墅区，但现在没时间，明天再抽空来。王小姐有些疲惫的笑容又再次来了精神，她立马给老李整了整衣服，一直送到大门口外十米远，才依依惜别。

4

回到家，老李立刻把身上那套西装脱了下来，用电熨斗把一些折痕的地方烫平，拿衣架架起，用塑料袋包着，依旧占据着衣柜里最为霸气的中间角落。老李对于这套西服，好像是他的媳妇，那怜爱般的小心翼翼，貌似吹弹可破。他迅速随意地穿上平常穿的衣服，开起三轮车，又开始了一天的工作。那天晚上回家，应该说每天晚上回家，他总是一身疲惫，汗流浃背，数着报酬，装进了床头柜里，并加了两个锁。然后洗完澡，睡觉。

隔天上午，老李又再次穿上那套西装，眼睛打量着全身他能看得到的部分，然后在镜子前折腾半天，衣服、头发、"手机"还有"凸起"的钱包，确定无虞后，走着机器战警的步伐，往光荣梦想小区的方向去。

"您好，李总，您终于来了！"王小姐已经在售楼部门口等候多时，这时候老李像是个刚学会走路的婴儿被王小姐搀扶了进去。又是咖啡，又是甜品，老李还是坐在他昨天坐过的沙发，花了半个小时把咖啡甜品尝了一轮。服侍他的还是王小姐。

王小姐带起了老李说道："李总，我们这次不看沙盘了，去看看样板房吧。"

老李跟着王小姐穿过售楼部后面的长廊，横穿在建的工地，"光荣梦想别墅区"赫然映入眼帘，别墅有连体和单栋两种。老李一下子就表示对连体别墅的厌恶，他认为，住就住得舒心，除非整个买下来，不然我是不和别人"连体"的，孤傲之气一览无遗。王小姐只管开心地带老李参观，进入到一栋单栋的样板房，王小姐介绍到："这一栋三百七十五平方米，三层五房两厅四卫三阳台，小花园一百平方米左右，有一个露天咖啡座，一个运动器械区。"老李跟着王小姐煞有介事地逐间逐户参观。"有室内健身场所吗？"老李指一个健身器说。"我们在旁边专门弄了个室内健身场所，还有游泳池、网球场、乒乓球室等体育设施，以满足不同的运动爱好，还有……"

老李打断王小姐的话，接道："我的意思是有没有在别墅里的。"王小姐先是愣了一下，然后指向一个小山坡上的一栋在建的别墅，虽然只有一个框架，但显然比刚才看过的别墅大气多了，"那个是我们的楼王，五百八十八平方，地下室运动场馆、游泳池，还有一个小型的音乐厅，可供家庭Party用或者看电影用。"老李走到半山坡，驻足了几分钟，王小姐索性挽住老李的胳膊，一个大单即将到手，她难免兴奋。

"黄山归来不看岳"，老李给王小姐传递的一个信息是，他已经找到了叠嶂山峦中的黄山，再看也沧海难为水了，示意王小姐回售楼部。在售楼部，老李像买一套衣服一样敲定了那栋别墅，王小姐赶紧掏出了《购房意向书》，老李把紧握手中的"手机"放在沙发上，抽张纸擦了擦手心的汗。然后跟王小姐说："明天吧，明天再来敲定这个事情，今天很累了。"

"好好好……我们明天再谈！"王小姐说，"那我请您吃午饭怎么样？"

一个连咖啡饼干都不会拒绝的人，他当然更不会拒绝一顿丰富的午餐。就这样，星级酒店、包厢、海鲜、红酒还有美女陪同，老李享受了可能是他这辈子最为饕餮的晚餐。

那天晚上，老李望着整齐挂在衣柜的那套西装，兴奋得睡不着觉，不是因为他要买房了，而是因为他吃上大餐了。这边，王小姐也睡不着，和老李不同原因的是，初来乍到，刚入楼盘销售这一行的她将完成人生中最大的一单生意。虽然主管批评了她，一个售楼员请客人吃饭，是一种可笑的销售方式，但才是售楼一年级生的王小姐，显然不在乎。对她来说，业绩最重要。

5

第二天来得很迟，因为两个人的夜晚都很漫长。

老李还是平常如故，骑着三轮车出去了。而王小姐不到上班时间就在售楼部门口等。她今天刻意多喷了些香水。

第三天还是来得很迟，只是对王小姐而言。因为等待。

老李还是生活依旧，褴褛的衣装，破旧的三轮车，日出而作，日落而息。王小姐还是在售楼部的门口等老李的脚步，脸上已经没了笑容，浮现些隐忧。

第四天也来得很迟，也是对王小姐而言。因为等待开始升级，有些焦急。

老李还是拉着三轮车出门。王小姐则像极了一个望尽千帆皆不是的怨妇。其实王小姐并没有损失什么，只是一个期望，一个被伤害的期望！

6

一个月后，这个城市的另一个楼盘开盘，开盘当天人潮汹涌，摩肩接踵，与之前的"光荣梦想"判若云泥，老李打算人少一点再过去看看。

那天，老李骑着三轮车从这个新开的楼盘售楼部大门口走过，三轮车上堆绑着厚厚的一人来高的纸皮破烂，在人群与车辆中吃力地闪转腾挪，每挪动一步就像是被废了几年功力一样辛苦。老李索性靠旁停下来，点了根廉价的烟。

"先生，先生，您再看看吧，可以打折扣的！"一个老李熟悉的声音飘在耳边。

老李抬头一看，王小姐。王小姐也在人群中瞧见了他。

"你是李总？"王小姐意外得有些惊讶。

老李并没有回答，还是一副镇定自若的模样，看了看王小姐，扑哧一笑，说道："认错人了吧，我这德行也叫'总'？"

王小姐揉了揉自己的眼睛，眼前这个收破烂的大叔和之前那个李总，除了相貌一模一样，其他地方天壤之别，完全扯不上关系。

"你……你……就是李总？"王小姐还是很肯定。眼眶已经开始泛红，眼神中透露着些许的愤怒，说完，她跑进了售楼部。而老李看得清清楚楚。

老李，捻灭掉了手中的烟，骑着三轮车，艰难地离开人潮。

一个礼拜后，老李还是没有到这个新开的楼盘来。三个月后，几个楼盘相继开盘了，然而衣柜的那套西装，再也没有用上了。因为他打从心眼里觉得有点对不起王小姐。

打那以后，老李再也没有伪装成有钱人出入各种楼盘，还是每天都弓着腰艰辛地穿行在这个城市的任何角落，身旁不断复制的楼群，他唯一能做的就是把它看得更清楚些。然后履行命运的合约，继续生活着。或许他已经明白，所谓尊重不应该是骗来的而是赚来的。

几年后，老李的儿子小李要结婚了。老李想给儿子买套房并为他付首付，月供及装修让年轻人负责，劳碌大半辈子，这已经是极限了，老李是这样寻思着。一天，他依旧衣衫褴褛，依旧蓬头垢面，揣着张银行卡走进了一个新楼盘的售楼部，他在里面转了半天，发现没人理会他，这半天他只等来一个声音：老伯，那些纸皮、瓶瓶罐罐都在后门旁。

肩上尘

1

玉凤说话时开始有些文绉绉。

"得即高歌失即休,多愁多恨亦悠悠。今朝有酒今朝醉,明日愁来明日愁。"玉凤翻起罗隐的《自遣》,转头问丈夫:"你说,身陷红尘囹圄,面对各种遭遇和羁绊,能做到把它视作肩上尘埃,这般洒脱和随性吗?写是写得出,但应该做不到吧!"玉凤眼睛深陷在眉骨里面,颧骨渐突,眼神空洞无神,头发灰白,有着孩子般通红的两腮已经干瘪失去光泽,手臂、大腿及身上的肉像是裹着人皮的淤泥,毫无弹性。穿着之前合身但现在不合尺寸的松垮臃肿的衣服,颜色清一色素色,非黑即灰。

丈夫李成全蹲在地上专注盘着今天补来的货,并没有说话。借着白灼的灯光,从玉凤的角度看,丈夫已经汗流浃背,汗从额头直接自由落地,身上白色T恤已经浸湿,紧贴着背,一条脊椎骨倔强地在她丈夫背上延伸,清晰地呈现在玉凤眼里。玉凤从椅子上起身,抽起几张纸巾,慢吞吞地走向丈夫,蹲了下来,柔软的纸巾在丈夫的额头上背上不断地揉搓。一系列的动作可看出,玉凤身体并不是很好。李成全转向玉凤,眼里满是怜意,他将玉凤扶起牵着坐到椅子上。

"你刚说什么来着?"李成全从保温瓶倒着水。

"我是说,休息片刻,让我来吧!"

李成全将水端到玉凤面前,严肃地说道:"记住,在你身体还无法恢复时,我是不会累的,我最累的是看到你起身做任何事情,懂吗?"

玉凤泪眼婆娑,没说话。

丈夫很快将今天到的货盘点了一遍,他麻利地将新衣样品套在人形模特上,摆放在店里显眼位置,一个一个排得井然有序,把同款式不同型号的衣服放一叠,装进塑料袋,归类整齐地放在柜子上。接着拿起扫把将店的里里外外打扫了一遍。"整理得这么整洁,就为了迎接明天的凌乱。"玉凤还是说了这句老话。每回,丈夫整理完之后,玉凤总要这么说,她认为,人活着就是一个重复的过程,直到死亡,干净是为了肮脏,挣钱是为了花钱,聚合是为了离开,快乐是为了悲伤,日落是为了月升……李成全总会回答,我们没法选择不到这个世界的权利，但我们有义务和责任把生命过得有意义。

"意义总是让人受伤！"玉凤还是会冷笑一声。

进门出门最重要的一件事就是跪拜挂在墙上木龛里的菩萨，玉凤先是点了三炷清香，朝着菩萨跪定后，拜了三拜，然后将清香插到木龛前的烟灰盒上，又跪在地上，呈匍匐状，额头触地，念念有词。

拜完后，李成全捻灭店里的灯，卷闸门缓缓而下，他们劳碌的一天算是结束了。他在摩托后备厢拿起件灰色薄外套披在玉凤肩上。坐定后的玉凤，头靠在丈夫散发着汗味的后肩，双手环绕着干瘦的腰。

渐渐地，他们把自己的店面还有这个小镇区夏夜的街灯与喧闹抛在后面。玉凤不时回头看看越来越远的灯火辉煌，然后轻声地在丈夫耳边呢喃："这种离开就是为了明天的相遇，因为我们只要活着就离不开这座小镇。"

2

李成全夫妇开的店叫"以往女装店"，是个新店。开业不到两个月。店名是玉凤取的，却不做任何解释。隔天上午九点，李成全夫妇准时出现在店门口。店门缓缓升起，李成全先小扶着看似孱弱的玉凤进了店，玉凤照例点了三炷香，朝着小供台上的菩萨拜了拜，双手支撑跪地，头和地板接触，闭着眼睛念念有词，旁边的李成全也双手合十，一副虔诚的样子。就这样，他们开始新一天的生意。夫妇俩分工非常"不公"，李成全忙里忙外，招呼客人，讨价还价，玉凤则负责买单收银，除了上厕所，她几乎不离开座位，但李成全觉得理所当然。

其实，以往女装店的生意并不好，甚至可以说是惨淡。除了刚开业那段时间，还算热闹，但来往的都是些人情份，不是亲戚就是朋友，不是同学就是同事。李成全为人处世都得人称道，人缘颇佳，蜜月期相对长一些。之后，销售成绩直线下滑，有时候耗了一整天，还不到几个人进店。要知道开服装店这种行业，确定的是款式和尺码，不确定的是身材和心情，往往是看得多买得少，穿得多拿得少。不过起码得有人看，有人围观，但"以往"连看的人都凤毛麟趾。当然，倒不是因为价格、服务态度或是款式质量的关系。你让一个五大三粗的男人招呼客人，满身雄性荷尔蒙，讨论着女人的身体，然后一个连笑都费力的女人扮着花瓶的角色，你说，能有几个女人有勇气到里面挺胸撅屁股，试穿这些衣服？

十一点多时，"以往"迎来了第一个客人，李成全连忙起身招呼，"随便看看，昨天刚进的货。"客人走走看看，李成全则跟在客人后面，笑哈哈地介绍着，客人回头给李成全一个白眼说："抱歉，我不喜欢人跟着我晃，特别是男人。"李成全只好停在原地，脸上的笑容并没有减少几分，对他来说，这样的要求太天经地义了。客人在店里面开启了试穿模式，李成全疲于奔命地伺候着。终究，客人只拿着一双十块钱的袜子走了出去。道了声"下次光临"后，李成全便回过头整理刚才弄凌乱的衣服，一件件叠好，整齐放回原位。然后隔着收银桌和玉凤对坐。

"你说今天会有几个客人光临？"玉凤托着下巴突然问。

"今天周末，会多一些吧！"李成全其实说得很不确定。

"难为你了！"

玉凤抽了张纸巾，慢慢地起身，隔着桌子将丈夫额头的汗拭去。

"我说过很多次了，我很享受。"

"没有一个大男人会觉得卖女装是种享受。"

"我很享受，并不假！"

"我知道，因为我是你老婆。"

"知道就好。"李成全笑了。

"其实我虽孱弱，但可以应付的，你回去吧。"

李成全并没有回答，他从袋子里掏出一包药，倒了杯水在空气中晃了好一会，才递到了玉凤面前，玉凤没有接过来，两只眼睛直勾勾地锁着李成全。

"看了七八年了，有吧？"李成全牵起玉凤的手，将药和水递给她。

"八年前三月二十一日，第一次看到你，我也是这样看着你。"

"因为我帅吗？"

"不，那次是因为你丑，这次是因为你帅！"

"爱人眼中出西施。"

"你是个好人，我却浪费你的好。"

"夫妻没有彼此，对你好就是对自己好！"

玉凤笑了，笑中泛泪。有时她认为命运判官的毒鞭一鞭一鞭地抽在自己的身上，几乎使她体无完肤，她恨的是咬牙切齿，有时，她又感恩命运的安排，让自己非残即缺的身体能在枕边人的呵护下，尽情地汲取养分和抚慰。"夫妻是没有彼此的。"这是丈夫李成全经常挂在嘴边的话。确实，陪伴是长情的告白，珍爱自己是对彼此的担当，当炽热的爱情慢慢变成温情脉脉的亲情，这便是相濡以沫的守候。可最后，可能演变成一场心甘情愿的消耗……

李成全打完电话，继续守在店门口，望着日渐汹涌的人潮，玉凤独坐店里看着越发萧索和孤独的丈夫。他们各自以悲伤的角度看着对方。店门外的门庭若市仿佛与他们无关，偶尔门口驻足的过客，也只是朝里面看了看，停留不过片刻。

这时，一群谈笑风生的女人扎进店里面，沉默的以往女装店终于绽放了笑声。

"请随便看看，这都是新到的货！"

玉凤有点惊讶，站了起来，投以微笑，还用很小的弧度鞠了个躬。

"你看这件白T恤不错啊，图案简单，清爽干练！"

"那件红白相间的短裙也可以啊，那个小蔡，你不喜欢装嫩吗？"

"这个黑背心，配这浅蓝薄纱肩披挺淑女。"

"那件迷彩热裤，更显修身长腿，小可，适合你！"

"我干脆连衣裙挑件吧，大家帮我看看。"

……

大家七嘴八舌讨论研究着，比对着，建议着。或许以往女装店除在开业的那段时间，很久没这么有人气了。李成全数了数，有八个人，八个手忙脚乱的顾客，他偶尔透过人群缝隙看到收银台边的玉凤，笑颜如花，自己才收获最大的满足和馈赠。

半个小时过后，玉凤的收银台上已经堆满大小不下十件衣服。玉凤将一件件衣服的款式号码，抄写在笔记本上，李成全手伸了过去，要帮忙，结果被玉凤挡在路上。她的意思是，她想自己做完这些事。于是，她登记，折衣服，装袋子，一个接一个收钱找钱，记好账本。临走前，一个叫小可的女生拍了拍李成全的背，说："大哥，好福气，嫂子挺漂亮的！"另一个说："衣服挺好的，下次再来！"玉凤又站起身来，鞠了个躬，这次的弧度更大了。

这一票人出去后，店里又恢复了平静，李成全夫妇简单地交流了下，又用彼此习惯的角度看着不知情的对方，之后，陆陆续续来了几拨客人，成交量几乎为零。

外面日落月升，店门灯次第点亮，夏日里昼伏夜出的人们，开始成群结伴上街透气，这是这个南方小镇逼仄酷热的夏日温度里，最为躁动和活跃的时间，喧闹声逐渐点燃了整个街道。但这一切似乎和李成全夫妇无关，他们的微笑单纯清爽，一如既往地未受影响，这是他们彼此阅读的表情。时针指向十点，李成全照例将柜上的衣服排放整齐，把店面打扫了一遍，玉凤再次点了香虔诚地拜了拜菩萨。确定完成后，熄灯、关门，李成全还是将一件灰色的薄衣披在玉凤肩上。他们下班了。

玉凤则从口袋里掏出一千二百八十元递给丈夫："把钱还回去吧，我们是夫妻，没有彼此的！"

李成全被妻子突如其来的举动吓了一跳，像被点穴一样，完全做不出下个动作。

"有问题吗？"

"没问题，你知道的，你是我全部的快乐！"

"我知道，但我们是在做生意！"

玉凤笑了，她把钱塞进丈夫的口袋，掸了掸丈夫揉皱了的领口，拍拍他身上的灰尘，拿起挂在车把手的安全帽戴在丈夫的头上。"我知道你的用心良苦，但别欠人家情了。"

李成全没好再圆话了，自己的一点小心思，在妻子面前竟也无所遁形。

3

接连几天，以往女装店的生意就像段誉的六脉神剑一样，时灵时不灵，但人总不能有时吃饭有时空着肚子，就算李成全可以，带病的玉凤也受不了这折腾。虽然她始终以乐观自信态度面对这岌岌可危的店，然而她能做的也只有乐观自信，除此之外，她帮不上任何忙。倒是李成全，算是愁煞了，但他像守着国家机密一样，从不会在脸上或任何情绪上透露半分。

李成全夫妇还是冲突了，但这冲突绝非是针尖对麦芒的咄咄逼人，而是摆事实讲道理的苦口婆心。

玉凤说："你必须回去教书，这才是你的专业，签个合同，起码我们保证有饭吃！"

李成全说："困难是暂时的，我们进货没问题，眼光没问题，实诚经营，一切都会好的！"

玉凤："别再自欺欺人，生意不是政策，谁弱势倾斜谁，是弱肉强食的丛林规则。"

李成全："事在人为！"

玉凤："你是只狮子，终究吃不了草。"

李成全："我只是匹马。"

玉凤："不，你是狮子，不过在扮演马的角色而已，学校才是你狩猎的舞台。"

李成全："我很开心，真的。"

玉凤已经噙着泪，口气似乎是哀求：

"你可以用另外一种方式爱我，比如回到学校。"

"你一个人照顾不来，我不放心。"

"你得试着让我去做,跟我绑在一起,无非坐困愁城,生活不是要继续吗?"

李成全要继续说,但玉凤最后给他一个选择题,他立马像个死机的电脑,脑袋一片漆黑。

"两个选择,要么你回学校,要么我停止吃药?"

重新开机之后,李成全选择了前者。

"那你答应我,多看电视,多听音乐,不能胡思乱想!"

玉凤答应了,但李成全悬着心。

李成全申请回了学校,当个临时代课老师,重操旧业的李成全得心应手,深受学生的喜爱,教学质量也不错。后来,他跟校长商量,尽量在排课上给他方便,让他能有两天的空余时间自由支配,校长应允了他。李成全虽然是悬着心在上课,但效果总能让学校和家长满意。

一个星期下来,李成全虽然疲于奔命,但还算感恩,玉凤总算是没出什么差池。

或许有些事情真不能高兴得太早。

一天,李成全正在上课,同事小蔡打来电话说店里面有状况。李成全始终悬着的一颗心碎了一地,尽管他知道早晚会有状况发生,但真正发生了,之前所有的心理准备、心理建设,都像是纸糊的老虎,强壮不了自己。李成全急匆匆赶出班门,又折了回来朝着同学们交代:同学们,下课才能上课……然后小跑出校门。班里的学生没人知道他在说什么,李成全太慌了。

店里的玉凤带着头套,穿着褐色羽绒服,长筒靴将宽松的牛仔裤紧紧包住,双手不住地拽着手中的手套,俨然一副寒冬腊月的装扮。汗水像打开泉眼一样,不断从玉凤的额头上流下来,显得纠结而慌忙。李成全赶到,店门口已围满了一圈人,他快速地挤进店,瞬间将店门拉下。玉凤双手紧紧抓住李成全的手臂,不断说道,看到了看到了……

李成全将玉凤搂住亦步亦趋地走到柜台旁,他打开保温瓶,倒了杯水,让玉凤喝下,嘴里不断地安慰,别紧张别紧张,我也看到了,慢慢说,慢慢说。李成全长吻了玉凤额头,双手环绕在她腰际,让她渐渐缓和情绪。

玉凤似乎不再那么紧张,拳头渐渐松开了。

"我看到狗儿了,蓝色尼龙外套,牛仔裤,黑色运动鞋,他说他很冷很冷,他被藏在一座山上,他说他很冷……"

李成全将风扇定住在朝玉凤吹的方向,汗流满面的玉凤神情惶恐,惊魂未定。李成全安慰着玉凤,肯定了她说的每一句话,并答应她要到一座山上找狗儿,玉凤这才缓和下来,吃了药睡下。李成全小心翼翼地将妻子身上的外套和长筒鞋脱去，端了盆水，将玉凤散发着汗臭的身体擦了擦，李成全每触碰一寸妻子的皮肤，那像烂泥一样的触感，松垮的身体，没有血色的脸，心如刀割。

狗儿是谁？狗儿是李成全和玉凤的儿子。大前年春节，李成全夫妇带着狗儿到高源山烧香礼佛。要知道，在春节每个公众场所都是人满为患，摩肩接踵，佛门圣地更是夸张，几乎寸步难行。狗儿就这样在玉凤的生拉硬拽下上了山，李成全双手提着满满的两袋供品，早已经是气喘吁吁。三个人就在入口处驻足歇息，高音喇叭不断地喊着："请各位香客注意钱包手机等贵重物品，人多人杂，防止偷窃。"玉凤松开了狗儿的手，下意识地摸了摸斜背在身上的小包和口袋里的手机，摸了好一会，确定无虞后，伸手要拉住狗儿，结果拉了空，那年狗儿五岁……从那天开始，李成全和玉凤的生活就跌入万劫不复的深渊。

无独有偶，事发三天后，开服装店的邻居艳丽也在自己店里面丢了孩子，但幸运的是，一个礼拜后，孩子被找到了。之后，好心的艳丽告诉玉凤，她是受到店里面那尊菩萨的保佑，才找到自己的孩子。

孩子丢失两年后，李成全成功履行了一个男人的责任，不被灾难挫折击倒，担当起照顾全家的重担。但玉凤彻头彻尾地换了一个人，头发灰白，形同枯槁，眼神空洞，找不到任何神采。言行举止偶尔怪异荒诞，容易产生幻觉。就在去年，玉凤坚决要开一家服装店，取名为"以往女装店"并坚决地将艳丽店里的菩萨借了过来。

李成全也辞掉了工作，全身心打理服装店还有照顾精神有些恍惚的玉凤。当时李成全是个合同教师，虽不是事业性质，但工作还算稳定，因为他踏实诚恳的工作态度和为人得到学区很多校领导的赞誉。

早晚三炷香，然后跪在地上念念有词，成了玉凤必修的功课，开店至今一年多，没有落下过一天。

就在上个月，事故发生了。李成全趁着间隙跑去打份快餐，独自看店的玉凤突然看到店门口有两个人押解着自己丢失的孩子，她随手拿起剪刀就往外冲，结果绊到椅子，摔倒在地，剪刀锐利的部分正好指向自己的小腹。住院时候，玉凤发了疯都要回来拜菩萨，李成全拗不过他，索性将菩萨偷偷地带进病房，早晚三炷清香。自那时候起，玉凤除了疗伤，开始吃些精神药物。

住院期间，李成全百般照料，玉凤不是看书就是拜菩萨，三年来，这或许是玉凤最为放松和淡定的。而且是出奇的冷静，仿佛种种不堪的往事挫折，她已经放下，重新出发。其中那几句颇具正能量的表达，让李成全一度看到好转的可能。

出院前一天，玉凤突然拉着李成全的手说了句："很幸运能遇见你，没有你，我像是幢没有承重梁的房子，随时都有倒塌的可能。让我们好好经营我们的店，重新开始，好吗？"李成全很是兴奋。这大概是近三年来，照射到他的第一缕阳光。

但今天的事情，让一切都化为泡影，虽然李成全有了心理准备，虽然他怀揣着的希望是美丽的，虽然他像是个拆弹专家始终相信剪掉的线是正确的。不过还好的是，玉凤沉睡了两个小时，醒来后，她依然跟李成全强调，孩子被人抓到山上，感觉很冷很冷，但并没有执意要上山，李成全敷衍了她几句，迅速甩掉这个问题。

回家前，玉凤照样点着香，身体匍匐在地上，不断地念念有词。

李成全的摩托车，渐渐甩下镇区的灯光灿烂，奔向路灯寥落的前方。临近村落，整个夜空更显苍茫和空洞，耳畔的清风，是这个夏日大自然最优雅的馈赠。脱下头套的玉凤，几缕没有被橡皮筋束缚的头发仿佛在舞蹈。摩托拐入村路，摩托车颠簸发出响声，路旁泥土的蟋蟀、黑乎乎树上的夏蝉，它们开始弹奏，玉凤紧紧地靠在李成全背上，享受此刻的宁静。

"真好！"玉凤终于开了口。

"想再逛一逛吗？"

"可以吗？"

于是李成全的摩托车将整个村子绕了一圈，谁都没有搭话。

三天后，有个重磅消息传到李成全耳朵里，市公安局抓到三个人贩子，这些丧尽天良的人贩子供认不讳，详细交代了他们作案的次数、时间、地点以及他们转手的人贩等等。对于李成全来说最重要的信息就是，他们曾在高源山附近作过案，但时间不是李成全所期待的二〇〇三年二月十一日，而是二〇〇三年三月一日。但不管怎样，这足以让李成全如获至宝，欣喜万分。根据警方提供信息，二〇〇三年该市登记在案的孩童丢失案件有四起，包括狗儿失踪案件。李成全拼命抑制心中的激动，他并没有将这个消息告诉玉凤，他怕如结果非自己所愿，无疑会给玉凤带来更为惨重的二次伤害。

4

玉凤喜欢上读诗，特别是海子的诗，这是近期的事。那天晚上，李成全的女同事们组团前来光顾，大伙忙着挑衣服，试穿，突然一个高亢的女声在人群中炸开：

> 在青麦地上跑着
> 雪和太阳的光芒
> 诗人，你无力偿还
> 麦地和光芒的情义
> 一种愿望？一种善良
> 你无力偿还
> 你无力偿还
> 一颗放射光芒的星辰
> 在你头顶寂寞燃烧

看玉凤那个姿态，身体挺直，右脚比左手多半步，左手拿着诗集和胸口齐平，右手高高举起，时而手掌时而拳头时而曲腕，随着高亢富有感情的表达中不断变换着动作。朗读完后，还深深鞠了个躬，店里顿时响起了掌声。念到兴起的玉凤正准备朗读第二首，李成全赶紧迎了过去，说："让我同事先挑衣服吧！"玉凤不好意思笑了笑："那等大家挑完了，我再朗诵几句吧！"今天的玉凤好像被打了鸡血一样，特别有干劲，虽然眼神还像是丢了魂般的木讷，但整个精气神貌似有恢复了些。李成全同事买完后，大包小包正要往外走，却被玉凤拦了下来。

> 姐姐，今夜我在德令哈，夜色笼罩
> 姐姐，今夜我只有戈壁
> 草原尽头我两手空空
> 悲痛时握不住一颗泪滴
> 姐姐，今夜我在德令哈
> 这是雨水中一座荒凉的城
> 除了那些路过的和居住的
> 德令哈……今夜
> 这是唯一的，最后的，抒情
> 这是唯一的，最后的，草原
> 我把石头还给石头……

海子的《日记》朗诵到一半，戛然而止。她转向李成全说："海子是一个很勇敢的诗人。"话刚落音，在场哗然，李成全更是惶恐，一时半会也不知道该接些什么。同事们离去了，店里很快恢复了平静。玉凤拉起还没缓过神的李成全说道：

"你就放一百二十个心吧。我不会想歪的。"

"你吓死我了。"李成全只能这样说。

"我现在是为你活着！"

"好好为我活着。"

读海子的诗成了玉凤生活中的一部分，她每天几乎都要在店里或家里引吭高歌一番，还辅助很丰富的肢体动作。渐渐地本来气若游丝的生意也就雪上加霜，直至两三天都不见一个人。李成全依然在习惯性的失眠漩涡之中，这段时间他半喜半忧，喜的是，可以对小孩的失而复得有所期待，忧的是，玉凤日益加重的病情让自己手足无措。

李成全不会抽烟，却摸下楼梯偷偷抽了他老爸几根烟，蹲坐在门沿大口地吸，孤独地吸着，将烟含在嘴里，然后大口地吐出去，任凭烟雾缭绕，有时尝试着烟将吸入嘴的烟慢慢地吞下去，却呛得像个肺炎病人咳嗽不停。那天晚上李成全抽了三根烟，但这些烟并没有带给他解决问题的灵感，反而让他看到混沌不清的、有些残忍的未来。

5

邻居艳丽来向李成全要回那尊菩萨，理由是她那即将小学毕业考的孩子需要这尊菩萨的帮助，以求能考上好的中学。李成全犯难了，他试着和玉凤商量，但玉凤坚决不干，除非要她的命，玉凤说："菩萨会指引我找到孩子的！"李成全没办法，只能花七百元让木工师傅仿照这尊菩萨的大小外形和色彩雕刻了一尊，足可以假乱真。偷偷和店里的"本尊"互换，将"本尊"归还给艳丽。

事情过了两天，玉凤突然在和她隔着一条街的艳丽服装店里面痛哭流涕，不时咒骂邻居艳丽不得好死，还砸乱了艳丽店里的一些衣物和柜台。吓坏了的艳丽只得报案，李成全闻讯从学校赶了过来。当着李成全的面，玉凤哭闹得更大声了。

"这个杀千刀的狼心狗肺的女人换了我们的菩萨，她是要让我找不到孩子，她要害人的，害人的……"

李成全用尽气力一把抱起跪在地上的妻子，站起时还打了个趔趄，被警察扶了一把，不然得摔了。李成全向艳丽道了歉，表示会赔偿这些损失。回到店里，玉凤还在咒骂着艳丽，整条街顿时堆满了人，很多街坊向李成全建议把店关了，亏了钱暂不说，一来会影响其他店的生意，二来指不定还惹出什么祸端来。李成全只能不断地道歉，再道歉……

艳丽并没有接受李成全的赔偿费，当然也没有将那尊有灵性的菩萨再次借给李成全，毕竟自己孩子考试远比其他人的灭顶之灾来得重要。

李成全决定把店关了，但关门之前，他得先抚慰好玉凤。那天晚上，几个宗亲老大聚集在李成全家，商议如何处理玉凤这事，可谁都在说些题外话。其间，李成全的父亲几次将话题引到玉凤这事来，还是被这些叔公伯父们巧妙扯开了。最后耗了两个小时，商量的结果还是没结果。

李成全只能再次辞掉学校的工作，继续看护着玉凤。玉凤还是对艳丽不依不饶，几次三番要要回那尊菩萨。每次都被丈夫拖着抱着回来。李成全终于听从医生的嘱咐，加大了药物的剂量。那天拿药时，李成全问：

"除了加大剂量，没有别的办法吗？"

"有，让她来医院吧！心理干预科看一看。"

"那么，我可以陪她吗？"

"当然……"

店铺房东回来了，他愿意将整年的房租如数还给李成全，但只有一个要求，就是要李成全在一周之内把店关了。李成全没有办法，只得将以往女装店关门。那天，吃药熟睡的玉凤是被李成全抱上前往市医院的车里。醒来后的玉凤已经在病房里，出奇的平静。

一个星期后，李成全要求出院，不太乐观的经济情况让他负荷不了这每天板上钉钉几百块的流出，医院也无法给出一个确定的治疗时间。换言之，除非奇迹出现，否则玉凤的病好的可能性不大。这个奇迹，便是派出所那通李成全所期待的电话。李成全的店关了，终于还是接受了房东退回的整年房租，毕竟现实比人强，现在正是用钱的时候，他写了张借条给房东，房东则当场撕破。房东是一个善良的老人。

玉凤回到了家，李成全父母便安排几个"师公"（专门度化驱邪的职业），设起了神坛。村里指定几个彪形大汉将"挡境"（村庄的守护神）扛在肩上，随着师公做法事时的指示，在李成全家里摇摇晃晃，像是走着醉拳的脚步，看似形散其实意定，一会上楼，一会下楼，一会进房间，一会出天台……围观的人群总要闪出几米距离，免得被神撞到。村里老人说，这是在驱邪除秽，将家里不干净的东西消除掉，因为他们认为玉凤这病是鬼缠身的表现。法事持续一个多小时，几个彪形大汉也汗流浃背气喘吁吁了，李成全父亲拿出早准备好的好包，散发给他们，再三表示感谢。师公的红包则更大些，他们也拿得心安理得。

当天晚上，派出所打来电话，李成全拿起手机贴在耳边，手不断颤抖着。

"怎么样了？"

"案子在侦破当中，但种种证据表明，应该不是你丢失的孩子。"

"……"

"你也不要失望，现在公安局已经加大对人贩子的打击力度！"

"我看了个电影叫《失孤》，里面丢了十五年都能找到！"

"只要一有情况，会通知你的！"

那边电话挂掉了，李成全还将手机紧紧压住耳朵，一颗心彻底被扔进了冰窖。第一次感受到生活如此绝望，他沉默着，妻子端起脸盆往阳台走出，昏暗的灯光下，瘦削的背影、凸起的肩胛骨还有干瘪的小腿，在松垮的上衣和宽松的短裤映衬下显得格外心疼。

6

回到房间，面对玉凤，李成全一脸微笑，玉凤刷牙洗脸，一气呵成。她枕边是另外一本书：《如何做一只快乐的猪》。

"换新书了？"

"我要学着做一只快乐的猪。"

"那你要教我哦？"

"当然，你是我老公，我们是两只猪。"

"说得是……"李成全起身倒水拿药，递给玉凤。

"怎么那么多啊！"

"医生说，多出来的药是补身子的。"

玉凤说："我得变得强壮，才能照顾你和我们的孩子。"

临睡前，玉凤说："孩子，他在山上，很冷很冷。"

半夜里，一个声音震醒了好不容易入睡的李成全，他迅速爬上来，仿佛意识到了什么，只见玉凤跪在地上双手支撑，用力地磕着头，嘴里念叨着："求求你，把孩子还给我吧……把孩子还给我吧……把孩子还给我吧……杀千刀的艳丽，我要杀了你，要杀了你……"李成全赶紧把他拉起来，死命抱到床上，亲吻着玉凤的额头，说道："不要害怕，有我在，有我在……"玉凤紧紧将李成全抱住，双手在李成全的背上抓了十个手痕……

玉凤说她看到孩子是艳丽带坏人抓的，她只能跪着求他们，求他们放了自己的孩子。李成全告诉她是在做梦,当不得真,而且警察会把所有坏人抓走,把好人都放回来。李成全整个晚上都在哄,像在哄一个惊吓过度的小孩。

那天晚上,李成全根本无法入眠,他做了个决定,把玉凤送进医院——专门医治精神的医院。在整理玉凤的衣物时,他找到了一本开服装店时的记账本,第一页,写着一首诗:得即高歌失即休,多愁多恨亦悠悠。今朝有酒今朝醉,明日愁来明日愁。还有她的后感:身陷红尘囹圄,面对各种遭遇和羁绊,能做到像沾惹在肩上的尘埃一样,轻轻地拍一拍,那样随意和潇洒?为了李成全,我的"以往"必须"遗忘"。我做得到吗?

原来,她拼命地把那些沉重的遭遇视作肩上尘埃,努力找回之前的自己,李成全转向即将被自己亲手送进医院的玉凤,矛盾纠结负罪感全涌了上来,突然鼻子发酸,一滴泪滴在账本上。

人生赢家

1

陈一诚经常被他的朋友同学称作人生赢家。

所谓"人生赢家"应该就是在人生这个赌桌上赢得较多筹码的人，永远都是以未卜先知的姿态迎接下一个赌局，接着以云淡风轻的方式笑纳所有筹码。

人生就是赌局，选择很重要。人活于世就得面对一个又一个的选择，每一个选择都是给自己的命运敲下一锤子，直到板上钉钉。有人在多种选择的情况下却选择了最糟糕的一个，有人所面对的人生试题即使是开卷考试，也能写错答案，有人原地踏步，有人在做折返跑……唯独陈一诚，总在做着最正确的答案，即使在生僻复杂的难题前，也能骄傲地写上正确的答案。

陈一诚，三十岁，一家私企高管，都市白领，年薪二十万以上，大众途观代步；妻子方一韦是市重点小学教师，高挑美丽，长得标致，开着标致。陈一诚的父母是农民，一亩三分地，田园生活，快乐充实。他丈人是一个生意人，城里那家小有名气的农家味酒楼是他经营的，陈一诚现在的房子就是妻子的嫁妆。一对双胞胎儿女，长得像他们的妈妈，男的机灵女的可爱，是早教班里的小明星。

当然，人生赢家的门槛不会那么低。关键是他们和乐融融的家庭氛围让人艳羡，就连婆媳相处的千古难题搁在陈一诚家就像是简单的整数加减，不费吹灰之力。根据陈一诚所言，婆媳间或如母女或如姐妹或盘膝谈心或挽手买菜，在带小孩上意见统一得令人发指。

人生这场赌局，如果说有工作、有车、有房、有漂亮老婆、有可爱儿女、有健康父母和稳当靠山，不过是普遍性的胜利，那么，能让老妈老婆这两号如猫鼠般天敌的人物相敬如宾地生活，不得不说，陈一诚是个赢家，特别是在婆媳关系普遍哀鸿遍野的今天。

陈一诚父母皆是务农，靠种农活维生，偶尔讨点海活，种些紫菜，抓些海产。典型的靠天脸色吃饭的农民。这样的家境下，陈一诚免不了要吃些苦头，但事实却相反，除了偶尔在读书学习上叫苦连天，其余并没有苦楚入喉的迹象。

不用干家务，有充裕的零用钱，衣服逢年过节还能换新的，可以和小伙伴自由地玩耍……在生活战场上忙得灰头土脸的父母，只想让孩子在物质上不落人后,这样学习才能专心。二十年前的贫农能有这等想法,在当时是要顶着很大的压力和非议的。

　　后来陈一诚的成绩,虽然算不上是光宗耀祖,但也不辜负父母的期望。高薪白领,妻贤子孝,家庭融洽。陈一诚经常说,以前穷,我也有面子,现在生活安逸了,我必须更有面子。果然如此!

　　回到老家,陈一诚最常听到的一句话是:这聪明的孩子,改变了整个家的命运,他是一个人生赢家。这是陈一诚听得最舒服的一句话。这也就是他所谓的"面子"。客观地说,陈一诚这条人生轨迹还真不浪费"人生赢家"一词。大学毕业,当周遭同学都去挤公务员这座独木桥的时候,他选择应聘到一家只有二三十号人的私企上班,学习人事管理。三年后,手中揣着些经验和人脉跳槽到一家食品私企,当上营销主办,碰到经济不景气,他选择跟随公司鞍前马后,走市场找订单冲锋陷阵,还不领奖金,这严重震撼到了老板的铁石心肠。当婚年纪,老板为回馈他的忠诚,将一开餐馆老友的女儿介绍给他,就是他后来的老婆方一苇。经济好转时,老板给他加薪加利,欲加之薪何患无理。后来他更是谢绝了很多橄榄枝,老板感动得差点将他视如己出。

　　今天,那些曾向他抛橄榄枝的公司已折断腰肢,那些在社会大浪里浮沉的朋友同学,依然不见起色。他却像是受孕的那颗精子,一骑绝尘跑在其他人的前面。

2

　　好吧,陈一诚是人生赢家,有一个原因:他有两把手机。

　　这天下班,陈一诚接了个他妈妈打来的电话:"阿诚啊,妈妈先回两天休息下,脖子又开始酸了,你让阿韦多辛苦下。"陈一诚让他母亲好好休息,过两天再接她上来。

　　陈一诚夫妇俩上班,两个上早教班的孩子人前人后,上课之余总要有人照料,陈一诚妈当然是不二人选。但习惯在农村畅快生活的农民一到了石头森林,就像是一只深海高气压的鱼游到了低气压的浅海,浑身不自在。当然还有一个家庭和另一个家庭生活习惯上的差异。这让陈一诚妈脖子老犯酸。安慰的是,婆媳间相安无事。

　　讲完电话,陈一诚同部门的同事李桓突然凑到他耳畔说道:"婆娘又开战了,我进退失据,左右为难,腹背受敌,是兄弟就帮我一把!"

　　声音很微弱,但陈一诚能明白,因为李桓已经不止一次求救了。陈一诚点了点头,很和谐的医患关系。说来奇怪,李桓家这两个超级大国每一次"热战"或者"冷战",陈一诚总能轻而易举地搞定,并且能让他们休养生息一段时间，而这段时间应该是李桓最踏实的时光。

那天在李桓家，陈一诚先是在客厅对李桓老婆说："偶尔收收自己的脾气，不是为你婆婆，是为李桓，你们俩又闹一出，李桓工作根本没法专心，这不，今天又让公司损失几个钱了。"

接着再对躲在厨房啜泣的伯母说："毕竟不是你的女儿，就当作客人吧，要知道，你所受的任何委屈，都是代替你儿子，不是吗？"

老实说，陈一诚劝说的话并没有什么技术含量，但很多时候说什么话并不重要，重要的是这话出自谁之口，这个标签很要命。五分钟后，婆媳俩在客厅冰释前嫌，陈一诚的形象再次像客厅神龛里的神像，对李桓来说，陈一诚是人生赢家，是顶着祥云的菩萨，说服力可见一斑。

为表感谢，李桓几乎是全家出动围追堵截，必须留陈一诚在家里吃饭。盛情难却，陈一诚只能拿起电话拨给他媳妇："小韦啊，我在李桓家吃饭，晚上你们自个吃吧！"说完陈一诚赶紧按下红色结束键，只留下一个高音量的"死……"的回音。

"嫂子不会生气吧？"李桓关心地问。

"你说呢？"陈一诚不可思议地笑起来，表情有些骄傲。

李桓妈将最后一盘餐端了过来，搁在桌上说道："像阿诚这么优秀的一个人，他媳妇还不放心吗？"

李桓老婆也在旁边附和道："就是……就是……"

李桓给陈一诚挤了个眼，很满足地吃起饭来。

晚饭后，李桓送陈一诚下楼，他们并肩走了一会。

陈一诚让李桓回家去，免得又吵起来，李桓说："你的规劝像止疼片一样，三五天之内是不会发作了！"说完两人都笑了起来，只不过，李桓的笑有苦涩的成分。他打心眼里羡慕陈一诚。

"那到我家喝茶吧。"陈一诚说。

李桓答应了。陈一诚与李桓家只隔着一道马路，是比邻的两个小区，但陈一诚家的小区规格更高些，属于这城市的尖端住宅区。

站在自己的家门口，陈一诚示意让李桓按门铃，自己则拿着另一把并不常用的手机发信息。方一韦开完门先是顿了下，感觉到嘴边的话又咽下去。

"我家小陈又到你家去蹭饭了，嫌我做的对不上味吗？"方一韦说得有些酸。

"不不，我家那两主子又闹矛盾了，我让诚哥帮我解解围！"李桓坐在沙发上。

方一韦叹了口气，递上了茶，突然，陈一诚那一对小精灵从房间里欢快地跑出来齐声对着李桓喊道："叔叔好！"然后吻了吻他们爸爸，又跑回了房间继续玩。

李桓使劲鼓了两下掌，对着陈一诚夫妇俩说道："这孩子怎么教的，我那儿子不打我算乖了。"

陈一诚手搭在妻子肩上，一脸自豪地对着李桓，仿佛在跟李桓炫耀他得意的作品。

李桓眼睛扫视了一下这一尘不染的四口之家，说道："伯母也挺厉害的，又会带孩子，又会持家，又……"

还没等李桓说完，方一韦拦腰截断。

"小陈吹的吧，整个房子里里外外，都是我……"

"都是我老婆和老妈的杰作，婆媳合心，齐力断金……"

陈一诚抢答式的，抢走了他老婆的话语权。

不过做个家务，带个孩子，夫妻俩还像小孩子分糖似的抢着要，调皮的形式却是恩爱的内涵，这样的家庭氛围真是轻松。这是李桓的想法，接着，李桓将手中的茶一饮而尽，"我走了，回去教训我儿子去！"

送走了李桓，方一韦立马凑到陈一诚面前撒娇地说道："都自身难保了，还跑去别人家当菩萨。"陈一诚示意让老婆坐下，倒了杯茶给她，一本正经说道："老婆大人，请用茶！"

"你妈回去了。"方一韦说，"我让她回去的。"

"？"陈一诚纳闷。

"每天带完孩子上学，回来就开始坐立难安，有时还呆呆地望着窗外，一脸惆怅，如此困坐愁城，还不闷出病来。我就让她先回去住两天。"

陈一诚搂着妻子，吻了一下她脸颊，说道："果然是善解人意的中国好媳妇。"

但方一韦显然不那么开心，推开了他："我没那么伟大！"

陈一诚掏出手机看，结果看到一条他妈妈发来的信息：

阿诚，你和阿韦说一下，这两天让她苦了，过两天再去。

陈一诚将手机递给方一韦看，看了信息，方一韦两条紧皱的眉毛才些许放松。

"你说，怎么不直接打电话给我呢？他们打字不是更麻烦？"方一韦说。

"万一小孩在睡觉呢？不是吵到他们啦？老人家总是想得周到。"陈一诚说。

"那她也可以发信息给我啊？"

"你手机经常不带在身上，是不？"陈一诚停了会，又说，"好了，不纠结这些了，爸妈也是挺在乎你的，不是吗？"

"是在乎他们的孙子吧！"方一韦说。

陈一诚上了趟洗手间，妻子方一韦的手机信息提示响了一下，方一韦打开手机，发信人是婆婆的信息上写着：我的小韦，这两天你辛苦了，妈妈过两天回！

方一韦笑了，有种小满足。

隔天是周末，陈一诚的丈母娘来了，又是大鱼大肉，又是进口食品，大包小包像是探访许久不见的朋友。

"您怎么来呢？"陈一诚正要去加班。

"我来看看我那两个可爱的外孙不行吗？"

陈一诚赶紧将丈母娘迎了进来，连声感谢！并说道："我妈老毛病又犯了，回去了。"

"是吗？那阿韦又是家务又是小孩怎么忙得过来？"

"没事，我一有时间马上赶回家帮忙。"

"那怎么行？你老板答应吗？"

"别人不行，我是可以的！"陈一诚说得很自信。

"你跟你妈说，我会多待上两天，让她过几天再上来。"陈一诚丈母娘说道。

陈一诚很是兴奋，赶紧应道："好的，好的！"

陈一诚到公司打个卡便出门了。说是和客户谈点事情，其实是回老家，并顺手买了两件衣服。一踏进门，陈一诚妈就抓着儿子的手上气不接下气说道："单带孩子我不怕，还要拖拖洗洗，煮饭洗碗，你说，我能有几双手，她每天上班回来不是看电视就是紧抓住手机不放，连拖个地洗个衣服都懒……"

陈一诚赶忙打断妈妈的话，将手中的两套衣服递给她，说："这是一韦给你买的，昨晚在那个品牌店挑了一个晚上，多亏她还能记住你的尺码，我自己都忘了。"

陈一诚的母亲眼睛立马亮了起来，说："一定很贵吧，还两套？"

陈一诚喊着让妈妈试试衣服，果然，试穿的效果非常理想，陈一诚妈也赞不绝口，她不断说道，就是少了这两个风格的衣服，阿韦的眼光真是好。

或许人就是这样，喜新厌旧是无法摆脱的天性，老人家现在的心思全在这衣服上。陈一诚拉着妈妈的手，他说，方一韦这两天好像那个来了，而学校的课务又重，活动也多，她也知道你辛苦了，但就是没太多精力在家务了，自己也很过意不去。这不，她知道你颈椎病又犯了，便将她妈给调来了，让你多休息两天。"

陈一诚妈马上说："是吗？她妈来了，那行，再过两天一定上去，我好好休息。"

此时此刻，陈一诚妈已经把埋在心里关于对媳妇的不快抛之脑后了，取而代之的，方一韦是一个善解人意、孝顺大方的好媳妇。

那天回家，陈一诚顺带买了一套比较老款的黄绿相衬的连衣裙。他告诉媳妇，老妈忍痛花了三百元买的，要不是真上心，要一个老人家花三百元买套衣服比被陨石砸到脚趾头还难。方一韦虽然不喜欢这款式，但毕竟是婆婆买的，也就欣然接受。

在婆媳分开的这段时间，方一韦总会收到来自婆婆暖心的问候和关怀，同样陈一诚妈也会收到来自媳妇的关心和问候，彼此也就没有太多意见了。

3

历史经验告诉我们，很多时候，婆媳待在一屋檐下，就是在彼此旁边都放一个定时炸弹，同时也放两个在那一个管她们叫妈和老婆的男人身上。所以，唯一减少冲突矛盾的就是让她们俩各安其所，井水不犯河水。可当年轻人有了孩子之后，当老人家行动不便的时候，却又不得不守在一起，而在这对没有血缘的亲人之间，总会有或多或少的问题。从这方面讲，陈一诚确是高手，婆媳间至今安然无恙。

一周后，陈一诚将他妈接回了小区。回头，陈一诚给老婆发了一条短信：老妈颈椎病好像挺严重的，有潜在血管堵塞的风险。老人家不让我们担心，你要装作不知道。然后又给老妈挂了一电话：一韦昨天看了妇科，有点麻烦，可能情绪会有点不好，不要太放在心上。她不想让你担心，要装作不知道。

从此婆媳两个出现在嘴边的话，更多是嘘寒问暖，婆婆更加从容了，媳妇更加勤快了。但谁都知道，这些只是表面上的文章。但这些就够了，陈一诚所要的和谐也就如此。

当天下午，方一韦没课，就带着婆婆到商场买东西，两人挽着手走出小区，有说有笑，刚好撞见了李桓和小区管委会副主任。

"你看看，你看看，这个'美丽家庭'非他们莫属了！"李桓对着副主任扯着嗓门说道。

婆媳俩一头雾水，什么"美丽家庭"？随即，大腹便便的副主任递上了一张表格，上面写着"同江市十佳美丽家庭推荐表"。

"征集了很多小区住户的意见,都强烈推荐你们这个家庭来参选本市的'十佳美丽家庭'。"副主任和蔼可亲地说。

方一韦连声道了谢,让副主任直接和陈一诚联系,他说了算。

说完,婆媳俩还是挽着手,有说有笑地走向商场,李桓看着这两个远去的背影,不禁感叹:"陈一诚,是怎么做到的?"

果然,陈一诚他们这一家,顺利当选了"同江市十佳美丽家庭",在"婆媳和睦"组别的评选中蟾宫折桂。陈一诚父亲作为一家之主上台接受了奖杯,而陈一诚则代表着他家接受《同江晚报》的采访。

  记者:首先祝贺你们家庭获得我们同江市首届"十佳美丽家庭"的荣誉,在这里我想问一个大家都想问的问题,很多人都纳闷你是怎么处理和平衡婆媳之间的关系,让她们如此融洽?

  陈一诚:其实这是大多数人的误解,解决婆媳之间这个老大难的问题关键点不是在我,而是在于,我有一位慈祥仁爱的妈妈,一位善解人意的老婆,她们彼此间相敬如宾。

  记者:可以说,婆媳相处的问题,一直都是一个难解的命题,从古至今,皆是如此,你想为所有的婆婆和媳妇说点什么?

  陈一诚:我想说,这两个身份都非常伟大,有她们的存在才有我们人类繁衍不息,社会的茁壮成长。她们本身所衍生的所有问题,没有对错,没有是非,只要多站在彼此的立场上看待问题,就会有新的感悟和看法,其实很多矛盾的产生,都是因为我们没有换个立场想问题。如果真想不到一起,那就请想想,那个你们都爱着的夹在中间的那个男人的感受吧!

  记者:我想除了两位伟大女性的关系,你的做法也是非常关键的,能否为我们在座的男性上个课?

  陈一诚:如果非得扯上我的关系,那我只能说,选择很重要,运气也很重要。谢谢!

  记者:很聪明的选择,正如你的朋友所说,你是个人生赢家。

  陈一诚:谢谢抬爱!

自从见报之后,陈一诚立马成了同江市家庭问题的专家,工会、团委、妇联或者一些社会团体都聘请他去当讲师,传授经验,为践行社会主义核心价值观,构建和谐社会而添砖加瓦。陈一诚顿时成了名人,四处讲学,为千家万户的家庭和睦不遗余力。老板也是为他开绿灯,允许他缺席一部分工作日的时间。

作为一名优秀小学教师的方一韦，也顶着"最美媳妇"的名号在当地教育圈里泗开了名气。演讲、讲座、座谈、经验交流等都让方一韦有些招架不住，每每看到朋友圈上别人上传转发的那些照片、溢美之词，她甚至有些心虚。陈一诚妈虽然也顶着"最美婆婆"的名号，但成天照顾小孩，做家务、做饭洗碗，忙里偷闲看见的却是这城市高不可攀冰冷的建筑，其实，她的心情是不美丽的。

这些，陈一诚都能像个特工一样敏锐地感受到。

一天晚上，陈一诚回家看到还在灯下备课的方一韦，就赶紧隐进了洗手间。瞬间工夫方一韦接到她婆婆的信息：小韦，注意身体，别太累了。一股暖流便在方一韦胸口荡漾。隔天早上，方一韦起得很早，榨玉米汁，蒸包子，煎蛋，一切准备就绪，就带着个包子匆匆出门。陈一诚听到动静拨开门，从门缝里看到是一个贤妻良母的形象，顿时佩服起了自己的才智。

待妻子出门，他跟着出来，拿张便用签，模仿妻子的字迹写道：妈妈，这两天忙，让你带孩子睡，辛苦了！然后贴在餐桌上，自己洗刷完毕也出门了。过一会，这几天作息和孙子同步的陈一诚妈，带着孩子走出房门，看到了一桌早餐，还有一张纸条。虽然是乡下人，但这几个字还是难不倒她的。"果然是个懂事的媳妇！"这是陈一诚妈此时的感受。

送完孩子上学，陈一诚妈，今天干起活来也特别有劲。

4

阶段性的热度过后，"最美家庭"余波渐平，陈一诚一家总算可以喘口气了。方一韦主动提出让婆婆再回老家住两天，陈一诚妈显得格外兴奋，兴奋之余还透露些许的感激。那天下午本来陈一诚要送他妈回去的，后来公司老板和客户临时约在农家味餐馆吃饭，陈一诚就叫辆车送他妈回去。

刚到餐馆，陈一诚丈人就给他来了个熊抱，可能也就感激他能把他有些娇惯的女儿驯服得服服帖帖，还顶上了"最美媳妇"的美名。

当晚的饭局很热闹也很亲切，餐馆老板是陈一诚的丈人，也是陈一诚老板的老友，客户更是他们的公司的铁杆拥簇。工作顺利谈完后，话题自然落在陈一诚身上。推杯换盏、觥筹交晃间，陈一诚便多喝了几杯，竟有点昏沉的感觉。席间，陈一诚多次看了看表，这时，他走到门外拿起那把并不常用的手机，发起了信息。

他首先给方一韦发信息：小韦，我的好媳妇，我到家了，过两天上去，这两天辛苦哦！

接着，他给老妈发信息：妈妈，您这段时间辛苦了。下次您上来，我们出去逛两天。

在陈一诚家里，先是方一韦手机来了声信息提示，而后是刚到门口的婆婆手机的信息提示。方一韦刚好把手机揣在兜里，顺手拿起来看，上面显示：小韦，我的好媳妇，我到家了，过两天上去，这两天辛苦哦！发信息人是婆婆。方一韦怔了一下，让婆婆也看了下手机，结果上面显示：妈妈，您这段时间辛苦了。下次您上来，我们出去逛两天。发信息人是小韦。

方一韦瞬间觉得自己像是在烈日下暴晒的皮球，感觉要爆了。

迟疑下，她把婆婆的电话拿了过来翻开通讯录，上面有一个陌生号码存名为：小韦。回头，方一韦查阅了自己手机的通讯录，结果发现另一个陌生电话也是存名为"婆婆"，两个陌生号码是一样的。刚开始以为自己不小心把电话存了两遍，也就没在意。通电时，难怪偶尔有接，偶尔没人接听……婆婆也说了，打她媳妇电话也是偶尔通偶尔无人接听，当然这些也没放在心上。

方一韦先是傻了一下，接着是愤怒，怒不可遏，最后是平静和纠结，五味杂陈的纠结……拿起手机找到存储名为"婆婆"的赝品号码，拨了出去。听到电话响起，陈一诚再次跑到门外，拿起电话，突然有个不祥的预感，像是一个押赴刑场凌迟的犯人，手哆哆嗦嗦地划开接听键，只听见："妈，我过得其实不辛苦，您颈椎还严重吗？我亲爱的老妈，你什么时候回来呢？"

十六岁那年的一件小事

1

故事得从这个电话开始说起。

十六岁那年,我考上师范,成为人民教师队伍的后备力量。按父亲的话说,我们家终于有个吃政府饭的人了。到校报到那天,父母特意给我买了套衣服,白衬衫、黑布裤,配上我天生白皙的皮肤,就差架个眼镜,一个崭新的教师形象就能光荣诞生了。由于学长的帮忙,报到手续很快办好,就是父亲交学费的时候慢了点,足足在缴费窗口待了二十分钟,他先是将已经捂出汗的口袋打开(一路上父亲右手紧紧捂住那个装有一万元的口袋),掏出一包红色塑料袋包着的东西,打开塑料袋便露出一小包鼓鼓的蓝色小布兜,像在打开密室层层叠叠的门,真相是一捆百元大钞。父亲没读过什么书,从一数到一百还是娴熟的,但这百张百元的钞票他整整数了三个来回,手指头足足沾六次口水。

一切准备就绪,恨不得能陪我读书的父亲离校前跟我在食堂吃了顿饭。然后他告诉我,宿舍从这条路下去会近一些,厕所在那边,睡觉不要乱踢被子,饭菜多吃一些,钱不是问题。更重要的一条,要好好和别人相处……我没有搭话,我确信自己已经十六岁了,在这个弹丸学校肯定不会连宿舍都找不到,男女厕所也能分得清,被子在我还有意识的情况下是不会踢的,饭菜能吃饱就行,因为钱从来都是我们的问题。最重要的是,我敢保证除了背后,我没有正面和人哪怕讲过一次粗话。

回去时,我告诉我父亲,可以放松了,钱没了,手别老捂着口袋。父亲甩了甩手,笑了,特意告诉我,努力点,争取戴个眼镜,这样斯文些,像个老师。我告诉他,一个普通的眼镜得两百元钱。父亲想了下,买,咱们买得起。然而,直至现在,我坚决没有贯彻父亲的想法。那时我觉得这笔两百元的眼镜费,我能赚得来。

父亲那年四十二岁,是一个打着短工的农民。除了渔活与农忙,他几乎跟着同村包工头阿苦东奔西走,四处游击。长则十来天,短则三两天,除却廉价的饭钱和抽烟费用,剩下的收入便让我们俩兄弟坐享其成,安稳读书。报到的那个晚上,我失眠了,眼泛泪花,但始终没有让被子离开我的身体。我相信父亲也是,他或许在盘算着,这百张百元大钞,如何偿还,得用多长时间。但他不会太纠结,因为他即将有个吃国家饭的孩子。

有一天军训完，满头大汗，气喘吁吁。传达室老李要我去接个电话，我像打了鸡血一样，往传达室冲。也不知是哪个逻辑，在当时接个电话好像是在执行一项光荣的任务一样，特别长脸。

电话那头是父亲。

"爸……什么……事啊？"我喘得像头牛。

"为啥喘得那么厉害？"

"没事……军训……操的。"

"怎么当老师也要军训，辛苦吧？"

"还好，挺有意思的。"

"那就好，饭菜多吃点，钱没了再回来拿。"

"知道了，有事吗？爸！"我右手提着话筒，左手不断地抹着沿脸颊鼻沟顺势而下的汗水。

"没啥事……爸爸跟你商量个事。"电话那头父亲的声音开始有些吞吐。

"那是有事还是没事？"

然后像个突然的休止符，老爸沉默了一下。

"你阿苦伯在外面包了个工地得出去七八天。"

"会很辛苦吗？"

"那倒不会，就是打打杂，不用太出力气的。"

"嗯，那自己小心点，妈和弟还好吧？"

"都很好。"

第一次跟父亲进行有些陌生和客气的对话，感觉像是父亲借钱买米时的开场白。面对自己的儿子，他完全可以直来直往，没必要太多铺垫太多迂回。我好奇，甚至有些着急，到底是什么事让平常打电话像打电报一样节约的父亲会这样眼也不眨地浪费了两分钟六毛钱的电话费。要知道，这几乎是他一包香烟的钱了。

"爸，有什么事说吧！"

迟疑了一下，父亲开口。

"后天老爸要到你们学校做事，阿苦包的工地就是你们学校的一个车棚。"

我没接话，父亲接着说，他的声音很柔，像小时候成绩考不好那种安慰："可能得七八天、八九天，总之时间不会很长。"

"嗯！"我几乎接不上什么话。

"到时候不用打招呼，就装作不认识我，知道不？"

我还是接不上话。

然后，我不清楚和父亲是怎样结束那次通话的，只记得走出传达室时，老李嘱咐我汗流得满脸都是，得擦擦洗洗。

2

中午短暂休息，下午的军训在五秒误差内开始。有了前几天的大刀阔斧、纪律整顿，同学们都渐入佳境，基本都能做到严执命令，快速反应，做梦都能梦到自己就是个扛枪打战的军人。精神境界也进一步提高，具体表现在，昨晚电视上看到日本鬼子在调戏良家妇女，洋葱正义感冲脑差点拆了小卖部的电视和那个有着两撇胡子的小卖部老板。因此再基本的点名，同学们整队都能快速齐整横竖一条线，不拖泥带水。接着，教官又让我们站定十分钟。所谓"站定"就是要求身体像个雕像一样伫立不动，日晒雨淋、蚊蚤虫咬都能岿然如山，不为所动。当然眼皮不眨一下教官更喜欢。

下午训练，我的表现活生生像一段慢动作回放，别人抬左脚，我也抬左脚；别人放右脚，我也放；别人向后转，我也转，但可气的是老比别人慢半拍。教官追着吼着：张雨怀，没睡醒啊，你完蛋了我告诉你，张雨怀，你在打醉拳是不是……而我敢保证我连吃奶的力气都用上了，考试作弊都没有这般投入。后来我干脆像个跳梁小丑一样慌张地跟着大部队的节奏，又像是按了快进键的喜剧那般滑稽。

在最后一场手榴弹训练中，我误将手榴弹扔进咫尺之内的大本营，替敌人端了自己的窝。无家可归的教官立马要我做三十个伏地挺身，以示惩戒。此时的我全身软得像棉花，不说三十个，就是三个也像生孩子一般艰难。是洋葱的说情，才让教官推翻了这如山军令。洋葱是谁？我的舍友，此次军训的带头大哥，教官指令最到位的执行者，也是咸鱼翻身成主角的典型。

军训第一天，洋葱问教官，站立不动的训练目的是什么？教官说，是要训练你们的耐力和毅力。洋葱回答，那不如睡觉好了，看谁睡得长、睡得沉，同样也能达到效果。结果那天洋葱被教官勒令像头驴一样站着睡觉。要命的是，他还真睡过去了，最后轰然倒塌，像堆烂泥。过后洋葱道了揶揄教官的原委，一次站定训练，他尿急如完厕后，接着站定，不到三分钟又尿急，教官不准许，直到看到洋葱扭成麻花的脸形，才放行。洋葱像抢占山头一样冲向厕所，却在半路上一泻千里，功亏一篑。

不过那次事件后，洋葱砥砺重生，刻苦训练，成绩突出，像个货真价实的军人，成为我班汇报演出掌旗的人。

这个夜晚，我第一次听到宿舍兄弟们打呼声如管弦乐团一样抑扬顿挫，此起彼伏。时而柔情款款、娓娓道来，时而气势磅礴、声若洪钟。我只能默默地咀嚼着从心底传来的声音：

"就七八天而已，你就装作不认识。"

"那怎么行，你是我爸！"

"不行也得行，你叫了我也不应。"

"为什么？"

"我会给你丢脸的。"

"那我就给你长脸。"

"你会被人看不起的。"

"爸，你太小看我的同学了。"

"总之，听我话，就几天而已。"

……

三年前，我在学校生病，父亲从四公里外的工地一路提着他宽大的裤腰奔袭而来，喘着大气，豆大汗珠在他那满是灰尘污垢的脸上流淌，像条泥石流翻滚而下。宽松的不合体的灰色布裤和长袖衫，像是某种净化机器的过滤罩，身上的风霜和污渍清晰可见。他将同样脏的手掌在衣角上擦了擦，把我抱起，突破围观的人群。动作迅速，甚至连跟老师道个谢都很潦草。一路上，我觉得全世界的声音就只剩下父亲心脏撞击我耳膜的声音，很安全也很孤独。后来我到学校，很多同学并不关心我的病，他们只关心我父亲是干什么的，拉煤的、挖矿的、捡破烂的、干工地的等等很多答案在同学们唇边流浪。老实说，我也无法确定父亲的职业，好像什么都干，又好像什么都没固定。我肯定同学们并没有讥笑的意思，他们只是好奇，好奇一个衣衫褴褛、蓬头垢面的父亲该是做什么的。如果当时有个多情的记者，那么我父亲的形象该是他们报道的一个焦点。他们会拍照、特写、发表，然后配上文字：好感动啊，穷苦父亲抱着生病的儿子一路狂奔。然后被疯狂地转载或者说一些安慰的评论。

父亲得知此事，要我特意和同学解释下，说自己是工地的包工头，从事户外劳作当然得穿旧衣服。新衣服平常都待人接物的时候穿。我还是按父亲的意思和同学们解释，尽管我清楚一个包工头是不可能自己扛着石头爬上楼梯的。母亲偶尔也会找我聊聊那天的事，她觉得我会介意或者自卑，甚至会在同龄孩子间没法抬头。其实，到后来我才知道，在孩子面前，任何贫贱父母都会有很深的自卑感。这种自卑来自爱和极不确定感。天下父母心，谁知？

洋葱起来撒尿，他发现了我还没睡，因为只有我没打呼。我对他表示感谢，他说我们是兄弟。洋葱是个很真实的人，开学第一天，学校分发餐票每人每月七十元，和人民币一样款式，有十元、五元、两元、一元等面值，餐票是塑料材质，每张就两个拇指大小。当天晚上，两个同村高年级学长到宿舍里说是要教我们几招，他们能把七十元变成一百元。我们像在观赏马戏团表演一样欣赏他们如何将七十元餐票变成一百元。之后我才发现，这招数根本没有任何技术含量，不过是铤而走险剑走偏锋的欺骗而已。他们把部分餐票剪成三段及两段，再裁几块纸板，然后按两张拼成三张的比例，夹着纸板，用不透明胶布简单捆住。使用时和那些完好的餐票糅合使用，鱼目混珠、偷梁换柱，能达到效果。

洋葱看不过去，用匿名信的方式揭发。鹭海师范第一宗伪造餐票案告破，洋葱居功至伟，不过只能像个卧底一样，默默飘过。但是没有不透风的墙，洋葱还是被发现，后来我牺牲了半个月的餐票，才和洋葱摆平了这事。从此我和洋葱以兄弟相称。

洋葱跟我说，今天你训练失常，肯定有心事。不过他没有追问，只是跟我说，任何事都没有读书守纪重要。

3

后天很快就来了。不偏不倚，如期而至。难怪之前老师常说，谁都可以骗你，就连最亲最爱最信任的人也都可以轻而易举地骗你，只有时间不会，它说到就到，天王老子都不能让它慢了或快了脚步。今天没有训练任务，只是跟教官跑跑步，扯扯淡，唠唠家常。很明显，我还是全然不在状态。心里嘀咕着父亲电话里近乎哀求的话，眼睛不时地望向学校紧闭的大门。父亲不希望跨进这个大门，但他又不得不跨进这个大门，我希望父亲跨进这个大门，又不希望他跨进这个大门。进与不进，就一个动作，却让人蹉跎。

忽然保安拉开了铁门，一辆锈迹斑斑的老卡车顺利通过大门。我一眼就能看见父亲，穿着军绿色的上衣，坐在车身右侧，正好背对着我，低着头抽着烟，瘦削的背像把刀，明晃晃的刀，我是唯一的敌人。卡车艰难地爬上了坡，发出巨大低沉的响声，努力消失在我的视线里，仿佛父亲便是那个司机。

我意料之中地没有兴奋地跑过去，如果我年纪再小上十岁，或许我会追上去边跑边喊，就像当时巴不得天下皆知有个能给我五毛钱的父亲一样。但现在的我不能，至少我现在不能，因为我在上课，我不能逃课更不能旷课，虽然这是很自欺欺人的理由。然后卡车的声音消失了，我确定它已经停下，这个学校并没有大到能让声音从我们的耳边慢慢消失。刹那间，我突然很害怕看到自己的父亲，分不清是他的哀求还是我若隐若现的虚荣心理作祟。训练完，我赶紧跑向宿舍，像千里走单骑的关羽，舍不得一个回头。

　　午饭，我让洋葱帮我处理。洋葱说道："你他妈的最近是吃错药了吧，魂不守舍的。"我没说话，洋葱继续道："还是训练傻了，走路都同手同脚了。"我还是没答话，只顾着和饭菜打交道。洋葱又说："你见鬼了还是见到自己老爸了？"我抬起头，满嘴饭菜，狐疑地看着洋葱。"我说的是我自己。"说完，他走进洗手间，"很臭，我拉完你再吃。""吃你娘的。"我索性跑到走廊继续把饭吃完。

　　操场、宿舍、食堂构成一个等腰三角形。军训、吃饭、睡觉，这两天的生活全都在这三条边上混，日子简单得像头猪，唯一的涟漪就是每走进食堂前，总要侧着头往左边篮球场旁的车棚工地瞄，看能否瞄到那个瘦削的熟悉得不能再熟悉的身影。不知该庆幸还是惋惜，那个身影每次都不在自己的视线内。

　　终于在一片叫苦连天中熬到了军训最后一天，汇报当天，我们像国庆阅兵的方队一样身着迷彩整齐划一迈着正步走过主席台，洋葱走在最前面执掌着班旗，一脸正义，目光如炬。挺胸缩腹翘屁股，特别是那个硕大的屁股，翘得在上面搁盆水还绰绰有余。经过主席台时，我余光瞄到了父亲，瘦削的身材穿着褐色褶皱的布裤，浅蓝色长T恤，袖子半卷起。双手放在后面，站在主席台最后面水泥道上，看得很专注。随后响起的掌声中父亲拍得特别用力，或许他看到了。

　　汇报结束，我们班获得了第一。洋葱领奖的时候，父亲也消失在人群中。这是第一次在学校看到父亲的正面，当时，如果我上去领奖，如果还能说上几句，我想我会重演录像带里经常上演的桥段：我想把这个奖献给我的父亲，他是一个卑微的民工，一个贫穷的农民，一个坚韧的男人，没有他的抚养和栽培，我就不可能站在这里。今天，他也来了，只是默默地站在人群中间，平凡得没有人会多看他一眼，但却是我的天我的地。我只想对他说，爸爸我爱你。然后全场哗然，目光都汇集在那个眼泪纵横的父亲的脸上。

　　之后的生活轨迹又多了教室这条线，而且是主线，篮球场刚好在教学楼后面。也就是说，我和父亲随机见面的概率很大。那天，我们遇到了，我从教学楼后面走出，他提着桶水泥浆走过。他先看到我，便大步往右侧方转移，像是一个武林高手迅速躲闪对方的一记勾拳。我迎了过去，小声喊了声"爸爸"，父亲只是抬了下头，低声让我快去吃饭。我顺势挪到父亲看不见我而我能看清父亲的地方，他虽然瘦小，但做事很麻利，一趟一趟地提着水泥浆和水泥砖在工地穿梭。嘴里叼着根低等香烟，脖子上盘着条湿毛巾，这是擦汗降温用的，抄着半生熟的普通话和外地民工说笑。这是父亲很放松的工作状态。

父亲曾告诉我，他和母亲十四五岁的时候就在工地里打杂搬砖，贴补家用（母亲十三岁就住我家了，不知道算不算童养媳），他一辈子给别人搅土拌石的，到现在还是没有自己的立锥之地。所以，他一直在为一处新房子而胼手胝足着，特别是对一个穷人来说，更是艰难。奶奶常对父亲说温饱都不支了，孩子读书就随便点，小学或者中学毕业就得出来做事了，父亲，没有答应。

　　有一个晚上，因为土地纠纷问题，父亲被一个七十多岁的老人追到家里，指着脑袋，凶神恶煞般地喋喋不休。父亲一退再退，自家的墙壁却让他无路可退，他靠在墙上，一脸委屈和无助，摊开双手无力地做着解释和说明，但在老人家盛气凌人、如箭矢般的骂街下，如螳臂当车。后来事件在我们丢了两分土地后平息告终。父亲以一次淋漓尽致的烂醉，作为对自己的惩罚，他躺在床上翻来覆去，泣喊着他的无能、懦弱、辛酸和痛楚。一个三十来岁的大男人就这样躺在床上号啕痛哭，凄厉而绝望。他十三岁和爷爷出山入海，一辈子打着最苦最累的活，忍着屈辱吞着委屈，冷暖自知。

　　后来父亲下定决心，让我们读书，能读到哪就读到哪，能走到哪就走到哪，能不回来就不回来。虽然还是很多好心人士根据我们家庭情况，跟父亲做着客观分析，但父亲是吃了秤砣铁了心。他没有文化知识，却率先了解知识或许可以改变命运，他不得不赌上这一把。以后的情形是，父母上山下海、风吹雨淋、竭尽所能地让自己的孩子将来谋点和读书有关的工作。

　　中午我在工地和父亲一起用餐，父亲给我盛了满满一碗饭，卤五花肉、炒青菜、紫菜蛋花汤。父亲跟着阿苦伯做事，除了是老相识，重要一点是阿苦伯舍得给工友们吃饭，每天一顿鱼肉几乎是标配。父亲一口气给我夹了三块肉，贴在米饭上，这是父亲在生活上能给予我的最大极限的照顾了，我计算不出这个父亲为了让孩子吃上肉，他自己得掉几斤肉来交换。我大口大口咽着饭，上气不接下气地喝着汤。我清楚我必须把这饭吃完、吃饱，然后微笑会像朵花绽放在他那布满风霜黝黑的脸上。我曾看到这样一句话：父母最大的安慰便是看到自己的孩子大口大口吃掉碗里的饭。所以我大概体会父亲是什么样的一个心情。

　　父亲照例蹲在角落吃，吃得很认真。他夹起块五花肉，先是看了下，然后整块放在嘴里，满足地咀嚼了起来。将饭大把大把地往嘴里塞，像极了秋收时，老爸提着布袋口，把那些晒干了的花生、稻谷拼命地往布袋装，装得鼓鼓的。只有挨过饿的人才知道吃饱了的意义，这点父亲比别人深刻。从我的角度看蹲在铁围栏角落的父亲，就是墙角长出的一株干瘪的植物，姿势令人心疼。

　　"再几天，老爸就回去了。"

"我并不想你走。"

此刻的我和父亲并排蹲在一起。

"没有人知道我是你爸吧?"父亲点着烟问。

"知道又怎样?大家都很忙都很简单,没有人会看不起我们的。"

"面上不会,心里会。矮人一头,得多辛苦。"

"你想太多了,老爸!"

父亲笑了笑,起身摸着我的头。感觉头上顶了个榴梿,刺得发痛。他说:"反正别刻意来找我或者叫我,你上你的课,我做我的工。好吧?"

那一刻,我想告诉我父亲,我潜意识里已经刻意躲着你了。从你一开始进校,我就已经开始执行你的指令了,不见你,不认你,躲着你。一个儿子躲着自己的父亲,不是在玩躲猫猫或者捉迷藏,直到把对方丢了,儿子便能获得尊重和面子。我很想给自己一巴掌,这是信奉的哪条真理和逻辑。

父亲做事去了,再次留给我一个消瘦的背影,像一把刀,劈向我——他的敌人。我迅速走出工地,闪过那片刀光。铁围栏那边又开始热火朝天地运作起来了。

4

两天后,晚自习放学。铁围栏那边工地传来嘈杂的声音,我赶紧凑了过去,声音越发尖锐和激动。这是一次争执,我赶紧跑向篮球场,躲到那个我能看清楚老爸,而老爸看不见我的地方,借着工地灯光,我看到老爸蹲在那天跟我吃饭的角落猛抽着烟。阿苦伯在和学校小卖部老板指手画脚争论着什么。

"一个铁锅几个热水瓶买不起吗?怎么还偷呢?偷也就偷,怎么还偷到学校里来了。"我清楚这是学校小卖部老板的声音。

"你哪只眼睛看见我们偷了,饭可以乱吃,话不可以乱讲。"这是阿苦伯的声音。

"你问他!"小卖部老板食指指向蹲在角落的父亲。

"我没有偷,绝对没有偷!"父亲站起身,说得很坚决。

"今天光是小卖部你就走了三趟,而且专挑下课时间我忙活的时候去,有学生看到你,拿了两个热水瓶,一个蓝一个红,鬼鬼祟祟地走了出来。"

站在小卖部老板旁边的热水瓶果然是两个蓝两个红。

父亲说:"今天没热水,我去你那打些热水。"

"那为什么连颜色都一样呢?而且还走了三趟?"

"我第一次是拿铁锅配个锅盖,但没有找到合适的,第二次是去打热水,第三次还是去打热水。"

"那怎么那么巧，两次都是拿一个蓝一个红的热水瓶？"

父亲哑口无言，猛地抽出根烟往嘴里塞。为什么两蓝两红的热水瓶会刚好分一蓝一红过去装水？为什么不是两蓝或者两红？这五成的概率谁都可以很轻易地碰上，不知还要解释什么？真相很简单，锅烧坏了，父亲刚好今天买了个新锅，顺便买了四个热水瓶，回来时候，锅盖却丢了，没法烧水，只能去小卖部配锅盖顺便提热水。错就错在父亲把锅盖丢了，错在他不该买红蓝两色的热水瓶。

如此而已。但小卖部老板坚决放弃相信这些个巧合。在他的逻辑思维里，这群蓬头垢面的小工适合做些偷鸡摸狗的事情，他们也会去做。

小卖部老板找来连主任。连主任斥责了包工头阿苦伯，然后将锅和热水瓶留在工地，带上小卖部老板走了。后来气不过的父亲，端起锅和四个热水瓶追了出来。

"你们想要就给你，我们买得起！"

当然，父亲这个狗尾续貂，更加做实了小卖部老板的质疑。人家污蔑你偷钱，你却给了人家钱，你是偷还是没偷？

父亲看到一旁泪流满面的我，他把我招呼进了工地，语重心长地说："刚才你也看到了，一定要好好读书啊！"我没说话，因为我知道，我再怎么努力，顶多也就一个教师而已。父亲告诉我这就是现实，是的，是赤裸裸的现实。倘若当时父亲和阿苦伯穿的是西装，这场争议或者可以避免。回去时，父亲再次嘱咐我，不能认他。

当晚，洋葱跑来跟我告别，脸色凝重。他说他向学校请了三天假，现在得回趟家。我问他，他三缄其口，直到眼泪飙出眼眶，才跟我道出缘由。他父亲刚过世，四十五岁，一个年届壮年的男人就这样潦草地走完生命，留下洋葱和他一个十三岁的妹妹，还有他有着工厂女工身份的母亲。洋葱母亲拉着小妹在撕心裂肺地哭喊，正期待着奇迹，电视上很多起死回生的桥段都是哭出来，只要足够疼痛和悲伤，就可以感天动地。洋葱说，母亲哭晕了几回，并没有奇迹。我希望洋葱坚强，他们家此时更需要一个男人，而洋葱是唯一选项。洋葱告诉我，他父亲罹患耳膜炎，长久不治，导致后来失聪成为一个聋人。他父亲已经四年多没听到儿女们叫他了。洋葱趴在我肩膀上失声痛哭，他说有爹的孩子是美好的，有个能听清楚孩子呼唤的爹更是幸福的。接洋葱的车终于消失在路的尽头。

爬上七楼，夜色茫茫，往向远方城市的雏形，灯光璀璨，高楼迭起。像极了一个谎言，掩盖一切生离死别的谎言。那天晚上，我反而睡得很踏实，因为我不会在认不认父亲这事情上纠结了。

隔天，我起了个大早，洗刷完，就跑向车棚工地。今天并没有开工，父亲和工人们不知去向。我回到食堂，餐桌上赫然出现一盘让人垂涎的卤五花肉。用膝盖也想得到，这是父亲专门给我做的。舍友们闻着肉香纷纷游弋了过来，像一条条嗜血的鲨鱼。我赶紧用身体护住这些肉，不让他们得逞。接下来是很多羡慕或者调侃的话，有人说，有钱人就是有钱人，小灶都开到学校里来。有人说，私自在宿舍里开火是违反校规的，胆大包天了。有人说，到底是哪个女孩在暗恋你……可就是没人愿意猜测，旁边工地那些个工人，其中有一个就是你爸，是他给的肉。是一个穷父亲给自己孩子的心意。如果有人猜中，我想我会分他一半五花肉。我皮肤白净，身体微胖，穿着得体，谨言慎行，知识涉猎面比其他人广，完全符合一个有钱人家孩子的形象。可没人知道我父亲，身形消瘦、穿着褴褛、土里土气、蓬头垢面，完全符合贫穷农民的标准，父亲将这条标准执行得有过之而无不及。

吃完早饭，到小卖部买包泡面，小卖部老板又朝着我喋喋不休昨晚的事。仿佛知道我是他亲生儿子一样。我说，人家在这里做工，就那么几天，况且花的是老板钱，没必要在众目睽睽之下，偷这些东西吧。小卖部老板眉毛立马提了起来，活像京剧里的丑角。他说，你们这些小孩子单纯，知人知面不知心。他们就是把自己的处境当筹码，来换取别人的同情心，这些人城府深我见多了。我反驳：问题是，你也没有看到人家偷啊，抓偷现行，捉奸在床，你总不能碰到个和你爹长一模一样的，就认爹吧！小卖店老板急了：你小子，他是你爹吗？怎么替他说起了话，不卖你了。

夜宵泡汤，但觉得有为父亲扳回一城的喜悦。记得一年级进校起，父亲就跟我确定了几个递进式的要求：不准和人吵架，如果吵了也要第一个住口，如果住口要第一个认错，认错了就要主动示好，别人吵架了，也不能多管闲事。我当时不清楚父亲提的这几个要求道理何在，没人愿意吵架，没人愿意像动物园的动物让人围观和看笑话，吵架或者肢体冲突是互动的，像电影里的对手戏，它理应彼此都受犯或者受伤，才有道理。长大才懂得父亲当时的无奈，他自认为他或者他的家都不是个有力的后盾，没有办法为他的孩子提供被粗暴方式侵犯的保护，而避免的方式就是远离争执或者投子认负。很幸运，我将父亲的要求执行得很彻底，直至现在，没有和人吵过一次，没有为我们脆弱而单薄的后方添过一次堵。

5

两天后，我在操场上体育课，又是那辆锈迹斑斑的老卡车，载着父亲这帮人，艰难地爬上了学校那不太陡的坡，发出巨大低沉的声音，然后声音停止，父亲开始为生活支付劳动力。我跟了过去，大老远地就喊了声"老爸"。父亲猛一回头，脸上写满诧异，像警察叫住小偷。他并没有回应，给了我一个手势便进了工地。其实，我下定了决心，他就是给了一掌芭蕉扇，我也会大声呼唤出对他的称呼，没得商量。

奇怪的是，今天上课出奇的轻松。以前老感觉心里堵了个石头，就是跟班里最美的女同学吃饭也兴奋不起来。现在就是看到小卖部老板也不会恶心呕吐等生理反应。下午轻松上阵参加了个主题为"家"的全校性征文比赛的启动仪式。作为班级代表我能读上一段话，而且发挥自如。但上台的时候，我偶尔能听到下面的一些声音，如：这不是五花肉同学吗？有背景果然不一样。没错，我们现在很多成功都习惯用"走后门"的思维去理解和推测。积极点，是奉承；消极点，是性格；好心点，是作秀；成功点，是后门……还好，我父亲从小就教导我不能多管闲事，特别是别人的思维模式。

放学后，我去工地，没碰上父亲。阿苦伯告诉我，他们没那么快走了，学校还要做两个储物室。我很高兴，父亲可以多留些日子。我可以有大把大把的时间喊我的父亲。我告诉舍友，学校工地里那些工人有个是我的父亲，这就是我能吃五花肉的原因。同学很错愕，别班一些同学认为我是个有背景的学生。其实他们说的没有错，我是有背景，父亲便是我的背景，是我背后伟岸的巨大的发光发热的风景。

为了不辜负那一次上台，为了父亲，我决心要把这次的征文写好，对我来说，这是一次不成功便成仁的战斗。父亲延迟离校，让我写得心无旁骛。因此除了上课，我将自己困在宿舍写作，世界与我无关。五天后，洋洋万言的征文《十六岁那年的一件小事》宣告完成。我找到了父亲，告诉他关于获奖我非常有信心，我是个谦逊的人，但这次却十分高调，因为一幅画再逼真也不如它的实景。果然，我那篇作文获得了全校一等奖，在学校宣传栏一等奖的位置赫然出现张雨怀的名字，这是个刻到骨子里的荣耀。我让父亲参加我的表彰大会，父亲答应了我，他会换件干净的衣服，站在台下，分享这次荣誉。

颁奖那天，我特意穿了初来报到的那身衣服。意气风发地走到领奖台，双手接过校长颁予的荣誉证书，使我着急的是，我从上台到颁奖，父亲还是没能走进我的视线，我几乎像个高度责任感的安检人员，一个个地排查所有到场的人。但我不失望，父亲可能躲在某个地方看着我。因为他经常出现在被人忽视的角落，很卑微的角落。"现在，让我们请张雨怀同学发表下感言！"

我掏出纸条，念到：我想把这个奖献给我的父亲，他是一个卑微的民工，一个贫穷的农民，一个坚韧的男人，没有他的抚养和栽培，我就不可能站在这里。今天，他刚好来了，他目前是我们学校车棚工地的一个工人，他只是默默地站在人群中间，平凡得没有人会多看他一眼，但却是我的天我的地。我只想对他说，爸爸我爱你。

当我说完，下面老师同学的目光都在搜寻一个人，接着，我听到了那巨大低沉的声音，一辆锈迹斑斑的卡车，从操场的东面沿着斜坡开下去，我看到车身上依然有个瘦削的背影，如一把明晃晃的刀劈向了我，我没有躲闪。

停 车 场

苏晓琳是H镇派出所一个户籍警察，负责户口申报、人口迁移或注销等手续。她只要在花名册上点击添加，就是一个生命的降生，一个删除便是一个生命的陨逝。她决定不了一个生命的得失，却能左右一个生命的存在与否。她身材娇小，一百五十厘米出头，头发经常扎起或盘起，那也是，总不能穿警服还长发披肩吧。眼睛、鼻子、嘴巴和脸型分布得天衣无缝，长相甜美，更美的是她善良亲和的服务态度。在这个阳刚气十足、肾上腺素充足的单位里，晓琳这位鲜花似的邻家小妹更显惹眼和招人喜欢。

苏晓琳经常开着一辆雪佛兰赛欧小轿车上下班。开着车避风遮雨，携家带口，来去自如。但停车却是一个难题，特别是在还算拥挤的镇区。派出所还算方便，因为紧挨着派出所围墙的有个还算正规的停车场，水泥硬化，还画了车位线，可以停上个三四十辆车，但就是没专人管理。苏晓琳和所里同事的车就停在这里面，有车位就停，没有就随便搁在路边的角落里。垂涎这个停车场的还有和派出所一路之隔的H镇镇政府以及政府大楼左侧三十米距离的中心小学，当然还有附近的居民。停车场吞吐量巨大，能不能有车位停靠，只能靠运气安排。

这天，苏晓琳因急着上班抢车位没给三岁的孩子喂饱饭，被公公责备了几句，而这只是因赶时间导致的诸多状况之一，毕竟次数多了，也就习惯了。接着又在停车场绕了两圈才找到停车位，匆匆把车停好，赶到所里上班。

走进户籍办公室便随口埋怨道："停个车太难了。"这时同事应声而起："你也别怨了，就剩下这个把月了，该怨的是我们。"接着递给苏晓琳一张工作调动令，也就是说，苏晓琳因工作需要被借调到市局户籍科，她脸上开始泛起了欣喜之色。刚坐下，猛一抬头，就吓得花容失色，有一满脸胡楂、精神萎靡的年轻男子赫然杵在她前面。他将身份证、户口本、准生证、出生证明、死亡证明等材料有气无力地递给苏晓琳，说道："把这孩子抹了吧！"苏晓琳回过神，脸色开始有点凝重，毕竟，她也是当妈的人。她打开电脑轻声示意让男子稍等片刻。男子像被抽光了魂魄，瘦骨嶙峋，眼神空洞，衣着凌乱，在离苏晓琳不到两米的位置，像个挂在墙壁上的干枯标本。

很明显又是一例新生儿非正常死亡的户口注销手续，苏晓琳虽习以为常，但人心都是肉长着，总会有些沉重。手续办好后，她对他说道："节哀，孩子总会有的!"并嘱咐,回家路上小心。满脸胡楂男子漠然地向前跨了一步,却一个趔趄,身体向前倾,整个人重重摔在地板上,晕死了过去。苏晓琳赶紧招呼同事将男子扶起,立刻娴熟而使劲地按住这个男子人中穴,并让人送来糖盐水。一会儿工夫,男子惨白的嘴唇开始有了血色,人也有了意识,苏醒了过来。

苏晓琳揉了揉按疼的手指,微笑着对着这位满脸胡楂的男子说道:"你身体太过虚弱,真的别再折腾自己了,让你家人担心,艰难时刻,作为男人,你不撑着谁撑着?"苏晓琳这句"你不撑着谁撑着"已经说了无数遍,每一年她总要抹掉一些名字,有的寿终正寝,有的却半路下车,面对这些突然的丧亲之痛,她学着安慰,最后习惯安慰。

听了这话,男子直直望着苏晓琳,迷离空洞,眼眶却有些泛红,嘴唇还是打着哆嗦。

"好了,别浪费眼泪了,你这时候需要水分!"苏晓琳回到自己的位置上说道,微笑着。苏晓琳叫了辆车送这位悲伤过度的男子回去。男子走后,户籍科室里响起了掌声,当然,这不是苏晓琳第一次赢得掌声。

下班后,苏晓琳急着回家看小孩,还是照样在停车场闪转腾挪,费了好大劲才把车倒了出来。旁边寻车位的几辆车见状立马插了进去,随即喇叭声响起了一片,全被苏晓琳的红色赛欧抛在后面。

一天,苏晓琳公公来了电话,很是着急。说是小孙女上吐下泻,还伴着高烧,这下可愁坏了苏晓琳。她赶紧向单位告个假,自己的工作先让同事代下。但问题来了,谁都可以理解一个孩子生病母亲的心情,停车场理解不来,那些冰冷的车辆也理解不了,她的红色赛欧停在停车场旁的一块小空地上,旁边也挤着两辆车,围堵着红色赛欧,只见苏晓琳写满焦急的脸,颤抖的手握着方向盘,脚不断地在刹车与油门间转换,亦步亦趋,在停车场旁慢慢挪动,费了很长时间,才慢慢地倒腾出来。苏晓琳赶到家里,公公已经将孩子送到医院,她转头又跑向医院。到了医院,公公就是一阵劈头盖脸:我知道工作忙,但孩子得照顾好啊,你看看你,每天打仗似的,急不可耐,早出晚归,把孩子晾在一旁。是的,我们会看,但你终究是她妈妈……

苏晓琳只是说句,不就是所里那边很难停车嘛,早点去占到位置,才能好出好进。公公才不管那么多,只是要苏晓琳多用点心思在宝贝孙女身上。

隔天下午,苏晓琳女儿烧退止泻了。她照例提早二十分钟来停车,她启动了警察特有的敏感度和洞察力,绕了两圈后,还是找不到车位,停车场里的车还是密密麻麻挤挤挨挨，一动不动。她索性再绕一圈，后面已经跟了好几辆车，最后，苏晓琳只能冒着被开单的风险，在路边找一个不影响交通的位置停好，然后快步上班。但她心里丝毫没有任何情绪，一是个人修养，二是已经习惯没车位停的状态。

一连几天，苏晓琳都找不到车位，这期间她被开了一张罚单，迟到了两次。终于在今天，而且是中心小学开家长会的今天，有位置的停好车，没位置的也要创造条件停车，已经到了如此地步，苏晓琳还是找到了睽违已久的停车位。苏晓琳车开进场时还是双手紧握着方向盘慢慢移动着，右脚掂在刹车上，两个比常人大的眼睛敏锐而清澈，专注度堪比罗马斗兽场的勇士。就在靠近派出所旁门的位置，找到了停车位。

回到所里，很多同事还是在抱怨着没车位停的老话题，苏晓琳竟奇迹般地找到一个停车位，而且位置极佳。

第二天是镇政府村干部及入党积极分子培训大会，停车场早已密密麻麻停满了车辆，政府大楼像是马蜂窝一样，周边挂着一排排车，马路上此起彼伏的喇叭声都在抱怨着这突如其来的车流。苏晓琳还是把车开进了停车场，尽管微乎其微，但还是抱着一丝希望，希望昨天的好运气能延续到今天。此刻苏晓琳像是孤身深入丛林的丛林战士，步步为营，狩猎着车位。突然苏晓琳眼睛一亮，她找到了车位，是昨天停的位置，这运气不是一般的好了。她从容地停好车。

"人美、心善、气质佳，连停车位也不请自来，以后要跟在晓琳后面了，沾点运气和灵气……"所里的同事经常这样开苏晓琳的玩笑。

第三天，在所里还是一片怨声载道的时候，苏晓琳还是以莎翁剧本般的设计找到了这个熟悉的车位。她下了车，在整个停车场走走看看，不要说一个停车位，就是找个人可以侧身的间距都难，苏晓琳除了感叹那些人炉火纯青的停车技术，接下来就是感叹她这无与伦比的好运气了。

接下来的一天，苏晓琳还是在老地方找到停车位，她没把车倒进去，故意再慢慢地绕上一圈，发现这个一只苍蝇都飞不进去的停车场，竟然还有这个车位，没人停。她把车倒了进去，心情不是觉得幸运，而是纳闷，感觉她被星空里的陨石连续砸到了三次……

大会持续几天，这几天车流量可以用数以千计形容。停车位像是群狼环伺中的羊羔，绝无狼口脱生的可能，然而苏晓琳这几天都能在停车场里找到停车位，更令人发指的是，还都是靠近派出所旁门的那个老位置。难道那些满街狼奔豕突、来来回回要找停车位的司机兄弟们会没有找到这个显眼的车位，还是都违反常理地默契地将这个车位视而不见？走在路上的苏晓琳不时地回头看了看，心里有种莫名的惊慌。

这就有些怪异了，连苏晓琳也觉得不可理喻。本就在所里人气颇高的苏晓琳，这下更有了幸运的光环，当之无愧地成了所里的明星。于是"幸运女警"称号在所里不胫而走。每到所里的第一件事，就是同事抢着握手，都希望能在苏晓琳手上蹭得一丝好运气。

苏晓琳有些忐忑。警察的职责就是调查真相，于是所里就这个怪事，组成了小吴、小张和苏晓琳三人业余调查小组。志在勘破这个疑惑。

小张事先和苏晓琳确定下到停车场的时间，第一天，小张尾随在苏晓琳车后，老位置已经停有车辆；第二天，小吴先行苏晓琳到达停车场，老位置还是停了车；第三天便让苏晓琳自行进场，怪异的是苏晓琳的老位置空空如也，等候主人到来。连续几天的调查，其结果如下：只要是苏晓琳自行前往停车，那车位就空置着，而若有其他人尾随进去，那车位要么空着，要么有车停，一切如常。

"幸运女警"苏晓琳也觉得烦恼！

苏晓琳做了个决定，她不再把车停在让她疑云缭绕的老位置上，而是停在其他车位，或者外面马路边。但每次停完车之后，她总会好奇地走过去看下老位置，而老位置也正常接纳，有进有出。

那一天，苏晓琳有些花容失色。她慌慌张张地跑进所里，当着一些干警同事说道："真是怪事了，我另外随意停着的车位，竟然成为第二个老位置，每次都是空着的，好像专门为我准备的……"

所里的气氛其实开始有些紧张，为这个"幸运女警"而紧张。车位紧缺、供不应求的停车场会莫名其妙地为苏晓琳预定个车位，而且她挪到哪空车位就跟到哪，阴魂不散。很明显，背后一定会有个雷锋搞鬼，而这个为苏晓琳服务的雷锋会是谁？苏晓琳每当想到这个问题，总会脚底发麻，一头雾水。晚上睡觉时，总会下意识地看了看窗户，任何风吹草动都直接影响她的睡眠。她生怕像惊悚电影那样，窗户突然出现了什么……

停车场的监控录像只能笨拙显示它所拍摄到的范围，车场出入口，左边死角。如果再拐个弯，那么老位置便一览无遗。最后，几位民警商议，调整停车场监控，让苏晓琳继续停在老位置，除非哪方神圣会飞天遁形，不然总会出现在民警们的眼底。

就在重新布置监控的时间里，一个夜晚，派出所响起了一个报案电话，隔壁停车场有车被砸，并发生肢体冲突。值班民警小吴和小张还有几个协警，立马赶到现场，事故就发生在苏晓琳老位置上。一辆黑色丰田凯美瑞挡风玻璃被砸碎，一个身材魁梧年纪稍长的当事人，将另一个身材消瘦的当事人压在地上，双手被反扣在后面，身材消瘦的男人只剩下无力的挣扎。民警小吴和小张赶紧将他们劝开，两个当事人迅速被控制，小吴拍了拍现场，并将二人带回所里做笔录。

在所里，身材魁梧的男人还盛怒未消，动不了手，只能动着操着粗话的口。身材消瘦的男人则在一旁站着，面无表情。

小吴："砸车的是谁？"

身材魁梧的男人指着身材消瘦的男人："就是这个王八蛋……"

小吴："为什么砸你的车？"

身材魁梧的男人："王八羔子，已经是五六次了。"

小吴："说清楚！"

"我就住在隔壁街，车基本上都停在停车场那。每逢夜班回来都是凌晨两三点了，住在附近的人基本都把车停满了。我就瞅着有这么个位置，第一次要停时，那王八蛋就从旁边一棵树下走了过来，说这里有人要停，我也就没说什么，随便找个位置。第二次还是看到这个车位空着，那王八蛋还是不让我停。第三次第四次，都是这样，还说什么最多不能超过隔天七点半，妈的，简直就是个神经病。今天晚上，我无论如何也要停这个位置，不料他抬起石头就往我车上砸，我气不过才撂倒了他。"

小吴睁大了眼睛看了看旁边的小张，还有顺便瞅了下这个消瘦的男人。

这次的发问，小吴更显得尤为仔细。

小吴："事情是他说的那样吗？"

身材消瘦的男人，耷拉着脑袋，回答："是的！"

小吴："你为什么这么做？"

消瘦的男人说道："我要一个人来。"

小吴："谁？"

"那个管户籍的女警察！"

话一出口，差点将两个健壮的警察撂倒。但此时的他们俩也清楚，真相离他们近在咫尺了。

半个小时后，苏晓琳身着便服揉着眼睛，出现在办案室。眼前的这个身材消瘦的男人竟让她有点眼熟，但记不清是哪里遇见的了。

小吴："可以说了吧！"

身材消瘦的男人，揉了揉受伤的左颧骨表情有些痛苦，他说道：

"算命先生说我得做一个月的好事！"身材消瘦的男人神情有些恍惚，说话时眼睛是盯着档案柜的。

这回答好比如，你问他早上吃什么，他回的是今天的太阳很圆。那种莫名其妙，让在场的所有人感觉都被驴脚踢了一下。小吴继续发问：

"算命的让你做好事，你砸人家车？"

身材消瘦的男人，终于转过来看了看小吴，眼神空洞无神。

"先生，请您仔细交代。"一旁的苏晓琳忍不住插了这句，但语速舒缓，面带笑意。

身材消瘦的男人，索性坐了下来：

"前两个星期，刚出生的小孩不幸离世，这是我的第二个了……"消瘦的男人停顿了下，这个沉默是悲伤的，他突然抽泣了下，继续说道，"两个孩子都这样没了，办理完孩子手续之后，我们就找了个算命先生，算命先生说这是'黛玉还泪'的签。意思是我前世欠债，罪孽深重，今生必须多为一些和你非亲非故的人行善，效果最好的是女警。如不执行，会如高利贷一样利滚利，还得更多。记得两个星期前，我在派出所晕倒，是这个女警救了我，所以我决定先为她做一月的善事。那天办手续时，我有听她说过车位难找，于是我决心帮她守一个月的车位，从半夜到早上，一直守到她来为止，任务完成后我就躲起来或者回家。"

身材消瘦的男子从口袋里掏出那张可以改运的签纸递给苏晓琳，上面歪歪斜斜地写着"黛玉还泪"四个字。又掏出手机将算命先生的照片给警察看。此时的消瘦男子已经哭得稀里哗啦，他不断地央求道，剩下这个星期，让他做完为止。

派出所办案室突然沉寂得让人压抑，而苏晓琳怎么也没想到的是，这个荒唐的算命先生竟然是自己的公公……

苏晓琳转向身材消瘦的男子，问道："荒唐，你就没问为什么对象必须是个女警吗？"

偷　窃

又到年底，过年气氛是一天比一天浓烈，虽然正值腊月寒冬，但街上依旧熙熙攘攘，人声、车声、吆喝声、牲畜声此起彼伏。各种形式的促销打折、跳楼拍卖、岁末回馈、泣血清仓，甚至有商家搭个简易的舞台邀几个清凉着装的妹子，在瑟瑟的寒风中卖力地抖着胸甩着臀，尽管动作和音乐节奏井水不犯河水，还是挤满了人。话筒粗犷的声音高分贝地喊着：仅剩两天，仅剩两天，便宜得无法无天，全场低至一元，不信让您打脸……说时迟那时快，一个吨位足够的中年人登上台，朝着瘦如枯木的主持人就是一巴掌，当主持人还在纳闷这突如其来的打击时，胖中年人抢过话筒，喊道：他妈的，买了一件夹克八十元，还他妈的一元。后来，胖中年人被保安架了下去，期间还听到拳打脚踢以及惨叫的声音。吓坏了的姑娘们则继续扭着屁股。

挤在人群中的胡巴不能淡定了，不是因为台上搔姿作态的妹子，而是在他正前方五厘米左右距离的屁股口袋上露着一叠百元大钞，在挑战他的定性，冲击他的道德防线。

只有五厘米的距离，只要用拇指与食指迅速一配合，不到几秒，一叠钱便轻松落袋，神不知鬼不觉。或许今年要还的债、过节的花费就不用愁了。转念一想，万一被旁人发现，报个警，一辈子老实巴交的他今年就得到拘留所过年，还得烙上污点。就在去年赶着上工地的胡巴无意将一只年轻的鹅碾过，回头就做了两晚的噩梦。胡巴仿佛被抽干了精力，有气无力地晃着，只有如鼓点般的心跳强烈跳动着……台上又唱又跳，这位屁股后露着大钞的哥们随着节拍，忽左忽右，手舞足蹈，完全沉浸其中。胡巴跟在屁股后面一会儿左一会儿右，上身微微前倾，始终和这位年轻人保持着约五厘米的安全距离。这五厘米易守难攻，保证不会惊动对方又不会让旁人发现。

这段时间，或许是胡巴这辈子最艰难的抉择，一念善一念恶，善恶两面，相隔万里又触手可及。

台上已经是最后一支舞了，也就是说，胡巴要在这几分钟之内做出一个决定。随着气喘吁吁的妹子抛出最后一束礼花，胡巴已经用他的拇指与食指完成了从善到恶的沦陷，只是不知道，这个动作是否听从他大脑的指挥。

完成抉择的胡巴那天晚上并没有睡好，还做了个梦，梦里他像只挂在店面的烤鸭，戴着手铐脚镣，被两个壮硕的民警架进派出所。醒来时惊起一身冷汗。翻起口袋瞅了瞅出卖道德换来的一万元,使劲吞了口气。这口气是凉的。

他重回昨天清凉妹子热舞促销的现场,只见那位丢钱的哥们像只病狗一样趴在地上一寸一寸地挪动,每找一片地方,都会用粉笔在那画个圈做个记号,再挪到别的地方。一副大海捞针的模样。旁边包子店的老板告诉胡巴,那人已经找了一个晚上,这年头钱掉在街上跟包子掉到狗窝一样,怎么可能失而复得。胡巴突然有点发抖,感觉身体里有异物作祟,坐不安然,站不淡定。突然,那位丢钱的哥们猛一起身,跑进了那家做活动的男装店,抡起一张椅子暴砸,衣服、镜子、柜台瞬间秒碎,一片狼藉,店门口也已围观很多人,胡巴也在。

"你他妈的,没事跳什么舞。"气急败坏的男子揪起老板的领口。

眼看自己的店被砸成豆腐渣的老板,红了眼一把将男子推了过去,随手抄起一个不锈钢衣架,撸了过去,这一撸,不偏不倚正中丢钱男子裤裆,一声惨叫,男子双手捂住档口倒在地上痛苦打滚。老板慌了,连忙抄起电话报了警。

警察很快来了。胡巴苍老的背影也离开了现场。

回到家,胡巴心烦意乱,口干舌燥,饭也吃不下,水也喝不了。他回到自己的房间,坐立难安,猛抽烟,枯瘦的手不断地抖着,汗珠一颗一颗从额头上泻下,后悔、懊恼、自责,人一后悔就开始想到如果,想到如果就更后悔。胡巴在这十几平方米的屋子里来回彷徨几十遍,地板上烟蒂星罗棋布。

胡巴是个老实巴交的农民,为人又古道热肠,在村里,是出了名的老好人。邻居二狗子的渔网是他帮着缝补的,张大良的地瓜也是他帮着收成的,村里工厂货物的搬运几乎都有他的影子,祠堂里有什么跑腿的胡巴都是当仁不让,出殡抬棺材的胡巴也总是第一个报名,并且逐渐成了抬棺专业户,偶尔还杀入别人家里帮忙着家务……曾经有一次邻居寡妇王婶家闺女挺着个大肚子突然跌倒在地,痛得死去活来,家里一个人也没有。胡巴便二话不说当机立断将她家闺女抱了起来,一路小跑到村诊所,又打了的士把王婶闺女送进医院,自己则鞍前马后,直至送进产房。自己差点闯了进去,才被两个护士拦着,一个说,当爹也不能太紧张了;另一个说,急着抱孙也不能连产房都闯。搞得胡巴一身尴尬。王婶闺女早产了个女孩,不过一切也都顺利。后来,村里就有人调侃地说,王婶闺女生这个孩子,胡巴出过力,有过一份功劳。当然这纯属笑话,胡巴也没往心里去。他总是说,自家闺女生孩子,能置之度外吗?

其实,王婶是赝品寡妇,她男人因勾搭别的女人被王婶扫地出门,据说,当时王婶当着她男人的面,把一件袍子裁成两半,以示割袍断义,自此她便以寡妇自居。

那天，胡巴对王婶说："你看，家里没了个男人多不方便啊！"

王婶只是冷笑："男人都是有下半身没下半生的动物，能靠个啥？"

胡巴说："别一竿子打翻整船人，至少也给阿丽男人一个机会，这不，孩子出生了，总不能没爸爸吧！"

"没男人怎么啦？"王婶给胡巴一个白眼。

"阿丽我从小看到大，小时候跟我闺女一个样，别让她受苦啊！"胡巴总是这样说。

胡巴至今都没见过王婶闺女男人的面，只是偶尔从王婶口中得知，也是个拈花惹草不正经的男人。和王婶男人一样，一个德行。

自从王婶外孙女落地，胡巴便隔三岔五地往她家跑，帮帮小忙，干点粗重的活，甚至连尿布也洗上了。每次王婶都会拿点钱给胡巴，显然，胡巴是不愿意收的。渐渐地，邻居便开始有了些流言蜚语，当事人也很快知道，不过胡巴认为身正不怕影子斜，完全没放心上。倒是王婶开始介意了，每次碰到胡巴，能躲就躲，不能躲就潦草寒暄。

直到有一天，胡巴媳妇在烧饭，突然嘴巴一斜，眼睛一翻，脚一趔趄，跌倒在地，中风了。奇怪的是，当时的胡巴没在人前掉过一滴泪，异常坚强。在二十万天文数字的手术费前，他也只是淡淡一笑，说是天无绝人之路。后来，乡亲和宗族主动承担了十万元（这和胡巴的为人不无关系），胡巴另借了十万元利息钱。医药费到位，胡巴老婆死里逃生。命是捡回来了，但说话、行动、自理能力却不怎么灵光。胡巴的生活雪上加霜，王婶家也少去了。

为了生活及媳妇的护理费，胡巴几乎成了短工的集大成者，捕鱼、网虾、挑沙、扛石头、搬运工，还有自家的家务及媳妇的生活料理。每天五点多就起床，先给媳妇按摩推拿，配药，准备早餐，准备就绪便出去打工，回头煮午饭，收拾家务，下午下班还得先带老伴出去走走，散散心。寒暑如此，遇到人，胡巴说，当他搀着老伴散步时，像在谈他们从没谈过的恋爱。他很享受。此情此景，乡亲们总是嘱咐胡巴要照顾好自己……

胡巴从一个一百六十斤的大汉直接消耗成一百出头的瘦削农民。额头上的沟壑更深了，骨头从每个关节突起，外搭着一层老皮。生活果然是一场战斗，但没人听到过他任何怨言。

今年是胡巴媳妇出事的第三个年头，而他媳妇终于不要人再鞍前马后了。因为前一个月的再次摔倒，胡巴媳妇就再也没有站起来，索性连眼睛也没睁开过。医生说，脑死亡。胡巴在媳妇出殡的那一天，亲自抬了棺木。他说抬了一辈子的棺木，还是抬自家的沉重。还好，媳妇还能跟我说说话谈谈心。她说，如果我没先走，你肯定会被我拖垮，走在我的前面。一个不能自理的女人，孑然一身，那将是个灾难。因为你爱我，所以我必须走在你的前面。胡巴，当着在场的人转述了媳妇的话，在场一片愁云惨雾。就在胡巴目送媳妇进火炉的刹那，胡巴彻底地哭了一把。

胡巴有两个孩子，第一个是抱养的，五岁那年，亲生母亲来接走，从此杳无音讯。第二个是亲生的，那年胡巴四十岁，老来得女，兴奋得逢人就嘚瑟，只可惜这股兴奋劲持续不到三个月，孩子便完成了在人世间短短的戏份。然后胡巴用十倍于常人的速度苍老，四十一岁看起来像是五十岁，而今年才和刘德华同龄的他，看起来则七十有余。胡巴媳妇则经常量血压，吃药，人变得恍惚。除了苍老加剧，胡巴该吃吃，该睡睡，该打工便打工，该帮人还是帮人。

媳妇走后，胡巴开始盘算着欠下的债了，连同利息，搁在胡巴内心深处。

眼看要过大年了，这是胡巴最为孤独和凄凉的一个年关。和他相依为命的媳妇走了，他得学着一个人过年，学着一个人面对人情世故。此刻，他必须先学着处理这令他无所适从的一万元。胡巴历经变故，都能挺过来，但他无法确定，面对心中道德和良知这道坎，是否能挺得过来。

胡巴不知抽了第几根烟，他打开电视调大了声音，不断转换着频道，在一个法制节目前定格下来。看了几分钟，胡巴索性关掉电视。他走过去拿起一本账本，上面记着那十万元的利息钱，一万二千元。又回头看看床头上以拷问姿势叠在一起的一万元钱。他知道亡羊补牢的道理，但现在那位丢钱的大哥生死不明，搞跳舞促销的服装店一地狼藉。一旦坦白，自己就成了那两个受害者的死对头，这笔钱还真无从还起，他也还不起。胡巴用了一个失眠的夜晚纠结。最后决定是，先还了利息再说。

换句话说，胡巴选择在担惊受怕和良心拷问里居家过日子。

还完了利息，了却自己一桩心事，但胡巴轻松不起来。再次来到他犯罪的那个地方，店门已经关闭。包子店老板跟他说，那个年轻男人受伤还挺重的，听说下面两个蛋碎了。服装店老板只能关门跑回老家搬救兵。派出所也已介入调查此事了。胡巴问，那男的家人呢？包子店老板说，前天服装店又被砸了一次，应该是他的家人。胡巴又问，有听说警察查到什么吗？包子店老板不置可否，只是说，应该是从丢钱查起吧，钱到底是掉的还是被偷的，性质不一样。胡巴的脚再次发软。

这段时间，陆陆续续有人来找胡巴结账，捕鱼十工一千一百元，搬运十五工一千三百元，挑沙二十工两千一百元，宗族跑腿一千六百元……几乎每个雇主都心有灵犀多给胡巴一百元红包，并且预定明年的活，几摊合计下来胡巴又进账了一万三千余元。但心里还是高兴不起来。

有一天，两位身穿警服的民警突然来到胡巴家，一进门胡巴就开口嚷道：我什么都不知道，什么都不知道，你们走错门了吧……后来，民警解释了来意，说是派出所节前有个警民联谊活动想邀请几个民众参与，村里强烈推荐他来的。胡巴这才石头落地，长吁了一口气。

警民联欢有一个普法问答活动，有一警员出题，回答合适有奖，活动本来是抢答，考虑到村民都比较拘谨，便采取轮流作答。胡巴的题目刚好是：偷窃多少钱就可以构成犯罪。听到题目的胡巴满脸通红，无地自容，他支支吾吾半天回答不出个所以然来，最后说漏了句："苍天还真有眼啊。"念题的警员夸了胡巴的成语用得真好，苍天有眼。警员解释道：偷了五百元以上就构成偷窃罪了，如果是五千一万这种数额比较大的就得追究法律责任。胡巴晴天霹雳，接着问："如果物归原主呢？"警员回答："看情节轻重酌情处理。"胡巴默默地领回了奖品，如坐针扎。

回到家，胡巴将联欢会上带回来的奖品肥皂、牙膏牙刷、纸巾等送给了隔壁王婶。没想到王婶一把抓住胡巴的手，让胡巴胸口的小鹿差点跑了出来。媳妇尸骨未寒，胡巴是绝不会对任何一个女人动心的，这个他非常确定。王婶将胡巴拉到一边，声泪俱下，他告诉胡巴，阿丽的男人出事了，现躺在医院。这些年，两个没有固定工作的女人，还得养一个襁褓中的孩子，确实挺困难的。胡巴掏了三千元借给王婶，让他们去趟医院，自己则留在王婶家照看四岁的孩子。

不知怎么的，和孩子独处的胡巴竟止不住泪水，脸上却挂着笑容。他一直觉得阿丽和他很有眼缘，胡巴甚至在心里默认成自己的孩子。他觉得这一刻是从未有过的轻松，特别是偷了人家一万元后。小孩子在家里屁颠屁颠地走着跑着，胡巴跟在后面也学着吱吱呀呀。在阿丽的房间，一张照片引起了胡巴的注意，那是一个男人的生活照，而这个男人，他非常熟悉。胡巴怔住了，小孩子用手指着照片，不断说着："这是我爸爸，这是我爸爸，我妈妈叫我不要忘记爸爸长什么样的……"胡巴一把搂住小孩子，任何话也搭不上来。

那天晚上王婶和女儿阿丽是哭着回家的，他们告诉胡巴，阿丽男人要做睾丸切除手术，否则性命难保，同时阿丽男人也永远失去生育的能力。一个男人的天彻底塌下了。王婶还在胡巴面前诅咒那个偷她女婿钱的人，骂得挺难听，什么天理昭彰，报应不爽，诅咒他断子绝孙，家人不得好死，不得善终等等。听得胡巴一脸惨白，像块木桩。

像是被抽光精神的胡巴，从房里拿出了一叠钱递给王婶："这一万元，还你的！"王婶并不接受，她说："我已经拿了你三千元了，你还有一堆债务要还，不能再借你的钱了！"

胡巴激动地说："如果你不拿，我就死在你面前。"

胡巴如皇恩浩荡，王婶和阿丽跪下了。那天，王婶跟胡巴说了阿丽和那男人的事。那男人出生在问题家庭，父母离异，母亲曾经是坐台小姐，孩子从小跟着他母亲长大，性格乖张，整天吃喝玩乐。阿丽就是上辈子欠他债似的跟了他，就有了这个孩子，而后这杀千刀的就音讯全无了。后来才听说，这男人已经改邪归正，迷途知返了，回到镇上谋份工作。出事的那天，这杀千刀的是要给阿丽买几件衣服的，但还是本性难移，被台上妹子给勾引了，才会发生这么些事情。

小年夜，胡巴走进了派出所主动交代了事情。他告诉警察，每个人都会在那诱人的钞票面前心动，特别是那些需要钱的人。胡巴没有预谋，只是临时起意，一失足成千古恨。而那个丢钱的男人，也就是阿丽的男人，顺利做完了手术。

阿丽男人的母亲，则决心要起诉偷他钱的人和那位服装店老板。

法院上，当阿丽男人的母亲看到被告席上苍老的胡巴，她愣住了，而看到阿丽男人母亲的胡巴则干脆瘫坐在地板上。

远角的家属席上，王婶和阿丽早已泣不成声……

我只能远远地望着她

> 如果爱了，却爱在不对的时候，除了珍藏那一滴心底的泪，无言地走远，又能有什么选择？

——题记

1

毫无疑问，你触动我的泪点，不然我的鼻子不会有点酸。放下电话，我跑到浴室，将所有水龙头打开，让男人卑微的哭声躲在汩汩的流水声后。五分钟后，我擦了擦脸，走出浴室。楼上楼下，东西南北，用大约均衡的步伐走了几个来回，东西长约十六点二米，南北长约九点五米，矩形状，面积约一百五十四平，楼上楼下共三百零八平方米，九间房间两个浴室一个厨房，还有一个未经平整和硬化的院子。整面积一豪宅标准，不过是乡下房子，咋成了无房一族，我愤愤不平。拿起电话拨了回去：

"结婚和买房，不是两回事吗？"我说。

"他们是条件关系的两回事。"她说，声音有点低。

"只有结婚才能买房？"我说。

"只有买房才能结婚！"她说，而且很坚定。

"可我们毕竟三年了。"吞了口水继续说，"你也知道，我家足足有三百平。"

电话那头并没有回应。

"不就钢筋水泥和石头砖瓦的差别吗？"我说。

那边还是没回应。

……

十多秒后，她说："素菜做的肉片，是肉片吗？"

十多秒后，我说："只要能充饥的菜，就可以接受。"

"感情不能迁就，婚姻更不能妥协，幸福靠的是支撑，知道吗？"这次，她回得很迅速，声音依然低沉，没有精神。

"好，那我买房！"我说得理直气壮。

"别开玩笑了，过两年再谈结婚好吗？"她说得很冷静。

"两年过后，能保证我们在一起吗？"我说。

"尽量吧。"她说，"至少，我现在是爱着你的。"

"房子必须买，我们必须结婚，因为我怕失去你！"我提高了声线。

"结婚就不会失去吗？"她说得轻描淡写，我却重重受伤。

挂断电话后，我瞬间不知所措，觉得有一个叫自尊的东西再次受伤，我就是一条被粗暴动作按住的鱼，生生被刮去鳞片。其实我害怕的不是她想要什么，因为三年来我们早没有彼此。而是她突然变了一个人似的，操着没有温度的声音和谈判似的措辞，让人恐慌。

我爱牧君，她也爱我，我们必须结婚，我们也都朝着以结婚为目的的方式恋爱着，方向正确，态度也端正。可二胡、老黑他们的经验告诉我，恋爱谈得越久，就跟谈判一样，最后都可能谈崩。况且现在，我和牧君的态势，有点朝着谈崩的趋势。所以我必须结婚，免得夜长梦多。而这个想法，是在一周前就决定了。

理由很简单，因为我总觉得牧君对我越来越平淡甚至有些冷淡，以前逛个街吃个饭看个电影，她总会兴奋得像个吵着吃糖的小孩。偶尔耳提面命、一本正经地在我面前扮演妈的角色，偶尔无理取闹、率真任性地蹭在我怀里像个孩子……三年了，她的活泼、得体、善良、智慧、孝心都让我的幸福感不断飙升，感情稳固得像长城，就算林志玲半夜来敲我房门，也很难让我心动。对我妈，她早已扮演着媳妇的角色了，其真诚的成色绝对高。现在，除了对我妈的态度如初，其他的却调了个个。看电影逛街等公交她都不再把头靠在我那个专门为她而长的肩膀了，每晚的例行电话不再像是煲粥而更像是冲泡面，见面说话不再谈生活谈人生这些建设性的话题而更像是寒暄，偶尔给我煮的泡面也不再加我喜欢的牛肉了，关键是，她开始涂口红了，一个讨厌化妆的女孩开始涂口红了，这意味着什么，别告诉我，乌云密闭不过是为了出太阳……总之，她的寡言冷淡和怪异举止，让我像是在战场丢了枪的战士，等着战死。

所以，我向她求婚，希望用伦理道德来谨防万一。

自那天起，我下定决心买个房子，但实现却因为现实而有一段未知的距离。爸妈一辈子和土地打交道，倾尽心血还得搭上我就业前几年的工资，才像连续剧一样一集一集断断续续地把房子搭好。他们是农民，现在基本和土地切割了，就改做点海活，收入也是和老妈的身体状况一样没法稳定。我呢，好歹也混了个事业单位，吃喝不成问题，但买房，基于现在的经济情况却有些遥远。

我把结婚买房的事跟父亲提了提，他说，房子必须买，你不能让牧君这么好的女孩子跟我们住这儿吧！我清楚，说这话的时候，父亲并没有舒展眉头。

思考片刻，父亲又说，房子我们一起来想办法，但一旦买了房子，结婚的聘金礼金就真的拿不出来了。我跟父亲说，牧君不会在乎这些繁文缛节的，羊毛出在羊身上，她会理解的。父亲抽了一根烟，深深地吸了两口，额头皱纹瞬间扭成麻花。说道，牧君这么明理和懂事，应该不会计较，但人家父母怎么想的，一个女儿平白无故潦草地送给你？

　　一天晚上，父亲打来电话，说要把咱家最后一块地卖掉，给我买房。这话我理解的另一层意思是，要不把父母亲卖掉？因为我知道，这土地是他们俩的命根子，所以我无论如何也不会让他们变卖祖产。我让父亲别操这心了，如果为了我的房子，却要卖掉这个家族最后的根据地，那我不就成了千古罪人了。

　　于是，我把手伸向了二胡。

　　二胡给我来了条消息，说是她前女朋友的大伯急需用钱，在镇区有套套房要低价转让。我找了个时间和二胡去探个究竟，了解了几个信息：一、二胡前女朋友的大伯做担保失败，被倒了一大笔钱，急需一些现金来补窟窿。二、这套房一百二十八平方，并没有房产证，只有一纸购买合同和发票。三、房子是套处子房，全新的，没人睡过。四、二胡前女朋友大伯承诺房子连装修家具一口价二十八万。

　　这是打着灯笼也找不着的运气。我心里很是激动。老问题来了，哪来的二十八万现金呢？二胡觉得这房子这价钱便宜得像猪肝一样，过了这村没有下一寨了，极力要促成这桩买卖，并且要先将老婆本借给我，反正他现在也用不上。

　　二胡是我最要好的哥们，物以类聚，人以群分，因为一样穷，所以我们走到一起，并建立很深厚的友谊。但是，他们现在不穷了，原因是，他爸爸三年前中了张六十八万的彩票，而后做起了小生意，还算稳定，算是巩固了这笔钱。也就是那时，二胡送给我一只苹果4S手机。

　　我记得二胡刚送我手机的那个晚上，我认识了牧君和她的两个朋友。她说她经常在报纸甚至电视上看到我的名字，也偶尔读过我那些三流的文章，所以我们的相识就像是老友重逢，相见恨晚，后来我请了她们吃饭。饭间，我蓦地发现没有带钱，赶忙发了信息给二胡求助，却没回，束手无策之际，是牧君提醒了我，她说，张老师你钱掉地上了。我低头往下看，发现一些钱正躺在我脚边，又抬头看了牧君那张笑得调皮的脸，我都明白了。那一晚，是牧君的解围才能让我吃得安稳，否则就糗大了。我很感动，觉得不以身相许不足以回报。

　　饭后，我们交换了号码。此后的几天，每天和她都有上百条的信息记录。有呼必应，有发必回。终于有一天，我连发了几条信息都没回。那天下午，我打了她电话，不在服务区。那天晚上，她来学校找我，说是手机掉水里了。我说我联系不上你感觉丢了钱包什么的，没安全感。她故作生气地说："得寸进尺，果然把我当你的钱包。"我才发觉上次解吃饭之围的钱还没还她。再后来，我把我的手机送给了她，还吻了她。我们男女朋友的关系就确定在那一吻上。

二胡一直说我们的关系也确定得太草率了吧。我只跟她说，我不想有别的男人在我之前抢先吻了她。二胡表示很不屑。

回到家，二胡再次表示这个房子值得买，我则和他谈起了牧君：

"感觉她像换了一个人？"

"难道你要她陪你赴汤蹈火、义无反顾、抛弃自我才觉得正常吗？"二胡说。

"你有没有发现一个细节。"我说，"她从不化妆，讨厌化妆，可这段时间她涂口红了。"

"女孩子化妆跟吃饭拿筷子是一样的，有必要吗？"

"但她之前从不。"

"哪个女孩子一出生就化妆的，人家现在想化了不行吗？"二胡有点不耐烦。

"我有点担心！"

"担心什么？出轨？"二胡说道，"你给人家轨道了吗？"

我没再说了，总之心里很是忐忑。而关于买房这个问题，我始终像是一个多疑的老人，轻易不敢下结论，但又不得不买。

2

和牧君一起的时间里，我们彼此都默契地避开结婚和房子这个话题。牧君是一家私企的管理人员，是个很朴实简洁的女孩。穿着总是T恤、牛仔裤或是五分裙，冬天更多的是素色的羊毛衫、揉皱的衬衫和浅色系外套，在她身上看不出些许艳丽的色彩，唯一的妆，也是近段时间才有的习惯，是涂上淡淡的口红。她不算漂亮，不算养眼，却有着藏不住的气质和优雅。工作娴熟干练，不拖泥带水。一件事能在五句话内完成的，她从不说第六句。在公司里她的高跟鞋触地的声音和她说话一样干脆。有一次老板问她，单签了，该和客户去吃吃饭。牧君回答，签单是我的事，吃饭是你的事。老板摊开双手，苦笑，但公司离不开她。

但之于我们的相处，牧君没有棱角，眼神总是楚楚的怜意。我是个健忘的人，她总能耐心地帮我记住和解决很多生活上的事，钱包、车钥匙、书本甚至连内裤都能帮我找到。还能记住我老爸喜欢抽的烟，我老妈裤腰和鞋子的尺寸……洗衣煮饭打扫，家务也做得心安理得。在很长一段时间，我们是无证经营的两口子。我的意思是,她善解人意、得体勤奋。但,那是以前。

"陪我看场电影吧!"这是她近期少有的主动。

我则像是个奉旨接诏的忠臣,马不停蹄地赶到了她公寓门口,她不紧不慢跟保安要了杯水,拿了颗药吞下去。我赶紧将药盒抓了过来,看到上面写着"复合维生素",心才放下。路上,她改变了看电影的主意,说要到公园走走。公园里,牧君指着那些跳着广场舞的大妈低声说道:

"真让人羡慕。"牧君一首捂着胸口,一手撩着被风吹乱的头发。

"我现在就陪你跳。"我说。

牧君微扬起嘴角,继续往前走。

"学不来的,那感觉,那心境。"

"那三十年后,我们再来跳?"我说。

"三十年,太遥远了!"牧君笑得有些尴尬。

牧君扬起的嘴角马上放平,继续往前走,我们并肩走了几分钟,谁都没有开口。

"我记得你从来不涂口红的。"我还是问了。

"你从不吃苦瓜,前天不是吃了?"牧君反问。

"那是你让我吃的。"我说。

牧君突然将手放到我的掌心里,我顺势将她的拳头握在掌心。换作之前,我早已将嘴唇贴在她额头上,但现在只能握着她的手,拼命地稀释着这段时间的陌生感。

"人是会变的,人的习惯也是会变的,我突然觉得涂口红会让我更有精神。"

"你喜欢就好,我就问问。"

"对了,伯母好些了吗?"牧君突然拐了个话题。

"还是老样子,隔三岔五得吃点药。"

"根深蒂固的生活习惯太难改了。"牧君叹了口气。

"是啊,可她只听你的劝。"我目光转向牧君。

"行,我明天再过去看看。"

一路上,我右手紧紧将牧君的左手抓住,不同的是以前那满是体温的小手有些冰凉,她缩着头往我身上靠了靠,可以看出她有些凉意。"生病了吗?"我一问,牧君马上反驳,"靠在你身上就病了,那这三年不是病入膏肓了吧!"我笑了,笑得有些心慌。然后我们沉默地绕着公园里纵横交错的每条小道。

半个小时后，她示意我要休息下，在我们往凉亭走的时候，牧君突然脚一软，瘫坐在地上，我赶紧将她扶了起来。她把手搭在我的手臂上，咬着唇使劲地站了起来，像个要挣破子宫的婴儿，表情有些扭曲而痛楚。我仔细地看了看牧君的脸，发现她除了嘴唇，其他是死一般的惨白。"生病了吧！"我心疼地问。牧君手一挥轻打了我下，喘着粗气说："怎么晚上尽咒我生病？""那怎么你……"我话没说完，牧君接着说道："走了一个晚上，我喊声累都不行啊？"我笑着，把她扶上了石椅，掏了瓶水递给她。

后面我们还是去看了场电影，两个小时下来，牧君只和我说了句：我想要杯水吃个维生素。其他并无交集。

那天晚上，我和牧君毫无目的地走着，看了场"无声"电影，约会的四个小时漫长得像四个世纪。觉得有些酸楚，以前一个话题可以啃一晚上，现在找话题却像在大街上找厕所一样着急。回到家，她又拿了颗维生素吃了，我提醒她那种东西不能吃太多。她笑了笑。回家后，我失眠了。

3

周末晚上，牧君打电话给我，声音很是慌张，她说她怕极了，让我过去她宿舍。接到电话后我立马到了牧君住的十一楼。电梯门刚打开，站在电梯口的牧君一把把我紧紧搂住，优雅从容的她此刻像是迷了路的小孩，有些慌乱。我把她扶进房间，倒杯水给她，平复下情绪。

牧君要我检查下整个楼层有没有什么异常。我有些纳闷，但还是借着灯光，仔细地排查每个地方，卧室、储藏间、洗手间、床底等任何藏得了人的地方都不放过，没发现任何问题。牧君租住的是这幢公寓的十一楼，最顶层。十一楼共七套间，三套有人租住，另两套是牧君的朋友，当时她们是结伴租住的，既是朋友又是邻居便经常逛街吃饭甚至一起过夜。后来她俩朋友都有事出门了，整个十一楼就只有牧君这一套住着人。牧君有些失落，不过安保措施还是放心的，当时牧君确定这里就是看中这里的安保情况。

"发生什么事了？"我说。

牧君先是喝了喝水，然后吸了口气，再吐了出去，她一直在平复自己。

"这个礼拜两次了。"牧君说还是有些惊慌。

"什么两次？"我问。

"前天晚上下班回来，就看到电梯停在十一楼！"牧君说，"当时也没怎么在意，但今天晚上加班回来，发现电梯又在十一楼。"

"十一楼？那就是有人上来，是不是阿珍她们回来了？"

"不可能，这两次都有打电话给她们。"

"那是不是清洁工？"

"清洁工不会上去。"

"对了，会不会是楼下邻居到楼顶去做什么？"

"我问了保安，没人向他拿过钥匙，况且，上来了就不下去吗？"

"哦，对了，可能是七八九十楼的人上来，在走楼梯？"

"你自己相信吗？"

"不相信。"我说。

我们再次问了公寓保安，他说他敢用党员的身份保证，绝对没有可疑的人上去。

晚上，我并没有回家，而是陪牧君说了许多话，期间，她除了起身上两次厕所和吃了两颗维生素，一整个晚上都靠在我的肩上——为她而生的肩膀上。她还是拒绝回我那住。理由还是一样，别总让我伺候你，何况这里离公司近。

看到牧君惊魂未定的样子，我决定买那套房子。

隔天，牧君让我回家休息，她说她不再害怕了，可能是自己吓自己，她还是决定在这里住下。

三天后，我又接到牧君的电话，她说电梯又停在十一楼了。电话里的声音恐惧而失控。我找到了她，梨花带雨，花容失色。十一楼只有牧君居住，在没人找她的情况下，电梯经常停在十一楼，也就是有人上了十一楼没下来，或者上去了走下来。想想还真有些揪心。隔天，我带着牧君到附近的庙宇焚香拜拜，驱魔辟邪，求个平安。看到牧君跪在佛祖前念念有词的样子，有些自责，她在担惊受怕，而我只能带她求神拜佛，得以心安，可我心难安。

安抚了牧君，我找到了二胡，让他借我钱，我决定买他前女友大伯的房子。二胡拍了拍我的肩膀，认为我做了一个非常正确的选择，就好像当时我们俩认识结拜一样正确。关于后者，我很认同。隔天二胡就把二十万汇到我的账户里，我签了张收条给他，被他撕破。后来房子以二十五万五成交，我成了有房一族。感谢兄弟二胡的帮忙。

房子成交后，我立刻找到了牧君，她正和客户谈事，还是那份精明干练的样子，这才是我所熟悉的牧君。我在她办公室绕了几圈，才等到牧君下班。

"你怎么来了？"

"我有个礼物给你。"

"能不能先帮我倒杯水？"

"喝果汁去吧！"我说。

牧君将那盒复合维生素掏了出来，倒出了一颗含在嘴里，我立马将水递给她。

"怎么最近老吃这个，吃多了不好！"我说。

"补充点营养，不碍事的。"牧君了打了个趔趄，差点摔倒，我赶紧将她扶住。

"累了吧？"我说。

"哦对了，你不说要送我什么？"牧君声音依然低沉。

"走！"我将她带到我刚买的套房。

在套房门口，我做了这辈子觉得是最为浪漫的事情——求婚。双膝跪地，皇天后土，父母双亲，其次便是牧君，我把人生第五跪献给最爱的女人。将房子钥匙双手奉上，深情说道："嫁给我吧！"牧君先是怔了一下，此时掠过的惊讶不过是小石块投入湖面的涟漪，很快恢复平静。牧君气定神闲，安之若素，仿佛眼前一切不过是吃个稀饭那么稀松平常。事先预设的欢欣雀跃或是感动流泪都没有上演，只有坠入谷底的失望。一分钟后，牧君拿走了钥匙并将我扶了起来，然后趴在我的肩上失声痛哭起来。是那种不可遏制、痛快淋漓的号啕大哭，一分钟，两个极端，我更看不懂牧君了。

那次求婚，牧君并没有答应，她只是跟我说，她得离开几天，回去找下父母。我想陪她回去，但她坚决不让。她说，有些事情还是自己跟家里谈比较好。后来她跟公司请了五天假。我只是希望，五天后，我能将戒指套在她的无名指上。

4

牧君回去后的第四天，二胡给我打来了电话，他让我迅速到牧君公司旁的音乐咖啡厅一趟，顺便还给这个指令加了"特急"两个字。我按照二胡指令，迅速到达咖啡厅并找到了他。他让我别出声音，手指着三点钟方向一对男女。"是牧君！"我拼命揉自己的眼睛，还是确定无虞。在看到那个穿花衬衣的肥男子将手搭在牧君的肩膀上后，我彻底崩溃。眼前浮现房子、口红、冷淡的表情和求婚时的不置可否，都有了合理的解释。我不伤心也不麻木，开始变得愤怒，怒不可遏，一个男人的自尊被残忍地肢解。一个女人竟用洗黑钱的方式背叛自己的感情。

隔天，牧君说她回来了。我们约在我刚买的套房见面。

见面刹那，感觉牧君每一寸皮肤都是个丑陋的谎言。我再也压抑不住怒火中烧，指着牧君殷红的嘴唇吼道："我被你当猴耍了一个月，最后你用一堆烂肉的绿帽子给我当礼物，凌迟杀人的伎俩你倒是炉火纯青啊！"

牧君并没有被我这突如其来的吼声怔住，只是开始有些紧张，但大致还是平静的。她走到饮水器旁倒了杯水，从包里拿出维生素药瓶，倒了个药吃。我挥拳将她手中的水扫落，一把抢过她的药，重重地扔在地上，黑色药丸洒落一地。牧君开始有些慌张，立在原地像只落单的候鸟。

"你都知道了。"牧君的声音依然很低。

"为什么会这样？"我只有吼的情绪。

"我说过，至少，我还是爱着你的。"牧君说。

我大脚将地上的药瓶踢了过去，那一脚势大力沉，那药品一圈圈地滚向客厅沙发底下，再奔向电视墙旁，然后瓶身与瓶盖分离。此刻我只能以这种方式宣泄着我的悲愤。

"你搭着其他男人来爱我，这是哪门子的逻辑和道理！"我依然恼怒。

"眼见为实，我不想再解释了。"牧君依然平静如水。

"分手吧！"当我说这句话的时候，我的声音薄如蝉翼。

牧君两行泪终于滑下，只是说了句："能不能把地上的药还我。"

"自己捡！"我说。

牧君蹲在地上迅速地将药丸一颗一颗地捡进包里，眼泪一滴一滴地打在地上。捡完后，还仔仔细细地搜查了一遍，然后用手抹了抹眼睛，起身的刹那又差点摔倒在地。我并没有伸手去扶。牧君走出了门口，转过头对我说："你有职业，现在有房子，再找一个不会难的。"

"有你参照，差的没几个！"我说。牧君下楼的刹那，一声巨大的凄凉的委屈的哭声传到我耳朵里。

我和牧君彻底分手了。

行尸走肉的时间里，二胡总会安慰我说，或许，牧君是有苦衷的。偶尔还会说，你现在有职业、有房子还愁没有好的女孩子吗？这和牧君说的最后一句话一样。当然二胡的话，我会把它当放屁。

失恋后的第一个星期，我拨了牧君的电话，并没有在服务区内。隔天我再次拨牧君的号码，还是在服务区外。失恋后的第二星期，我杀到了牧君住的公寓，十一楼的走廊开始有些灰尘，而牧君房门紧锁。我彻底绝望。

二胡跑来跟我报告两个振奋人心的消息，一是他说我寄放在他那的五万块投资款，现在连本带利加效益已经近二十万了。二胡说，他也买了房，并且很轻易地找到了一个很优秀的女孩子，想快点结婚，就让这笔钱抵之前欠他的二十万。我一直怀疑怎么会有这么好赚的行当,但还是相信了这事。二是,牧君已经辞职,远走他方了。当时,我问了下二胡,怎么你都知道!二胡表示,他有私家侦探的潜质。

一个半月后,我在套房打扫时发现了一粒黑色药丸,很明显这是牧君经常吃的维生素,因为一把将牧君手中的药扫翻在地的壮举,我至今难忘。正纳闷维生素药丸怎么会是黑色时,我已经将药丸扔得很远,就像我对牧君的记忆一样。其实我一直以为把和牧君有关的东西扔掉,记忆便扔得掉,我知道我是自欺欺人,但一直都这样做!

5

一天晚上,二胡喝醉了酒,怕回去爸妈念叨,就来我套房借宿,两分钟后便不省人事,打呼声很像屠宰场此起彼伏的哀号。我套上耳机,在他不远的沙发睡下。半夜地灵很轻,我能模糊地听到二胡手机连续收到信息的声音。这手机也够职业道德,隔三岔五还提示下未读信息。我起身一把抓来手机,准备把它调静音。手机光线有点刺眼,但我还是可以确定信息上面的那一串号码是牧君的手机号。我立马站了起来,呼吸开始变粗,心跳自觉加快。手机上写着:

"二胡,房款二十万我下午汇给你了,你查收下!"

"阿怀好吗?我每天汲取的养分就是思念他。"

"因为明天我就要进手术室了,这一关不知能否过得了,所以我得确定下阿怀过得好不好?"

"我们是骗了他,但我不得不这样做。"

……

我瞬间像被抽光了魂魄,傻傻地站在那,连摇醒二胡的力气都没有,像一具被灌了水的死猪肉……这时,二胡起身小便,黑暗中看到一个站直的影子,吓得膀胱里的尿差点决堤。这一惊非同小可,二胡酒气立马烟消云散。他迅速开了灯,发现是我,操了我一句,我却一点快感也没有。我把手机递给二胡,二胡看了信息,说道:全明白了吧!我两眼凌厉地望着二胡。

"间质阻塞性肺炎,有衰竭倾向,她涂口红,是因为不想让你看到嘴唇惨白。她吃药却必须装在维生素的瓶子里。她逼你买房,为你买房,勾搭男人只是想让你早日找到对象。因为忘掉一个人最好的方法就是喜欢上另一个人……"这是二胡说的,但却是牧君的话。

"够了……"我全都明白了,并不想让二胡说完,因为字字如刀,刀刀见血。

我晃过神来，赶紧用自己的手机拨了通牧君的电话，还是在服务区外，放下电话。用二胡的电话拨了过去，果然信号畅通无阻，三秒钟后，那边传来牧君微弱的声音："喂，二胡！"千言万语憋在喉咙，竟挤不出一个字。"二胡，阿怀还好吗？"这是个微弱而焦急的声音。我还是没有回应，泪泛滥，终于忍不住发了点声响，"你是怀？"我能听出她的惊讶，又感受到她的期待！"我全明白了，明白了，告诉我你在哪里，在哪里，我必须找到你……"我好不容易克制着情绪开口说话却像一头受了伤的野兽在嘶吼着。

　　"嘟……嘟……嘟……"牧君早已把电话挂掉。

　　二胡也不知道牧君具体住处，因为我几乎以绝交来威胁他。

　　那天晚上我和二胡都沉默着等着天亮。

　　隔天，我先向校长请了个假，然后翻出这三年仿如昨日的记忆，在她可能出现的每个地方，都不放过，那些和她有过联系的每个朋友都一个不落，甚至连照过一次面的水果摊禾婶都没放过。有关她的信息都石沉大海，船过无痕。无计可施还有一个走为上，而我掘地三尺还是音讯全无，只能用这招"守为上"，于是，我开始守在牧君家门口，我可以说像卓一航守着那颗可以白发变红颜的天山雪莲吗？时间真的很漫长……

　　偶然经过牧君之前租住的公寓大门，刚好碰到那个已经辞职另谋他业的保安。他把我拦了下来，跟我说，其实不是有人上了十一楼，而是你女朋友经常把一楼看作十一楼。保安说，两个多月前，她又跑下来跟我说，电梯又在十一楼了。我抄起家伙跟了上去，发现是一楼。然后，她跟我说，她也老纳闷，电梯是十一楼，怎么我一按电梯门立马就开了？

　　我谢过保安，谢谢他还能将这个事情记得那么清楚。刚要走，保安又叫住我，那天你女朋友身体挺虚的站都站不稳，嘴唇惨白，精神有些微恍惚……

　　而我再也没有牧君的消息，二胡也没有。当然这段时间我丝毫没有放弃打听牧君的下落。一周后，我守了一周的牧君家终于开门了。在大门不远处，我听到的是，牧君爸妈凄厉的哭喊声，而我只能远远地看着她！

　　我必须忠诚地执行牧君的希望，将房子装修了一下。写了张十五万的欠条给二胡，就在我水果刀在他眼前晃到第五圈的时候，二胡答应我会把钱还给牧君。入住时，母亲煮了一桌菜，烧香拜拜，乞求入住平安，事事顺心。那天晚上，我将房子拍了照片上传朋友圈，写道：男，年龄二十八，有房，有车，事业单位，长相中肯，算不上帅，但绝对平均值以上。好交友，特别是女性。条件：不说谎，哪怕是为了保护你爱的人。

短时间内，一些叫"碰碰""深海一滴泪""寂寞的解药""乖乖女"等交友信息陆续出现在微信里，我纷纷点上接受键。后来，我把微信名称改为：我只能远远地看着她。

夜　跑

1

　　这段时间，宁城不宁。

　　一个月内，两起夜跑女孩失踪事件引起全城恐慌。仿佛一旦夜幕落下，这城市的每条路都成了獠牙的噬命怪兽，让人心惊肉跳。城市夜景依旧灿烂，街道商店却冷清荒芜，偶尔走在路上的几拨人群，他们都有着非出门不可的目的，但频率都是匆匆忙忙。一夕之间，所有的人事都调快了节奏，夜跑、杀人魔、女人、拆迁古厝……成了街头巷尾谈论的关键词。与城市街道相反的是宁城公安分局，这两个星期来都是灯火通明，人声鼎沸，干警们个个热火朝天东奔西突却焦头烂额，连续两起的夜跑女孩失联案件让这里的每一顶警帽都承受着巨大的压力和非议。公安分局第四刑侦队队长、"一一·一七"及"一一·二六"夜跑女孩失联案专案组组长陈仁超更是首当其冲。肩负着全城百姓的安危和渐渐溃堤的安全感，陈仁超恨不得此时是个超人。

　　他，已经连续二十四小时没合眼了，但丝毫没看出他有任何的倦意。

　　例行专案会上，陈仁超叼着烟斗，干脆坐在办公桌上反复向刑侦干警强调："一定还有哪些蛛丝马迹被我们忽略了，一定还有，大家想想我们还有哪些细节不到位？"见大伙没声声，陈仁超再次提高了音量："两起案件相隔不到十天，第一个案件案发到现在十二天，第二个案件三天，我们却连根毛也找不到，歹徒都端着尿壶搁在咱们头上了。"陈仁超说这话时是苦笑着，他只能习惯性地将满腔怒火压在心里。叼着烟斗说话，像是口吃患者在演讲，但大家都了解陈队的习惯，相处久了也就没有障碍了。

　　"那个喂喂喂，小李你把这两起案件受害人夜跑的路线，再给我说说，说说……"陈仁超又点了烟，透过烟雾手指着小李。

　　小李从包里掏出张市区地图："第一起案件受害人夜跑路线大概三点五公里，十一月十七日晚上八点十八分失联女卢某出现在临近她住家附近的川杨路上，往龙华广场方向跑，一路上经过月亮湾小区、商河酒店、第三实验小学，到达龙华广场的红绿灯，再左拐，绕过体育中心，再转入桃源社区拆迁区。这些路段监控都一览无遗，就是拐入桃源社区后，有一小段区域没设监控，这离卢某的住家不到五百米远。而我们推断这就是出事的地方，就在卢某家附近。"

　　汇报完第一起失联女的夜跑路线，小李喝了口水继续说："第二起夜跑路线就比较直接,从市区南华北路农业银行宁城分行往东直向经过三个红绿灯,再绕过市政府,然后原路返回,全程二点八公里。这一段距离银行商铺林立,市政机关扎堆,监控密不透风,任何人往这一带经过,容貌表情都一览无遗。也就是只要从失联女王某所住的揽胜道小区出门,走十米巷路就别想从监控消失。"

听完小李的又一次汇报,陈仁超习惯性闭着眼,夜跑沿途场景如幻灯在脑海里播放。其实这两个路段,陈仁超已经走了不下五遍,路旁边的每条巷道、每个商铺、每个站牌都记得比回自己家还牢。特别是第一起那块没监控的区域,几乎是掘地三尺,翻江倒海,直到现在还有人在蹲点,但还是没有任何发现。他把失联女孩案发前几天的监控录像调下来看,除了第二个女孩案发前两天在路上遇到同样是夜跑的朋友吕丽,然后案发前一天跑的时候速度明显缓慢,其他并没有任何可疑之处。

陈仁超办案经验丰富,这次却像是一个初入学堂的一年级学生,有些不适应。他懊恼而愤怒,却总是一脸轻松;他其实倦意浓烈,却必须故作清醒。因为他明白这时候他必须传递一种信心一种精神。

专案组电话又响了起来,每听到专案组的电话声,陈仁超都像兑上奖一样兴奋,他几乎没有迟疑,抽掉烟斗,迅速地抓起电话就往耳朵塞:

"喂……"

"短信也不回,手机也不接,索性家也不回,现在儿子发烧了,你到底回不回来,还是要我抱着他跑医院。"电话那一头是陈仁超妻子的怒气腾腾。

"你就叫辆车吧,你知道我在忙!"陈仁超压低声音。

"半夜三更哪里叫,现在人心惶惶,就忍心让我们自己出去?"

陈仁超心咯噔一下,像是被谁揪住了,一阵酸疼。他无助地看了看专案组那一双双疲倦的眼睛。

"你说话啊……"电话那一头,还在急促地催着。

陈仁超并没有说话,他挂断电话,烟斗再次叼上,扔了一句话:"小王留下值班,其他都回家,明天中午上班,顺便跟家人解释清楚,警察不是家人的警察!选择这个职业就是选择对家人的'背叛'。"说这话时,陈仁超的眼眶红了,铁骨铮铮,侠骨柔情,感觉有些悲壮。

2

陈仁超回到了家,抱起孩子往额头上深深地吻了一口。这一吻,其实是一个重案警察关于家人的亏欠和深爱。接着他转向妻子,朝着妻子的脸颊凑了过去。妻子将脸转向一旁说道"这算补偿吗？"陈仁超不好意思地笑了笑，说了句："对不起。"

医院回来，已经是子夜一点多了，孩子烧退了，已经熟睡。陈仁超巨大的手掌包住了妻子的拳头，身体挪了过去。妻子也没睡，说了句："你想干吗啊？明天不上班吗？"

陈仁超笑了："可以晚一点上班。"

"折腾一天，我累了。"

"可是，我想……我想……"陈仁超的坚决果断在妻子面前却有点拖泥带水。

"想怎么样？想都别想！"妻子突然坐了起来，"我就来气，你知道吗？你现在穿的警服和以前一样，但你已经不是以前的你了。以前还能经常回家，偶尔还能带着我们逛逛商场，出个小门，现在连你儿子读几年级都忘了吧！"

陈仁超像个超市偷糖果的孩子，很是尴尬，说不上话来。

妻子眼神锐利，让钢筋铁打的陈仁超也有些招架不来，索性闭上眼睛。静默间，陈仁超突然一把抓住妻子的手，激动地说："你刚才说什么，说什么？"妻子被丈夫这突如其来的兴奋劲吓了一跳："说你神经病。"陈仁超大嘴巴迅速压过去亲吻了下妻子。

"一语惊醒梦中人，感谢老婆大人！"

"有病啊！"

这天晚上，妻子还是从了他。她知道丈夫面临咄咄逼人的压力，深不可测的难题，很多时候，他已经身心俱疲。其实在她决定与陈仁超厮守终生的时候，她已经做好承受部分孤独和守望的心理准备。

隔天，陈仁超早早来到分局里，逐一打电话叫来专案组成员。他招呼小李，调来第二起夜跑失联案件的监控录像，时间设定在案发前一天晚上。观察区域定在夜跑女身上，将镜头不断推进，再推进，然后定格。粉红色运动服，戴着耳机，白色运动鞋，嘴巴鼻子捂着口罩。没啥特别之处。夜跑女失联前几天都是这个装束。陈仁超又吩咐小李将失联女前几天夜跑的录像推进到一样距离，也是同样的打扮。陈仁超指着夜跑女的眼睛，让大家仔细地看，前后两天，两个截屏，一样的人，任何蛛丝马迹都不要放过。

陈仁超，从兜里掏出过滤烟斗，把香烟接上，点起火，或许此次的陈仁超才有最佳状态。

四五双鹰隼般眼睛死命盯着录像上的女孩，一分钟后，陈仁超大喊一声："要（有）了！"这一喊，他差点被自己的烟斗呛到，手指头指着两个定格画面的眼睛，让组员都看清楚。

"眼睛不一样！"小李第二个看出来。

接着，干警们纷纷都看出来眼睛的差异。

"失联前一天王某眼睛比较小，单眼皮；失联前两天，所出现的王某眼睛则比较圆，双眼皮。"陈仁超说。

专案组又将此案夜跑女失联前几天的监控录像特写和失联前一天比对几遍，陈仁超断定，失联前一天的王某和失联两天前的王某不是同一个人。换句话，镜头里的这个单眼皮女孩，极有可能是犯罪嫌疑人，否则她没有理由打扮成和王某一个模样。那么，十一月二十五号当天晚上从小区走出的那个王某很可能不是王某。

"我早该看出来了，不常运动的家伙！"陈仁超自言自语。

"不过，如果真是嫌疑人，不逃之夭夭，还打扮成这副模样暴露在我们眼皮底下，目的是什么呢？"小李这样疑问。

陈仁超瞄了瞄旁边的小王，示意他把口袋里的东西掏出来。小王不敢怠慢从口袋里掏出包中华烟。"有好烟都逃不过我鼻子。"陈仁超随手抽了根烟点起火，开始吞云吐雾起来。陈仁超说："疑问只有她才清楚。"陈仁超一手指向镜头的假王某，可能是用力过度，陈仁超的手抖了一下，"我们现在就是把她给揪出来，一定要把她揪出来，除非她藏在月球。"

"布置任务吧，陈队。"干警异口同声。

"假王某在哪从监控消失？"陈仁超问小李。

"没跑偏，和以往一样，在王某居住的揽胜道小区巷口。"

"巷路大概十米没监控，紧邻的就是揽胜道小区，再去她家！"陈仁超决定。

3

第二起夜跑失联女孩王某是市第三实验小学老师，宁城本地人。她独自一人居住在揽胜道小区套房里，上个月才刚搬进来。王某父母做点茶叶买卖的小生意，开了两个店面，夫妻各自经营一家，家道算殷实。王某是他们的独女，眼瞅着闺女都二十八了还没找到对象，着急着，便先给她置套房产，让选婿的路子更宽一些。由于这小区更靠近学校，图个上下班方便，王某便先行入住。父母则住在不远处的青山社区。

保持好身材是每个女孩的终极愿望，特别是对于未婚的女孩更是如此。王某已经将跑步锻炼的习惯持续了三年之多。一开始是晨跑，但对于一个朝八晚五的年轻上班族来说，早起和早睡都是一道难题，后来越跑越晚，索性夜跑，时间也比较充裕。直到前几天跑出了亲朋好友的视野，跑出一道道惊悚的悬念，王某失联了。

失联四天，父母亲怎么也接受不了，一家敦亲睦邻，无冤无仇，闺女性情温和、踏实诚恳，人缘很好，又不怎么出远门，怎么平白无故消失了？一家子像是失心疯一样上九天揽月，下五洋捉鳖，能想的都想，能找的都找，现在唯一的希望就是陈仁超以及他的专案团队。

这天中午，陈仁超还有小李、小王再次来到揽胜道小区 B 幢 801，王某父母随后赶到。在崩溃边缘，王某母亲噬骨削肉，形同枯槁，看起来让人心酸。王某父亲悲痛之情仍然明显，但还有些精神和理智。

陈仁超，示意小李、小王里里外外，衣柜、抽屉、浴室甚至垃圾桶等等角落详细排查。

"案发到现在，这屋子有人动过吗？"陈仁超说。

"没有，绝对没有，都听您的指示，没人动过。"王某父亲回答。

"小李，联系物业管理员到小区监控室。"陈仁超走之前吩咐，"你们俩好好排查，我下去看看。"

在小区监控设备室里，管理人员将十一月二十五日、二十四日、二十三日晚上王某走出房间、电梯以及走出小区大门的监控录像全部调了出来。王某有时戴着口罩走出，有时没有，没有一定的规律，夜跑的时间都是在八点左右，回来时都在九点十分上下。这是之前读取监控时的观察。但这次陈仁超仔细看了看二十五号晚走出小区的王某戴着口罩，眼睛是单眼皮，步伐有些大。但那天晚上并没回来。很明显，此王某非王某。萦绕在陈仁超心上的不祥感觉，愈加强烈，他大胆假设，如果真王某不幸出事，那这位单眼皮王某，竟然还在真王某家住了至少一夜，还从容地代替她夜跑，直到二十六号才消失。如此胆大包天，办案多年的他，还从未见过。

王某父亲报案时间是二十六号晚上。他是二十五号早上从学校那里得知王某没到校上班。监控录像显示，王某在二十五日早六点十八分便走出了小区大门。当时王某父亲打了下王某手机，但处于关机状态。二十五号晚八点三十分左右，他来小区，保安说他闺女跑步去了，他也就回家了。直到二十六号中午，学校又打来电话说，王某已经两天没来上班了，王某父亲感到事情不妙，就报了警。因为在他印象中女儿从来没有不告而别的先例，而且手机还关了机。

陈仁超寻思着，他几乎可以确定，王某是在二十五号前出的事，最大的线索，就是二十五号夜跑失联的王某。

他继续找来保安询问。

"二十五号那天晚上，王某夜跑完有再回来吗？"

"没有看到。"

陈仁超，继续叼着烟斗抽了根烟，也递给了保安一根。

"王某失联的前几天，甚至更前，有印象她家有什么人出入吗？"陈仁超继续问。

"好像没有。"保安说，"哦，对了，王某二十三号中午好像买了一套沙发。"

陈仁超眼睛一闪："你怎么知道？"

"当时要进门时，我问了他们。"

"然后呢？"

"二十五号早上六点多，王某把那套旧沙发运了出去。"

"她自己运的吗？"

"怎么可能，是两个搬家公司的，我拦住他们了解到的。"

"知道他们搬去哪吗？"

"没有，他们只说是王小姐让他们送出去给乡下的亲人。"

"哪个亲人？"

"这个没问。"

这时陈仁超的手机响起，电话那边小李的声音异常激动：

"陈队，找到一小撮蓝色头发。"

陈仁超挂了电话，立马冲上 801。

"在哪找到的？"陈仁超一进门就问。

"马桶旁边。"小李说。

"头发不是王某的。"陈仁超断定。

"包起来。"

回到局里，陈仁超组织开会，他首先说道："也许我们离真相不会很远了。假如攻破这起案件，对市民是一剂强心剂，我们的压力也会轻些，说不定一一·一七那起夜跑失联案也会有所关联。"前天才疑云重重，一筹莫展，今天就离真相不远，就一小撮头发就能断定？组员们都是这个心思，但谁也不想坏了陈队的好心情。

"凡事都要把那个结果做最好的假设，我们才有动力，不是吗？"陈仁超又说,"好了,咱们分析分析!"

陈仁超又找小王要了跟中华香烟,边抽着烟边说道:

"前几天,我们之所以查无进展,是因为我们被骗了,被假王某骗了,以为二十五号夜跑的王某就是王某,于是我们把所有的精力都放在二十六号和二十七号甚至更后面的任何风吹草动,蛛丝马迹。而现在,当我们确定二十五号的王某是嫌疑人后,我们得把时间往前推。二十四号,我们还能从监控里看到真的王某,但二十五号假王某就代替了她夜跑。也就是说,王某出事的时间应该是二十四号晚上到二十五号假王某夜跑前。而这段时间,最大的疑点,就是……王某的旧沙发被运了出去。另外,假王某或许是个男的……"

旁边小李搭腔道:"可嫌疑人头发是长的,胸部好像也……也……"

陈仁超敲着小李脑袋:"叫你看眼睛,你看胸部。"

话一落音,组员们断断续续一阵笑声。

陈仁超将手中的烟蒂扔掉,继续说:"头发是长的,胸部是翘的,这些都可以装,我也会。现在问题是找到那个旧沙发和搬家公司的人。还有,排查下附近的理发店,看案发前那段时间染蓝头发的情况。那个谁谁、小李、小邱、阿榜你们排查理发店,那个杨副、泽冲负责找寻沙发的下落。"

4

布置完任务,陈仁超那个下午睡了足足一个小时。那天晚上他抽了空回家,带上老婆孩子前往龙华广场的豪客来大快朵颐。

"确实不如以前热闹了。"陈仁超首先开口。

"是啊,市民心头还是有阴影的,"陈仁超妻子看了丈夫一眼,"你也别太大压力,慢慢来,总会有真相的。"

隔着餐厅的玻璃,夜跑一族还在跑,大多数都是结伴而行,女孩子也明显少了许多……陈仁超妻子握住丈夫的手:

"别让孩子吃得不开心了。"

"看我的表情!"

只见陈仁超一脸的信心和正气,还扮起了一个鬼脸。旁边的儿子吃得昏天黑地。孩子就是这样,最该害怕和有危机感的年纪往往都是天不怕地不怕。吃完后,儿子生拉硬拽说是要回爷爷奶奶家。陈仁超老家不过离市区十几分钟车程,便载着孩子回了趟郊外天丰镇爸妈家。

其实,陈仁超老爸陈生辉也是警察,今年六十二岁,刚退休。曾任了好几年宁城市天丰镇派出所所长,房子买在天丰镇区,就在那里住下了。听闻也是一个办案高手。他经常说,查案靠感觉,治罪讲证据,大胆假设,细心求证。

他破了很多要案重案，在宁城一带，小有名气。虎父无犬子，断案如神的陈仁超就是他最好的作品。同为警察，父子间的谈话，总也绕不开案件。当然，更离不开这两个夜跑失联案。听了陈仁超的讲述，陈生辉老人要求儿子无论如何也要找到这个旧沙发，这个可能是案件的关键点。

根据监控和查阅，那两个搬沙发工人很快就被控制了。根据两人透露的信息，有一男的打电话给他们，说有一旧沙发要送到乡下亲友家，旧沙发被送去宁城市石东镇燕尾村一个叫吴大伯的家。如果没人就搁在大门左侧，工钱让吴大伯用一红砖头压在水井旁，自己取。

根据这两人提供的线索，陈仁超分别提取了其中的线索，拨给搬家工人电话号码是第三实小旁的一个电话亭。所谓的吴大伯家，就是一破败的无人居住的老宅，门口确有一口废弃的水井。

陈仁超马上调了那天男子在第三实小电话亭旁的录像，发现了一穿黑色长T恤、蓝色牛仔裤、戴着一顶灰色鸭舌帽的男子，帽子压得很低，无法看清楚脸，身高约一米六五，大约四十来岁，稍瘦，手掌较大。根据这些特征，宁城分局马上全城悬赏通缉。

另外，陈仁超亲自带着人马，让两搬家工人带路，重点排查了吴大伯家附近。那套旧沙发已经消失了。但一到吴大伯老宅的警犬却拼命地吼叫，在井口的周围一遍又一遍地绕圈。陈仁超马上意识到水井有问题，于是找来几个人，用长竹竿搅拌井水。不到三分钟，搅井水的人说道："有东西，有东西。"半天时间，闻讯而来的群众围了一圈又一圈。陈仁超开始指示人员打捞水里的东西。两个小时候，井里的东西慢慢被拉了上来，一股股恶臭很快挥散开来。人们纷纷捂住鼻子，只有陈仁超，叼着烟，死死盯着井口，豆大汗珠滑了下来，在这深秋的季节里。

"天啊……是尸体……是尸体……"

"我的天啊，这天煞的……"

"这是谁干的啊……"

"阿弥陀佛，阿弥陀佛……"

围观的群众像是炸开了锅，都退开几步远，谁都无法相信眼前这惊悚的一幕。

打捞上来的尸体就是王某，暂时被安放在茅草上，用白布盖着。

"还有……东西。"其中一个打捞人员喊道。

于是，一个多小时后，又一个尸体被打捞了上来，而这次打捞上来的尸体已经面目全非，腐臭不堪。陈仁超睁大眼睛，他有理由相信，这第二具尸体应该是"一一·一七"夜跑失联案的卢某。

陈仁超像块木桩一样杵在那，这次滑下的不是汗水，而是泪水，是愤怒的泪水。此刻，他的心里只有一个想法，就是严惩凶手，以昭公理。

两具尸体，很快得到确认。尸检的结果都是被铁丝状物体勒死，手段之残忍骇人听闻。很快，宁城日报、宁城新闻、宁城公安局网站，当然还有被无限复制的微信信息，都在传递这条信息。市委市政府特别指示宁城市公安局要投入更多财力物力人力，多方查证，尽快破案，还宁城一个太平。

5

于是，一个天罗地网在宁城市弥漫开来。宁城市公安局、交警大队以及各个镇街的派出所、边防所、交警中队，都在大排查十一月二十四日以后的一切可疑人员。一时间一个带着灰色鸭舌帽、黑色长T恤、蓝色牛仔裤的形象成了微信圈最为热门的形象，而这个嫌疑人将有可能是陷宁城市于恐慌的夜跑失联案的凶手。

找到夜跑女孩的尸体，使原本受到惊吓的宁城市民更加惴惴不安。街道商铺更加冷清，夜跑人数更少了。陈仁超的压力可想而知。这些天他索性以局为家，偶尔捎去对家人的问候。

于是，一个又一个举报电话在专案组桌上响起，一次又一次的紧急出动，换来的是一次又一次的失望，陈仁超下定决心，但凡有点价值的反映都要亲自出马，绝不放过任何一个可能。

十二月七日晚上九点十五分，专案组电话再次响起，值班人员小李接了电话，是交警大队城市监控室打来的。陈仁超带上小李、小王立马往交警大队飞奔。监控录像显示，这个有在第三实小附近电话亭打过电话的嫌疑人，最晚的一次十一月二十七日下午五点十八分出现在龙华广场天桥，过了天桥他就走出监控范围。

"看不见脸，随便换了套衣服帽子，我们就大海捞针了。"陈仁超随意说了句。

"排查天桥附近所有的宾馆。"陈仁超又说。

十二月八日晚上十点左右，陈仁超专案组的电话再次响起，根据群众反映有人在向辉路的电话亭鬼鬼祟祟地打电话，不时东张西望，打完便小跑离开了。根据这条信息，陈仁超调取了当天晚上十点左右的监控录像，果然，一个男人穿着白色长T恤，揉皱的米黄色布裤，身高也就一米六多，偏瘦，年纪在四十一二岁左右，黑色头发较短，碎发。长相普通，国字脸，皱纹明显。陈仁超特别注意他的眼睛，没错，是单眼皮。他让小李调出二十五号晚上假王某夜跑的视频来，陈仁超像在欣赏一件古玩，除了对照两个视频里的男女奔跑的姿势，还拿了块布把镜头里的人遮到只剩下眼睛，来回比对超过三分钟，终于面露喜色。

他让干警小王、阿榜和小邱带着画面上这位穿白色T恤的男人照片，逐一排查市区所有小型简陋的理发店，统计那些蓝色头发剪短的家伙，终于在一家叫"天外天"的小理发店找到消息。这家理发店开在本市最大的一家农贸市场旁，这里人潮汹涌，拥挤不堪。根据理发店老板介绍，前天中午十二点多，照片上这个人来理过发。整个理发过程，他显得很小心谨慎，期间他只说了句：把头发剪短一些。

就在同一天，干警小王在宁城一垃圾站，发现了受害人王某的旧沙发。旧沙发坐垫是干瘪的，沙发的底座被割裂开一条长长的口子，口子用简单的针线缝合了起来，将针线拆开，里面的斑斑血迹让人不寒而栗。很明显，这是个装尸体的工具。

十二月九日中午，通缉告示已经贴上了清晰的图像，贴满全市各个关卡、路口、街道、商铺、站台、学校、小吃店、市场等等，细致到了阴沟暗槽、犄角旮旯。用一个成语"插翅难飞"来形容，毫不为过。十二月十日晚上十一时三十八分，犯罪嫌疑人林某被捕归案。并查处了林某所暂住的地方，龙华广场天桥附近的临时安置区，搜索到了两个受害者的遗物和照片，与王某相似的粉红色运动服、口罩，还有一束假长发。根据一系列现场认证，指纹比对，毛发DNA鉴定，证实沙发上及现场收集的指纹是林某的。嫌疑人林某对自己的暴行供认不讳，发生在十一月份的两起夜跑女孩失联案，彻底告破。

6

二〇〇六年十二月十二日凌晨三时。宁城公安分局办案室。灯光灼热。

犯罪嫌疑人林某双手反扣背后，脚戴镣铐，表情平静。

身背两条人命的他，竟察觉不到负罪感。

隔着书案，专案组组长陈仁超叼着烟端坐在椅上，一脸凛然。

办案室里，正邪如此高下立判，黑白如此泾渭分明。

"知道今天是什么日子吗？"陈仁超率先开口。

"二〇〇六年十二月十二日，七十年前的今天，张学良兵谏蒋介石，抗日统一战线形成，这是中华民族的幸事。而今天，我要你向那两个无辜冤魂谢罪，还有宁城市民，这是宁城的幸事。"

他没留时间让对方回答，继续说，"我必须把你绳之以法，否则我难以向十万宁城市民交代！"陈仁超才刚开口，就从口袋里掏出一包中华香烟，慢慢撕开，抽出一根点燃了起来，一圈圈的烟雾开始泅开。

"整整一个月，没安生地抽过一根烟，今天抽包好的。"陈仁超双目灼灼盯着嫌疑人林某。

"人之将死，其言也善，说吧，为什么？"陈仁超透过烟圈，说。

凶犯林某，依然一脸平静，丝毫看不出这是一种不知悔改的漠然，还是大势已去的淡然，微微张开口，用极为低沉的声音说："成王败寇，我认栽了，我只想知道，你从哪里看到的破绽？"

"用词不当，不叫成王败寇，这叫邪不胜正！"陈仁超说得字正腔圆，"是你的眼睛，你的丹凤眼告诉我的。"

林某眼睛闪过一丝惊讶，或许是懊悔。陈仁超示意给凶犯一把椅子，接着说道：

"让我来帮你捋捋，二〇〇六年十一月二十四日深夜你躲过楼层监控，潜入受害人王某家中，用铁丝线将夜跑回来的王某勒死，并藏尸沙发之中。那一小撮蓝色头发是挣扎中被王某拽下的。隔天你绑上假发戴上口罩，还是穿着那身款式颜色花纹与王某一样的粉红色运动装，迅速走出大门到电话亭打电话叫来两个工人，指示他们将沙发放在指定的地方。为了掩人耳目，故作疑阵，你充当了一回王某，在二十五日晚上夜跑锻炼。这样做，无非就是引开警方的注意力，让警方排查重点放在二十五日后，从而忽略了之前的沙发等物件，因为当时的王某还活着。二十五日夜跑后，你彻底消失，这期间你迅速处理了放在吴大伯家的沙发，毁尸灭迹。"陈仁超手中的烟已近燃尽，又点了一根，"可是你的眼神，你跑步的动作，你的头发还有你那做贼心虚的内心，都出卖了你。我不懂的是，毁尸灭迹后，你并没有逃离，难道还想继续作案？"

凶犯林某，开始有了一丝表情，是淡淡浅浅的微笑，他还是用低沉的声音说道：

"不达目的誓不罢休。"林某撇撇嘴说。

"什么目的？再杀人的目的？"

"我敢作案就敢不离开。"

陈仁超，狠狠地将皮鞋踹向了凶犯林某所坐的椅子，椅子连同坐在上面的凶犯退了半米远：

"你他妈的，你在演电影啊，你知不知道这是人命？"

凶犯林某突然提高声调，甚至有点嘶吼："他们的命是命，我的就不是了？"

陈仁超目露凶光，愤怒已达极致。一向沉稳睿智的他，恨不得此刻就让他立地正法。陈仁超双目灼灼地盯着罪犯，而林某则是毫无表情，眼神刚毅。

这时候，罪犯先开了口：

"跟你讲个故事吧。六年前，天丰镇'一〇·二二'夜跑女孩失联案，最终以夜跑女心肌梗死告终。当时天丰镇派出所所长陈生辉凭一纸法医证明，草草了事。死者家属则认为是谋杀，要求调查。但无论死者家属如何的喊冤，陈生辉都不为所动。"林某开始有些激动，声量变大，表情变得狰狞，他站起身来，继续说道，"这叫草菅人命，这叫鱼肉人民。六年来，我为我老婆东奔西走，却处处碰壁，尝遍心酸，八十公斤的体重，只剩下不到百斤。敢问这法律是老百姓的法律，这个公道是老百姓的公道吗？我必须报复，我必须为我老婆讨回一个公道。"凶犯林某已经控制不住自己，声嘶力竭地嘶喊和狂笑，两名特警迅速将他制服。

陈仁超，满脸全是错愕，如箭矢的眼神也立即没有了锋芒。只见他不断地大口大口吸着香烟，一根接着一根。罪犯口中的陈生辉就是自己的父亲，没想到这两起恶性杀人案件就源于被扭曲而走极端的报复心理。陈仁超尽量平复动荡的心潮，起身离开办案室，那步伐异常沉重。他找到了六年前"一〇·二二"夜跑失联案的材料，夜跑女在夜跑途中心肌梗死猝死属实，铁证如山，无可辩驳。

7

八个月后，宁海市中级人民法院终审判决，宁城市制造"一一·一七"及"一一·二六"两起夜跑女孩失联遇害案件的凶手林某被剥夺政治权利终身，处于死刑，报最高人民法院核准！

正义终于得到伸张。

陈仁超则告了一个小假，带上自己的老婆和孩子，要去趟孩子梦寐以求的海南岛。一家子刚到机场，陈仁超手机响起，身旁的老婆本来灿烂如花的脸立即阴沉了下来，她紧紧地盯着手机，像陈仁超盯着嫌疑人一样。陈仁超拿起手机，拉了接听键，手有点抖。

"喂？"

"陈队，问你个问题，你小时候经常叼着奶嘴吗？"

"找死啊！"

旁边的老婆孩子笑了。

……

一 碗 饭

1

记事起,当全家都集中喝地瓜汤的时候,我总能心安理得地从一大锅的地瓜汤中端走专属于我的那碗饭,然后在弟弟垂涎的表情下,毅然决然地吃得一粒不剩。在那个八口人挤三间土坯房、荆衣拙食的岁月里,我的伙食成了最格格不入的存在。因为老妈常说,她在生我的时候花了两天时间,我想,这就是我能吃上"特供"的全部理由。

记得每当端起那碗饭时,奶奶总会在耳边念叨,吃这么好,以后如果不成事,那就浪费了。现在看来,成事或许谈不上,但至少觉得不浪费。在那一段时间里,因为这一碗饭,老妈总会和奶奶吵那么几次,原因是老妈总会偷偷地往那碗里多加了几粒米,而老妈这样做,只是希望那个小的也能吃上一点。所以能让爸妈吃上一碗米饭,是我们兄弟俩第一个靠谱的理想。

还好没讨上饭。这是爷爷经常挂在嘴边的一句话,对生活如此简单并且一成不变的态度造就了他乐天的性格。很多时候在贫困这个巨大而绝望的黑幕里生活,爷爷选择顺从和接受。从这点上说,这是爷爷的智慧,他不得不乐观。犁田锄地,播种收成,这是他这辈子几乎固定的姿势,庄稼和汗水、卷烟和煤油灯几乎是二十世纪八十年代中后期农民们的普遍表情。贫瘠的年代,热情却是空前高涨。当然仅凭爷爷是无法撑起整个家,还有我那一碗饭的。

老爸出场了,他十五岁抽第一口烟,更像是吸一口咒语。从此,老爸上山下海扛石头打零工,二十年来没有少流过一滴汗,没有多干过一秒活。入眠是他最奢侈的享受,他和家里的庄稼、海地已经揉成一块了。

那年我十岁,读二年级,学费十八块钱,午间有馒头吃。上学第一天,张老师让我们挺胸,专注,双手放后面,按她的指令行事。刚开始我有些抵触,每次手放后面头就痒,直到张老师告诉我们只有好好读书才能让爸妈吃饱饭时,我的头不痒了,像邱少云英雄一样保持坚决如铁的姿势。老师也经常表扬我,雨怀同学很专注,以后打鬼子也要这样专注。我打了个冷战,心想,我专心上课只是为了让我爸妈吃饱饭,不是为了打鬼子的。

2

第一学期结束,闭校式那天,我拿了张奖状,二等奖,奖金五块钱。我生怕弄出褶皱，便把它夹在作业本里，趾高气扬地回家。刚推开柴门，只见老妈眼里挂着泪珠，扭曲的表情写满痛苦，半蹲在地上，旁边则是一摊夹杂着血丝的呕吐物，弟弟已经泣不成声。我转身拔腿就跑，由于反应过于迅速被门槛绊到了脚，摔了一个狗爬，跑到山面上喊老爸。

"爸，妈出事了。"

"妈吐血了。"

老爸惊慌地抬起头，满脸汗水，消瘦的身体挑着两筐地瓜就往家里跑。我跟在老爸后面，发现他的每个趔趄都很安稳，三十五岁的青春以及以后的岁月已经被预支在这生活的土壤里。回到家，爷爷已经叫来了大夫，主要是性急所致，气脉不顺、急火攻心的缘故，拿了几帖中药，医生交代要注意自我调理，凡事不能急于一时。那一年老妈三十一岁。

那天晚上老妈喝了中药继续坐在缝纫机旁，熟练地车起了衣服。这个女人结婚前的青春是被拴在牵牛绳上的，结婚后的生活就由这架缝纫机代言。而老爸照例在大户人家张二爷的工厂里打着小时工，每小时八毛钱，晚上七点到十一点。这三块二是为了让我们兄弟俩能吃到肉。我记得老妈偷偷炖好了肉汁，然后放在床边的柜子里，用她的毛巾盖好。每天晚上入睡前，我们总能吃上几块肉。

从那天起，每每在入喉的刹那，我的眼前总闪过老妈呕血和老爸大汗淋漓的场景，我还是坚决地咽下去，因为我知道必须要让爱你的人清楚你痛快淋漓地享受着。

隔天，我将奖状和奖金递给老妈，她却满脸倦容，一点微笑也如游丝般脆弱。可以看出，又是一夜没睡了。她只是拍了拍我的肩膀，嘱咐要好好念书，然后拿起糨糊，将奖状贴在墙壁上。回头跟我说："小怀，钱你自己藏好，当下学期的学费。"我猛点头，将这五块钱藏在自己枕头套里。

以后每天入睡前，我总会掏出来看个几眼，因为这五块钱，妈妈要车一个通宵的衣服，爸爸要打六个小时的零工。

一天中午，爸爸回来了，将斗笠摘下，我才发现爸爸的头受伤了，用绷带包得很紧，无法断定伤口的轻重，只是从爸爸的口中得知，这小伤不碍事。很多时候，我们根本无法确定大人的痛点和泪点的承受范围，命运无情地将贫穷扔给了他，就已经决定老爸生活中必需的坎坷与羁绊，在他们的感知里，只要能走得动能承受得住，就是无关紧要。爸爸赶紧从大锅里捞了一碗地瓜，蹲在巷口阴影地方吃了起来。妈妈给他弄来了一条鱼，爸爸看了一眼妈妈说道："好些了吗？事情做不完别太急了。"

"好些了，没啥事！"妈妈说得轻描淡写。

"伤没事吧，不然下午就别干了，休息下。"看得出妈妈有些紧张。

"被石头划破，小伤，不碍事。"爸爸说得风轻云淡。

我将自己的那碗饭递到爸爸跟前，让他吃，当然这无异于螳臂当车。我就在爸爸面前大口大口地把这碗米饭吃完，弟弟也跟着把碗里的地瓜吃个精光。我之前说过，看到自己的至亲大口大口地吃饭便是自己最大的安慰和享受。我一直认为，只有我们兄弟俩这样做，爸爸的伤妈妈的病也就不那么疼了。

一番狼吞虎咽后，爸爸背起竹篓，下海去网小虾米。一斤一块八。在爸妈的眼里，如果海神配合，这应该是他们翻箱倒柜磨破头皮找到唯一能改善生活的最好方式。那天下午，妈妈各给了我和弟弟五毛钱买零食。到了小卖店，要下手时，我建议只花五毛，另把五毛钱存起来，凑点钱给爸妈吃一顿饭和肉。当然这是属于我们兄弟的秘密。

玩了一个下午，刚回家就听到老妈许久未闻的笑声，那笑声爽朗、满足。生活的逼仄、病痛的纠缠，一个年轻的农村妇女在咄咄逼人的现实下，压抑地生存着，只为一个家，这个笑声像是闷在水里许久终于有了一次可以露出水面酣畅淋漓的一口呼吸。很明显，老爸这次满载而归，二十斤白虾米，卖了十五斤，自己留了五斤晒干，这一笔收入几乎抵过爸爸几天的收入。这次，老爸又各给了我们兄弟五毛钱。那天晚上妈妈小心翼翼地把钱藏了起来，对我们说，这是将来盖房子用的。妈妈的话让我明白，他们这样战天斗地般地干活就是为了我们一家四口人能有个安身立命的地方。

干农活、扛石块、下海网虾、打临时工、车衣服，爸妈几乎服务了各个底层行业，各种不一样的业务项目完全可以组一个集团公司。其实他们知道，趁着年轻必须焚膏继晷；其实他们更知道，这是在透支自己的健康，但无可奈何。

三天后，我和老弟偷偷地执行自己的秘密，带着一块五跑到村东口的小餐馆去要了两份餐，每份一碗饭一碗瘦肉豆干汤。结账时是两块四，还差九毛钱，我只能回头将自己期末奖励支出一块钱来。我们将饭打包好放在房间柜子上，撑着睡意，等着妈妈把事做完爸爸从张二爷家打工回来。在妈妈先后几次的催赶下，我们两兄弟只能躺在床上装睡。

不知过了多久，爸回来了，我立马从床上跃起，老弟却弄假成真，假戏真做，睡着了打着呼噜。我从柜子里端出这两份餐，放在长条凳上，让爸妈吃。

"爸，饿了吧！"我说。

"这是什么？"

爸爸靠了过去，妈妈也一脸错愕，我把袋子打开，却是一股酸腐味直扑鼻孔。

"怎么会是这个味道!"我不解地问。

"坏了,傻孩子,你怎么不告诉我啊?"其实我很清楚当时妈妈的表情,惊喜、幸福却又几分惋惜。

"我只是想给你们惊喜!"

这时,老爸将碗端起,那吃饭的动作像是在享受山珍海味,或许爸爸明白他们吃我们送的和我吃他们给的,那种感觉如出一辙。妈妈也端起碗来,一口一口地吃,那种态度,像是每一口饭都是一个倾诉的故事,倍感珍惜。我赶紧给他们倒水。

爸妈吃个精光,碗底如洗。爸爸问我:"怎么会有这么个想法?"

"一直都有这个想法。"我说。

"什么都别想,读好书就行。"爸爸抽了根烟,烟雾中的老爸,并不像个三十几岁的年轻人,有几纹的沧桑。

"我读好书,也就为了让你们有饭和肉可以吃。"我说。

"那我等着。"爸爸说,妈妈也噙着泪。

"你们聊吧,我把这坏掉的东西拿出去扔了!"

其实,我知道妈妈根本没有扔,因为隔天上午的早饭,他们是躲着我们吃的。

有一天,爸爸从田里回来,大中午的,拉着我们兄弟就往外走,他先带我们到村东口的小餐馆,一人点一份瘦肉豆干汤,一碗白花花的米饭。老弟见状肚子一阵响雷,是关于贫穷和温饱的鼓点。当然,我们没有任何理由推托,因为给我们饭吃是爸妈的义务,我们吃饭也是让爸妈踏实。接下去我们一口饭一口汤,幸福和满足全写在脸上。在学校的时候一直在唱《幸福在哪里》,我想此刻的幸福在这碗汤里、这口饭里,还有在老爸三十好几却略显沧桑的褶皱里。抽烟是他不变的姿势,一如他对生活的态度。

老弟用舌头将残留在嘴边的最后一颗米粒卷了进去。我们完成一场饕餮盛宴。接着,老爸带我们到一块空地上,然后老爸笑了。

"这是我们的房子!"老爸很是满足。

"房子在哪?"我说。

"再过三年,我们就在这里造一个房子。"老爸说。

"有钱吗?"我问。

老爸的眉头皱了一下,像在咽一根刺。

"以后会有的。"老爸说得很乐观。

"哦！"我说，"可我想让你们先有饭吃！"

老爸并没有直接回答，又卷起了一口烟，我不知道老爸当时在想什么，但我清楚，他想要给我们一个真正属于自己的家，可对一个连买支彩笔画个房子都困难的家庭拿什么建造个具象而真实的家，就仅凭那如段誉六脉神剑时灵时不灵的卖虾米吗？我相信此时此刻老爸也没有个底，他可以很熟练地算出海时和潮汐，但算不准他想要的房子。

不管如何，老爸算是给了我们承诺，而我们所要做的就是成长和读书。高兴的是，这是爸妈在生活面前不屈不挠的动力，乐观得触手可及！

接下去的时间，老爸身兼数职在各条工作战线上疲于奔命，老妈则在家车着衣服忙着家务争分夺秒。最幸福的事就是将每天赚的钱包进布兜然后锁在抽屉里，安然合眼睡觉。当然，还是会和奶奶吵着嘴，就为了我那碗饭。

3

开学前两天，老妈给了我这个暑假帮忙的工钱，二十八元，从另一个意思说，这其实是我下学期的学费。那天晚上，我将攒下来的零用钱都拿出来，数了下共四十一元。拿着纸笔写道：学费十五元，纸笔、书皮五元，零花钱五元，其余六元，共三十一元，四十一减去三十一等于十元。

账目算完后，竟然笑着入睡。

隔天，老妈很早就把我叫醒，说道："我和你爸爸要去我们那块空地，可能要一整天，带着弟弟在家，别乱跑。"

"好。"我蒙头继续睡。

起床后，洗刷完毕，我把自己那些存款分批放好，拿出十元钱，叫上弟弟，就往村东口的餐馆跑。餐馆还没开门，我就和弟弟坐在门槛上等。手里攥着十元钱，怎么花其实已经胸有成竹了。闲着无聊就和弟弟玩着弹弹珠的游戏。

"哥哥，有一包东西！"弟弟指着不远处一包褐色的东西。

我赶紧走过去捡起来，打开一看小伙伴都吓呆了，原来是一叠钱，都是十元钱面值的。

我手指头沾了沾口水，一张一张地数起来。

"总共二十五张，二百五十元。"我大叫了起来，"这么多钱，拿给爸爸吧！"

"可以盖新房子了。"弟弟说。

"还是，交给警察叔叔吧。"我又纠结道，"指不定这是别人的救命钱。"

开学的第一课,就是品德教育。诚实、守信几乎是所有学生统一的道德标准。老师也谆谆教诲,捡到东西一定不能占为己有,应该交给警察叔叔,从而归还给失主。老师的教导在我们兄弟俩身上得到毫无保留的体现。于是我们兄弟决定把钱交给警察。

可我们忘了,警察叔叔并不像课本上那么容易找到的,在附近转了半天连只鸟也没有,不要说穿蓝色警服的警察,连个蓝色衣服的叔都没有。只能决定先把钱交给爸妈再说。

餐馆开门了,只见老板在店里面来回折腾,翻箱倒柜,掘地三尺,大汗淋漓,很明显是在找东西。还不时朝老板娘喊道:到底放在哪啊?嘴里还不时地喷些脏话。

"找东西吗?老板。"我小心翼翼地问道。

老板并没有搭理我,依然埋头翻着柜子。

"东西很贵重吗?"我说。

"小朋友,现在没空。"老板有些不耐烦。

"是不是找钱啊?"我又说。

老板还是没有搭理,走了进去又冲着老板娘喊,这时音调又提高了几度,像是录音机卡带被卷带的声音。又跑出来翻了翻左边柜子的抽屉。

"是在找钱吗?"我又说了一次。

老板终于沉不住气,抬起头朝着我们不解气地说道:"是是是,就是找钱,你们烦不烦啊!"

"那找多少钱呢?"我又说道。

"你是哪家的孩子,怎么这么烦呢?"老板指着我的头,说道。

这时候,传来老板娘凄厉的声音:"你真是二百五,什么都能丢!"

"你才二百五,丢了又怎样?"老板也毫不示弱。

果然是二百五十元。我赶紧把掩在背后的褐色布包拿了出来,递到老板面前。

"什么?"老板怔了一下。

"这是你丢的钱。二百五十元,被我们捡到了。"如果我没记错,那时候油然而生的自豪感应该是和书本上物归原主的情景是一样样的。

老板和老板娘顿时满脸疑云,张开了口但都说不上话来。

"这……这……怎么回事?"老板依然疑惑不解,转回头看了看老板娘,当然老板娘也以相同的表情看着他,夫妻前所未有的一致。

"二百五十元，我们一分钱都没拿。"我还说。

几十秒后，老板娘率先恢复正常，双手搭在我的肩膀上，不断地夸我简直就是小雷锋，还夸我是活神仙，总之那一会儿从她口中说出的溢美之词好几个麻袋都装不了。老板也走了过来，拿走那个褐色布包，道谢的方式像在道歉。

那天，老板刻意给我们弄了四碗饭，还有四碗肉汤，量比平时多得不止一倍，关键是，还不要我们的钱，理由很简单，拾金不昧，总要有回报的。

老板帮我们把饭菜打包得很结实，和老板道了别之后，便到我家那块空地上找爸妈。

4

在空地上，只看见爸妈各坐在石头上，耷拉着腿，头低得很沉，远处苍茫的大海和天空为背景，爸妈的形象越加的萧索和孤绝。我快步走进，弟弟也跟了上来。

清楚听到爸妈紧张的对话。

"确定有拿出来吗？"爸说。

"当然有。"妈还是没有抬头。

"再想想可能会遗落在哪里？"爸爸又问。

"肯定掉在路上了。"

"刚才我找了半天，没找着。"爸爸说道，眉头紧锁成悲伤的模样。

"肯定让人捡了！"妈妈终于抬起了头，眼泪纵横，"做了记号也没用了。"

爸爸则使劲地安慰，虽然他也需要人安慰，我们都清楚，在那个年代，在那样一户穷得有些夸张的人家里，二百五十元意味着什么？

我和弟弟都吓了一跳，赶紧扑了上去。

原来爸爸买了半拖拉机的方块形条石，今天一早他俩就赶来将条石一块一块地运到空地上。老妈顺便将近期攒下的钱捎上，用褐色的小布袋装好，塞进裤兜里，并用别针别上。这些钱是这半小车条石一半的费用。

如果梦想是一块完整的拼图，那么爸妈焚膏继晷拼了命地干活工作，就是要将一块块零散的拼图买过来，分步分期地凑成他们梦想的模样。而一块石头房子就是他们毕生的梦想。如今，丢了一块拼图，父母心如刀绞。

"二百五十元。褐色。"在这气氛凝重得像铅一样的情况下，我大喊了起来，"我捡到自家的钱。"

爸妈一脸狐疑都转向我。我将来龙去脉如实做了汇报。

于是我们一家四口往村东口餐馆跑去，刚跨几步，餐馆老板却"自投罗网"了。

爸妈一驻足，立即开口："张老板，这钱……小朋友捡到的是自家的钱，刚才推着石块从这经过，不小心落在地上了。"

"这是我们的血汗钱啊……"老妈还依旧泪眼婆娑，"我们……"

见老妈正说着，餐馆老板将一个褐色布包递给了老爸，物归原主。

"一分钱都不少。"餐馆老板面带笑意，"我相信是你们的。"

"因为这两个诚实的小孩！"餐馆老板又说。

爸妈立马呆了，一时间也没及时将钱接过来，我则踮着脚尖迅速地将钱揽下来。

"攒点钱多不容易啊！"餐馆老板说着递给老爸一根烟。

老爸反应过来，忙着道谢，看到餐馆老板递过来的烟，自己则满身上下在找口袋，找烟，摸了半天只摸出来半截卷烟，老爸尴尬地笑了，还是接过了餐馆老板的烟。

"就想着盖个房子。"老爸开口说道。

"生活挺艰难的。"餐馆老板深深地吸了口气。

"你怎么……"老爸应该是想问，又停住了。

当然，我们都知道爸爸想问什么。

"是钱告诉我的。"餐馆老板扔下这句话，就走了，他说他赶着补货。

原来，那叠钱里，有两张是做着记号的，歪歪斜斜地写着：黄草枝。这是一个决定老妈命运的名字。

回头，老妈埋怨着，这孩子怎么傻得捡到钱还送给人家。我记得当时我说了一句堪称经典的话：因为我还给他，他才能还给我们，如果捡到钱不归还，那你们怎么能要求老板也这样做呢？

那时候我才十岁。

"这世上还是好人多。"爸爸说道，"当然，前提是我们必须先施以友善和诚实，才会有回报。"

这二百五十元失而复得就是最有力的证明。

回到空地，爸妈继续把那些石头搬好，我和弟弟将密谋的成果双手奉上——丰盛的饭菜。这次我监督着爸妈把饭和汤吃完，在他们堪比西风消瘦的岁月里，几乎找不到像此刻一样畅快淋漓的吃饭。这也是我的梦想，能让爸妈每天都能吃上这种饭菜，虽然这个梦想朴实得像他们的穿着。

回家后，爸爸让我把饭菜的钱加倍还上，但餐馆老板并没有接受，他说，这是对我们兄弟俩诚实的奖赏。"小朋友好好读书，让你爸妈有白花花的米饭和香甜的卤肉吃。"这是老板的激励。其实不用任何人提醒，我已经在心里和抽屉里深深地镌刻上"一碗饭"三个字。

　　开学了，老师让我们写下自己的理想，在"科学家"扎堆的班级里，我只写下"一碗饭"。

　　然后日子依旧……

张阿兰求学记

1

"晋城,雅称瑞桐、泉安,位于闽东南沿海。自唐五代以来,人文与经济齐飞,海滨邹鲁与晋城经验交相辉映,城市化的进程提高城市形象和品位,五店市传统街区却让我们触摸着先辈的温度,创新与传承被诠释得很完整。晋城,像是一个穿着体面又有着优雅气质的商人或者哲人。"这是晋城电视宣传片的旁白,字正腔圆,感情丰富。商贩张阿兰手握遥控器,注视着电视,当然,她并不关心片子里的流光溢彩和古迹名胜,她的心绪全部在那个一晃而过的写着"晋城中学"的镜头。皱着眉头写着愁。

这天晚上,张阿兰把她这半年的积蓄拿了出来,手指沾着唾沫,数了一遍又一遍,四千三百四十五元。她开始盘算着如何将这四千多元花到刀刃上,让每毛钱都起作用。校长两条软中华一千五百元左右,招生办主任得再追加一斤茶叶一千来块,就二千五百元,剩下三百四十五元,就当打车的费用。

安排好,张阿兰将钱放回柜子里,锁好。可紧锁着的眉头并没有舒展,反而增添些许的失落感,因为这四千来块,每一分钱都被她的汗水浸湿,每一分钱都是她起早摸黑含辛茹苦的安慰。重要的是她心里没有底。张阿兰在房间踱了几回步,便洗刷准备睡觉。

刚躺在床上,张阿兰若有所悟立马起身,她想,谁帮我找到校长,找到校长后,谁帮我找到招生办主任,这些也要花些钱吧。她长吁了一口气,感觉胸口有些窒闷,便打开床头窗,夜空苍茫,晚风轻柔,远处的高楼、霓虹、商铺和车流一起组合成这座城市的繁华。张阿兰本就在这座城市投射的阴影下经营自己的幸福人生,然而今天,她觉得幸福有些曲折。她再度拿起那四千三百三十五元,又重新分配了一下,从给校长的一千五百元中抽三百元来搭校长的关系,再从给招生办主任的二千五百元里抽五百元来搭关系。然而,找谁搭关系,张阿兰的联络簿里不是搬煤气的张大爷就是修摩托的孙小伙或是同样卖菜的李大婶。伸手不见五指,叫我如何看清你的脸,不给出难题吗?张阿兰那天晚上辗转到天亮。

2

第二天,张阿兰不到起床的点就已经整理好摊担出发了,她依旧将她准备好的瘦肉汤寄放在儿子就读学校的保安室里。儿子快中考了,她唯一有把握的是往儿子的饭盒里多加几个肉片。至于,能不能让儿子读上好学校,她自己就像是哑巴读梵文,看也看不来,说也说不出,很是焦灼。

菜市场上三姑六婆又开始在她的耳边狂轰滥炸,什么读得再好也没用,什么不趁现在以后就来不及了,什么找校长没用要找董事长,找董事长没用要找局长等等,张阿兰瞬间天花乱坠头昏眼花,像是汪洋中失去方向的船只。

张阿兰那天并没有把菜卖完,而是急匆匆地赶回家,这次她决定快刀斩乱麻。洗个头,换了身干净利索的衣裳,把柜子里的钱抓起,数了数钱,然后赶到百货商场,像个陀螺一样转了一圈,手里却什么也没拿,思想又开始斗争挣扎着,买烟吧,怕人家没抽,买茶吧怕人家不喝,买补品吧钱不够数,买土特产吧怕档次太低,买海产又怕太俗气……最后决定,送钱。因为张阿兰隐约想到一句话:没人会跟钱过不去。回到家,张阿兰打了个电话给住校的儿子。

"有吃饱吗?"张阿兰第一句话就问到普天下母亲都会问的问题。

"嗯,很饱了。"

"天气是热,但被子也要盖,免得着凉。"张阿兰显得很关切,母亲对儿子,这应该是最真挚纯粹的关心和问候。

"有啦,还有事吗?我要晚自习了!"

"哦……没……我只是……想问……"张阿兰吞吞吐吐。

"就问这些?"

"没有,我是想问你们校长在学校吗?"张阿兰还是问了,还没送礼,不过向儿子打听些消息,就跟做贼一样,张阿兰显得心虚。

"我只知道他每天都起来跑步,找他有事吗?"

"没事!"

张阿兰迅速挂掉了电话,像一个窃贼迅速捻灭主人家的灯火。她跟儿子通话如此紧张,这是前所未有的一次。

又熬过了一个没有睡眠的夜晚。隔天起得更早。跟往常不同的是,张阿兰在镜子前停留的时间久一些,不拎菜篮子反学人家挽着挎包。走起路来不像是挽着包装淑女,更像是提着枪有气势,包里放着两个红包,她认为放着的是她儿子的锦绣前程。

3

张阿兰如愿找到校长,整个操场就只有他们两个人。机会瞬间而逝,张阿兰立刻从挎包里掏出一个红包往校长口袋里塞,并说道:"我儿子三年四班董家伟快参加中考了,他很喜欢晋城中学,希望您帮帮他。"话是送到了,但手一个哆嗦，红包掉在地上了，又立马弯下腰捡红包，没想到一紧张用力过猛，把老腰给闪了，整个人扑倒在地，挎包里另一个红包也露了出来，她赶紧用手紧捂住，脸上痛苦扭曲的表情。这些个动作跟成龙电影一样，紧张有些逗。

一旁的校长笑容可掬，将一身窘迫的张阿兰扶了起来，把红包都塞进了包里，招呼来保安带她到学校医疗室，确定无大碍后，便招呼张阿兰到办公室。

坐在办公室里的张阿兰简直就像个犯错误的学生，满脸通红，如坐针毡，双手摆在前面不是，放在后面也不是，一上一下显得不自在，仿佛两只手是多余的。一旁的校长却慢条斯理，烧水、洗茶杯、泡茶还掺杂着笑容。看得出校长的每个工序都是在消除张阿兰的窘迫感。

"我……"张阿兰似乎想解释什么。

"什么都不用说了，我大概了解了！"校长示意张阿兰喝茶，接着说道，"先不管董家伟的成绩如何，至少我知道董家伟有个勤劳、朴实而又正派的母亲，这是他经常在作文里出现的，他已经把你当信仰和精神支柱，但你今天的行为，无疑会伤害董家伟的心。这是其一；其二，现在考试制度科学严格，一碗水端平，就是要杜绝这种投机取巧的行为，为每个考生每个家庭负责，搭建一个公正公平的竞争平台；其三，可以说大部分的干部都是廉政奉公、恪守本分的，他们都有最基本的道德和法律底线，害群之马只是极个别，你们不能以偏概全，听风就是雨，这是很错误的认识。"

校长站了起来，继续说道："你应该相信你的儿子，也应该相信诚实做人干净做事，远比成绩来得重要。"

张阿兰眼眶似乎有些泛红，手捶了几下包，郑重地跟校长道了声抱歉，站起身来准备告辞，又被校长叫住，校长拿出这个月模拟考的成绩放在张阿兰面前，指着一个叫董家伟的名字，赫然写着：年段第三名。"没意外，晋城中学是董家伟的囊中之物。"校长说，"招生办主任那边还去吗？"

"不去了，倒数第三名也不去了！"张阿兰说得斩钉截铁。

回到家，张阿兰涅槃般地明白，很多事情和现状都是小人物自卑被害心理作祟，毕竟这是一个讲究法治和公正的社会，自己更需要一个阳光的心态。她起身准备将包里的钱掏出来，结果手一摸，扑个空，心头便一阵冰凉，钱没了！

张阿兰的脸绿了，马上朝着空气破口大骂：这个校长道貌岸然，满嘴仁义道德，满腹男盗女娼，竟把我的钱给偷了……还没骂完，家里电话响起，张阿兰接到。

"妈，是我！"

"什么事，儿子？"

"你今天找我校长都干些什么事啊?"

"没……有啊?"张阿兰开始支吾。

"刚才校长把两个红包拿给我,说是你落在他的办公室。"

"……"张阿兰竟无言以对。

回到餐桌前,张阿兰打开电视,又是晋城的城市宣传片:

"晋城,这个有着千年历史的文化古镇,这个有着闽南人爱拼才会赢的活力新城,这个政府廉明、百姓安乐的宜居家园,这个如清风莲韵一般的美丽城市……"

听到此,张阿兰两行热泪,瞬间落下……

你的偏见　我的肤浅

1

我"出差"的那十天里，接到条短信：张老师您好，小女关小文从小就对有钱人家的公子，有些偏见。如有跟她在一起，麻烦您开导开导她，她或许会听您的话。

2

和你认识是在前年的情人节，而认识你之前，我总觉得情人节不过是骗女人上床的借口，所谓情人节应该是情人劫，因为很多年轻人一时脑热干了很多过后自己都想干掉自己的蠢事。有些人一牵到女孩子的手就立马成为出者将入者相的范少伯，或者成为杀董卓震曹操的吕奉先，以为自己天下无敌，所向披靡。所以一到晚上，满街都是范蠡吕布，怀里搂着的那些女人也自信是西施貂蝉。骑着摩托当赤兔一路狂奔。

话多了，言归正传。鸟英和他女朋友开了家花店，那天晚上忙不过来，就招呼我和海雁来帮忙。其实我们是抱有其他目的，帮忙是假，看街上那些花枝招展的女孩子才是真。不知道什么原因，鸟英这家花店比附近的几家都要红火，一朵玫瑰要二十元的杀人价格，也阻挡不了蜂拥而至的情人们。

"你们不觉得贵吗？"我冲着一个买十朵玫瑰的小年轻问道。

"贵，当然贵，不贵怎么配得上我女朋友。"小年轻说得兴起转头将口水涂在他女朋友脸颊上。

"买一朵就好了，干吗买十朵？"我又问。

"那是因为我爱她，一朵是一生一世，十朵是十生十世，懂吗，大叔。"小年轻又说道。

靠，叫我大叔，不如干脆叫爸。

"一朵是一生一世，那干吗不买一百朵啊？"我说，"这说明你还不够爱他。"

"喂！"小年轻似乎要跟我急了，"爱不爱管你鸟事！"

然后痛快地把两百元塞在我手里，搂着他女朋友走了，我回头和鸟英说："要是我儿子，我就掐死他。"

"是啊，你要是我儿子我也掐死你。"海雁凑过来说，"都快三十了，您是嫉妒吧。"

"个个都像你的话，那我玫瑰花就成'没贵花'了，我喝西北风去了。"鸟英也凑着说。

"靠，不找女朋友也犯法吗？"我没好气地说。

"不犯法，是犯贱！"海雁接着说，"人家小孩子搂着女朋友，你看不顺眼，不是犯贱是什么？"

"算了，别闹了，做生意了。"我刚要开口立马被鸟英连用三个"了"堵截。

"不过老实说，为什么不找一个呢？"回到柜台的鸟英又来这么一问。

"你干脆问干吗不上九天揽月找嫦娥去浪漫啊，靠！"我回答道。

"你以为找女朋友像找厕所，任何地方都能找得到的吗？"我继续冲着鸟英说，"当时你如果不是蛋疼找医生，你会认识小林？懂吗，这叫际遇。"

"小百说得也是，因蛋疼而认识小林，叫际遇；如因认识小林而蛋疼，这叫遭遇了，是吧！"海雁说完扑哧一笑，搞得小林尴尬得无所适从。

鸟英随手抓个糖果朝我扔了过来，"谁蛋疼了？"

我下意识一闪，一声尖锐的叫声便在耳边响起。我转过头，愣住两秒后，又回过头，说道："说嫦娥嫦娥就到，比曹操还快啊！"

糖果砸到了刚从店门口经过的一个女孩，女孩被这突然袭击吓了一跳。

鸟英两口子连忙起身道歉。

我接着说："为了表示我们的歉意，你挑朵玫瑰花，算我的。"

嫦娥怔了一下，同行的女孩说："意思是你要送她玫瑰花？"然后女孩把手指向嫦娥，眼神满是错愕。

"不行吗？"我说。

"如果可以，我也送一朵。"海雁跟着说。

"你知道有多少人想送她花吗？"同行的女孩似乎很是得意。

"我更想知道的是有多少人想送你花。"我将目光转向这位女孩。其实这位女孩长得也算标致，只是一颗黄金放在钻石旁边，只能沦为背景。相比街上那些仰着头像要慷慨就义的庸脂俗粉，这两个女孩应该是玉兔伴嫦娥，连猪都垂涎。

"比你想象的还多。"嫦娥终于开口，为身边的玉兔说话。

"那你们也一定是开花店的吧。"我忽然觉得有点尴尬，毕竟和美女较劲是种罪过。

"要的话，我们也是搞连锁花店的。"女孩还是不依不饶。

嫦娥，低头一笑，轻得像香纱拂面，淡得像甘露沾唇。

"两位花店大亨光临寒店，真是让我们蓬荜生辉，小虫变蛟龙，土鸡变凤凰。"

我双手抱拳，鞠躬，行一个江湖礼。

"喂，跑龙套的也该有一两句台词吧。"站在柜台前的鸟英说道，"刚才真是抱歉。"然后走了过来。

"无心之过，没事的。"嫦娥笑着说道。

"我们走了。"嫦娥向我们告别。

"不进来坐坐吗？"杵在一旁的海雁试着挽留。当然，以他龌龊的思想，可能会想留着过夜更好。

"我们很熟吗？"玉兔这么一句直接将海雁将军。死棋。

3

这是我第一次看到你，带点碎花的白色T恤，红黑相间的格子裙，七分长，橙色半高板凉鞋，寡言谦逊，张弛有度，没有一丝木秀于林的骄傲。海雁说，女孩的长相决定我们是宅男或者无赖，而那天晚上，我确实想当个无赖，可以的话，我还想更无耻一点。

过后，他们都觉得奇怪，我这个看眼女孩子手都会发抖的人，竟然直面你而脸不红心不跳。总之，那晚轻描淡写的见面后，套句小学生的作文里的话：就像是烙在胸口的印记，无法抹去。难怪人家说，看美女很容易一见钟情。

一直在想，如果我们真有个开始，那么我到底是该感谢鸟英还是那颗糖果抑或是这个不可预知的际遇。幸运的是，我们真的能开始；不幸的是，我们并没有结局。因为我们忘了海鸟和鱼是不能相爱的。

幸运的是，此后的几天，我都有在鸟英店门口遇到她，并且能就那个糖果的话题，聊天上一会。于是我一下班，都到鸟英店里喝茶，鸟英说我是守株待兔，我则认为是姜太公钓鱼。电视剧里男女主角即使绕了圈地球，躲个几十年也都能在人海里相遇，而现实，除非自己是编剧。一个月过去了，中秋来了，我想，嫦娥没有理由不露面吧，这天刚好周末，我起了个大早，特意打扮一番。

鸟英看了我这打扮说道："你这打扮，到底你是老板还是我是老板？"

"当然是你，大哥。"

"那你这是什么身份？"鸟英说。

"我是小三她哥。"

"谁是小三她哥？"

"小二！"

"是满二的。"鸟英狗嘴里吐不出象牙来。

"喂！"

"我觉得我能遇到她。"我一本正经跟鸟英说。

"你月饼吃多了吧！"

"我仿佛听到她清脆的脚步声了。"

"妈的，果然吃太多，发烧了，都产生幻觉了。"鸟英从抽屉里掏出支体温计递给我。

"一定是她。"我站起身推开体温计喝了口东西。

"一定是有病。"鸟英说。

"我想买月饼。"一个女顾客的声音，几秒后，我和英同时转向门口。

碎花的白色T恤，红黑相间的格子裙，七分长，橙色半高板凉鞋，标准的嫦娥装扮。我和鸟英几乎目瞪口呆，嘴巴张得快抽筋，都不敢相信眼前这个女孩到底是那个魂萦梦绕的嫦娥还是会爬出电视的贞子。难道缘分有时会像灵异一样造访？

"是你！"我们同时迎了过去。

"是你们！"嫦娥也很诧异，然后看了看四周，"你们不是卖花的吗？"

鸟英反应有些迟钝，我则一口气老提不上来，感觉像是上演灵异电影。

"我们是卖花的。"鸟英吸了口气说。

"卖月饼的吧！"嫦娥不解。

"也……也……卖月饼。"鸟英有些口吃。

"爷爷，卖月饼？"嫦娥更迷茫了，正转身要走。

"等等。"千钧一发时刻，我终于把这口气提了上来，但声量有些大。

嫦娥似乎也被我这突如其来的声音吓了一跳，转向我们说："你们俩'爷爷'没事吧！"看得出嫦娥有些受气。

我们也莫名其妙，怎么当起了爷爷。

"看到顾客就自称爷爷，这是你们的待客之道吗？"嫦娥柔弱的眼神里突然有丝坚硬的部分。

"爷爷？"我和鸟英又同时说道。

瞬间我才明白，这是个误会，都是鸟英口吃惹的祸，可平时说相声都没问题的鸟英，怎么突然短路，不过话说回来，看到嫦娥突然出现，吓傻都有可能。

"你就长个孙子样,见面称爷爷,像话吗?"我厉声喝道。
"我……我……哪有?"鸟英很是冤枉。

嫦娥突然笑了起来:"我明白了,一场误会,一场误会。"
一番解释之后,剧情继续发展。
"随便看看吧,今晚中秋夜,过了今晚,月饼的使命就结束了。"鸟英说。
"送人的吗?"我在旁问。
"是。"嫦娥说。
"哪有人现在送的,都快过时了。"
"我明天送也可以。"
"明天买不到了,买绿豆饼吧。"我说。
嫦娥低头笑了一笑,声音很轻很细,婉转动听。
"我送我自己。"
"啊?"
"这有意思吗?"
"我每年都送一盒月饼给自己。"
"很特别。"我说。
"应该有很多人想送你月饼吧?"我又问。
嫦娥在店里走了一遍,挑了一盒,递给鸟英。
"要包装吗?"鸟英说。
"好的。"
"你习惯给自己买礼物吗?"我又问。
"上个月的情人节,你有给自己买花吗?"我还问。
嫦娥停了下来,笑着说:"你很喜欢问问题!"
"我读书时候,都是班里举手举得最勤快的学生。"
"是啊,老师叫人回答问题,他差点将自己手给砍了;老师叫人问问题,他恨不得把手接在长颈鹿脖子上。"鸟英补充道。
"问问题的人通常不喜欢回答问题,我也很喜欢问问题。"嫦娥走到柜台前准备买单。
"所以你也不回答问题。"我说。
嫦娥点头默认。
嫦娥掏出一个很普通的钱包,准备付钱。穿着简单,连钱包也普通。
"不用钱。"鸟英说,"上次第一次见面,我用一个糖果欢迎你,这次算我的。"

"两回事，上次是意外。"

"聊表歉意而已。"鸟英坚持要送。

"你道过歉了。"嫦娥说，"君子取之有道，无功不受禄。"

"好了，既然她坚持要买，就别推诿了。"我也走到前台。

买完单后，嫦娥微笑着和我们道别，走到门口又转身，问道："之前开花店为什么又开饼店呢？抱歉，我也很喜欢问问题。"

"我们这叫小贩，情人节卖花，中秋节买饼，端午节卖粽子，清明节卖纸钱，哪一天打仗了，说不定卖枪。"我抢在鸟英前说道。

"谢谢。"嫦娥很有礼貌。就在此时，一曲《春江花月夜》的铃声响起，是嫦娥的手机铃声。她从钱包里拿出，纤细的手往屏幕一划，优雅得像幅国画，嫦娥把手机凑到耳边，"喂"了几声，没电了。

"对不起，能借个电话吗？"嫦娥说。

"当然可以。"我掏出手机递给她。

嫦娥拿着手机，走到离我们较远的一个角落。鸟英跟我说，他要去趟厕所。我告诉他，可以的话尽量待久一点。

我脸朝门外，但余光还不时地扫着嫦娥，心里窃喜。那感觉就像一个苦于找不到线索的侦探突然从天而降一些蛛丝马迹。

大概三分钟后，嫦娥将手机还给我，连续说了几声谢谢。

"太客气了，不就借个手机。"

嫦娥撇了撇嘴，深深地吸了口气，眼神闪过一丝的凝重。

"我还想借个东西。"嫦娥说这话时并没有看着我，而是望着门外。

"只要我有，都拿去。"我笑着说。

"确定？"

"确定！"

嫦娥转过头看着我说："把你也借给我。"

我差点摔倒在地，头脑一阵晕眩，中秋夜，美人遇，真的别逼我干出什么事。

"你没事吧。"我小心翼翼地问道。

"没事。"嫦娥说。

"借多久？"我又问，"不过不还也没关系。"

"一个晚上。"嫦娥说。

"要过夜吗？"我说。

"喂，你还真是无赖。"嫦娥厉声喝道。

我也吓了一跳，连忙说道："开玩笑，开玩笑。"
过一会，我又问：
"不会是真的吧？"
"我没开玩笑！"
"要准备什么吗？"我又问。
"不用了。"
"好，那成交，什么时候执行任务？"我拍了拍手。
"今晚，马上。"嫦娥说。
"今晚？不用那么急吧！"
"要拒绝吗？"嫦娥很严肃。
"当然不，脑残了也不会拒绝。"
"你有车吗？"嫦娥又问。
"有，红色的雪佛兰赛欧。"
"哦，那还是开我的车。"
大门左边赫然停着一辆红色奥迪 TT，直接碾碎我的自尊。
"你坐左边。"嫦娥将车钥匙递给我。
"要我开吗？"我很惊讶。
"请你代劳了。"嫦娥说。
"我……我……真有些紧张。"
"那我不借了，路上多的是。"嫦娥有点着急。
"我开！"我赶紧说道。"你不知道将一个陌生男人拉上车，无异于引狼入室。"
"直觉很重要，你不像狼！"
"赌一把吧？"我说。
"我猜你没玩过超过一百元的赌注。"
我无语。

4

你知道吗？我第一次开这么好的车，紧张得手心都冒汗。那时你还挖苦我说，从来没看过时速五十公里的跑车。当旁边的摩的不断超越时，你笑得让我很是自卑。不过一个轮胎得赔上我两个月薪水的车，载着这么沉重的心理压力，我快得起来吗？那时我踩油门的力度保持在第一次碰你的手的水平。回你家的路上，我第一次感觉到跑车、美女这样经典的电影镜头。但我完全没有男主角那个嚣张样，依然是云蒸雾绕，因为我不清楚你也没告诉我，我具体的任务是什么。走进你家门的刹那我才恍然大悟，还是电影的桥段。

嫦娥家，花园别墅，按现在价格，市价应该是千万以上，是许文强走进冯程程的家吗？

"妈妈，我回来了。"进大门的刹那，嫦娥要我牵她的手，这是我第一次碰嫦娥的手，受宠若惊的我只是用指尖轻轻地触碰。但她依然没告诉我，我的角色什么，不过这明显的暗示，我清楚得像看镜子里的自己。

嫦娥的爸爸妈妈赶忙迎了过来，两个长辈一前一后，从上往下，彻彻底底打量了一番，我像是个计划败露被逮捕的特工。

我小声对嫦娥说："你爸妈是在参观杜莎夫人蜡像馆吗？"

"戏要演好！"嫦娥很关心这个。

"可你没告诉我怎么演！"

"照电视上演。"嫦娥说。

"好了，别嘀嘀咕咕了。"她老妈"参观"完之后说道，"这家里又没别的什么人？"

"人家小情侣都习惯说悄悄话的，怎么大声？"她老爸招呼我们坐下。

我俩屁股刚一落下，嫦娥就跑到她老妈那里小鸟依人了起来。

"小文，介绍下你男朋友。"她妈说。

"我姓林，双木林，叫我小林就可以。"我抢着说。

"工作呢？"

"在宣传部上班。"

"家住哪呢？"

"我在城南买房。"

"不简单，小小年纪就立业了。"

"和我们小文认识几年了。"

"没几年。"我说。

"家里就你一个孩子吗，还是？"她妈又问。

"还有个弟弟，在一家五百强的企业上班。"

"原来是高管啊，兄弟俩都很有本事。"

"你觉得我家小文，怎么样呢？"

"秀外慧中，善解人意。"

"那有没有进一步的打算呢？"她妈还在问。

"这要看小文的意思。"

在回答的过程中，我始终是彬彬有礼，脸带微笑，语速适中，临危不惧，标准的新女婿见丈母娘的桥段。

她妈拍着身旁的小文的头说道:"小丫头,有男朋友也不早说声。"
"我就是要给你惊喜。"嫦娥说,"从今往后,您也不用再给我介绍什么对象。"
"呵呵呵呵!"她妈笑得像峨眉的灭绝师太。
"哦!对了,吃饭了吗?"她妈又问。
"吃了。"我和嫦娥同时回答。
"好了,妈,你问得够多了,人也见到了。"嫦娥拉着她妈的手说,"小林晚上还有事情要忙,得早点回去。"
"中秋节,不放假吗?"
"小林忙啊,哪还放什么假。"嫦娥冲着我挤了个眼神。我站起身说道:
"是啊,伯父伯母,我得走了,还有很多事要忙,有空再来拜访二老。"
"是啊,年轻人正当干一番事业的时候,就让他忙去吧。"她爸也站起身来说。
"可哪有回家几分钟就走的。"她妈有些意见。
"下次再待久一点,妈。"嫦娥边说边把我推出去。

到了门口,我和嫦娥同时鞠了躬道别。
"丫头,早点回来。"
"知道了,妈!"

在她家院子门口,我坚持要自己回去。
"这次换我开车送你。"嫦娥说。
"我可以自己回去的,不用麻烦,也不早了。"我说。
"不行,我于心不安的。"
"日行一善,我得到的也不比你少。"我说。
"不行!"嫦娥很坚持。
就这样,返程路上,嫦娥开车,奇怪的是时速还是保持在五十公里以下。
"没见过时速五十公里的跑车。"我说。
"你很会演戏。"嫦娥说道。
"你叫我照电视里演的。"
"你说的都是真的吗?"
"我姓张,是个基层教师,家住乡下,父母皆是农民,弟弟在一家小公司上班。"我说。

"不会吧，你还真了解我妈？"嫦娥说，"说谎技术也一流。"

"读圣贤书就是要我们做个实诚的人，在任何时刻都不能撒谎。"我说。

"可你撒谎了。"嫦娥说。

"我没有。就骗她姓氏而已。"

"啊？"

"请注意听。"我对嫦娥说。

"你妈问，工作呢？我答，在宣传，部（不）上班。"

"你妈问，家住哪呢？我答，在城，南（难）买房。"

"你妈问，认识几年了？我答，没几年。"

"你妈问，家里只有你个兄弟吗？我答，在一家五百强企业上班，谁知道这家企业是哪里的五百强，指不定是一个镇的五百强。"

"你还挺会掰的。"嫦娥说，"继续解释。"

"解释完了。"我说。

"还有那句什么'秀外慧中，善解人意'。"

"这句是就原句，没谐音含义。"我说。

"你是不是想这样说，'朽外晦中，擅借仁义'。"嫦娥将车停在路旁，拿起笔在纸上写上这八个字。

"你也会谐音字。"我笑着问道。

"刚才向你学习的。"我说。

"心情好多了吧！"

"好多了，谢谢你。"嫦娥说。

"你已经谢过了。"

"你都清楚了吧！"

"清楚了，完全清楚。"我说，"可我想再听你解释一下。"

"你看我妈那势利的样子，能给我介绍个什么东西。"嫦娥现在倒是坦诚。

"非富即贵，不好吗？"我问。

"下车，看看月亮好吗？"嫦娥说。

"好的，电影中的桥段。"老实说，我尽量压抑这兴奋，携佳人赏明月，只要朝夕，管他天长地久，我要的不过如此。

"月亮真大。"我说了句废话。

"我不排斥富贵，我只是不想让铜臭污染原本应该纯净的感情。"嫦娥斜靠在车上，"关于我的命，姐妹们都很羡慕，她们说我是含着金钥匙出生的女孩，这点我承认，一直到现在，所有的一切无不依靠着父母，我走的每一步都是他们的计划，读书、处世、结交朋友、专业选择等等，他们说，这一切都是为我好，我不否认天下父母心的牵挂。可现在，感情这一方面我想自己做主，我想撇开所有现实的羁绊，和地位无关和金钱无关和家庭无关，只和他和我有关。"说完，嫦娥深深吸了口气，望着天边的圆月。

听着她说完，我忽然浮起了电视剧《孝庄秘史》中那个摒弃江山社稷富贵荣华的顺治皇帝的一句台词：为何我会出生在帝王之家，如果可以选择，我宁可不要。这或许是嫦娥的一个无奈。可她又怎么能体会寻常百姓家的心酸呢？

"这不矛盾啊，也会有很多值得你托付的青年才俊。"我说，"在我们既定的印象里，或者应该是仇富的心里作祟，总是将很多富二代，假想成仗势欺人、游手好闲、跋扈不羁的纨绔子弟，其实当中不乏有很多宽厚真诚的人，或许他对于感情比一般人更执着和投入。"

"希望吧！"嫦娥对着月亮笑道。

"在对的时间遇到对的人，这是我对爱情的憧憬。"嫦娥说。

"希望吧！"我也对着月亮笑道。

"张老师？我可以这样叫你吗？"

"叫我小张就行。"我说。

"你对爱情的憧憬是什么呢？"嫦娥说。

"我小孩三岁了。"我说。

嫦娥突然大吃一惊："很抱歉，改天我登门向夫人道歉。"

看到她反应这么大，我赶紧改道："我还没结婚了。"

"这个玩笑不好玩也不好笑。"嫦娥很认真。

我举起右手，说道："我可以对着月亮发誓。"

"吓死我了。"嫦娥又吸了口气。

"你还没回答我。"嫦娥说。

"跟你一样，也是在等对的时间遇到对的人。"我说。

"是这样吗？"她有些怀疑。

"我可以对着月亮发誓。"

"别发了，今晚的月亮很忙。"嫦娥说。

"当老师真好！"嫦娥又说，"如果可以的话，我们换一换。"

我无语。

"知道我为什么跟你说那么多吗？"嫦娥停了几秒又说。

"不知道，可能我人缘好吧！"

"是因为你今天帮了我。"

"有下集吗？"我说。

"希望不要吧！"嫦娥把头转向我。
"万一有，怎么办？"我问。
"那你就再帮我一次。"
"我会演得更好。"

然后我们默契地安静，她靠在左车门，我则倚靠在右车门，中间这辆保时捷跑车也许就是我和她所有的距离——无法丈量无法抵达的距离。这是我见过几次次面的女孩子，因为对她的好感，让我感觉如坠入深渊，悲从中来。
"走吧。"嫦娥突然转过头对我说。
"嗯。"我们同时上了车。
嫦娥将我送回店里，她告诉我她叫关小文，但没留她的手机，倒是留了她妈的手机，那是之前打回去留下的痕迹。

鸟英的店已经关了，留了张纸条，大概意思是要自己回家，还留了他的电话。妈的，鸟英脑袋被牛踩了吧，我都清楚他左边耳朵往上数第五十根头发是白色的还会不记得他的手机？只见纸条最下方还有些小字：如果被美女搞得晕头转向，连回家的路都给忘了，请打这个电话。原来如此。

5

回到家，洗漱完毕，照例浏览下时事新闻，然后睡觉。可头脑始终是保持亢奋的状态，像是打了鸡血。老实说，现在起来背诵《红楼梦》也会觉得小菜一碟。一直觉得和嫦娥应该是有缘分，第一次见面她替我挡了个糖果，第二次见面就当个假冒的上门女婿，如此神速地发展下去，指日可待。问题是她那势利的老妈，怎么解决？除非哪天开辆劳斯莱斯去，或者拿几个金块去砸她家大门，不然很难沟通。还有，嫦娥会不会马上就在对的时间遇到个对的高富帅呢？然后要我去吃他们的喜糖，喝她们的喜酒，我想我会当场自残。就这样，大脑神经整个晚上都缠绕着嫦娥的影子，应该说是关小文的影子。

第二天起得很晚，但依旧觉得头重脚轻，食欲不振，很明显昨晚的睡眠质量和部分中国食品一样，都靠不住。还好今天还是放假，要不然跟学生解释万里长城肯定会说这是麻将的戏称，解释康熙皇帝肯定会和小S和蔡康永扯上关系。还是鸟英有远见，果然晕头转向了。

今天一整天都在迷糊状态，海雁在下午打来电话。
"什么事？"我说。

"我要当爹了。"电话一头传来海雁兴奋的声音。

我从沙发上跳起来:"靠,什么时候结的婚,我都不知道。"

"谁结婚了,我结婚就算我爸不知道,你也会知道。"海雁说。

"是啊,我就是你第二个爸。"我说。

"喂!"

"那怎么当爹了,善心大发认了个孤儿?"我说。

"谁说不结婚就不能当爹?"海雁说得很骄傲。

"哦,是上完车再买票。"我说,"那什么时候下车?"

"一辈子都不下了,就这列车。"

"万一出轨,怎么办?"我问。

"那我干脆让她翻车。"又是海雁爽朗的笑声。

"好了,不扯了。"海雁挂了电话。

两天后,我又回到学校,过上朝九晚五的生活。又一个星期后,学校召开新一届校董会换届选举,我的任务就是在会议结束后放鞭炮。而就在这天,关小文出现在我们学校。扎起马尾辫,咖啡色套装,更显成熟和端庄,当然还是与衣服相匹配的咖啡色半高凉鞋。

我是在听完校长报告后,走出礼堂碰到的。

"你好,小张。"关小文先开口。

我抬起头,只见她拿着个文件夹,又一口气差点提不上来。

"是你,你这么会?"我说。

"想不到吧!"关小文依然熟悉的微笑。

"校长讲完了吗?"关小文问道。

"完了。"我说。

"讲得怎么样?"她说。

"很好,我们学校就差神舟十一号没参与,其他事情全干齐了。"

"你怎么这样说你校长呢?"

"太夸张了,明明就这么一个小活动都恨不得登《人民日报》了。"我有些看不惯。

"会不都是这样开的吗?"关小文说。

"明明只干了个老鼠出洞,却宣传得像蛟龙升空。"我说。

"宣传很重要。"关小文说。

"实干更重要。"我说。

"难道你碰到我就这个话题吗?"关小文岔开话题。

我突然觉得很不好意思，的确是突然不知道要说什么。

"你怎么会在这里？"我终于找对话题。

关小文低头看了看手表，对我说："等下碰到再聊，我得进去了。"

一个半小时后，我们又在校董会新一届班子换届成立的午宴上碰到，只见关小文拿着杯果汁，在校董们之间游刃有余，进退自如。时而交谈，时而碰杯，举手投足，俨然一副久经商场的老板模样。她是镁光灯下的巨星，而我成了舞台下摇着荧光棒的粉丝。我又跌进了距离这个阴暗的无止境的深渊。

吃饱饭后，我迅速离开，离开这充斥着香烟酒精、虚伪做作、口是心非的喧嚣。先到服务台要了两瓶水，然后下楼。

坐上车，我正要启动，关小文出现在旁边，我迅速摇下车窗。

"不辞而别吗？"关小文说。

"我吃饱了。"我说。

"我没有车，现在想要回家，不知这附近有没有出租车。"关小文假装左顾右盼。

"我有这个荣幸可以送你吗？"我说。

"我们很熟吗？"关小文说。

"至少见过家长了。"我笑着说。

关小文打开车门坐在副驾驶位置上。

在绕出酒店门口前，我们一直安静。

车驶上县道后，关小文开口：

"我爸爸是你们学校的董事长……"

"你是兆兴集团关祖河的女儿？"我打断关小文的话。

"有问题吗？"关小文问。

"没有，只是意外，我知道你们有钱，但没想到你们这么有钱。"我说，"载着你感觉像载伊丽莎白女王，生怕一个差池就会被人轰掉脑袋。"

"扯完了吗？"关小文说，"你可以假装是菲利普亲王。"

"我可以这样假装吗？"我说。

"当然不可以。"关小文说，"要不要继续听我说下去？"

"迫不及待地要。"我说。

"今年换届，我爸因身体关系向学校校董会请辞，现在医院里静养，所以我就木兰从军了。"关小文顺手拿起旁边的水，喝了一口继续说道，"你一定觉得我刚才的表现很虚伪吧，这也是我爸妈干的。他们说，作为他们唯一的女儿，我是家族企业唯一继承人，所以，从小人家上一堂课，我就必须上两堂。

人家在看《还珠格格》，我必须得看《说话的艺术》。人家放假可以闲云野鹤，我得陪着老爸谈完生意再签个合同，压抑得快要发疯。我不喜欢，但我必须接受。"

关小文说得有些激动，脸望着前方。

"所以我想自己找副可以依靠的肩膀。"关小文又绕到了这个话题。

"没事吧？"我说。

"昨天晚上我妈又要我带男朋友回家吃饭。"关小文说。

"那你怎么说？"

"我说他出差了，得十天半个月才回来。"

"是出差还是旅游啊？"我笑了。

"我跟他们说去新疆出差。"

"哇，你干脆说去南极考察不更了断。"我说。

"你妈信吗？"

"我从没骗过她。"她说，"除了这件事。"

"其实你也不能怪你妈，天下父母心，谁都一样。"我说。

"我从没怪过她，相反的我很感激，感激她带给我生命给我美丽给我教育和信念给我一出生就过上优越的生活。"奇怪的是，说这话时，关小文的脸始终是朝向我，"只不过是在男女的感情方面，我想要点可以支配和选择的权力，最终可以定夺的自由。"

"你说我可以吗？"关小文看着我，眼神蛮酸楚，让人怜悯，像卖火柴的小女孩。

"我不知道，但希望你可以。"我说了句废话。

"或许，你妈介绍的可能更优秀。"我又说。

"我有个偏执，自己买的会吃得心安理得。"关小文说。

"可爸妈做的可能会更有营养。"

"可我不会快乐。"关小文说。

"感情只是暂时的借口，生活才是恒久的主题。"我说。

"快乐却是生活的色彩。"关小文很快接着我的话说。

"你很执着。"我边开车边说。

"这不是执着，是坚持。"关小文依然将目光投向前方。

"还不一样。"我说。

"执着是盲目的坚持，坚持是理智的执着。"关小文说。

我看了看右手边这个女孩，忽然小鹿撞了下胸口。在这个多少钱等量多少斤爱情的年代里，富家千金还能忠于自己的感受和内心确实少见，可到底是金石之约长久还是木石之盟永恒，还要在生活这个大熔炉里历练才知晓。

"小心开车。"关小文提醒道，"别老看着我。"

我赶紧将头转向前方，握紧方向盘，要知道方向盘握不稳，整个人生方向会受影响的。

"饿吗？"关小文问我。

"饿！"我回答得很干脆。

"前面左拐有个小吃店。"

"好的。"

我们在小吃店门口下车，老板娘即迎了上来："小文还没吃饭啊！"

"嗯，还是拌面。"

小文找了最里面的一张桌子坐了下来，我也跟了过去。

"你坐在我对面。"关小文对我说。

"谢谢，这是欣赏风景的最佳位置。"我说。

"现在可以好好看了。"关小文显得很大方，"在车上看很危险。"

"是啊，不然会浪费那张花容月貌的脸。"我说。

"王妈，他不用点菜了，准备我那份就可以。"关小文转向老板娘说道。

"为什么？"

"看美女，还吃得下饭吗？"

"哦，对了，秀色可餐。"我这才反应过来。

"不过，你实在太美了，我还是觉得饿。"我说。

"怎么讲？"关小文看着我，笑了。

"有个成语怎么来着，叫'过犹不及。'"我说。

"你是说我太美了反而不美了？"关小文立马换了张严肃的脸，当然我知道，那是假严肃，是女孩子独有的娇气，确切地说是美女独有的娇气。因为如果有丑不拉几的女孩向你娇气，你肯定立马断气。

"不是这个意思，是我看着你觉得太饱了反而有点饿了。"我说。

"那还不一样？"

"当然不一样，前者是挑战你的外形，后者只是挑战自己的胃。"

"你不让我吃饭，我可以靠近点看吗？"我说。

"隔着张桌子还不够近吗？"关小文有些无措。

"越近越好。"

"王妈，给他来份大的，撑死他。"关小文又向王妈传达指令，回头对我说,"你都这么无赖吗?"

"民以食为天,见谅了。"我笑了,又说,"不过天底下男人应该没几个有看到美女能淡定如禅、静默成佛的境界。"

"我是美女吗?"

"你应该问万里长城在中国吗?"

"什么跟什么啊?"

"你不认为这是句废话吗?"

关小文笑了,彼此静默几秒后,她又问道:"如果万里长城不在中国,你会和我吃饭吗?"

"这不成立。"我说。

"我是说如果。"关小文似乎很急。

"即使万里长城在月球,我也会和你一起吃饭。"我说得很肯定。

关小文又笑了,我则在想,如果万里长城真不在中国,想和你吃饭的男人也可能排成另一座万里长城。

6

吃完饭后,关小文起身走向王妈,吃饭岂有女人买单之理,我立马抢在关小文前,差点将王妈撞个满怀。关小文右手迅速拉住我的左手臂,我顿时感觉触碰到强电流,动弹不得。

"放心,我不会买单的。"关小文说。

"放心,我也不会让女人买单的。"我依然僵在那里。

买完单后,王妈问起关小文我是谁,我抢在关小文前回答:"我是一个老师,她是我们的董事长。"

关小文给我个白眼,然后跟王妈匆匆道了别,回到车上,关小文又给我一个白眼。

"关董,你眼睛抽筋吗?"我笑着说。

关小文,没说话。

路上,关小文一路看着窗外,眉间微蹙,偶尔还轻微地叹气,我则有种隔帘听雨般的忧伤。脑海突然闪现一个画面,优雅如细柳扶风的关小文撑着把油纸伞,从烟雨江南的青石板路走过,画面带近一看只见她画眉凝愁,淡妆逢霜,绣口还謦,一副让人怜惜的模样。不远处有我扮演的一身书卷气的小生在等着擦肩邂逅,缘定三生……

不知不觉嘴角竟浮现一丝微笑。

"你打算把我带到哪里?"关小文开口。

我没反应,估计应该穿越到明朝或者宋朝的某一个江南小镇了。

"喂!"关小文提高了音量。

我这才反应过来。

"你笑什么?"关小文问。

"我有笑吗?"

"你的笑很有内容。"关小文说。

"是吗?怪不得朋友都说我是个很有内涵的人,无奈连笑都藏不住那份才气。"我说。

"你知道我读到什么吗?"

"是'谈笑间樯橹灰飞烟灭'的气概还是'相逢一笑泯恩仇'的坦荡或者是'醉卧沙场君莫笑,古来征战几人回'的怆然。"我突然以"笑"背起了诗词,在美女面前的男人果然和在糖果前的孩子一样都会有些自以为是的表演。

"是'名花倾国两相欢,常得君王带笑看'的淫贱。"关小文立马给我来个马后炮将军。

我噤若寒蝉,尴尬得像个换错裤子的演员。赶紧岔开话题:

"我们去哪?"

"终于说到重点了,你想把我带去哪?"关小文问。

"酒店宾馆沙滩树林荒郊野外等等都可以去。"我即兴说到,"或者……"

话还没说完,就看到关小文逐渐严肃并藏有一丝杀气的眼神。我话锋一转:

"送你回家吧?"

"前面左转停车,我自己走回去。"关小文说。

"不好吧。"我说,"送佛也得送到西。"

关小文打了我下肩膀,说道:"别忘了你现在出差在新疆。"

"对哦!"

前面左转,停车,关小文拿好材料下车,走了两步回头说道:"小心开车。"

"对了,有个问题。"我说。

"什么问题?"

"刚在车上你看着窗外,在想什么呢?"

"思考人生。"关小文回答。

"很沉重的人生吗?"我说。

"你不是都看到了吗?"

"轻松点。"我说。

关小文莞尔一笑,我也笑了。

"如果有把古筝更美!"我说。

"什么?"关小文不解。

"拜拜!"

7

十天后,我从"新疆""出差"回来,和关小文约在鸟英的咖啡店里。半个小时后,关小文如约而至。鸟英赶紧煮了杯咖啡。

"有吃的吗?"关小文冲着我调皮地笑了一下。

"当然有!"鸟英赶紧从冰柜里端出两个慕斯蛋糕。

"当心胖!"我说。

关小文没搭话,一杯咖啡,两个蛋糕,五分钟,将门出虎女,关小文连吃饭都那么有效率。她示意我走近她,我则在她旁边的椅子坐下。

"你果然出差了十天。"关小文说得很认真。

"你让我消失,我不敢露面。"

"现在你登报纸都可以了。"关小文用汤匙摇匀着玻璃杯所剩无几的咖啡。

"渺如蝼蚁,不值一提。"我说了。

此时的鸟英突然在旁边发话,重点说了吗?

关小文看了下鸟英,又转过来对我说道,带着一本正经的神情。

"可以在跟我回趟家吗?"

"再演一回吗?"

"是的,越逼真越好,最好毫无破绽。"

"我可以挑战下。"

站在旁边的鸟英又说道,像电视剧里的画外音。

"没有毫无破绽的谎言,只有真相才不会揭穿。"

我冲着鸟英说道:"开起咖啡店,说话也上档次了啊!"

然后笑了。

"敢不敢?"关小文一脸严肃。

"敢什么?"我有点没底气。

"演一场毫无破绽的戏。"说完,关小文朝着鸟英看了看,眼神有话。

其实,我明白了。但人真的很奇怪,习惯了朝思暮想,习惯怨天尤人,习惯在睡梦中海誓山盟,牵着她的手,睡着她的人,守着她的终生,当现实真掉下一馅饼时候，却瞬间无力去承接，不敢去拥有。

我还是迟疑了一会。鸟英走进了厨房。整个冷清的咖啡店就剩下关小文和我，还有一堆急促的呼吸声。

"说说原因吧！"关小文显得淡定。

"你的偏见，我的肤浅！"

关小文突然站起来，情绪有些激动。我也起身一把手搭在她的肩膀上，让她坐下。

"富贵人家等同纨绔子弟，那是你的偏见；自以为自己寻找的爱情才是靠得住，也是你的偏见。你貌美如花我便动心动情，那是我的肤浅；多少次以为我们或许可以有份感情，也是我的肤浅。"

"什么意思？"关小文追问。

"我们都还不了解对方，看到美女，我虚荣心作祟；碰到我，你不过刚好临时缺了个女朋友，如此而已。"

"你对我不一样，我对你也不一样？"关小文继续问。

"我承认，但现实不可更改。"

"走出这一步，很多现实可以改变，甚至长辈的观念也可以改变。"

"现实，永远比人强！"

那天下午，关小文是哭着跑出去的。鸟英骂我懦夫，我告诉鸟英这种圆满的结局微乎其微。此后近一个月的时间，我没有关小文的音讯，倒是鸟英，总会有意无意给我几个暗示。直到鸟英的店又开回了花店。整整一年了。鸟英，已经不再给我任何暗示，我知道关小文彻底死心了。

那天晚上，鸟英让我帮他看回店。鸟英回来已经十点多了，他说今天做了个大客户，小赚了几千块，要请我喝酒。我说不喝，正要走，他掏出一张红色请帖，写上：张子英先生收。鸟英将请帖打开，赫然写着：关祖河、李美霞携女关小文、女婿佟家耀敬上。

看完，我笑了。招呼着鸟英，喝酒去。

因 缘 错

胭脂巷邂逅

　　燕尾红砖，斜阳古厝，岁月厚重木门，门环惹来铜绿。拉二胡的老人选择坐在石椅旁，跷起腿，唱着戏，黄梅调是一页一页的泉州往事。老人家闭着眼，哼着……表情随音符变化，如此时光，便是一首恬淡悠远的小诗，在青石板街缓缓铺开。

　　泊在额头的斜照下滑到老人二胡弦，一个背着蓝色背包带黑框眼镜年轻人悄然坐到石椅，老人开始唱第三支曲子，这是他今天的最后一首曲子。曲至上阕末，"陈三五娘。"年轻人一溜嘴，老人家睁开了眼睛，这个凄美的爱情故事依旧水银泻地般地表达，年轻人喜悲变幻听完一壶晚照。

　　日沉西角骑楼，老人慢慢站起，年轻人也跟着站了起来，

　　"谢谢您，老人家！"年轻人向老人家鞠了个躬。老人点了个头表示回礼。

　　"会拉二胡？"老人开口问年轻人。

　　"会一点，初学！"年轻人说。

　　"试一试吗？"老人问。

　　"不好吧，下次有机会碰到再献丑！"年轻人推辞。

　　"外地人？"老人也没有坚持。

　　"是，潮州人。"

　　"来泉州旅游吗？"老人家将二胡轻轻收起。

　　"算是吧，来工作顺便玩玩，听说泉州元宵灯节好看。"

　　"古城泉州，点灯元宵！泉州有熟人吗？"老人说。

　　年轻人停顿一下，轻轻笑了笑："算有吧！"

　　"你爱听戏？"老人追问，不过是带着和蔼的笑容。

　　"爱，喜欢一切传统的文化。"年轻人说。

　　"你应该是个好男孩，喜欢赏灯看戏的孩子应该不差。"老人捋着胡须。

　　年轻人有些腼腆，只是问了一句："这边有小吃吗？听说鲤城有个胭脂巷咸饭小吃点很好吃。"

　　老人拉起年轻人的手，走过苏氏宗祠，再拐一个巷口。人流渐多，一个陈旧的招牌跃入眼帘：胭脂巷阿水小吃。小店内方形木桌，古铜色长条凳，萝卜咸饭、灌肠汤、卤猪脚……年轻人顾不得其他，找个厝角位置坐下，点上饭

汤,便饭来张口,吃得很投入。老人喝了碗汤,开始帮衬着招呼客人,端茶送饭、收盘拾碗,消瘦的身体在拥挤的人群里来回奔忙。

"对不起,让一让,让一让。"一个清脆的女声在这位年轻人耳畔响起。年轻人抬头一看,是一个背包女孩,牛仔裤长棉衣,扎马尾辫,圆脸蛋鼻梁架一副近视镜。双手端着饭菜,一步一晃,颠着蛇形步,碗里的汤水像地震的海面,往外溢。年轻人余光瞄到,见状赶紧收回了一点,留一个位置,马尾辫女孩刚好挨马晃到。

"谢谢!"马尾辫女孩向年轻人道了声谢。

"来看灯吗?"马尾辫女孩喝完第一口汤,问道。

年轻人没有回答。

马尾辫女孩右肘蹭了下年轻人:"问你呢?"

年轻人刚好将一口汤要送进嘴里,被这么一蹭,刚好改道从鼻孔进去,呛得年轻人直飚眼泪。

"不好意思,不好意思……"马尾辫女孩起身道歉。

缓和下来,年轻人这才正视着这个扎马尾辫的女孩,然后定住了,马尾辫女孩打量着这位年轻人,竟有些似曾相识的感觉。两人同时掏出手机,微信上的他们,早在两年前便认识了。最近的一次交流是在十分钟前,男的说,我到泉州了,正在胭脂巷小吃的路上。女的回答:我扎好马尾辫在店里等你。

"是你?"两个人都用同一口吻问候。

"饭菜飘香,无法自制,打算填饱肚子再联系你。"年轻人呛着口说。

"你就不怕我丢了吗?"马尾辫女孩略显不快。

"在泉州,我丢的可能性大一些!"年轻人冲着女孩一个鬼脸。

拉二胡的老人又送了碗饭过来,笑说道:"你们认识?"

年轻人再说了句:"我平常只吃一碗饭。"又埋下头吃起了饭,速度和饥饿感跟第一碗差不多。

马尾辫女孩转向年轻人:"有没礼貌,跟你说话?"语气中带些任性。

年轻人才明白,连声道歉,回答道:"饭真好吃,真好吃!"

马尾辫女孩再加一分任性,问道:"那跟我比呢?"

年轻人先是一怔,接着饭喷了,米粒直接如子弹般地射中马尾辫女孩。

解决的方法是,明天的灯节年轻人自行其是,能碰到就是缘分。外加请了马尾辫女孩那顿饭。

这是潮州年轻人和马尾辫女孩见的第一次面,在胭脂巷咸饭小吃店。正月十四,元宵灯节前夕。但是他们并不陌生,微信上他们已经可以聊得很全面和深入了,比如,女生感冒了,她总会向他报告:亲,我感冒了。他总会紧张地回话：我情愿感冒的是我。隔着网络总会肆意地表达，当两个人真实地站在面前，陌生感还是不请自来。

这位拉二胡的老人叫阿水，胭脂巷咸饭小吃店二代传人。巷深味美情浓，一直是阿水经营的目标和宗旨。

胭脂巷，一个脂粉味很浓的名字，但由来却无关胭脂。元至元年间，这里只是大名鼎鼎泉州港的一个弄堂，后来苏颂后人在这里建苏氏宗祠，传承家族荣光。清道光年间，有人发现苏氏宗祠长案底下有一口水井，水成胭脂色，累世不变。胭脂巷由此得名。

胭脂巷咸饭，米粒光滑圆润，再辅上水嫩清脆的白萝卜、养血的红萝卜、双层薄肉片，散上油葱，油而不腻、饱满可口。泉州特色小吃的匾额还有熙熙攘攘的吃客，是最好的见证。原来"胭脂巷"这个适合邂逅情缘的名字，竟成就小巷与米饭的姻缘。

潮州来的年轻人，大致了解胭脂巷以及泉州部分小吃。接下来就是元宵灯节踩街活动。年轻人架上了单反相机将舞龙舞狮、拍胸、皮影、看大戏、听香等民俗活动装进胶片。游灯开始，年轻人学当地人提了盏大红色纸灯笼，这种灯平时是折叠成扁平的，用时在中间的一块小铁片上固定住一盏小蜡烛，点燃后缓缓提起，用一根棍子钩住上面的铁丝，就可以提着它到处走了，即使有风也不会将蜡烛吹灭。灯笼有红、黄、绿、粉、橙等颜色，上面还绘有简易的花草等图案，点着时通过纸透出光来，朦朦胧胧摇曳着，很是美丽，令人陶醉。跟着游灯人群一路经过文庙、中山街、西街等泉州文化气息浓厚的老街。千百盏各样的灯笼交相辉映，街道流光溢彩，东亚文化之都，海上丝绸之路，其实如此光明，仿佛走进千年前的一场盛宴。

途经胭脂巷，年轻人选择走进了胭脂巷咸饭小吃店。这时候，马尾辫女孩也提着灯笼闯了进来，和年轻人撞了个正着。当然，马尾辫女孩是使力者，年轻人是受力方。在荷花灯笼映衬下的马尾辫女孩，是一张脱俗纯净的脸。年轻人目光便赖在马尾辫女孩脸上足足有几秒钟。那是种没有思考下最本能的表达。

"我们还是碰到了。"年轻人像是个玩具失而复得的小孩。

马尾辫女孩甩了下马尾，荡起了年轻人心中的波纹。

"花灯好看吗？"马尾辫女孩问。

"当然好看。"

马尾辫女孩坏笑了一笑问道："和我比呢？"

年轻人这次淡定，没再喷饭："你比较好看。"

马尾辫女孩又追着问："和这里的咸饭比呢？"

年轻人沉默片刻，说道："当然是……咸饭……"

说完拔腿就跑，追上了游灯人群，马尾辫女孩顾不上买单也追了出去，撂出一句话："你死定了。"年轻人以拼命慢的速度跑着，终于被马尾辫女孩追上了，马尾辫女孩手握重拳面目狰狞却出手轻盈，打了下潮州来的年轻人。这起争执就此终。

他们俩并肩走了一段时间，年轻人说："听说晋江有个五店市，我想去看看！"马尾辫女孩告诉他，她刚好也要到五店市，可以顺便当他的导游。泉州元宵灯节活动持续三天，而有了五店市的约定，潮州来的年轻人旁边总有这个有点任性的马尾辫女孩子。这三天除了休息睡觉，他们几乎都在一起游玩。问其原因，或许他们已经找回网上那种喝水呛到也如临大敌无话不谈的感觉。

那天晚上年轻人在他的游记上写道：历史总藏在最深的巷口，当我用手触摸时，感到的是一种馈赠。泉州的灯节，不只是一个传统的演示，更是一个接点，它让我看到古泉州的辉煌，也感受到了新泉州的魅力，文都与商港在这里完美汇合。

五店市结缘

隔天，潮州来的年轻人和马尾辫女孩已经站在五店市大门口的石马旁，拍下今天的第一张照片，此时，游人如织。他们拾五级台阶而上正式进入了五店市主道，脚踩青石板，两旁古厝红砖体白石裙，出砖入石，燕尾翘角，朱红格窗，花鸟纹饰。岁月静静流淌，汇成一汪乡愁，落笔那款叫闽南人家的味道。蔡氏宗祠、庄氏家庙、石鼓庙、柳青大厝、布政衙等建筑风情独具闽南"皇宫起"特色。年轻人手中的单反相机已经忙个不停。潮州来的年轻人微笑着对旁边的女孩开始发问："五店市是怎样的一个来历呢？"

马尾辫女孩用手指了指旁边招旗下的麦芽糖，年轻人马上心领神会落实到位。麦芽清香，十分诱人。马尾辫女孩说道："五店市是晋江的前身，唐朝年间，晋江独立为县，人员往来骤频，蔡姓七世孙五人，为方便路人往来，在青阳山下开设五间饮食店，从此山下店铺酒旗招风，饭菜飘香，声名远扬，人称'青阳蔡，五店市'，自此，'五店市'遂为青阳之别称，也成了晋江城区的生发起源地。"

潮州来的年轻人拧开保温瓶盖，倒了杯水递给了马尾辫女孩。马尾辫女孩拉住年轻人衣角，说道："你想把我烫死啊！"年轻人赶紧拿回，不断地吹风。马尾辫狡黠的笑容又再次泅开在脸颊。喝完水后，马尾辫女孩示意再倒一杯，并且任性地强调温度要保持在六十七度半，年轻人给了马尾辫女孩一个白眼。心里默念，对我死去的妈，也没这么好过。"你说什么？"马尾辫突然开口质问。潮州来的年轻人倒吸了一口冷气，心里想的也能被听见？

他们接连参观了朝北大厝、宗祠家庙，还有一些古厝民居，最后他们在布政衙前的石椅上坐了下来，马尾辫女孩做的第一件事就是抢过年轻人的保温瓶，倒了水，吹了吹气，然后递给了年轻人。潮州来的年轻人笑，这是比冬日阳光更为灿烂的笑容。

"可以说说布政衙吗？"潮州来的年轻人问。

"我就知道你会问，好好看看不好吗？为什么要问这些东西，多烦啊！"

"参观的意义在于了解，不了解，我这千里迢迢不白来了吗？"潮州来的年轻人说。

马尾辫女孩立马一噘嘴，有点生气说道："有白来吗？"

年轻人被这一问，震了个明白，赶紧解释道："没白来，没白来，这是上天的指引，祖宗的庇佑，我来了，来得正确。"

马尾辫女孩笑了，她起身说道："布政衙为明进士、浙江布政司左参政蔡立敬故宅，坐北朝南，三开间三落带左边护厝。为官清廉正直，不辞劳瘁，尽忠爱民。为浙江参议时，曾有御赐匾'禄善崇亲'。因过劳成疾，卒于任上，年五十五，绅民称为'慈父'，为他勒碑纪念，将他崇祀于名宦祠中。蔡立敬在青阳所建宅第，人称'布政衙'。"

潮州来的年轻人纳闷问道："他是闽南人吗？"

马尾辫女孩答道："废话！"

年轻人又说："那他怎么在浙江当官？"

马尾辫女孩有些哭笑不得："你不是潮州人，怎么会在泉州呢？"

年轻人敲了敲自个脑袋，只有尴尬的表情。

休憩片刻，马尾辫女孩突然严肃地对潮州来的年轻人说："布政衙还有个不为人知的故事。"

潮州来的年轻人两耳竖起，赶紧靠向马尾辫女孩，等待着答案。

"想知道吗？"

"想！"

"我渴了？"马尾辫女孩说。

"我给你倒水。"潮州来的年轻人答道。

"我饿了。"

"我给你做饭。"

"我累了。"

"我给你捶背。"

"我走不动了。"

"我陪你走不动。"

"喂……"女孩有些生气。

"我背着你走。"年轻人立马拨乱反正。

"我……"

女孩子刚要开口,被年轻人抢着说:"别卖关子了,说吧!"

马尾辫女孩思忖了一会,说:"一九一六年,袁世凯复辟失败第二年,一个参加护国战争的士兵邂逅一位富家员外的千金,两人一见钟情坠入爱河。但军纪严明,军令如山,士兵不得不惜别了爱人。若干年后,富家员外一家因战乱波及,几经迁移到了晋江,继续发展自己的家业。那位士兵因为穷困潦倒也辗转到了晋江打工,巧合的是,这位富家员外便是这位士兵的东家。因缘巧合让两人又重逢了,但受到了员外的重重阻拦。最后他们俩冲破家族层层阻碍,在布政衙前私订终身,从此荆钗布裙,相濡以沫,携手终老……"

潮州来的年轻人有些失望,他认为这肯定又是个借题发挥的故事,熟烂的情节,完全没任何兴趣。

马尾辫女孩看出了年轻人的失望,情绪转了个底朝天,一本正经地说:"你相信缘分吗?"

潮州来的年轻人只是默默地点了点头,然后笑着说:"不相信!"

"喂,我是认真的。"马尾辫女孩有些不快。

"相信,相信,就好像从不怀疑秦淮八艳是卖艺不卖身。"潮州来的年轻人说得自认为幽默。这下马尾辫女孩更不快了。她认为这个年轻人是耍嘴皮子。

"那就是假相信,真不相信。"

"好了,开玩笑的,我相信了。"潮州来的年轻人笑着总结道。

布政衙旁,是五店市小吃街,在这里可以一览晋江传统风味小吃,马尾辫女孩每到一个摊位的特色小吃,总要求潮州来的年轻人用闽南话说一遍:

马尾辫女孩:"土笋冻。"(闽南语)

潮州来的年轻人:"它损懂。"

"海蛎煎。"

"哦啊建。"

"拳头母。"

"滚套木。"

"炸菜粿。"

"炸菜过。"

……

潮州来的男孩鹦鹉学舌，奇怪的发音，惹得旁边的游客龇牙作笑，一旁马尾辫女孩更是笑得前俯后仰，不能自已。潮州来的男孩则一脸羞涩和尴尬，躲在马尾辫女孩后面，小声对女孩说："你害人不浅啊！"

"想找虐，就到阿水小吃店。"马尾辫女孩这样回答。

"谁想找你！"潮州来的年轻人说。

"你敢，小心再让你用闽南话绕口令。"马尾辫女孩诡谲地笑了起来。

在尝了一遍闽南风味小吃后，潮州来的年轻人和马尾辫女孩暂时告别了五店市。回到泉州，已经是晚上八点多了。回到酒店他在游记上写道：逐渐被钢筋水泥森林和鳞片般层叠的广告牌淹没的城市，千人一面的建筑投射的巨大阴影下，五店市，它以一贯安静优雅的方式述说着这片土地的前世今生，每一堵墙每一片瓦都是历史，每一个故事都在回答着这里人们的根本和牵挂。

马尾辫盘起

第二天，阳光入窗台，清风抚白云，天空湛蓝如洗。虽然上班时间像个不受欢迎和待见却又必须面见的客人，但过年的余温还在，正月冬日里懒洋洋的节奏是最惬意的享受。潮州来的年轻人，像只破茧的蚕蛹，努力地从被窝里钻出来，伸了伸懒腰，起床的第一件事不是洗刷而是打电话，打给马尾辫女孩。

马尾辫女孩告诉潮州来的年轻人说他父亲突然不舒服，不能陪他游逛了。三天后，也就是潮州来的年轻人要离开泉州的前天，他打电话给她，电话的那一头不说话，隐约还有啜泣的声音，年轻人开始有点紧张，握着电话，不断地说着："喂喂喂……"原本有着狡黠笑容的马尾辫女孩，好像有点不太对劲。

"发生什么事了？"潮州来的年轻人关切地问。

紧握着电话，潮州来的年轻人开始有些不安和担忧，原来情绪是可以通过电话线传递。大概五分钟后，那边终于出声。

"我没什么事，你知道的，女孩子快乐悲伤就是一纸之隔，完全莫名其妙的。"马尾辫女孩说。

"我知道你明天要回潮州，我只是希望你能回答我几个问题。"马尾辫女孩继续说。

"你相不相信缘分？"

"相信！"潮州来的年轻人回答。

"你相信我在布政衙说的那个故事吗?"

"相信!"年轻人回答得很干脆。

"那是我胡编的,骗你的。"马尾辫女孩笑了下,不过这个笑有些沉重,潮州来的年轻人,可以清晰地感受得到。

"只要相信,这故事就是真的。"年轻人说。

"如果你有喜欢的女孩,会像那个民国士兵吗?"马尾辫女孩说。

"不能!"

"为什么?"这个语气有些紧张。

"我会三媒六聘,明媒正娶。"潮州来的年轻人说。

电话的那一头口气有了些放松:"你有喜欢的女孩吗?"

"有!"潮州的年轻人回答很坚决。

"可以现在和她结发终身吗?"马尾辫女孩声音突然薄如蝉翼。

"恐怕不行,得等个一两年,我定不负她。"潮州来的年轻人依然坚决。

电话突然陷入沉寂,潮州来的年轻人既惊诧又忐忑。

"明天几点的飞机?"马尾辫女孩问,然后又改口,"问这个又没用,我又无法去送你。"

"为什么?到底发生什么事了?"

马尾辫女孩并没有回答,她只是让潮州来的年轻人放心,并祝福他路上顺利。

隔天,潮州来的年轻人按原计划回家到单位,并和他父亲谈了点事情。那天晚上,年轻人向他父亲表态,他找到一个自己很喜欢的女孩子,现在想娶了她。父亲是个明白人,他拒绝了"现在结婚",因为年轻人的母亲过世还不到两年,按照地习俗,必须满两年忌才能办喜事。年轻人又找到了族里的叔公说情。最后,年轻人在他母亲的灵前,焚了香诉说了心事,信了三次签,都得到了母亲的应允。父亲和家族的人终于允许他母亲去世不满两年里娶妻生子,毕竟规矩是用来破的,在天之灵是用来宽慰的。潮州来的年轻人雀跃之心写在脸上。

回泉州,他早已迫不及待。一周后,他向单位请假飞回了泉州,刚下飞机,他立马打了辆车直接前往胭脂巷。胭脂巷小吃店并没有营业,而是张灯结彩,一片喜庆,店门两头挂着两个大红宫灯,三姑六婆、四叔五公进进出出……年轻人并没有顾及这些,迅速地上了二楼,房间挤满了人,他从人群缝里看到……看到让他感觉到悲伤的一幕:那个拉二胡的大爷形同枯槁地躺在床上,马尾辫女孩不再有马尾辫了,头发盘起,别了个金凤凰,身穿大红色传统汉服，修身得体，胸前几条粗线条项链，五指手腕挂满了金手镯金戒指。淡妆轻抹，嘴唇殷红，俨然一副新娘模样。她故作笑意，泪水却背道而驰，淋漓而下。旁边一个着红装的大妈也在别人的搀扶下哭得不能自已，不时用微弱沙哑的声音说着：还好好的，还好好的……大妈的旁边是一个西装笔挺、长得很帅气的男孩，手捧一束鲜花和一个玩偶。答案很明显。马尾辫女孩将是他的女人。

　　旁边一个体态臃肿的妇人擦拭着眼泪说着："小秋，今天是你大喜的日子，该高兴才对，你父亲在看着的，他一定很满足很欣慰，不会有遗憾了。"旁边几个长辈也都在夸奖着马尾辫女孩的懂事、孝顺。毕竟，百善孝为先。

　　他一脸木讷，自己深深吸了口气摇了摇头。这一晃，地动山摇，属于马尾辫女孩和潮州来的男孩幸福的天塌陷了。

　　这一幕对潮州来的年轻人说就是个晴天霹雳。他终于明白。

潮州来的年轻人在泉州多待了两天，这两天他跑了趟五店市的布政衙，他希望马尾辫女孩讲的那个爱情故事，或者那对恩爱的夫妻能给他们力量，给他们携手离开的勇气。然而，他失望了，并没有得到这种可以诀别和义无反顾的勇气和力量。

　　就在潮州来的年轻人出发南海的前一天，马尾辫女孩的父亲出殡了。在长长的送葬队伍中，有一民乐队，琵琶、二胡、竖笛、快板……曲子惆怅而哀伤，潮州来的年轻人拉着二胡跟在民乐队的最后面，他娴熟地抖动抽拉着二胡，只想拉给阿水伯听。马尾辫女孩则走在最前面，脱下红装披白纱，拉着绳子，早已没有眼泪。她已经没有了马尾辫。

隔天，潮州来的男孩离开泉州飞到了舟山，就在珞珈山上。

　　他写道：法雨寺焚三炷清香，普济寺诵一堂佛经，据说，佛便在心中，依然入定的老僧将你几行心事，写成偈语，放下才能勘破。于是，凡尘俗事，是非牵绊，不过是寺门外青石板岁月和脚印磨蚀的羁绊，万丈红尘，皆是莲花指下一缕尘埃。伽蓝古寺或许有段凄美的爱情，晨钟暮鼓，等待与错过也是圆满。有感即通，千江水有千江月；无机不破，万里无云万里天。

　　他将这些文字编成短信发给了马尾辫女孩，马尾辫女孩并没有回复。

"一个下午，年轻人拉着马尾辫女孩，来到胭脂巷咸饭小吃店老板常拉二胡的地方。见状便坐在靠近石椅旁听老人唱起了《陈三五娘》，一曲唱完，马尾辫女孩说，此情此景，必须一见钟情，爸爸，我想去趟潮州。那天下午，燕尾红砖、斜阳古厝、木门厚重、门环铜绿……"

　　梦醒后,潮州来的年轻人,抹了抹不小心溢出眼角的泪,搭上飞往潮州的航班!

病　人

　　才爬到第三层楼，他脆弱的小腿已经开始发软，扶着墙，猫着腰，吞吐着气流，呼吸变得急促。他开始埋怨自己的身体和厌恶自己的年龄，他才三十二岁，如果混娱乐圈，还是一个偶像的年纪，甚至还可以称得上是小鲜肉。再说，他也不胖，一米七五的身高，七十公斤的体重，标准得像是刻度量出来的。唯一不协调的是，他大部分脂肪全都堆积在腹部那里，手小腿瘦，隆起的肚子，正面看像只站着走的螃蟹。不管如何，这般年纪，这种身材都不应该是爬三层楼可以气喘吁吁的原因。他掏出手机，再次拨出他大姐的号码，还是关机状态；他再拨，还是关机。他经常向朋友同事展现他的睿智和果敢，但仅仅是言语上面的。今天他老妈突然摔倒在地，他的睿智果敢全都使不上力，他慌了，只能想到他的姐姐，还好他有三个姐姐，有三个救场的机会。当他大姐电话没接通时，他并别慌张，他打给二姐，顺利接通了，他二姐说，你先打120，她送小孩补习班再过来，然后打给三姐，刚好她休年假住在同学家里。而今天，他必须将这三个姐姐凑齐，一起渡过这个难关。

　　他暂时忘掉年纪和身材，开始埋怨他的大姐，为什么将房子买在七楼，为什么要买一处没有电梯的楼盘。有一刹那，他甚至霸道的认为，所有亲人买房时都应该考虑他爬楼梯的短板、他的气喘吁吁。大姐住七楼，最顶层，一个放在二十年前足可以睥睨整座小城的高度，如今成了最丑陋不堪的存在。他始终相信，不久的将来，这栋楼会拆迁然后落入房产商的计划，转身成一座昂贵的小区。但在计划实现之前，他现在得先爬完七楼，然后告诉他大姐，他母亲突然晕厥住院。

　　从三楼到七楼，他歇足了两回，终于成功抵达大姐的楼层。他握紧软绵绵的拳头朝着防盗门就是一阵打敲，那节奏和他的心跳一个频率，急促而热烈。先是从屋里传来一个粗暴的声音："谁啊，没看到在忙吗？"接着木板门哐当一声，开了。大姐有些意外："你怎么来了？"他啥也没说，进了屋，拿起一瓶矿泉水，就往嘴里灌。大姐也没闲工夫理会他，她有更重要的事情要做，继续坐在沙发上眼睛直勾勾地看着茶几上的几张报纸，确切地说，她是在研究报纸上的几组漫画。他凑了过来，几乎把头压在报纸上，显得更为热衷和投入，他的眼睛盯在一组叫《动物联欢》的画上：鸡、猴、狗、牛、羊围一个圈跳着踢踏舞，旁边鼠、兔、蛇、马、猪、龙，分两组，隔着一把巨型麦克风，显然是在飚歌，右上角仿佛离一万八千里的角落，一只猫正在落寞地走在。"这太明显了，晚上开的是虎。"他说得胸有成竹，大姐立马将目光转移到这幅图上，他像在分析一项化学程序分析道："乍一看十二生肖大联欢，唯独少了一只虎。但虎属猫科，猫其实就是虎，所以十二生肖是凑齐的。而猫又游离于大联欢之外，与群体格格不入，不是猫又会是哪一只。"大姐使劲锤了下桌子，目光转向他："你今年几岁，多久没来这里了。"他赶紧反应过来，朝着桌子又锤一下，果然姐弟关系一脉相承，无辜桌子承受了两记重拳。他说："我三十二岁，属虎，就大姐结婚时来过两次，八年没来过了。"大姐喜上眉梢："八年没来了，你这个虎弟弟偏偏今天过来，准是给我送钱来了。"两姐弟一拍即合，他们联手倒腾了一笔足可以一本万利的大买卖，现在只需给庄家打一个电话，就可以坐享其成，成为赢家。不过，他们下注的刹那还是勒紧了命运的咽喉，他们终于明白所有推测不过是自己的一厢情愿。最后大姐了买了一千元，范围内属虎的四个数字每个二百五十，他则买了四百元，每个数一百。然后他们脑子里立马飘过一丝悔意，万一中了呢，可是四十倍的回报啊。

在这又喜又悔的切换中，他又锤了下桌子，脸上喜悦一扫而空，他想到突然晕厥的母亲，想到爬七层楼造访大姐的目的并不是要并肩作战共同挑战六合彩，而是关于住院插着管子的老母亲。他向大姐说明了来意，大姐走了一个神，说："你说我们要不要加注？"他说："要不再加一点。"姐弟轻而易举地高度统一，各自加了四百，他们相互配合着把这桩生意的利润再提高了一回。完成了"正事"后，他们正式谈及了他母亲，他们交换着意见。大姐跑进了房间，打开保险箱密码锁，里面摆放了些现金和结婚时的首饰，她数了五千元，装进口袋，出门刹那，头一歪，好像突发灵感，又走回走，掏出那五千元，数了两千元放回去。大姐一直是个节俭的人，除了对那个穿耐克鞋读一年级的孩子，她铁腕治奢，坚决执俭，即使生病的老妈也概莫能外。

他们下了楼，他下楼时倍感轻松，肚子上的肥肉明显不会对他的速度构成阻碍，反而会有加速的作用。他的车是一辆黄色的奇瑞QQ车，车身老旧，黄漆脱落，漏出灰褐色的铁板，像个风烛残年的老人。确实，这辆车已经有十年历史了，当路面上的车不断改朝换代的时候，他的车仍然执掌着这款车型最后的门面和市场占有率，只要他的车不退休，这款车的占有率就永远不会等于零，但是，有什么用呢，这款车已经停产了。有的时候这车成为他的尴尬，但他不得不依赖他。就像今天，他将她的母亲送到了医院，又要将大姐送到医院，如果这次他母亲能及时醒来并安然无恙，这辆车便立下了大功，即使它所能提供的最快速度只有五十公里，他也会感激不尽。尽管换车的决心依然不改。

赶到医院，他和大姐费劲气力才摆脱拥挤的走廊，避开那一张张阴沉哭丧的脸,尽管大家都不希望医院生意兴隆,但它一直都在那里人满为患。这是无法克服的有限性。病房里三张病床躺着三个年过六十的老人家,有两张病床围了一圈人,像动物园的围观游客。他母亲在最左边,相对冷清,床沿坐着的是他二姐和三姐,此刻母女三人相谈甚欢,他母亲看起来并无大碍,只有一小时前晕倒摔在额头上那个红肿的包。

除了远在某个工厂看门的父亲,他们难得的团聚在一起。这几年他们没法凑齐过一次,哪怕是逢年过节,初二回娘家的日子,往往都缺兵少将,并且都有着不可逆的理由。大姐是媒人做中介嫁给本村的张木匠,经常为点鸡毛蒜皮和婆婆拌嘴,后来婆媳紧张,直至剑拔弩张,才在镇区过了套20世纪80年代老旧的教师套房,往后的日子,婆家没回,索性娘家也少回了,省得闲言碎语。二姐比较麻烦,就是长得漂亮,中学还没毕业就有一帮男同学鞍前马后,课桌上经常堆放着泾渭分明的甜食,奶茶是夏建的,巧克力是吴池的,甜枣是刘芒的……就在二姐蛀了第三颗牙的那年夏天,二姐决定不参加中考,返回社会接受锻炼,在一家私企当仓管。有一天,他说:"二姐你胖了。"二姐说:"不,你要当舅舅了。"那年二姐二十岁,姐夫三十岁,也是个仓管,长得肥头大耳,一个少女就这样被拱了。父母从此不允许二姐踏入家门半步。三姐更麻烦,只比他大三个月,是个公务员,单位是在离家百里的山区城市,一年到头回不了几天家,不过她也懒得回家,理由很简单,父母希望她成为儿媳妇。没错,他是抱养的,三姐才是亲生的。他小学毕业无所事事到成年,后来换了十来份工作,整个人生朝着好逸恶劳的方向发展下去,养儿如此,父母当然紧张。三姐秀外慧中又有一份稳定的工作,本着肥水不流外人田的思想,父母死扛硬拱都要促成这对姐弟的婚事。三姐则用这数百里的距离和三十二岁依旧单身进行自卫反击。

CT、量血压、测血糖、测心电图、抽血、化验、点滴,开始履行住院的各种烦琐检查,一番折腾后,他母亲并没有显露疲态,反而像打了鸡血般兴奋。背靠病床,胸前铺开一张报纸,枯瘦的手指指着天线宝宝的漫画上下挪动,念念有词:"前天绿波,按规律今天红波,咋今天看起来还是一片绿油油像庄稼一样呢?"大姐、二姐分坐两旁,左膀右臂,时而竖眉时而凝眸,步调一致,这是他们家少有的和谐统一,像极了作战前线的指挥部,司令员端着地图运筹帷幄决战千里。他排了几列队终于把出院手续办完,走进了病房,手搭在三姐的肩膀上喘着粗气。随即加入了"作战指挥部",他们在图谋一场足可以一劳永逸的战役。

三姐提着热水瓶走出房门,心情并美丽,就在刚才,母亲旧事重提,要求她得嫁给弟弟，完成从女儿到媳妇的转身。她一如既往做了反抗，她反复强调："姐姐怎么可以嫁给弟弟呢？尽管没有血缘关系，但毕竟弟弟还是弟弟。"从小在姐姐们的羽翼下成长的他，从小在父母的溺爱下坚决走上一事无成道路的他。她断不可能成为他的妻子，在三姐眼里，她的弟弟就是一个巨婴，一个除了吃喝拉撒睡其他都不能自理的废物，她是爱他，可那是一个姐姐对弟弟的爱。她突然觉得委屈，眼泪终于飚出了眼眶，三姐坐在医院走廊冰冷的座椅上，擦拭着眼睛。然而，不会有人去注意她，这是医院，在医院流泪跟在战场上流血一样司空见惯。

　　他母亲是媒妁之言嫁给了他父亲，这也没什么，在当时不过是完成了一项循规蹈矩的程序而已，然后持家农耕生子，这是农村妇女千篇一律的生活内容。他父亲是一个杂工，怎么定义这个"杂"呢？好像什么都会，又好像什么都不会，提泥挑水，看门守仓，卸货搭台，买进卖出，他什么都能干上一点，但全都是些机械化的操作。也就这样，他父亲就是在这些不稳定的工作中随意切换，像张狗皮膏药，哪里需要哪里出现，赚点小钱，忠诚地定义一个勤劳杂工的形象。他母亲就不一样，除了刚过门必要性的几天羞涩外，她迅速地上位成了一家之主。她勒令父亲的收入必须归她统筹管理，她负责农田种植、生活起居、吃穿用度、人情往来等等，而他父亲只要负责打好自己的工，多积攒点钱，当然作为一个男人，对外交流也是他的工作（但母亲才是实际决策者）。这是一个农家版的高宗和武后的故事。

　　后来，母亲借了点钱，他们开起了小超市。在当时，小超市是农村的稀罕物，人们发现必须绕好几圈才能买完的东西，在这里吹灰之力就能完成。往后的发展可以预想，这个小超市像座巨型坦克轻易地碾灭了那些抱残守缺的杂货小店。他们成为第一个吃螃蟹的人，经济渐渐好转，生活变得宽裕。后来，他们第一个孩子出世了，是个女孩，这是他们结婚两年的一个低谷。在传宗接代的这场战役中，他们首战告负。不过他们很快地重拾信心，并把打算用在男孩身上的名字，送给了大姐，叫王富裕。两年后，母亲闻到了商机，购置了三台游戏机，成功对接了小年轻的兴趣爱好，生意更上层楼。就在这时，母亲生了第二个孩子，还是女孩，再次告负。他们去寻求卦师的帮助。最后二姐，叫王招弟。

　　在父母的引领下，村里超市、游戏机厅陆续开张，齐刷刷地分走了他们很多客源，一家独大的局面就此被打破。他们创业开始是跪着赚钱，后来是站着赚钱，近两年则是躺着把钱赚了。现在不一样了，他们得重新站起来赚钱，但想要一个男孩的决心，母亲必须经常躺着，让那子嗣符庇佑着，早日添得一个男丁。在这站和躺之间，母亲眼睛一亮，她看到了那些经常在店里热火朝天研究六合彩的大叔大妈们，她得做他们的庄家，又是可以躺着挣钱的行当，从此之后，母亲便荒芜了庄稼，当起了庄家。不到一年，他母亲开始做头发，穿金戴银，领着全家出入海鲜酒楼，生活好不滋润。在他们店里一张张哭丧着脸的背后是他母亲志得意满的笑容，她成功地将这些大叔、大妈的血汗钱牢牢地控制住。

  他们第三个孩子，千呼万唤始出来，依然是个女孩。他父亲操起家伙找不到卦师，便砸了小庙，然后自己也被人给砸了，后来他们赔了些钱，一来一往一笔勾销。三个月后，在六合彩朋友的介绍下，他们花了两万元抱养了一个男孩，从此往后，他们不再有了传宗接代的压力。办理户口时，老三叫王留配，他叫王接代。两夫妇的计谋与盘算昭然若揭。

  王接代虽然是抱养的，但比亲生的更加滋润和受宠，自嗷嗷待哺的那天起，他就被腌渍在蜜糖罐里，搁进了所有家庭成员的掌心，像一只宠物被小心地呵豢养。他吃好、穿好、用好，家里所有的人轮流伺候，他哪天哭了，家里便一片阴霾，兵荒马乱。他的专用橱柜上有各式各样的玩具和补品，强身健脑、促进消化、增强吸收、加钙补锌，父母亲朝着太空人的目标培养和塑造。有一次，大姐、二姐嘴馋，一个把风，一个"行窃"，吃光了小弟一盒补品，被母亲罚扫了一个月的地板，这使她们一度怀疑，他才是亲生的。八岁那年，他母亲眉头不皱一下交了三万块，在镇上最好的小学预定了一个学位，跨过了名校门槛，他迈出了成才的第一步，然而这一步是他人生中离读书成才最近的一步。

  他一年级时天天尿裤子，吃饭总要老师喂；二年级进步了一点，裤子两天尿湿一次，吃饭只吃肉，水壶只装饮料；三年级进步更大一些，不尿裤子了，坚决要和女同学用同一个厕所，不从就死皮耐脸地趴地上，十头牛都拉不回。校长慈悲，他说："小朋友以后就到校长办公室小便吧！"他立马从地上站起，高兴地跑回班级。下课他立马执行校长的口令，将一泡冗长的尿洒在校长室的茶几上。不到两天，他被转回了本村小学，和三姐坐同一桌，从此，他三姐必须做两份作业，少吃一份肉多一份菜。拜他所赐，三姐以年段第一的成绩考入了镇重点中学，并一发不可收拾直奔市重点和"985"。他却艰难地拿了一张小学毕业证书，这是他的最高学历，他以为靠这张证书就可以轻易地在这个社会立足。

  在父母的张罗下，他去了家服装公司当会计，却发现他只能在五位数的数字里面混，多一位数都能把手指头掰断了。后来去当仓库管理员，他看到管理两个字很是兴奋，终于有个匹配他的职位了，直到他在出货单上写：条轮（涤纶)、沙难 ku(沙滩裤)、负债(付债),老板崩溃了,直接炒了他鱿鱼。再后来,他被一个发小带到深圳干大事业。他说:"我们不是去上海吗?"发小说:"为什么去上海?"他说:"上海有上海滩。"发小说:"深圳有深圳湾。"他说:"要不要带黑大衣、礼帽、围巾之类的?"发小说:"不用,深圳比较热。"他这一去,两年,据说是被发小拉去发展下线,他莫名地陷入了传销组织。母亲用两万将他赎了回来。他回家后跟着母亲混六合彩,成了六合彩的少东家。

  家里终于也出事了。他母亲六合彩越做越大,从一开始封顶五百、两千,到现在不封顶,头顶着别墅,脚踏着 A6,家中尽是名牌电器家具,他用六合彩赢得了一个丰裕的身家,但胆子越养越肥,"事业"越做越大。那天六合彩日,也是他主事的第一个晚上,隔壁落魄企业家老刘,塞给了他十万,他说:"买二十三岁牛,独字。"他脸色发青,咽了下口水,问了一句:"确定?"老刘说:"拼了!"他说:"别玩这么大吧!"老刘说:"收吗?不是我换地方了。"周围的人看到了老刘,像看到了生活的曙光,发财致富的机会。二十、五十、三百、两千纷纷跟上老刘赌一把大的,二十三岁牛,一下累积到了十七万。久经六合彩考验的母亲,也有点抖了,这是她有生以来最大阵仗,他开始慌了,原本一餐可以塞两碗饭的母亲,只喝了一杯水。决定性的八比二十,步步紧逼,很多人都在关注,这个点过后,将会有很多人的命运被改写。开启的刹那,他跑进去躲在棉被里,尾随的是山呼海啸般的响声,他像堆烂泥泄在床上,浑身一丝力气也没有。山呼海啸过后,是他母亲和大姐、二姐撕心裂肺的哭声,那天晚上,他们输掉了六百八十万现金。大姐的嫁妆、二姐的积蓄,也都在那天晚上灰飞烟灭。六合彩得来的一切,用相同的方式失去了。

  时间过去两个月,渐渐荒芜的小超市死灰复燃,生活继续,他和他母亲以及姐姐们,依然在研究六合彩,只不过是变成了散户的身份。一天晚上,他母亲将三姐拉来了床边,她说:"父母对你怎么样?"三姐说:"爸妈对我很好。"母亲说:"那是,全家就数你最有出息,公务员。"三姐说:"妈,没事,我们以后生活会好的。"母亲说:"以后整个家得靠你了,你看看你弟,从小到大净长肉,不长本领。你大姐,结婚后,一年没进过几次门,老二就更来气了。"三姐说:"弟老玩这六合彩也不是办法,得给他找个工作。"母亲说:"找工作不打紧,得开始找个对象了。"三姐说:"也是,有个人管心也定一些。"母亲说:"是啊,他就是缺乏管教,从小溺爱惯了。"三姐说:"没什么事,我先睡觉了,明天一大早得回单位。"母亲说:"有事,大事。"三姐再次靠了过来。母亲说:"我和你爸是这样打算的,你和你弟呢,就一起过吧,反正这事放在我们那个年代也很正常,又不是亲姐弟。"三姐哭着说:"妈,这是肥水不流外人田吗？"

从此三姐便很少回家了。

二姐从小卖部那里拿来份报纸，是印有《动物联欢》的那份。一家子又在漫画上做起了逻辑推理和天马行空的想象，母亲指着漫画让周遭的儿女们说说想法，奇怪的是他和他大姐居然默契地闭口不言，他们曾经就这幅图做一项伟大的推想和猜测，对于晚上的结果几乎十拿九稳，但此刻却像许愿一样，仿佛说了就不灵验了，即使面对亲人也不敢赌一把。

母亲开口了，这位没上过学的农村妇女凭着多年的经验，她认定晚上开的是鼠，她说："角落的猫在觅食，而大联欢队伍里只有老鼠是不安和恐惧的表情，猫吃老鼠，不是猫就是鼠，十二生肖没有猫，就只能是鼠。"如此粗暴牵强的推理，竟让大姐心底凉了几分，因为她觉得有道理。母亲在六合彩的风浪里浮沉至今，凭的就是这些牵强、粗暴、直接的毫无科学依据和逻辑关系的解释。母亲在这只老鼠上豪赌了三千元，这是晚年最大的一次押注。她用枯槁的手摸摸了三十二岁的王接代，他们本来可以毫无任何瓜葛，但现在他成了她的儿子，承载了他们家传宗接代的重责大任，她用错误的方式系统地废掉了这个身体肥硕的年轻人。命运女神这次眷顾了这位老人，她中了三千元，确切地说是十二万，她再次握有和全世界叫板的筹码，她可以借机东山再起，住别墅，买A6。但她什么都不想，她只想把这笔钱给了她儿子。

大姐回家时有些感伤，二姐有些失落，天知道他们心情不好的原因是因为母亲住院了，还是六合彩没中奖。三姐当天晚上就赶回单位了，心情显然也不是很好。他皱着眉坐在床沿低头玩着手机，护士刚为他母亲换了瓶点滴，他母亲问："有心事吗？"他说："没有，那怎么忧着张脸？不要担心我了，我没事的，医生都说了。"他说："不是，就是……"他没说完。片刻，他摁掉手机，说："晚上得出去下。"母亲说："什么事？"他说："几个好兄弟约坐下，打算一起做个生意。"他母亲："真的假的？"他说："真的。"然后将微信递给她看。他母亲说："那好事，不过要放聪明一点，'合'字难写。"他显得兴高采烈，他给他母亲买了稀饭和咸菜，交代了几句，诸如，需要打电话，有事按护士铃，吃饭别烫着之类的话，一如母亲当时的对白。

那天晚上，他们哥几个聚集在海鲜楼，点了一桌高档菜，为一个生死之交的朋友践行，这群赚的钱加起来还不如一个清洁工收入的酒囊饭袋，推杯换盏，口气滔天。A说，他姐夫要介绍他进证券公司，嫌工资低。B说，昨晚跟副市长吃饭，还让司机送回家。C说，他近期的股票又涨停了，小赚了一把。

他显得逊色，不过场面上还是得撑着，他说就在刚才，他中了十二万的彩票，运气来了都挡不住。朋友听了，立马反映到，晚上这餐王接代请了，不就剔个牙的时间就赚了那么多钱。在座跟着起哄，他拍拍胸脯说道："那当然，都算我的。"这一餐，花掉了两千八百元，他有些心疼，不过他为有这些挚友而高兴。几个人雇了辆车，到了镇上最好的KTV，继续消费，经理和花枝招展的小姐迎了上来，年轻还有酒精配合得天衣无缝，一个个凯子的形象崭新呈现。这场消费是有个朋友要买的单，谁抢跟谁急。他就放心地喝，专心和小姐划拳行令，打情骂俏、耳鬓厮磨，等他缓了过来，他的眼前只剩下杯盘狼藉和四个浓妆艳抹的小姐。

　　小姐们青面獠牙，面目可憎，就在刚才，个个还是风情万种，她们还在讲述如何从一个山区女孩因生活所迫堕入风尘的故事，还在讲她们只陪喝不陪睡的高风亮节。现在她们想要钱，然后奔向下一群兽类饥渴的怀抱里。他瞬间觉得无助，脑袋突然灵光，只要她们其中一个人喊喊非礼之类的词，他就百口莫辩，在劫难逃。在一番讨价还价后，他每人给了四百，然后总台结账，快速地逃离现场，这一晚，他又花了近三千元。回到医院，眯着眼的母亲立马被他的酒气呛醒，激动地说："说你多少次啊，你还喝酒。"他说："谈个生意能不应酬几杯吗？"母亲说："那怎么还有香水味？"他直言不讳："在KTV谈，他们叫了几个小姐，不过我才不会花这冤枉钱了。"母亲说："那谈得怎么样了？"他说："还行，有进展。"他母亲便舒展了眉，说道："要懂事了，我跟你爸都老了。"他回到过道，把干瘪的钱包翻开，只剩下三百块。他把姐姐给的救命钱，用来继续养肥他的肚子还有那些狐朋狗党的兴趣。

　　隔天，他刚从昨晚那场骗局中苏醒过来，身上还披着件大衣，美丽的护士小姐已经站在身旁，他问："是你帮我盖的衣服？"护士小姐说："应该是你妈妈。"他有点失落，电视里的桥段没有实现。护士小姐将他招呼到门口，她将检查结果递给了他，医生迎了过来说："十九床的是吗？"他往母亲的位置瞄了一下，确定。医生说："肺部有大部分阴影，扩散了。"他问："什么阴影扩散了？解几何图吗？"美丽的护士说："癌，晚期。"他说："昨天她还在赌六合彩，精神比你们都好。"医生拍了他的肩膀，让他做好后面的打算。他瞬间被抽光了元气，母亲是他最大的靠山，他遇到很多问题，温饱、衣着、没工作、没钱、被骗……他都能在母亲这里轻易找到答案，获得安慰。包括去年那场失恋，媒人介绍了个当会计的女孩，长得眉清目秀，娇小玲珑，言行举止又很得体。他们交换了电话和微信，而后很长一段日子，他的主要工作就是发微信打电话。"你好，在吗？""晚上有空吗？""如果有空，能不能请你，喝点东西？"

"昨天太忙了，没办法得赚钱。""抱歉今天这么晚才给你发信息。""等会有空吗，出来坐一坐？"整个窗口的聊天记录，都是他一个人自说自话，有时他已经啰嗦了一个小说的长度，才见到女孩的回复：哦。他跑去问母亲，这个女孩不理他。母亲打电话给媒人，媒人联系女孩家长，那天晚上，女孩终于回复他超过一个字的回："我们不合适，再见。"他哭了，他没觉得哪里配不上人家，他跟母亲说，他必须娶人家，否则他不想活了。他开始变得沉默，厌食，除了六合彩日还能合格的履行一个赌徒的本职，他不跟任何人交流。母亲打电话给三姐，劈头盖脸地臭骂一通："你弟到底哪里不好，不就是胖了点？他收六合彩不很好吗？赚得不比你多吗？我养你读大学是来和我作对的吗？这事就我说了算，由不得你。"母亲接连用上几个反问句让三姐措手不及，然后强硬地下了结论。母亲告诉他，她帮他找了个大学生，有正式工作的，长得漂亮，他才恢复了元气，继续执行吊儿郎当的本性。

　　他擦掉渗出来的眼泪，逐个打给姐姐。大姐说，她正在按揭一套新房，日子过得更紧了。二姐说，前年做了个赔本生意，现在还在还债。只有三姐，她用微信给他转了两万。他们做了个决定，让父亲辞职回家照料母亲，生活费用由姐姐、姐夫们承担。他花了十万换了辆车，彻底将QQ车淘汰出局，他觉得人靠衣装，佛靠金装，他用母亲六合彩赢来的钱换了这辆车，宣布进军商界。他终于意识到了他是这个家的男子汉，他要像一个正义侠客甩开臂膀，勇敢支撑起整个家。某个晚上，他又醉得一堆烂泥，车上是一名裙子穿得很短，涂着浓妆的女孩。从那天起，大姐、二姐终于找到了个理由，兴奋地把生活费终止了，只有三姐依然源源不断地供养着他们，像一条还没堵塞和硬化的血管。

　　后来，他终于做起了生意，和朋友开起了一家餐馆，他的身份是一名股东，他的时间安排得合理而紧凑，每周一、三、五的时间混迹在餐馆，在各种纸质材料上签下名字，每周二、四、六则专心在家里研究六合彩，运筹帷幄。他找到当老板的感觉，他终于可以字正腔圆地说很忙了。终于有天，他看准了一个字，他梦到了之前相亲的那个眉清目秀的女孩，她跟他一样都是三十二岁属虎，他母亲带他问过签支，梦是种暗示，命里上讲究互补互通，失去一场恋爱会换来钱财的弥补。那晚六合彩他买了虎，然后输得精光，他发现，原来他妈的是场噩梦。

　　他母亲还是熬不过今年冬天，她召见了他和三姐，他三姐发出很复杂的哭声，她告诉弟弟，她有男朋友了。他们从小一起长大，在他父母的指导精神下，姐弟俩的处境几乎不能相提并论，他自己说过，姐姐们吃过最好的东西，是他吃剩下的。他万千宠爱，姐姐却像个可有可无的边缘人，紧紧勒住了读书这条命运的绳索。他突然觉得他占据他们太大便宜了，他得补偿他们，他祝福姐姐和她的男朋友。

这时母亲已经虚弱无力，但还是将三姐的手掌狠狠地握住一圈印痕来。母亲说："你不答应，妈妈就死不瞑目。"三姐只管哭，也只有哭，她不能把自己的幸福搭在一个虚无缥缈的死不瞑目上，更何况，那是弟弟，她怎么能成为弟弟的妻子。他一把将母亲的手掰开，他立马抢着说，他现在生意挺红火了，找了个女朋友，赚了钱，明年就可以结婚了，就饶了三姐吧。他往餐馆打了个电话，不到一刻钟，一个外地女孩风尘仆仆地赶来，扎了马尾，长得青春秀气。他说："妈，这是我的女朋友。"他母亲看了看，满意地点了点头，他轻易地化解了三姐的危机，也了却母亲的一桩心愿。

姐姐、姐夫、外孙们都赶来了，他们排起了队，他母亲说，得看见所有的亲人，她才走得踏实。弥留之际，神志不清的母亲最后拉着他的手说："我看到了一只纯金的兔子，向我走来，我属兔，七十二岁，晚上买七十二岁兔。"然后整个人像泄了气的皮球一样，瞬间干瘪下来，一双老手垂了下来。天下父母心，他母亲临终前还留给孩子一道秘籍，如果赌资够大，那么这是一道永葆他们一劳永逸，富贵终生的秘籍。这时，亲人都扑了上来，哭声震天，哀怨凄楚，当然，他们在忙着哭的同时还不忘往七十二岁兔压上了一些筹码。等到这些筹码被兑现时，他们会破涕为笑，大姐则在心底默默地祈祷，母亲如在天有灵，一定要保佑子孙活得好住得好。

就在他母亲去世后的半年，他的餐馆因无证经营被勒令关闭，股东均作鸟兽散，他一分钱没拿到。不久，他接到银行的电话，他担保的一笔款项，借方已经偿还不起，跑路了。他并不怕，因为他有三个选项可以选择，他按年纪逐个打了下来，大姐电话没接，二姐开家长会，他开始慌了。最后打给了远在山区县城工作的三姐，接通了，印象中三姐从没有没接过他的电话，他说："三姐，钱又不是我借的，关担保什么事啊，你能帮我一下吗？"

炸油条的

出发前，阿铁轻微地推开房门，蹑手蹑脚地走到一张锈迹斑斑的铁床前。小山正在熟睡，躺成"大"字形，张着嘴巴打着呼噜。阿铁将煮好的两个鸡蛋搁在旁边桌上，顺便整理了下桌上凌乱的作业纸，然后带上门，轻轻走出去。阿铁走出出租房，看看手机，四点半，周围灰蒙蒙，只有稀稀落落的几个声响。他朝车上看了一眼，泡沫箱、零钱罐、两张小凳子、两双下半截灰黑的巨大筷子，还有一个掉漆的保温瓶。他将倒骑驴推出一段距离，确定不会吵醒儿子，才跨上去，脚用力一蹬，发出"突——突——"响声，沿着颠簸的小道驶向不远处的水泥路。阿铁的每天几乎都是从这个点开始。

一年前，他的脚掌被滚烫的油泼到，长一个巨大透明的泡，阿铁说，他眼睁睁地看着这个泡越长越大，像吹气球一样，后来发炎溃烂，挖掉点肉，住几天院，才慢慢痊愈。但蹬车老是使不上劲，就花上几百元在倒骑驴上装个动力，完成人力车向机动车的质变。

阿铁会在三公里外的镇区市场下车，他在那里租下一个简陋的店面，只有几平方米，不过对炸油条的行当来说，这个面积够用了。阿铁是个炸油条的老师傅，他炸的油条清酥香脆，不油不腻，火候恰到好处，金黄饱满的，卖相特别好，十几年来，已经成为当地小镇一个颇有名气的小吃品牌，还经常出现在政府文宣手册上。镇区一带的早餐店都找阿铁拿油条，他们提着篮子，篮底铺着纸，排成队伍，耐心等着。阿铁将一条皮光滑润的面团麻利地切成十厘米左右的小段，两个小段叠一起，用筷子一压，双手拿起来拉长至二十来厘米长，然后晃着身子抖着手，将细长的面团慢慢地放进油锅里，面团浮在上面，油锅"扑哧扑哧"地响着，阿铁用巨大的筷子不断翻着面团，面条汲着油逐渐膨胀，颜色变得金黄，散发着香气，一会儿工夫，可口的油条诞生了。站在一旁的巧云便用双大筷子把油条夹到前面网状铁篮子里过油，凑够一定数量，就会一批批地被人买走，二维码小喇叭此起彼伏地喊着，收款三十元、二十元、五元……阿铁脸上挂着笑容，脖子挂条毛巾，一边炸着油条，一边猛擦着汗，一遍一编重复着动作，黝黑的手臂、脸颊像淌油一样，发光发亮。他嘴里唠叨着："老板们，慢慢来哟，人人都有，想要多少有多少哟……"巧云会时不时递给他条毛巾，将旧的毛巾换走。早餐时间一过，顾客少了，他们会坐在凳子上，一手拿着油条，一手端着豆浆，也不说话，吃得很专注。吃完早餐，巧云径直走向对面的菜摊，又继续卖起菜。阿铁没有起身，倚靠着脱落的白灰墙，从口袋里掏出包烟，吞云吐雾一番，门口外的菜市场依然热闹，提着菜篮子的妇女，走得很勤快，问得很谨慎，往往大半个小时过去了，篮子里也就一条鱼，不过，这就是他们的生活和工作。抽完烟，阿铁将剩下的油条放塑料袋，走到巧云摊前，递给她，然后转身闪进一条小巷，在小巷尽头一处虚掩的铁门侧身抹了进去。

约莫两个小时，阿铁嘴里叼着烟，从巷口走出来，阳光利箭般直射下来，阿铁觉得灼热刺眼，埋着头，微眯着眼睛，走到店门口，他先看看巧云的摊位，巧云正对着他笑，他将香烟取下来，扬起嘴巴也向她笑了笑。然后走进店里，将工具收拾完，装上车，关上门。临走前，他走向巧云，从兜里掏出一个鼓鼓的小塑料袋，有铜板碰撞的声音，递给巧云说，这个月的，你数数。杂货铺的老徐看到了，他冲着阿铁说："都这么多年了，还在磨蹭什么，这样下去也没个准数。"阿铁没说话，跨上倒骑驴走了。

镇郊旧城建小区一户人家要搬家，问很多人，终于问到阿铁，他们都说，菜市场那个炸油条的勤快能干、手脚利索、价钱又公道，关键是他什么都能干，炸油条不说，能砌墙、修电、搬运送货、搞水管，生活里能碰到的问题，在他眼里都不是事。那天，阿铁找人借辆手扶拖拉机，叫一个老乡当帮手，又是敲又是拆又是修，一波波的家具从五楼扛到一楼，装上车，往外送到一个临海的崭新小区，来到小区，骄傲的保安拒绝拖拉机进门，给出的理由是，这是一个高档小区。阿铁没有二话，将车上的家具一件件地搬进小区电梯，往返多趟，汗水顺着黝黑的脸颊和结实起伏的肱二头肌一趟趟地流着。爬上二十楼，再按主人的意思，摆放直到满意为主。

"两个人嘛，就给个五百，我借这拖拉机还要给人家五十。"阿铁一边仰着头灌水一边说道。

"可以这少一点吗？他们都说你价钱很公道。"女主人说。

"这不是公道的问题都，我基本做义工了，满满当当一大屋子，累死累活，就收五百元，不能再少了。"阿铁依旧在灌水。

"这样，就四百吧，这两瓶矿泉水拿去喝！"女主人又说。

"这怎么说话的，两瓶水算一百！"铁终于不再灌水，笑着说。

"就四百啦，薄利才能多消，以后我多去找你买油条就是。"女主人说。

阿铁有些泄气，他眼睛从女主人转向巨大的落地窗，窗外男主人正从一辆价值不菲的小轿车下来，男主人短头发，身穿绿色衬衣，黑色西裤，步伐跨得很大，手里晃荡着车钥匙。这是一个体面的男人，如果跟一个小工讲价钱，应该是件十分不体面的事。阿铁觉得胜券在握，脸上又浮起笑容。他对女主人说："真不行，讨份饭吃，不容易。"

这次女主人并没有答话，敲着高跟鞋，走到厨房整理碗筷，阿铁从兜里掏出烟，摆弄两下又放回去。这时，男主人推开门，看到刚从水里捞出来的阿铁，笑盈盈地说，你辛苦了。阿铁说："这不，也就五百元的事，您媳妇正跟我讲着价。"

男主人说："五百元确实有点多，算少点，多交一个朋友。"

阿铁倒吸口冷气，说："老板，这不能吧！"

男主人伸出一双白皙的手正要搭在阿铁肩上，又突然收缩回去，像一只揩油未遂的咸猪手。阿铁突然想起小山还生着病，也就没计较了，拿着四百元，匆匆忙忙下楼。

阿铁提着两份快餐回出租房，已经是下午两点多，小山正在睡午觉，旁边桌子上放一堆字迹工整但摆放凌乱的作业本，一撮碎鸡蛋壳和一个没吃完的鸡蛋，垃圾桶里有一堆呕吐物，散发着腥臭。阿铁用手揩下小山的额头，又摸摸脸颊，体温稳定。家里很快整理完，阿铁躺在客厅旧沙发睡着了，直到小山摇醒他，阿铁便把两盒快餐倒在炒锅里加热，算是午餐。小山吃了大半碗，直呼难受，跑去厕所蹲着，阿铁也只是对付几口，并没有吃完。他站在厕所门外朝着小山喊：

"要不，咱们再去诊所看看？"

"晚上看看再说，还有一包药，吃完再说。"小山说。

"中午你没吃药吗？"

"中午不用，早晚各一次。"

"怎么样，现在感觉舒服些吗？"

"舒服多了，我等会做作业。老爸，你要啥事就做去吧，我没事。"

"那好，老爸去拉会客，有什么事打给我。"

"好咧！"

阿铁又走了回来，朝着厕所喊道："如果好受的话，作业不要落下，有出息，别人才不会笑我们！"

"知道啦！"

阿铁每天炸完油条，有人召唤就去做点散工，没有的话，就骑着辆摩托车，在圆盘车站等着拉客，由于在油条界炸出名气，因此认识的人多，活也不会少。每次公交车一到站，阿铁都会先拉到客，有些女客人还甚至抢在一起，阿铁只能将两个人都驮上去，最后只算一个人的钱，让两人各出一半。客人都认为，阿铁人老实，给的价钱公道，是张熟脸，搭个摩托车走街串巷，天昏地暗的，都想图个安全。同伴总会打趣他："那么多女孩子，脸蛋白，胸脯高的，没想到把她们载到床上去啊？"

阿铁总会大方的回复："想是想，有色心没色胆，办不成事的。"

同伴说："扯吧，是怕巧云知道吧。"

还有人会说："这几年也存不少了，该给巧云一个名分，这才是正经事。"

阿铁总会说："别听人胡扯，也就一个帮手，哪有什么？"

巧云今年三十六岁，比阿铁小七岁，四川绵阳人，长得挺讨喜，样貌清新，经常扎个大马尾，走起路来，左右摇摆的马尾辫真是好看。如果换套年轻点的衣服，说她二十出头也有人相信。美中不足的是，巧云是个哑巴，三年前来到这里，就已经是哑巴，那时候她刚做起生意，摆上菜摊，经常把身份证挂在胸前，以证明她不是一个来历不明的人，等都熟络之后，她才把身份证收起来，用惯有的热忱和笑容支撑起这个菜摊。初来乍到，每次看到阿铁整得手忙脚乱，顾此失彼，她都会过去帮忙，久而久之就成了阿铁的帮手。阿铁每半个月都会给他一包零钱，也就一两百元。起先巧云是不收的，她使劲地在阿铁面前晃着手摇着头，左右摇摆，一脸无辜和惶恐，像是个被屈打成招的女孩。阿铁便把钱扔在地上，然后头也不回地离开。无奈之下，巧云会捡起来，隔天再还给阿铁，阿铁会再次将钱扔向巧云菜摊前，一来二去，巧云也就接受了。来镇上的这几年，巧云卖菜维生，还兼职做阿铁的帮手，也经常看到她在菜市场上乐于助人的身影，哪家摊铺没人，她都会去帮衬；顾客买多了，她会给送去几个袋子，街上垃圾，她都会主动去打扫清理；别人家丢东西，她会跟着满市场找……这是巧云留给这个小镇的所有信息和印象。

巧云来小镇的第二年，镇上王媒婆，很勤快地给巧云介绍对象，跛子王二牛、离异的李阿小、穷光蛋打工培、面摊的斜眼朱……王媒婆骄傲地向巧云介绍："人是长次了点，但心地都很善良又能干，而且都是本地户口，以后结婚生孩子，可以就读本地的中心小学，这是人家得花上三五万才能进的学校。长得好看，能当饭吃吗？对不。况且，你年纪也不小又是个哑巴，刚好可以相互抵消。门当户对、条件匹配的婚姻才会长久，结婚不是你看我看你，而是居家过日子，把日子过踏实，过舒服了，才是道理。"每次王媒婆都在巧云面前边说边比画，口若悬河，手舞足蹈，巧云只能一脸羞涩，尴尬微笑，偶尔看看对面的阿铁，皱着眉，摊开手，仿佛是在求助。阿铁也能感受，有一次阿铁终于仗义出手，他说："王妈，巧云摊着手，是跟您说她有对象了。"王媒婆正找到说话的感觉，听阿铁这么一说，嘴巴像个被拧紧的水龙头，所有声音戛然而止，王媒婆悻悻地走开，嘴巴念念有词。巧云朝着阿铁点下头，表示感谢。也就是从那时候起，阿铁和巧云的绯闻就在菜市场传开。

阿铁和巧云似乎若无其事习以为常，平常见面该帮忙帮忙，该比画比画，开店做生意相互帮衬，不躲着藏着。巧云偶尔会搭上阿铁的顺路车外出办事，阿铁叼着香烟，戴着草帽，握紧车把手，巧云就在前面坐垫上坐着，时不时朝阿铁的脚背看几眼，阿铁故意把脚抬起来晃上几圈，说："喜欢看美腿吗？"说完自己哈哈大笑。有时候风很大，巧云的马尾辫扬得老高，缕缕发香，飘进阿铁的鼻子，两个人说不上话，倒也不觉得无聊。巧云办完事，返回市场，邻里邻铺的响起稀稀落落的响声，同伴都会说，小两口回来了啊！两个人挺般配的！或者说，阿铁老牛吃嫩草，这看上去怎么也不像他媳妇，倒像他女儿……

　　主打油条，又兼职打工载客，一天天下来，阿铁能赚个几百来块，一年也有几万元的收入，而且还十分稳定。在别人眼中，阿铁总有干不完的活，能把卖油条、打杂工做成公务员一样稳定的，也就阿铁一个人，十年来，也能存上一大笔。前年为了让儿子能读上优质学校，他横下一条心，在寸土寸金的县城买下一套九十平方米的学区房，而且是全额付款，成为当时小镇上轰动一时的新闻。主要内容大概是一个卖油条的外地工全额在县城买了学区房。虽然搞不清楚，卖油条是不能全额买房，还是怎么的，总之它成为那段时间的新闻。据阿铁介绍，他买房的那天，刚好从工地赶过来，衣衫不整的，还飘着刺鼻的汗味，他本来想好好看看，但房子看一套少一套，像在抢促销的白菜一样，他赶紧下手，豪言全额付款，一字不欠，售货员戴着口罩，傻眼了，连续问他三遍："先生，确定全额吗？"然后，阿铁把储蓄卡和一袋子现金放在，看呆了很多人。不过，到头来，小山终究还是没能读上县城的优质学校，只能找郊外的优质学校。入户核查时，工作人员告知阿铁，要实际入住满两年才能有录取资格。阿铁有些失望，但疯狂生长的房价让他有些许的安慰。

　　上周五，小山在学校打水时跟两个同学发生口角，一来一往，就动起手来，小山双拳难敌四手，小腹部被连续被同学踢了几下，趴在地上打滚，痛苦不堪。当时的情况是这样的，小山在接水，两个比他大一个头的同学跟在后面用本地方言取笑小山，甲同学说："你看看，浑身长毛，像只猴子。"乙同学说："可不是，就算衣服脱光，应该什么都没看见。"甲同学说："那上厕所一定要找很久，难怪经常迟到……"说完两同学捧着腹笑得前俯后仰。小山转头，大骂一声："我草你妈？"话刚落，甲同学一拳抢向小山，三个人扭打在一起，也就一分来钟，小山捂着肚子躺在地上哭爹喊娘，他跟甲同学缠斗，乙同学趁机在他腹部处踢了几下。小山被学校送到诊所，三方家长也都被校方叫进来。阿铁扔下油条摊，开着倒骑驴回家换了辆摩托车，火急火燎地赶去一所叫英才二中的学校。在办公室里，小山坐着靠在椅背上，面无表情，嘴唇发白，桌上是一袋子药物，两位家长不时地抖落在手腕上的表，看看时间，有些不耐烦，一个家长说："小孩吵架也是常有的事，就别分谁对谁错了，医药费多少钱，我们来分担就是。"阿铁摸了下小山的头，也没说话。老师批评两位家长，向阿铁说明整个经过，最后阿铁只说了句："人没事，什么都好说。如果有事，那就不好说。"说完，他蹲下身将小山驮在背上，拎起药，脚步重重地摔着地板上，大跨步地走出去。

路上，阿铁速度并不快，小山抱着阿铁的腰，侧脸靠在背上，显得有些疲累。阿铁说："还难受吗？"小山只是"嗯"的一声。

"医生怎么说？"阿铁又问。

小山有些不耐烦，他说："医生说应该不要紧，腹部擦伤淤血，吃几天药。"

阿铁没在问了，他让小山的手扣在自己的腰上，眼睛闭上休息下。阿铁再次调慢速度，隔着安全帽，眼睛专注地看着前方，旁边的小汽车、摩托车、商务车一次一次轻而易举地超越他们，城市由高变低，街道由宽变窄，慢慢地，城市被抛在身后，开始出现农田、矮房和尚未硬化的土路。阿铁说："快到家了！"

小山突然说道："老爸，为什么我身上毛发那么多啊？"

阿铁"扑哧"一笑："这有什么，男人有毛发不正常吗？"

小山说："我们同学都没这么多？"

阿铁说："那怎么办，这又不是病，可以治疗。毛发多或毛发少，跟长得美或长得丑是一个样的。你哪一天有出息了，当大官或者做大生意，看谁还敢笑我们？"

小山从读幼儿园起，毛发就比别同龄人旺盛，直到小学三四年级，脸上手臂毛发开始乌黑浓密，胡须更是明显，这让小山很困扰，同学有意无意会拿他开玩笑，碰到些性情顽劣的孩子就取笑挖苦。阿铁也有咨询过医生，医生也没说什么，只是告诉他含激素的食物什么的少吃一点。其实，小山的问题，是回避不了的，旁人的有色眼光和刻板印象又无法改变，所以，阿铁想尽办法让小山读上优质学校，一来学生素质比较高，二来出息的可能性大一些。那天晚上阿铁躺在小山身边，他说："儿子啊，有病不看，是老爸的问题，但关键咱们没病，是吧，所以啊，甭管别人怎么说，等你出息，别人也就不敢了。"

后来，阿铁又带小山去县城看医生，检查结果是肠炎，没大碍。阿铁没让那两位家长赔医药费，只是要求得向小山道个歉，在老师的安排下这个程序也顺利完成。

两天后，小山捂着肚子回学校，阿铁依旧热火朝天地忙活着，炸油条、打散工、载客。当然每次炸完油条，他都会把剩下的油条递给巧云，然后走进那条小巷，抹进那扇半掩的铁门，一个多小时后才叼着烟走出来，收拾完炸油条的工具，骑着倒骑驴跑向下一个工作地。有一次，阿铁刚炸完油条，和巧云坐着凳子上喝豆浆、吃油条，迎面走来一个五十岁左右的男人，穿着黑皮鞋，提着黑皮包，头发被摩丝厚厚地包着，一身花衬衫。阿铁见状迎了上去，两人躲到一个角落交谈，也就一两分钟的时间，阿铁脸上堆满笑容。阿铁写字告诉巧云，他说，事办成了，他儿子下学期转到优质学校。巧云也笑了，朝着阿铁竖起大拇指。

那天晚上阿铁请巧云吃烧烤。烧烤店紧挨马路，几张小方桌一字排开，他们点了肉串、鸡翅、金针菇，还烤几个生蚝，一串啤酒和一大瓶雪碧，阿铁指着啤酒，问巧云要不要。巧云摇着手，指着阿铁也摇着手。阿铁明白巧云要他少喝点的意思，点点头表示了解。他说："这你就放心吧，我们东北爷们，这两串小啤酒，那是不够塞牙缝的。"然后朝着巧云"咯咯"笑着。两人用一次性杯子不断地碰杯，都笑得很开心。巧云吃烧烤时，特别专注细致，一丝肉丝也不剩，阿铁则狼吞虎咽，吃得十分豪放，一串接一串，吃得腮帮鼓鼓的，嘴巴蘸满了油，还有肉渣黏在下巴，阿铁会像只蜥蜴一样，伸出舌头逆时针往嘴巴周遭拖洗一遍，简单而满足。有时候，他会停下来看看巧云，巧云也盯着他看，一脸不解。阿铁说："尽管吃，今天高兴。"巧云点点头，她明白阿铁的心情。

也不知过了多久，阿铁喝光了一串啤酒，有些微醺，再拿时，被巧云制止，巧云的表情很是严肃，冲着阿铁不断摇头。阿铁只能跟巧云要杯雪碧，巧云这才又恢复笑容。阿铁又叫了几个烤串，巧云则托着下巴看看旁边划拳行令吃吃喝喝的烟火气，在她看来这个世界所有的吵杂都是一出默剧，她也习惯了在默剧里生活。趁着巧云不注意，阿铁又开了两瓶啤酒，巧云拧紧眉头，一脸不悦，阿铁向她保证，最后两瓶，食言就把手剁掉。然后又"咯咯"笑起来。

那天晚上，这位东北爷们应该是被不够塞牙缝的啤酒整麻了，回去的时候，他们雇辆三轮车，阿铁靠在巧云肩膀上，一路喋喋不休。

阿铁是东北人，住在山旮旯里，家境穷，靠着打零工过日子，说是零工，其实是粗糙的技术活，他可以处理简单的水电、简单的装潢，搬家拉运、砌砖铺墙的都会一点，还可以弄弄小饮食。二十八岁时，在村里媒人介绍下跟一个餐馆的服务员结婚了，结婚后，日子过得苦哈哈，妻子总嫌弃他不上进，没出息，整天打散工、打游击、没个固定。三十岁时，夫妻俩大吵一架，妻子离家出走，后来才得知，是跟一带名表揣黑皮包的人跑了。几个月后，阿铁只身从锦州坐火车到青岛投靠老乡，挂满金灿灿梦想的大城市，让他眼花缭乱，跃跃欲试。后来才发现出问题了，他被老乡算计，陷进传销组织，人被关了，钱被骗了，还被高压地监督和检查。上线告诉他，要出去很简单，得介绍人过来。半年后，阿铁打碎看门小弟的门牙，撬开铁窗，从旅馆二楼跳下来，一路狂奔到火车站派出所。他在派出所报案并和家里取得联系，然后，回家带上三岁的儿子远赴福建鞋厂打工。由于儿子身体毛发异于常人，常被小孩有意无意取笑，幼儿园、小学辗转多地，自从来到这个小镇后，专心炸油条，打散工，总算稳定下来，孩子读书也顺风顺水，成绩也都不错。

阿铁说，他的手机号码没换，是在等他妻子的电话，因为他们还有一道手续没完成，就是离婚。来福建的一年后，终于接到妻子电话，见面时两人格外冷静，不哭也不闹，像一对相安无事的邻居。关于小孩的归属，他们更是高度一致，一个不放弃，一个不想要，无缝对接。他们在法院对面小餐馆吃了顿散伙饭。临走时，妻子塞给他一包钱，她说是给小孩的。阿铁没有拿，转身向车站走去。之后的日子，阿铁偶尔会收到些前妻寄来的小衣物和零食，阿铁倒没有拒绝，反而大方地接受，毕竟小孩是从她肚子里出来的，母子连着根，这是铁打的事实。阿铁凑在巧云肩上不知多久，在他睡过去之前，说了一句话，他说："邻居、工友都让我把你给娶了，但是我不敢，我怕你又跑了。"说完后，阿铁呼呼大睡。

隔天，阿铁起得比较迟，未接电话五六个，看看时间差不多九点，他给巧云发信息，让她跟顾客说下，今天休息。巧云很快回个"OK"的表情。随后又回一句，今天好好休息，不要出工了。阿铁又睡个回笼觉，醒来后帮邻居家王大妈搭好一个瓜棚，再送李大爷去县城医院看他老伴，李大爷递给他车费，他说不用了，今天顺路，他是来给儿子送吃的，李大爷拍拍阿铁的肩膀说："你真是好人。"阿铁今天特意给儿子炖个猪心汤，小山住校，一周接回一次，学习还算刻苦，但吃饭老是不上心，经常就是对付几口，老师也找阿铁沟通过几次，正在长身体，少吃少喝总是不好的。阿铁给小山下通牒，吃的喝的往死里买，生活费不能省回来。给儿子送完吃餐，阿铁又接到巧云的信息，她说，有空吗，她想出去一趟。

巧云带着阿铁来到县城的一所聋哑学校，隔着围栏，巧云用食指指着一个梳着两条小辫子，穿着碎花连衣裙的小女孩，脸上露出天真满足的微笑。她指着小女孩，然后在胸口比个爱心。阿铁马上明白，也没觉得多意外，只是问："孩子他爸呢？"巧云表情闪过一丝阴影，没有再比画什么，只是看了看阿铁，阿铁知道她听不见，但他仿佛知道她在说什么。巧云在传达室登记一下，字迹娟秀工整，保安随即拨打个电话，不一会一位年轻的老师走过来，然后连续比了好几个动作，巧云仿佛听见这个世界声音，一直鞠躬点头。他们俩像顶尖的武林高手，隔着空气，两只手流畅的比画，一招一式，进退自如，张弛有度，功力十足。阿铁坐回摩托车，拿起手机划着屏幕，十来分钟后，巧云走了过来，他抽出个本子，在上面写道：小乖今年七岁，跟我一样，是个聋哑人。阿铁收起手机看一下，心里头有些酸，只是点头，没有说什么。她又写道：所以，我不能嫁给你。这句话着实让阿铁吓得不轻，顿时一脸尴尬和无所适从。巧云又写道：昨晚你说了很多话，我听不见你说什么，但我好像都能明白。阿铁接过巧云的笔，写道：昨天可能喝多了，云里雾里的也不知道说什么话，真不好意思。巧云接过笔，在阿铁的脑壳上敲了两下，在纸上写道：饭可以乱吃，话不能乱讲。然后朝阿铁比了个要回去的手势。

今年九月，小山如愿转到县优质学校，阿铁找朋友借辆朗逸的小汽车，意气风发地载着小山去报道，在老师的引导下，阿铁很快办好就学手续。

临走时，阿铁拉住小山凑到他耳边说道："这是好学校，书要往死里念，有出息了才不会被人取笑，知道不！"

小山换上新的白色绿边的校服，显得格外精神，他说："这个我知道，我知道，你都说好多遍了，烦不烦啊！"

阿铁边说边往门口走："臭小子，懂得嫌弃了！"

刚走到大门口，又走回来说："缺什么要什么，一定要跟老爸说，别噎着。"

小山说："知道啦，我又不傻，你开车要慢慢，这可是别人的车。"

阿铁说："你等着，很快老爸也会有车了。"

小山说："我不稀罕车，我就希望老爸要照顾自己。"

阿铁摸摸小山的头，心里头有些感动。眼前这个没有妈带的孩子，还算懂事，生活学习很少让他操过心。阿铁行情不错，经常早出晚归，有时候事情多了，甚至通宵达旦，他常说，有工作就多做一些，也不是每天都有的，人民币总不能一辈子都认得你。小山从没有一句怨言，读小学的时候就自己煮饭、扫地、洗衣，读书之余总会把这个简陋的出租房打理得井井有条。生病时，他也尽量不麻烦阿铁，经常顶着病痛，看病吃药。邻居都说这孩子不得了，长大后会有出息，阿铁听见后，好像激发小宇宙一样，干啥事都不会觉得累。

两周后，事情还是发生了。那天晚上，阿铁刚给一个小卖部修完水电，回家路上接到班主任的电话，阿铁心里有种不祥的预感，迟疑几秒才接上电话，班主任的语气急促，显得紧张，没头没尾说了一通，阿铁只听到一句：小山拿刀子伤人了。阿铁加紧油门，从山间小路破茧而出，经过一片漆黑的农田，村庄，再绕上县道，一路狂奔，楼房由低变高，天地变得通亮，整个城市流光溢彩，躁动不安。他在县医院停下摩托车，拨通老师的电话，在班主任的指引下，找到一个病房，病房里躺着一个孩子，手臂缠上厚厚的绷带，旁边是一对穿着体面的夫妻，小山站在角落瑟瑟发抖，班主任的手搭在他的肩膀上。一个体态偏胖的中年人站在病床前，背着手注视着小孩。奇怪的是，当阿铁踏进病房的刹那，他变得沉着而镇定，那颗抖动得厉害的心脏也恢复往常的频率。他第一句话是告诉站在墙角的小山："别怕，老爸在！"

班主任向体态偏胖的中年人说道："校长，小山的家长来了。"

穿着体面的女人愤怒地说："来了也一样，也得报案。"

校长向女人摆摆手，示意别说话，然后招手让阿铁和班主任出来走廊。小山走向阿铁，一把抱住阿铁抽着大气说："他们一直说我，不断地说我，见一次说一次，我是不小心的，不小心的……"说完一顿猛哭，号啕大哭，哭得上气不接下气，这是小山长这么大哭得最凶的一次。阿铁只是摸摸小山的头，安慰道："没事的，没事的，老爸不来了吗？"小山哭得不可遏制，阿铁抿着嘴，心如刀绞，他听出小山的委屈、无助和痛苦，他只能不断地安慰。

不一会，体面的夫妻也走出来，看到阿铁，眼睛定了一下，阿铁也觉得有点面熟，好像哪里看到，片刻，阿铁说："我记起来了，我曾经给你们搬过家，记得吗？"两夫妻并没有搭理，阿铁又说："当时，老板您还跟我讲过价，不是吗？"

体面的男人说："然后呢，事情不用解决吗？"

阿铁赶紧说："要的要的，出了事，当然得解决。"

校长站在阿铁和体面夫妻的中间，他说："双方家长都来了，见个面，这是解决事情的第一步。这个事情我们会再做深入调查。孩子呢，让他静静养伤，恢复后，我们在一起坐下来协商解决。"体面男人说："要协商到我们满意为止。"那天夜里，阿铁赶紧到下面买个水果篮上来，被体面女人一把丢出门口，苹果、梨子、香蕉散落一地，护士闻讯而来，把体面夫妻斥责一通。阿铁端起篮子，把水果一个个地捡起来，临走时，阿铁跟他们道个歉也道个别，说："伤人总是不对的，该负的责任，我们一丝也不会推卸。"然后提着果篮，牵着小山离开医院。

阿铁带小山吃了碗面，看着眼眶发红的小山，有些心疼，他说："这事也不算大，老爸来处理，你就专心读书，什么都不要想。"

小山说："我真不是故意的。"

阿铁说:"你当然不是故意的,是他欺人太甚。"

小山说:"老爸,你说我这样子能好吗?"

阿铁说:"你要记住,把书读好,比什么都强。"

小山长吁了一口气,埋头继续吃着面。阿铁抬起头望向这夜晚的熙攘和璀璨,很多人如潮水般地从这头涌向那头,又从那头涌向这头,或者涌向不同的城市变换着位置,生活的状态就是不断迁徙和来回奔波。他想到自己当年揣着小山从东北奔向南国,辗转起落,为的就是有一天能带着出人头地的小山再从异地杀回故乡。

然后他们来到学校,班主任建议小山回去休息两天,小山坚持不要,说要留下上课。阿铁朝班主任鞠个躬,他说:"实在抱歉,给您添麻烦了。"

班主任说:"哪里的话,我是怕小山没法专注上课。"

阿铁说:"他想上就让他上吧,他其实很懂事。"

班主任说:"小山成绩优秀,做事也很勤快,给老师同学们的印象都好!"

阿铁说:"谢谢老师!"

小山先回宿舍,阿铁说:"老师,小孩没事吧,对方会不会……"

班主任截断阿铁的话,:"这是学校,他们怎么敢?"

半个月后,事情解决得还是挺顺利的,面对对方开出的条件,阿铁几乎照单全收,他只想让小山安心地读书,顺利毕业,考取高中,将来考上好大学。

几天后,那个夹着黑皮包的男人又找到阿铁。黑皮包的男人说:"怎么样?孩子读得还不错吧,花点钱,门路总能找得着的。"

阿铁说:"读得挺好的,小孩子也争气!"

黑皮包男人说:"他妈的,以后有出息可别忘记我?"

阿铁笑着说:"怎么会?放心啦!"

黑皮包的男人说:"言归正传,那股子呢?什么时候归我?"

阿铁说:"后天账目一清,就归你。"

黑皮包的男人说:"不是我逼得紧,咱们谁跟谁啊,是不。我他妈都快喝西北风了,现在抵押贷款都被政府盯上,不好混。"

阿铁说:"来跟我炸油条,我的生意还不错。"

黑皮包男人说:"拉倒吧,炸油条?"

两天后,阿铁在菜市场炸完油条,又再次走进那条幽深的巷子,走到深处,迅速地抹进一扇半掩的铁门。十几分钟后,两辆警察停在菜市场入口,七八个警察迅速走下来,两个堵住巷口,其余的人走向巷子深处,进入阿铁经常进去的铁门里。菜市场一片躁动，不管是摊贩顾客，还是路人，都好奇地围了过来，不一会儿从小巷里传来慌乱急促的动静和嘈嘈杂杂的声响。几分钟后，动静慢慢减缓，接着，六个男人手捧着头，一个接一个，慢慢走出巷口。菜市场已经围满了人，人群中有人说，那不是炸油条的吗？那个是阿铁？不会吧，阿铁到底是犯了啥事？巧云也看到捧着头的阿铁，阿铁也看到巧云。巧云抿着嘴，使劲地摇头，阿铁面无表情，从他身边走过，阿铁不时地回头看看巧云，那眼神只有巧云才能读懂。

后来巧云得知，阿铁是那个被端走的赌档的股东，巧云很伤心，流了两天泪。

自从那天起，巧云收掉菜摊，接过阿铁的油条摊，也炸起了油条。人们纷纷反映，巧云炸的油条也是金黄饱满、清酥香脆，整根油条像一对缠绕的恋人，卖相极好，生意丝毫不差，那时候，已经有人"阿铁嫂，阿铁嫂"地叫了。

小山放寒假了，经常过来帮忙。临近中午时，巧云将油条摊的泡沫箱、零钱罐、两张小凳子、两双下半截灰黑的巨大筷子，还有一个生锈了的保温瓶收拾干净，将冷却的使用过的油倒进铁罐里，处理掉。巧云坐上倒骑驴，脚用力一蹬，倒骑驴"突突"响起来，小山坐在后面，冬天的阳光洒在身上，像是给人披上一层保暖的衣裳。巧云握紧把手，目光注视前方，速度既不快也不慢。两边的香樟开始掉落，几片叶子纷纷扬扬地飘洒，从天而降，偶尔落在巧云和小山肩上，直接绣在肩头上，在城乡接壤的部分正在铺设着水泥路面，工人们热火朝天地喊着，赶紧做完，回家过年。巧云从旁边一条小路拐进去，路况颠簸，巧云和小山像极了两个跳动的音符。

小山说："巧云阿姨，我们接那个炸油条的回家过年吧！"